安徽师范大学中国古代文学国家级教学团队

充满生机的
沃土新芽

CHONGMAN SHENGJI DE
WOTU XINYA

俞晓红 ❧ 主编

安徽师范大学出版社

责任编辑：胡志恒 朱思敏
装帧设计：丁奕奕

图书在版编目（CIP）数据

充满生机的沃土新芽 / 俞晓红主编.— 芜湖:安徽师范大学出版社，2012.6
（2025.1 重印）
　　ISBN 978-7-81141-795-1

　　Ⅰ．①充… Ⅱ．①俞… Ⅲ．①中国文学－古典文学研究－文集 Ⅳ．①I206.2-53

　　中国版本图书馆 CIP 数据核字(2012)第 137267 号

充满生机的沃土新芽

俞晓红　主编

出版发行：安徽师范大学出版社
　　　　　芜湖市九华南路 189 号安徽师范大学花津校区　　　　邮政编码：241002
网　　址：http://www.ahnupress.com/
发 行 部：0553-3883578　5910327　5910310（传真）　　E-mail：asdcbsfxb@126.com
经　　销：全国新华书店
印　　刷：阳谷毕升印务有限公司
版　　次：2012 年 9 月第 1 版
印　　次：2025 年 1 月第 2 次印刷
规　　格：700×1000　1 / 16
印　　张：17
字　　数：268 千字
书　　号：ISBN 978-7-81141-795-1
定　　价：68.00 元

序

胡传志

安徽师范大学中国古代文学学科具有与学校一样悠久的历史,早在 1926 年筹建省立安徽大学时,桐城文人姚永朴即被任命为校长。1928 年,省立安徽大学正式成立之时,主持具体校务的是国学大家刘文典先生。此后历经国立安徽大学、安徽学院、安徽大学、安徽师范学院、皖南大学、合肥师范学院、安徽工农大学,直到安徽师范大学,其间中国古代文学学科薪火相传,从未中断。苏雪林、潘重规、宛敏灏、卫仲璠、祖保泉、刘学锴等一批著名学者先后执教于此,形成了优良的传统。过去虽然没有"教学团队"之名,却具有"教学团队"之实。进入新时期以来,我校中国古代文学学科立足当代,弘扬传统,始终坚持以传承、发扬中华民族文化为崇高使命,将科学阐释古代文学优秀遗产、服务社会文化思想建设、培养古代文学教学与研究的传人作为根本任务,以教学为主导,以学术为基础,以创新为动力,不断推动古代文学学科的发展。中国古代文学学科一直是我校的优势学科,2008 年,本学科通过教育部的评审,成为高等学校本科教学质量与教学改革工程国家级教学团队。

相对于综合性大学而言,师范院校的古代文学教学团队规模普遍较大。我校中国古代文学教学团队成员近些年来稳定在 20 人左右,目前的负责人是首届国家教学名师余恕诚先生。余先生德艺双馨,广受学生深切爱戴,先后获全国优秀教育工作者、曾宪梓教育基金会教师奖、安徽省师德先进个人等荣誉称号。余先生在教学中注重阐释中国文化精神与核心价值,将古代文学教学与人文思想道德教育结合起来,并致力于团队建设,具有很强的凝聚力和号召力。成员中,有全国优秀教师潘啸龙教授,有安徽省教学名师陈文忠、刘运好教授,有皖江学者丁放、胡传志教授,还有众多中青年才俊。在余恕诚、潘啸龙等先生的带领下,本学科逐步形成了一支老中青结合、富有活力、后劲充足的教学科研队伍,并坚持教学与科研相结合、以科研促教学的建设思路。许多重要的科研成果都化为教学资源,如众所周知的李商隐研究成果已写进袁行霈先生主编的《中国古代文学史》教材并设为专章,其他许多成果都及时渗透到本科基础课和选修课的教学中。

近几年来,我们除了继续坚持科学研究之外,还特意从两个方面加强教学团队的建设。一是加强教学研究。团队成员在日常教学中不断进行教学探讨和教学改革,有的成员将一些思考和实践写成论文,更多的思考是贯穿于教学实践之中。教学改革的成果于2010年荣获安徽省教学研究成果一等奖。二是注重将教学研究、科学研究落实在本科教学之中,注重培养本科生古代文学学习和研究的兴趣,引导本科生撰写论文,让他们掌握基本的论文写作方法、学术规范。通过大家的共同努力,我们在这两方面已经取得了较突出的成绩。

这次结集出版的三本书,是本团队建设的阶段性成果。第一本《追求知音的教学境界》,以余恕诚先生的一篇教学论文题目为名,收录两部分内容:一是教学团队成员所写的教学论文和教学心得,多数已经公开发表;二是有关余恕诚先生师德师风、教学艺术的文章,包括媒体上刊发的报导,以及一些学生回忆、总结余恕诚先生教学等方面的文章,这些学生本科时代都听过余先生的课,可以说是余恕诚先生教学的知音。这是首次相对集中地总结余先生高尚的师德、高超的教学艺术,相信这些文章会有裨于他人。第二本《志在创新的学术探索》,是团队成员的科研论文集,收录2008年以来所发表的学术论文。科学研究是我们的优势,2008年以来,我们共发表200余篇论文,其中有许多高层次的论文,在《文学评论》、《文学遗产》两个刊物即发表18篇论文,因考虑到与另两本成果集篇幅不至于过于悬殊之故,每人仅收入一篇论文。此前,我们曾编辑出版《古典文学与文献论集》(余恕诚、潘啸龙主编,安徽人民出版社2000年出版)、《九华集》(胡传志主编,上海古籍出版社2008年出版)两本论文集,可以视该书为这两本书的续集。第三本《充满生机的沃土新芽》,收录近年来本科生所写的论文,有的已经发表。本科生发表的论文和作品,应该还有一些,我们难以搜罗完备。有些同学的作业和小论文,亦常有可圈可点之处,我们另外汇集成册。本科生的文章尽管有些稚嫩,甚或有些错误,但每篇论文都或多或少有些新意,体现了青年学生非常可贵的创新能力,所以愿意奉献给广大读者。

我多年追随在余恕诚先生左右,耳濡目染,受益良多。承余恕诚先生厚爱和信任,我较多地参与组织教学团队的建设活动,这次与中国古代文学教研室主任俞晓红教授一起策划、编纂教学团队成果集,得到余先生的亲切指导和其他同仁的大力支持。编成之后,又得到安徽师范大学出版基金的资助,得到安徽师范大学出版社的关心和帮助,在此一并致以真挚的感谢。

目　录

浅探《国风》与屈骚章法、节奏的不同及其成因

陈万灵 *

时至今日,作为我国现实主义和浪漫主义诗歌两大源头的经典《诗经》和楚辞,已被世代学者深入探究。研究《诗经》和楚辞的著作、论文层出不穷。总的来看,这些成果多是单纯研究《诗经》抑或楚辞,或者研究"风骚"承继及比兴手法的开拓发展等。其中,对二者的章节规律进行横断面上探究的著作,较为稀少,且缺乏系统深入的分析。首先将《诗经》与屈骚章节特点进行对比的是宋人钱杲之。他在《离骚集传·自记》中说:"盖古诗有节有章,赋有节无章耳。"钱杲之此处所说"古诗"当指《诗经》,"赋"则特指《离骚》。他用短短的"有节有章"、"有节无章"八个字,揭示了从《诗经》到屈骚的章法变化特点。本文拟将其考察内容从章法扩大到"节奏",以《诗经》中的《国风》和楚辞中屈原的《离骚》、《九章》(简称"屈骚")作为主要考察对象,结合钱杲之的论断渐次展开,对二者的章法、节奏变化特点进行比较研究,并试着找出造成这种变化的原因。

一、《诗经·国风》的章法、节奏特点

(一)《诗经·国风》的章法特点

"除了周颂大部分和商颂一部分不分章外,《诗经》的诗篇都是分章的,最少的只有两章(如《诗经·召南·小星》),最多的达到十六章(《桑柔》),国风最常见的是三章,雅的章数则较多。"①《诗经·国风》分章,已是

---

* 作者系安徽师范大学文学院汉语言文学专业 2009 届本科生。该文部分内容以《浅探〈国风〉与屈骚章法的不同及原因》为题发表于 2011 年 2 月《文教资料》。

① 王力:《诗经韵读 楚辞韵读》,中国人民大学出版社 2004 年版,第 35 页。

不争的事实。汉郑玄对《诗经》各篇的章数和章内句数进行了考察。如"《关雎》五章,章四句。'故'言三章,一章四句,二章八句"(唐孔颖达疏曰:"五章是郑所分,'故言'以下是毛公本意,后放此")、"《葛覃》三章,章六句"等。对于《诗经》立章之法,孔疏认为"不常厥体",并作了归类分析:"采立章之法,不常厥体:或重章共述一事,《采苹》之类;或一事叠为数章,《甘棠》之类;或初同而末异,《东山》之类;或首异而末同,《汉广》之类;或事讫而更申,《既醉》之类;或章重而事别,《鸱鸮》之类。《何草不黄》,随时而改色;《文王有声》,因事而变文;'采采芣苢',一章而再言;《宾之初筵》,三章而一发。或篇有数章,章句众寡不等;章有数句,句字多少不同,皆由各言其情,故体无恒式也。"①就《诗经·国风》而言,重章叠句之法频频出现却章法各异。《采苹》三章,每章四句,结构上三章大体相同并重叠布局,且三个章次在意思上呈递进分布状态,共同反映采苹藻以祭祀之事,属"重章共述一事"。《甘棠》三章,每章三句,且结构相同,每章只变动两个字,如"伐→败→拜,茇→憩→说",全诗只变动六个字,而且三章诗句意思相同,都是讲述民思召公之政,怀甘棠而不敢伐之事,属"一事叠为数章"。

《诗经·国风》中,章与章之间不仅有形式整齐的重章,有时在章与章之间甚至一章之内也有叠句形式,造成了诗句形式上的回环复沓之美。如《豳风·东山》四章,每章十二句。但各章开头四句都是"我徂东山,慆慆不归。我来自东,零雨其濛",后八句却各不相同,属"初同而末异"的叠句形式。《周南·汉广》三章,每章八句,各章结尾都是"汉之广矣,不可泳思。江之永矣,不可方思",属"事讫而更申"的叠句形式。王力在《诗经韵读楚辞韵读》中把这种以同一形式出现在每章末尾的诗句叫做"尾声",并称它是诗歌的副歌。至于《周南·芣苢》三章,每章四句,在每章一、三句的位置上都是"采采芣苢",是"一章而再言"的典型。

重章叠句的诗篇在《诗经·国风》中的比例达 90%之多(据笔者粗略统计),但毕竟不是全部。其中还有一些不重章的诗篇,其章法也各具特色。如《郑风·女曰鸡鸣》和《齐风·鸡鸣》,采用的是对话式一唱一和的章法展开场景。《卫风·氓》六章,每章十句,章与章之间不再重章,也无叠句形式,但仍然明确分章:"一章追述结识与相爱;二章回忆热恋与结婚;三

①[清]阮元校刻:《十三经注疏》(上册),中华书局 1980 年版,第 274 页。

章痛恨自陷情网;四章怨氓之负心;五章自悲不幸遭遇;六章表示悔恨交加。"①且各章在不同的层面上展开,有回忆,有叙述,有抒情,也有议论,属回忆、叙事与当下抒情交替式章法。《豳风·七月》八章,每章十一句,是《诗经·国风》中最长的一篇。该诗大致以月份、时令为序,从上一年年末写到下一年年末,分类述说,"首章陈人以衣食为急";"二章言女功之始,养蚕之事";"三章又陈女功自始至成也";"四章陈女功助,取皮为裘,以助布帛";"五章言将寒有渐,闭寒宫室";"六章先陈男功之助";"七章言男功之正";"八章所陈,皆论衣服饮食";"首章为其总要,余章广而成之"②。可见,《豳风·七月》以月令编织诗篇,采用"总—分"的结构,分章叙述,从不同的生活与劳动场景,表现农奴的辛劳与苦难,属分类叙事式的章法。

由此可见,《诗经·国风》有明确的分章,多重章叠句,也有少量不重章的诗篇。而且章次形式上整齐、回环交相辉映,尾声、副歌章尾重申。这些章次布局在一定程度上增强了《诗经·国风》的韵律感与节奏感。

(二)《诗经·国风》的节奏格局:平稳均齐

"我们既知诗句中常常两字一'顿'或称'逗'(句中这种小距离、轻停顿,有人称之为'音步'),例如仄仄或平平,因为它是前边所说的那根平仄长竿上的小单位,所以可称之为'节'。"③启功形象地把句子按平仄排在长竿上,根据音节停顿划分句子的"节"。由此,我们也可以知道,《诗经》句字数与诗的节奏不无关系。孔颖达在《毛诗正义》中也指出:"句字之数,四言为多。"④《诗经》以四言句为主,这是我们讨论其节奏的前提。

在音乐节奏上,就《诗经·国风》居多的四言句式而言,一句之中就形成两字一顿,共有"两节"的节奏格局。两字一节,两节一句,两个基本的表达单位,一节扣着一节,偶数字句式分节之后仍然整齐划一,并且使语音、歌唱也掷地有声,铿锵之韵如有节奏的珠玉之声。以大家最熟悉的《周南·关雎》为例:"关关—雎鸠,在河—之洲。窈窕—淑女,君子—好逑。参差—荇菜,左右—流之。窈窕—淑女,寤寐—求之。求之—不得,寤寐—

---

① 公木、赵雨:《名家讲解〈诗经〉》,长春出版社 2007 年版,第 78 页。
② [清]阮元校刻:《十三经注疏》(中册),北京大学出版社 1999 年版,第 489—490 页。
③ 启功:《诗文声律论稿》,中华书局 2000 年版,第 19 页。
④ [清]阮元校刻:《十三经注疏》(上册),北京大学出版社 1999 年版,第 28 页。

思服。悠哉—悠哉，辗转—反侧。参差—荇菜，左右—采之。窈窕—淑女，琴瑟—友之。参差—荇菜，左右—芼之。窈窕—淑女，钟鼓—乐之。"此首诗每一句都是两字一节，两节一句，给人一种清爽明朗之感，节奏上呈现出平稳均齐的格局。但要注意的是，以二字一顿划分句子的节奏，并非是《诗经》的绝对规律，有些时候如启功所说要"除去句中领、衬、尾字来算"①。启功以《魏风·伐檀》为例，分析了划分节奏要除去句中领、衬、尾字。如："坎坎伐檀兮，置之河之干兮，河水清且涟漪。"其中，"兮"、"漪"是尾字，"之干"的"之"、"且涟"的"且"，是衬字。这三句，去掉尾字、衬字，实际就各有两节：坎坎—伐檀，置之—河干，河水—清涟。同样，这样划节之后，此首诗在节奏上仍然呈现出平稳均齐的格局，语音铿锵，干脆利落，节奏感强。

由于《诗经》多单音节词，为了追求平稳均齐的节奏，它还采用词头词尾、叠音词来凑足音节，以达到两字一顿的整齐效果。"词头、词尾不是一个词，它们只是词的构成部分，本身没有词汇意义，只表示词性。有些词头也不专门表示一种词性。"②在《诗经·国风》中，"有、其、思、言、于"等常用作词头，词尾有"家、斯、如、尔、焉"等。叠音词也很常见，如《周南·葛覃》中的"（维叶）萋萋"、"（维叶）莫莫"、"（其鸣）喈喈"等。这些词用来凑足音节，使单音节词变成双音节词，使节奏更加平稳均齐。

综合（一）、（二），我们可以看出《诗经·国风》章法、节奏上的特点：明确分章，多重章叠句，也有少量不重章的诗篇，章次形式上整齐、回环交相辉映，尾声、副歌章尾重申，节奏平稳均齐，显示的是一种"中和"、"规整"而又"参差"的美学风貌。

二、屈骚的章法、节奏特点

（一）屈骚章法：于"无章"处见思理

屈作中，除《九歌》可能合乐外，其余大多"不歌而诵"。因无合乐要求，屈骚一般没有明确的分章，更不会像《诗经·国风》那样重章叠咏、章

---

① 启功：《诗文声律论稿》，中华书局 2000 年版，第 21-22 页。
② 王力：《古代汉语》（第二册），中华书局 2006 年版，第 467 页。

法整齐,体制上也一改《诗经·国风》的短小,而发展为中、长篇之制。屈骚中,《离骚》的章法较为典型。正因屈原《离骚》无明确的分章,后人在解读其作品结构时才众说纷纭。仅结构说就有文章学、楚辞学、民俗学、审美形态学、抒情学等多角度、多层面的分析。古人评论屈骚代表作《离骚》时,认为它没有章节,思之所至,时断时续,怆楚哀愁;天上地下,漫漫求索,一唱三叹。刘熙载在《艺概·赋概》中云:《离骚》东一句,西一句,天上一句,地下一句,极开阖抑扬之变,而其中自有不变者存。"①其所谓"不变者",当指屈原报效祖国,为实现美政理想而"上下求索"之志。屈原虽陷入"闺中邃远"、"哲王不寤"、报国无门、"怀朕情而不发"的绝望深渊,一度想听从灵氛、巫咸的劝告"远逝以自疏";然而在"路不周以左转兮,指西海以为期"的缥缈远逝中,却因"忽临睨夫旧乡",而终于"蜷局顾而不行"。这就是他对"故都"、"旧乡"的万劫不变之情!《离骚》是抒情诗,而且是文人抒情诗。其抒情结构,"是一种复沓纷至、'变动无常,溯渤不滞'的情意结构。它的推进线索是情感,它的展开形式是幻境。幻境由情感化生,又随情感变化而幻变。"②可以说,情感是整首诗的核心和精魂。出于情感表达的需要,《离骚》全篇自然就形成了相对独立而又前后相续的抒情情"节"即段落,故钱杲之称《离骚》"赋有节无章",并将全诗分为十四大节。用现代叙述学眼光看,《离骚》全诗自有其独特的发端、展开、高潮、收结和回环往复、纷纭多姿的章法结构。

《离骚》以自述出生世系、自身修养和美政理想为发端,"似乎是相对现实的抒写部分"。但在表述"帝高阳之苗裔",秉承先天"内美",且"重之以修能"之后,诗人便运用"香草美人"的比兴之法,将自己化为身披江蓠和香芷、联结秋兰为佩饰、晨摘木兰、暮采宿莽的绝世美人。这些修饰可认为是诗人自身美好品性的象征或幻化。之后由于"众女嫉余"、君王暴怒,诗人"导夫先路"的抱负落空,而变得郁闷、痛苦,只能用鸷鸟不群、方圜不周聊以自慰。诗人的情感曲线在短暂的自我安慰之后,开始回升,走向坚定自信:"不吾知其亦已兮,苟余情其信芳。"而在经历"女媭劝说"的诘问后,作者内心的愤懑难以抒发,唯有通过幻境才能打开舒泄的缺口。这便有了"就重华而陈辞"及上叩帝阍、下求佚女的云烟般浪漫情节的生

---

① [清] 刘熙载:《艺概》,上海古籍出版社1978年版,第88页。
② 潘啸龙:《屈原与楚辞研究》,安徽大学出版社1999年版,第114页。

成和倏现倏灭的幻境转换。在追求和努力破产之后,诗人求教于灵氛、巫咸,决定去国远游,但却于看见故乡的刹那"蜷局顾而不行"。最后以"乱曰"作结,收束全文,同时使诗人从绚丽的幻境重新跌入痛苦的现实。总之,《离骚》在幻境转换中极尽章法开合之能事,其情境的幻化、流转,将情感的跌宕表现得回环往复、撼人心弦!正如司马迁《史记·屈原贾生列传》所说:"眷顾楚国,系心怀王,不忘欲反……一篇之中三致志焉。"①

《九章》(《惜诵》、《涉江》、《哀郢》、《抽思》、《怀沙》、《思美人》、《惜往日》、《橘颂》、《悲回风》)九篇,与《离骚》内容上大体相同,都是抒发作者的身世、遭遇之情。与《离骚》综合性的抒情不同,《九章》是抒情组诗,是一些情感碎片的实录,体制上以数十至于百多句(《橘颂》36句,且是四言体)的中篇为主。《九章》也没有《诗经》那样明确的分章,但不像《离骚》那样大量采用幻境来展开情感的抒发,多为直接的倾吐和反复的吟咏,情感上则更为愤激、直露。九篇不同的诗篇,章法也不尽相同。与《惜诵》、《涉江》、《哀郢》等的纪实、抒情结合不同,《悲回风》则很少叙事成分,多为作者心境的幻觉式表现。

表面上看,屈骚体制庞大,多中、长篇之制,没有明确的分章,但自然形成"节"即段落,并有它自己内在的行文思路。屈原作为一个伟大的抒情诗人,无论是开端、展开,还是"乱曰"结尾,处处都喷薄着他郁积的愤懑激情。忠君与爱国,选择生与死的矛盾,情感的澎湃激流,如"飞流直下三千尺"的瀑布,倾泻而下,起起落落,急剧跌转。他的章法就是"行所不得不行,止所不得不止,而起伏照应,承接转换,自神明变化于其中",是"水流云在,月到风来"②的活法。故钱杲之谓屈骚"有节无章",只是从与《诗经》那种"有节有章"的章次明显相区别而言,指明屈骚之章节隐于其激情迭荡、自由驰骋的文理之中。

(二)屈骚的节奏特点:参差多变,"兮"字相缓

与《诗经·国风》四言为主不同,尽管屈骚作品中也有以四言为主的诗篇如《九章·橘颂》,但屈骚的典型句式是五言、六言句。(语气词"兮"字不计在内)屈骚句子单位的拉长,表现在节奏上,则打破了《诗经》的二字节

---

① 王利器:《史记注译》(三),三秦出版社1988年版,第1923页。
② 郭绍虞:《原诗 一瓢诗话 说诗晬语》,人民文学出版社2005年版,第188页。

奏,而发展为三字的节奏。如《离骚》"摄提贞于孟陬兮,惟庚寅吾以降"。语气词"兮"字除外,两句正好是四个三字节奏。而且,屈骚中的节奏不是呈均齐的"三字"节分布,而是参差多变,以"兮"字调节相缓。如《离骚》"名余曰正则(兮),字余曰灵均"。 此句属"三二"节奏。"三三"节奏如《九章·涉江》中的"驾青虬兮骖白螭"、"登昆仑兮食玉英"。"在《离骚》中,有时也间用'二四'节奏或'四二'节奏:'朝搴阰之木兰兮,夕揽洲之宿莽','凭不厌乎求索'。像这种节奏不同、字数不等的互相穿插交错,就使得楚辞的音调显得疾徐顿挫,富于变化,从而打破了四言句两字一顿的单调格式。"①总之,屈骚的节奏,可以说是"大弦嘈嘈"式的"急雨"杂以"小弦切切"式的"兮"字,产生"急雨"之后的舒缓效果,参差多变,而不觉突兀。

综合(一)、(二),我们可以总结出屈骚章法、节奏上的特点:无明确的分章,章法深隐于长篇鸿构的行文之中,浑然一体;节奏参差多变,加以"兮"字缓和;总体形式上呈现出一种大体规整而又有所变化的风貌。

具体地说,屈骚打破了《诗经·国风》均齐、平稳的节奏格局,加以"参差多变"的节奏,其诗歌的节奏感势必会削弱。《诗经·国风》篇幅短小,明确分章,重章叠咏,回环复沓,韵律感、音乐性得以彰显。而屈骚并无明确的分章,加上篇幅的扩大,即使是"不歌而诵"(古代的"诵"也需要配合声调),韵律、节奏也是不可忽视的因素。在屈骚中,有一些补救其音乐功能削弱的措施。具体如下。

第一,押韵。"研究表明,韵不仅仅是一种在时间中延续的声音现象,并且通过一定方式使时间形成节奏。"②而"诗歌中所谓的'押韵',就是用音乐去表现音律的一种方法。也就是把同一音色的'音节'间隔多少时间就让他重复一次,使这种'重复出现'显得相当的规则化……"③由此,我们说押韵可以使诗歌语句间形成节奏。根据王力的《诗经韵读 楚辞韵读》所言,《诗经》的韵分为二十九个部,而楚辞的韵分为三十部,比《诗经》的韵多出一个冬部。而且,屈骚代表作《离骚》隔句用韵,"韵"本身又对应音乐上的"均"。可以说,押韵有助于增强"有节无章"的屈骚的节奏感。

第二,多用"兮"字。"兮"字是语气助词,并没有什么实际意义。《诗经·国风》中也有"兮"字,但只有在屈骚中,才大量使用。《离骚》373句,仅

---

① 叶君远:《中国古代文学史》(一),中国人民大学出版社 2003 年版,第 68—69 页。
② 沈亚丹:《寂静之音——汉语诗歌的音乐形式及其历史变迁》,上海人民出版社 2007 年版,第 55 页。
③ 谢云飞:《文学与音律》,东大图书有限公司 1978 年版,第 23 页。

"兮"字出现了186次，除"乱曰：已矣哉！"之外，几乎是隔句用"兮"，上下句之间，"兮"字用在上句末。如《离骚》中的"纷吾既有此内美兮，又重之以修能"、"扈江离与辟芷兮，纫秋兰以为佩"。《九章·橘颂》中的"兮"字用于下句末，其余八篇中的"兮"字大体上都是用于上句末，"乱曰"中的"兮"字用于下句末。其中，《涉江》中的"兮"字则兼而用之：既有用于上句末、下句末的位置的，也有每句使用"兮"字，还有置于句子中间的"兮"字。由此可见，屈骚中"兮"字使用之频繁，这样的使用绝不是诗人的一时兴起，而是有一定语法意义的。一方面，"兮"字悠长的音调可以缓和诗人浓烈情感喷泄而出的急促语气；另一方面，它能够增加停顿，如同诗歌中的"句读"一样，形成诗歌句间的节奏。

第三，"乱"、"少歌"、"倡"、"重"等保留乐曲的形式，形成一定的视听节奏。与《诗经·国风》相较而言，屈骚之作虽篇幅相对较长，不再以重章叠唱的形式来强化韵律，但其多数作品仍然保留了"乱"、"少歌"、"倡"、"重"等乐曲形式。如《离骚》之"乱曰"，《远游》之"重曰"，《抽思》之"少歌曰"、"倡曰"、"乱曰"等，在相对较长的篇幅中，这些乐曲的遗痕似乎在暗示读者下文或为"造新曲"（倡曰）、或为"小吟讴谣"（少歌曰）、或为"愤懑未尽，复陈辞"（重曰），或者是以"乱曰"收场，"总撮其要"①。对接受者而言，不管是在视觉阅读上，还是在听觉欣赏上，这些"乱"、"少歌"、"倡"、"重"等保留的乐曲形式，都形成了一定的视听节奏，是对不再"重章叠唱"在节奏上的一种"代偿"。

第四，多用双声、叠韵联绵词及叠音词。双声叠韵连绵词、叠音词，《诗经·国风》中有，屈骚中也大量出现。韵可以促成诗歌节奏的形成，双声、叠韵的音乐效果自然也不可小觑。屈骚中双声联绵词如"耿介、蜷局、歔欷、郁邑、侘傺、零落、陆离、缤纷"等，叠韵联绵词如"逍遥、相羊、婵媛、偃蹇"，叠音词（又叫重言）如"忽忽、暧暧、苒苒、菲菲、曼曼、刿刿、謇謇、申申、炎炎、婉婉"等②，这些词的交叉运用，增强了诗歌韵律感。

第五，大量使用排偶句。屈骚节奏参差，不像四言为主的《诗经·国风》那样节奏均齐。屈骚中使用排偶句来增强诗句的节奏感。"将字数相等、结构相同或相似、意义相关的两个句子（或短语）并举，以获得表达形式上的

---

① [宋] 洪兴祖：《楚辞补注》，凤凰出版社2007年版，第45—145页。
② 廖序东：《廖序东语言学论文集》，商务印书馆2004年版，第74—80页。

对称效果,这种辞格叫对偶。"①对偶本有对称的节奏效果,而多个对偶不断涌现,排偶运用,节奏感更强。如"名余曰正则兮,字余曰灵均"(《离骚》)、"深固难徙,廓无求兮。苏世独立,横而不流兮"(《九章·橘颂》)等。

综上,《诗经·国风》章法、节奏上的特点是:明确分章,多重章叠句,也有少量不重章的诗篇,章次形式上整齐、回环交相辉映,尾声、副歌章尾重申,节奏平稳均齐,是一种"中和"、"规整"而又"参差"的美学风貌。屈骚章法、节奏上的特点:无明确的分章,章法深隐于长篇鸿沟的行文之中,浑然一体;节奏参差多变,加以"兮"字缓和,总体形式上呈现出一种大体规整而又有所变化的美学风貌。

三、浅析二者异同之成因

(一)节奏追求上的共通性

远古时代,诗、乐、舞三位一体。"《吕氏春秋·古乐》云'昔葛天氏之乐,三人操牛尾,投足以歌八阕:一曰载民,二曰玄鸟,三曰遂草木,四曰奋五谷,五曰敬天常,六曰达帝功,七曰依地德,八曰总万物之极'。""《礼记·乐记》云:'诗,言其志也;歌,咏其声也;舞,动其容也。'"②这些记载都说明了诗歌和音乐的密切关系。《诗经》是配乐歌唱的,屈骚除《九歌》外虽不再入乐,但它与音乐也有一定的联系。在中国古代,音乐创作以诗为基础,即"以乐从诗"。但是不可避免,诗歌创作过程中也有受音乐影响和限制的地方。《诗经》篇幅短小,押韵,重章,用双声叠韵字,本就是增强音乐性、适于歌唱演奏的表现。"诺贝尔文学奖获得者 T. S. 艾略特在《论诗的音乐》中说道:'诗人研究音乐会有很多收获……音乐当中与诗人最有关系的性质是节奏感……使用再现的主题对于诗像对于音乐一样自然。诗句变化的可能性有点像用几组不同的乐器来发展一个主题;一首诗当中也有转调的各种可能,好比交响乐或四重奏当中不同的几个乐章;题材也可以作各种对位的安排。'"③总之,诗歌与音乐有天然联系,而这联系之中最有关系的是节奏感,这即是《诗经·国风》和屈骚都讲求节

---

① 邵敬敏:《现代汉语通论》,上海教育出版社 2001 年版,第 312 页。

② 袁行霈:《中国文学史》(第一册),高等教育出版社 2005 年版,第 22 页。

③ 管建华:《中国音乐审美的文化视野》,陕西师范大学出版社 2006 年版,第 269-270 页。

奏的原因之一。

此外,节奏是客观事物都具有而被人类感知的运动特点,是二者都有节奏的内在原因。美国学者苏珊·朗格在《情感与形式》中说:"节奏的本质是紧随着前一事件完成的新事件的准备。"①在她的论述中,前一事件的完成到新事件的准备,这一间隔就是一种对时间意识的表述。而与西方人关注空间不同,中国先人在感知方式上更多着眼于时间的绵延。而"音乐美学对节奏的研究成功地表明,节奏的内在原因是人类的呼吸,外在的原因是四季的交替以及天体有规律的运行……如同人生来就在时间之中,人生来也就在节奏之中。对于人类知觉而言,无论是时钟所反映出来的时间,还是由最初四季光阴的变化而反映出来的时间,从来没有无节奏的时间。"②中国先人感知着眼于时间,人类感知方式对艺术存在方式有影响。诗歌的存在受人类感知方式影响,也在不自觉中形成一定的节奏。

(二)发生变化的成因分析

《诗经·国风》与屈骚都追求音律上的节奏感,但二者之间已有相当大的不同和变化。我以为,发生这种变化有以下几方面的制约因素。

第一,创作与流播方式。《诗经》作者有上层贵族,也有一般平民,但绝大多数不可考。《国风》是由各国采集的民歌组成,属民间文学范畴,在流传过程中不断修改、加工,乃至最后编订、整理,非一人一时一地之作。其创作方式属于个人首唱而经集体传唱、铺衍。十五国风大部分是各地的民间歌谣,"歌谣是人民口头创作的短篇韵文作品"③,因此,口头创作也是《诗经·国风》的创作方式。一方面,个人首唱而经集体传唱、修改铺衍的方式,需要个体间的配合,平稳均齐的节奏具有能够协调公众的作用。另一方面,口头传唱的歌词篇幅不能太长。比起书面创作的连续性,口头传唱、修改受特定时间限制,而且靠传唱的重复去记忆,这就要求诗歌创作要方便于记忆。短小的篇幅,明确的分章,重章叠咏,于各章之中相同位置变动几个字,不重章的作品也有一定的内容建构规律,再加上平稳均齐的节奏,这样的章法、节奏,受集体口头传唱方式的影响,使歌词文本(《诗经》)

---

① [美]苏珊·朗格:《情感与形式》,中国社会科学出版社1986年版,第146页。
② 沈亚丹:《寂静之音——汉语诗歌的音乐形式及其历史变迁》,上海人民出版社2007年版,第27页。
③ 段宝林:《中国民间文学概要》,北京大学出版社2005年版,第103页。

既好记,节奏上又有能够协调公众的作用。屈骚则是屈原的独立创作,而且还是"泼墨挥毫"式的书面创作。创作时,他不需要用均齐的节奏协调公众,更不必考虑方便记忆的因素。他需要的仅仅是抒一己的身世、遭遇,抒郁积心中的愤激。丰富复杂的情感历程,流泻于笔端,如汹涌之水,迭荡翻腾,进而形成中、长篇的体制以及参差多变的节奏特点。

正如上文所说,《诗经·国风》集体传唱的流播方式,要求它的篇幅不能太长,同时还要好唱、好记。而围绕同一旋律反复咏唱的复沓章法,正方便集体传唱又便于记忆。如《王风·黍离》三章,每章十句,篇幅不算长,但在《诗经·国风》中也为不短的篇幅了。可统观全诗,"知我者,谓我心忧;不知我者,谓我何求。悠悠苍天,此何人哉"六句,出现在每一章的末尾部分,每章前四句也只变动了几个字,即"苗→穗→实"、"摇摇→如醉→如噎"。这样的章法在传唱过程中好唱又好记。即使是不重章的诗篇,就篇幅最长的《豳风·七月》而言,诗中以月令、时序贯穿全篇,分类叙事,明确分章,各章有不同的农事活动场景展开,大结构中有小结构。这样的诗篇传唱起来也有规律可循,同样好唱好记。屈骚则不同。屈骚大多是"不歌而诵"的诗章,其流播方式不再是集体传唱,不必为了好唱好记而遵循复沓的章法,故发展为中、长篇体制,且不再分章,任由思绪纷呈,借助幻境随情流转,自然成"节"。

第二,借鉴的曲调形式与表现手法。《诗经》入乐,其创作还受曲调形式制约。"国风"即各地的地方歌乐,与曲调形式有密切关系。有学者根据流传下来的《诗经》文本的结构,来推测当时歌曲的曲调形式。廖辅叔先生指出:"当时占主导地位的,是我们现在一般所说的分节歌,此外也有在前头或后头加上副歌的,或者加上引子做开头,或者结束时来一段尾声,形式的变化是很多的。"①秦序先生也说:"从现存的歌词可以看出《诗经》有多种曲式,如同曲调重复;一个曲调前后用副歌;曲调重复之前用一个总引子或后用一个总尾声('乱')等等……据其他记载还可了解《诗经》有三首一组演唱的,也有几首联唱中加入纯器乐的'间歌'的,形式丰富多样。"②这两位学者的论述,至少可以说明《诗经》的曲调形式与《诗经》文本之间章法形式上的对应关系。《诗经·国风》以重章复沓为主体章

---

① 廖辅叔:《中国古代音乐简史》,人民音乐出版社 1964 年版,第 12 页。
② 秦序:《中国音乐史》,文化艺术出版社 2002 年版,第 31–32 页。

法,也与当时的曲调形式有关。而屈骚中虽然也有"少歌"、"倡"、"乱"等乐曲形式的痕迹,但由于其不再入乐,曲调形式对其创作行文的章法已无制约作用。屈原不必遵循曲调的形式去创作,不必明确分章,而能"无章"。即使保留某些音乐形式的痕迹,也是诗人表达情感的需要,是积极的借鉴,更是创造的运用。屈骚是诗人在楚地方言、楚地民歌的熏陶中,融进自己的感情生命创造出来的诗篇。

《诗经》开创了我国诗歌"感于哀乐,缘事而发"、"饥者歌其食,劳者歌其事"的现实主义传统。其现实主义的表现方法,使得《诗经·国风》的内容根源于现实生活,通过对现实生活的真实描绘,表达对现实生活的贴切感受。其诗篇章法、节奏的营构是在具体的现实空间中展开,相对整齐而有序。《离骚》在绚烂多姿的幻境中表现出的沉郁顿挫之情,虽然也根源于现实生活,但诗人在艺术表现中运用了大量奇花异草、神话传说,加以幻化、糅合,影响到它的章法、节奏,也改变了《诗经》篇幅短小、写实为主、重章复沓的节奏性律动,转而以热烈、喷薄的感情为主轴,围绕这根主轴进行想象、幻化。即使是《九章》中的纪实之作,也与情感交织在一起呈现,在构思中天马行空、意到笔随,章法、节奏上也比较自由灵活、参差多变。

第三,抒情的深广。"《诗经》和楚辞中的诗篇,绝大部分为抒情诗。"① 无论是叙事抒情、述史抒情,还是借物抒情、写景抒情,总之,"诗言情"。从《诗经·国风》总体的抒情情况看,所抒之情主要为下层人民的生活与思想情感,也有少量统治阶层的情感流露。在《诗经学史》中,洪湛侯将《诗经》题旨概括为十个大类:"祭祀诗、颂祷诗、史诗、宴饮诗、田猎诗、战争诗、征役诗、农事诗、怨刺诗、情诗婚姻诗。"② 而《诗经·国风》主要有四类诗篇:反抗压迫剥削,如《豳风·七月》、《魏风·硕鼠》;描写爱情婚姻,《邶风·静女》、《卫风·氓》;描写劳动生活,《周南·芣苢》、《豳风·七月》;政治讽刺诗篇如《邶风·新台》③。由此不难看出,《诗经·国风》的抒情是在宽广的层面上绵延,即使是抒发奴隶内心痛苦之情的《豳风·七月》,不过是按月令和时序的分类控诉,仍然明确分章。同时,回环往复、重叠咏唱的章法,可以强调和突出歌唱者的思想感情,也会使情感表达更加流畅、充分,收到明显的抒情效果。

---

① 王洲明:《诗赋论稿》,山东大学出版社 2006 年版,第 151 页。
② 洪湛侯:《诗经学史》(下册),中华书局 2004 年版,第 656 页。
③ 周先慎:《中国文学十五讲》,北京大学出版社 2003 年版,第 7—17 页。

屈骚乃个人抒情之作,而且表现的情感丰富复杂,纵其不再入乐,不受乐曲制约,可以无章,但要将深沉的情感抒写出来,还是要有条理地抒发,而自然形成"节"(段落)。屈原的遭遇,屈原抒情的背景,司马迁在《史记》中有过论述:"屈平疾王听之不聪也,谗谄之蔽明也,邪曲之害公也,方正之不容也,故忧愁幽思而作《离骚》。离骚者,犹离忧也。夫天者,人之始也;父母者,人之本也。人穷则本,故劳苦倦极,未尝不呼天也;疾痛惨怛,未尝不呼父母也。屈平正道直行,竭忠尽智,以事其君,谗人间之,可谓穷矣。信而见疑,忠而被谤,能无怨乎?屈平之作《离骚》,盖自怨生也。"①屈骚所抒之情是纵深的忠君与爱国之情,见疑与被谤的怨情,理想与现实的矛盾之情,短短四言的两个基本表达单位已承载不了,均齐的节奏、短小的篇幅也容纳不了感情的迸发。于是,他摆脱《诗经》章法与节奏上的传统样式,借神话、巫风的氛围营造奇幻的境界,"极开阖之抑扬",自由推涌思涛,使之往复盘旋。屈原的感情异常的强烈,堆积在心中,如痴如狂,像西方文论家柏拉图所言的"精神的迷狂"一样,仿佛不用特殊的章法与节奏就无法表达。由于抒情的纵深,出于情感表达的需要,屈骚形成了有别于《诗经·国风》的章法与节奏。

综上所论,《诗经·国风》明确分章,多重章叠句,章次形式上整齐、回环交相呼应,节奏上平稳、均齐。屈骚则不明确分章,章法深隐于中、长篇幅的行文之中,浑然一体,节奏参差多变,加以"兮"字缓和。二者在章法、节奏上发生改变的原因是多方面的。诗歌与音乐的节奏,是客观事物都具有而被人类感知的运动特点,这些因素使"节奏"成为《国风》到屈骚一直保留并不断追求的音乐效果。创作和流播方式的不同,使得屈骚在《国风》"节奏均齐,明确分章"的文学传统上作出了改变:节奏由均齐转向参差,不明确分章,却于无章处见思理,且据情感表现的需要自然成"节",而形成了独特的发端、展开、收结和回环往复的章法结构。此外,借鉴的曲调形式与表现手法的不同、抒情的广与深的差别等因素,也是导致其章法、节奏发生变化的原因之一。

---

① 王利器:《史记注译》(三),三秦出版社 1988 年版,第 1921 页。

参考文献

[1] 段宝林:《中国民间文学概要》,北京大学出版社 2005 年版。

[2] 公木、赵雨:《名家讲解〈诗经〉》,长春出版社 2007 年版。

[3] 管建华:《中国音乐审美的文化视野》,陕西师范大学出版社 2006 年版。

[4] 郭绍虞:《原诗 一瓢诗话 说诗晬语》,人民文学出版社 2005 年版。

[5] [宋] 洪兴祖:《楚辞补注》,凤凰出版社 2007 年版。

[6] 洪湛侯:《诗经学史》(下册),中华书局 2004 年版。

[7] 廖辅叔:《中国古代音乐简史》,人民音乐出版社 1964 年版。

[8] 廖序东:《廖序东语言学论文集》,商务印书馆 2004 年版。

[9] [清] 刘熙载:《艺概》,上海古籍出版社 1978 年版。

[10] 潘啸龙:《屈原与楚辞研究》,安徽大学出版社 1999 年版。

[11] 启功:《诗文声律论稿》,中华书局 2000 年版。

[12] 秦序:《中国音乐史》,文化艺术出版社 2002 年版。

[13] 沈亚丹:《寂静之音——汉语诗歌的音乐形式及其历史变迁》,上海人民出版社 2007 年版。

[14] [美] 阮元校刻:《十三经注疏》(中册),北京大学出版社 1999 年版。

[15] [美] 苏珊·朗格:《情感与形式》,中国社会科学出版社 1986 年版。

[16] 王力:《诗经韵读 楚辞韵读》,中国人民大学出版社 2004 年版。

[17] 王利器:《史记注译》(三),三秦出版社 1988 年版。

[18] 王洲明:《诗赋论稿》,山东大学出版社 2006 年版。

[19] 谢云飞:《文学与音律》,东大图书有限公司 1978 年版。

[20] 叶君远:《中国古代文学史》(一),中国人民大学出版社 2003 年版。

[21] 周先慎:《中国文学十五讲》,北京大学出版社 2003 年版。

指导教师评语

对于《诗经》、屈辞在章法、节奏上的异同问题,前人分别有所论述,但缺少具体深入的比较分析,故此选题既有发掘和展开的余地,又有相当的难度。本文作者不畏崎岖,广泛阅读有关论著,仔细比较《国风》与屈原作品,阐发前人见解,作出自己的分析,其研探勇气可嘉。文中论析《国风》诗作多重章叠句,同时还有不重章的"对话式唱和"、"叙事与抒情交替"以及"分类叙事"等章法,考察较为细致。而对宋人钱杲之关于屈辞

"有节无章"见解的发挥,犹见新意。作者从诗人抒发情感需要,创造不同于《诗经》的新章法,指出"屈骚之章节隐于其激情迭荡、自由驰骋的文理之中",并结合《离骚》作了具体分析。论述有理有据,颇为得当。文中指明"《诗经·国风》四言居多,两句一顿,一句两节,节奏均齐";"屈骚六言为主,杂四、五、七、八言,多用'兮'字,节奏参差多变",分析也较准确。特别是从音乐角度论述楚辞不再入乐,而在"押韵"、用"兮"、保留歌曲痕迹及用"排偶句"、"双声叠韵词"等方面加强节奏感的意见,带有对前人见解的综合、发挥,论述深入而有说服力。这是一篇较为厚实并有独到体会的论文。(潘啸龙)

《哀郢》、《涉江》比较研究

张凤芝 *

两千多年前,伟大的诗人屈原在他的《离骚》中写下了"路曼曼其修远兮,吾将上下而求索"的千古名句。至今天,人们对屈原及以其作品为主的楚辞的研究经久不衰,真可谓"(楚辞研究之)路曼曼其修远兮,(楚辞研究者)吾将上下而求索"。这也许正是历史对诗人那执著坚贞精神、高洁璀璨人格的最好褒奖。回眸两千多年的楚辞研究史,仅就《九章》的研究就可谓汗牛充栋。但美中不足的是,人们对《九章》研究的注意力主要集中在对《九章》及各篇的考据、训诂、注疏以及将其作为研究屈原的史料上,而对于其具体作品的文学层面研究则较少,一般仅限于赏析性质的。当我们惊叹于这些赏析或随笔评论之精辟时,总觉得缺少了点什么,那就是系统性。这些零星的观点精则精矣,却缺少一个完整的体系,而将其中的各篇作品在文学层面上进行比较研究则更少。本文就针对这种情况,选择了《哀郢》和《涉江》两篇,从文学层面如情感内容、结构、表现方式等方面进行了探索性的比较研究,试图弥补部分缺憾。

一、两诗创作背景及情感内容之比较

(一)《哀郢》、《涉江》的不同创作背景

关于《哀郢》与《涉江》的创作背景历来众说纷纭,令许多楚辞研究者大伤脑筋。因其掌握资料的多少及对资料理解的不同,导致许多学者围绕着包括这两篇作品在内的整个《九章》的具体创作年代、背景等争论不休,没有定论。其原因正如朱熹所言:"《九章》者,屈原之所作也。屈原既放,思君念国,随事感触,辄形于声。后人辑之,得其九章,合为一卷,非必

---

* 作者系安徽师范大学文学院汉语言文学专业2009届本科生。

出于一时之言也。"①我们且不论《九章》是否都是屈原被流放后所作,但有一点可以肯定:《九章》确"非必出于一时之言",而是"随事感触,辄形于声"。既然是一时的感受,又是在不同时间场合写下的,没有详细可信的史料记载,自然给推断其创作年代、背景增加了困难。

而《哀郢》和《涉江》作为两篇具有纪行性质的作品,其记事性也就经常成为众人推测《九章》各篇次序及创作背景的一个重要依据。就这两篇作品而言,到底孰先孰后依然有争论。比如王逸、黄文焕、林云铭等人就认为《哀郢》创作晚于《涉江》,蒋骥则认为《涉江》是紧接着《哀郢》的,晚于《哀郢》。近代以来的学者也未能达成一致意见,甚至有人前后期的观点都不同,如郭沫若。他在《屈原研究》中提出,《哀郢》以下的三篇《涉江》、《怀沙》、《惜往日》是到了江南以后写的,显然是将《哀郢》放在前面的;而到了《〈屈原赋今译〉后记》中他却推翻了自己以前的观点,提出《哀郢》作于顷襄王二十一年"毫无疑问",而"《惜诵》、《抽思》、《思美人》、《悲回风》、《涉江》篇必作于其前"②。

其实这也不难理解,原因正如前所言,这些都是资料缺乏下的推测,自然不可能有定论。但有一点可以肯定的是:大多数人都认为这两篇作于顷襄王时期,此时屈原已被放逐。此外,自清代学者蒋骥将《哀郢》的篇次定于《涉江》之前以来,这一次序得到了很多人的认同,比如游国恩、林庚、聂石樵、吕晴飞、张叶芦、潘啸龙等诸位先生。笔者也赞同这一次序,鉴于前辈们对此都有论述,此处不重复他们的观点。

这样一来,如果知道了其中一篇作品的创作年代便可以推断另一篇的大致年代了。而在上述诸位学者中关于这一问题又有不同的看法,大致列举如下。

游国恩先生认为《哀郢》作于顷襄王二十一年,林庚先生认为作于顷襄王二年,聂石樵先生认为作于顷襄王十一年,吕晴飞先生认为作于顷襄王九年前后,张叶芦先生认为作于顷襄王九至十一年,潘啸龙先生定于顷襄王十二四年。各家观点都有支持者也有反对者。比如游国恩主张的《哀郢》作于顷襄王二十一年即白起破郢之时,是以他所推断的《思美人》作于顷襄王十一年为基础的。他认为《哀郢》中追怀往事的部分与《思

---

① [宋]朱熹:《楚辞集注》,上海古籍出版社2001年版,第72页。
② 郭沫若:《郭沫若古典文学论文集》,上海古籍出版社1985年版,第333页。

美人》相合，又由"至今九年而不复"得出《哀郢》至少是在《思美人》后九年所作。再就篇中叙及郢都破灭的话来看，如'曾不知夏之为丘兮，孰两东门之可芜'等等，证明《哀郢》必作于顷襄王二十一年"①。关于这一点已遭到众多学者的有力批评（如潘啸龙先生的《王夫之、郭沫若的〈哀郢〉之说不能成立》、《〈哀郢〉非"哀郢都之弃捐"》，张叶芦先生的《屈原见到郢都沦陷辨惑》等均有论及）。其最明显的软肋是：一、《史记》并未记载；二、"夏"未必如王逸所解释的"夏，大殿也"②。刘永济在《屈原赋音注详解》中解释为"江夏"，言"此言江夏皆已成废墟，而在上者乃全不知惧，则国都亦大可焦虑。然国都乃一国之中枢，何可任其荒芜。孰可芜者，深忧其将芜也。言两东门，即是指国都。由此可知，此时国都尚安然存在，否则不必说孰可芜也"③，此说较有道理。

而林庚先生的观点在楚辞界并没有多少人信从，因为他所考证的《哀郢》作于顷襄王二年春二月，《涉江》作于顷襄王三年一月（同年五月五日屈原自沉于汨罗），将屈原的人生经历大大缩短了，按照他的推断屈原死时才四十岁（见林庚先生《诗人屈原及其作品研究》），这是很难令人置信的。此外，林先生认为《涉江》只是屈原的设想，屈原并没有到过溆浦。我想不用去考证，单从情理上就说不通：第一，本篇所记行程脉络清晰，写景真挚感人，若非亲身经历是断写不出来的；第二，屈原的作品虽然带有浪漫主义色彩，但多是与神话传说联系起来的，至于全篇虚拟现实情景且又那么真切，此前没有，此后也未见；第三，从《涉江》中所表现的情感来看，这种情感体会我们可以概括为越走越想越绝望，越走越想信念越坚定，即随着行程的深入至最终到达目的地，诗人那种"将行"的决心是一步步下定的，这是事先难以设想的。

这样一来，排除两种较离奇的，剩下的几种观点都比较接近了，看起来也都有道理。其实这几种观点，都是以对屈原在顷襄王时期被放逐的年代为推算依据的，只是各家的推算略有不同。《史记·屈原贾生列传》记载："怀王卒行，入武关……竟死于秦。"④这是怀王入秦的遭遇。在这期间，楚国国内也发生了许多重大事件，于是作者紧接着插叙

---

① 游国恩：《屈原》，中华书局1980年版，第46—47页。
② 黄灵庚：《楚辞章句疏证》，中华书局2007年版，第1423页。
③ 刘永济：《屈赋音注详解 屈赋释词》，中华书局2007年版，第199页。
④ [汉] 司马迁：《史记》，中华书局1999年版，第407页。

了怀王拘秦时楚国国内的情况:"长子顷襄王立,以其弟子兰为令尹。"即楚国为遏制秦国以怀王为要挟的诡计而立太子为王,是为顷襄王,顷襄王又任命其弟子兰为令尹。那么楚国民众对此又是什么反应呢?"楚人既咎子兰以劝怀王入秦而不反也","既"是"尽"、"全"之意,意谓楚国人都责备子兰劝怀王入秦而使其"不反"。"不反"这两个字至关重要,此时怀王是"入秦而不反"而非"竟死于秦",也就是说怀王此时尚在,只是一直未能返回楚国,如果怀王死了尸体被送回来了,不能说是"不反",可见这几句仍是叙述怀王死前所发生的事。再接着作者开始叙述屈原此时的状况:"屈平既嫉之,虽放流……然终无可奈何,故不可以反。"这个"之"当然是指子兰,可见是紧承着上句"楚人既咎子兰"而来的,也就是说屈原之"既嫉之"与"楚人既咎子兰"是发生在同一时间的。确定这一点至关重要,因为由此可以推断出屈原之"既嫉之"也发生在怀王未死之时。叙述完屈原此时的表现后,太史公转入了对以上全文(指从屈原列传开始至此)的议论,议论之后又补叙了屈原"既嫉之"的后果,即"令尹子兰闻之大怒,卒使上官大夫短屈原于顷襄王,顷襄王怒而迁之"。可见屈原此次被迁应该是顷襄王元年至三年之间,此时怀王尚在。因为时人"既咎子兰",所以子兰不敢自己向顷襄王进谗,而要"借助于上官大夫之手"[①]。

再由《哀郢》中的"至今九年而不复"可知,倘若"九"是实指的话,那么《哀郢》便作于顷襄王九至十一年前后,即张叶芦先生所定的范围。联系一下《楚世家》[②]中所载的"顷襄王横元年,秦要怀王不可得也,楚立王以应秦,秦昭王怒,发兵出武关攻楚,大败楚军,斩首五万,取析十五城而去。二年,楚怀王逃归。秦觉之,遮楚道,怀王恐,乃从间道走赵以求归";再联系《哀郢》开头叙述的"皇天之不纯命兮,何百姓之震愆"所描述的情景,似乎可以确定屈原之离开郢都应在顷襄王元年的这场战争之后,可能是顷襄王二年春。(如果是顷襄王元年仲春则时间太紧迫了,战争可能还没有发生)此时楚国军事上连年失利,四顾无援,看似朝夕难保,而国君被困幼主初立更导致人心惶惶,由于害怕战争再次发生而使郢都不保,老百姓纷纷向东逃亡。加上元年的这场战争发生时,南下逃亡的百姓

① 潘啸龙:《屈原与楚文化》,安徽文艺出版社1991年版,第173页。
② [汉]司马迁:《史记》,中华书局1999年版。

也汇聚到东逃的行列。而"屈原于顷襄王二年被迁逐时,在江夏之间遇到了这些难民","在仲春甲日之早晨,他沉痛地与国都告别,在江夏之间与大批难民同流亡"①。由此可推测,《哀郢》当作于顷襄王十一年后。这样一来,《涉江》自然更在此后了。

由此,我们就大致确定了一个背景即《哀郢》作于顷襄王十一年后,是回顾九年前被放逐的往事;《涉江》应当作于《哀郢》之后数年,此时屈原可能再次受谗并被驱逐到更偏远的蛮荒之地。下文的讨论将建立在此背景上。

(二)不同处境中的情感变化

我们确定了大致的背景,即《哀郢》、《涉江》作于顷襄王初年屈原被放逐后且《涉江》作于《哀郢》之后,再来看其情感。

从《哀郢》到《涉江》我们明显感受到的是从骚动走向了平静。所谓"骚动"是说情感躁动不安、缠绵起伏。《哀郢》一开始便似乎失去了理智,发出了哭天抢地的呼号:"皇天之不纯命兮,何百姓之震愆。"(老天啊,你为什么变幻无常,让老百姓惊恐不安?)那种愤慨与痛苦喷薄而出,排山倒海般压倒过来。一千多年后,元曲大家关汉卿在他的作品《窦娥冤》中,让主人公窦娥也发出了更为惊人的呼喊:"有日月朝暮悬,有山河今古监。天也!却不把清浊分辨,可知道看错了盗跖颜渊……地也,你不分好歹难为地!天也,我今日负屈衔冤哀告天!"②这可以说是对屈原这种"发愤以抒情"的继承。由于天地不能尽到职责,区分"福善祸淫"③,因而使受难者发出了呼喊,正是后来韩愈所谓的"不平则鸣"。这是主体经受了巨大的打击之后,"情感情绪如火山一般运行积累,到达一定阈限,经外物触碰而发为咏歌"④,来势凶猛,看似难以驾驭,实际上仍受理性所控制。窦娥是这样,《哀郢》中的抒情主人公也是这样。窦娥指天骂地之后发下了三桩誓愿才从容就死,诗人则停止了呼告转入了回忆。但这种郁结的情感是很难一发而尽的,因而诗人反复沉吟,时而悲愤控诉(如"外承欢之绰约兮……美超远而愈迈"),时而烦闷忧愁(如"怊荒忽其焉极"、"焉

① 聂石樵:《屈原论稿》,人民文学出版社1982年版,第115页。
② [元]关汉卿著,蓝立萱校注:《汇校详注关汉卿集》,中华书局2006年版,第1101页。
③ 文怀沙:《屈原九章今译》,百花文艺出版社2005年版,第30页。
④ 李珺平:《中国古代抒情理论的文化阐释》,北京大学出版社2005年版,第114页。

洋洋而为客"、"忽翱翔之焉薄"),时而饮泪沉吟(如"羌灵魂之欲归兮,何须臾而忘反"、"曼余目以流观兮……何日夜而忘之")。情感始终处于一种骚动之中,或高亢愤激,或悲痛缠绵,动天地泣鬼神。

再看《涉江》中所表现的情感,却没有了感情的浓郁惨烈而显得出奇的平静,似乎可以用决绝和果断来形容。比如首章叙述自己的生平虽"世溷浊而莫余知兮",但却毫不在乎地说"吾方高驰而不顾",以自己的高傲蔑视世俗之愚昧与黑暗,用自己坚定的信念来冷却不平的热情。但是我们看他在《离骚》中是怎么说的——"世溷浊而不分兮,好蔽美而嫉妒"、"世溷浊而嫉贤兮,好蔽美而称恶"……是毫不留情地列举小人的丑恶行径。而这里却没有立即痛斥小人,反而畅想自己与虞舜遨游的情景,然后才转入对此次行程的叙述。

我们知道屈原此次是被驱逐到更为偏远的溆浦。溆浦在什么地方?那是南夷居住的蛮荒之地,这一点诗人心里是非常清楚的("哀南夷之莫余知兮,旦余济乎江湘")。诗人也描述了那里的景象:"入溆浦余僤偟兮……云霏霏而承宇。"竟是凄寒幽晦的穷山恶水。但是诗中有没有像《哀郢》中"出国门而轸怀兮"、"心婵媛而伤怀"那样的伤痛难舍的句子呢?没有。有没有像《哀郢》中如"哀故都之日远"、"冀壹反之何时"以及"何日夜而忘之"那样思乡念国、无刻忘返的句子呢?也没有。那么诗人是怎么看待这次旅程的呢?他说"苟余心其端直兮,虽僻远之何伤"、"吾不能变心而从俗兮,固将愁苦而终穷"以及"余将董道而不豫兮,固将重昏而终身",竟是一层比一层坚定了(详见后文分析)——"与前世而皆然兮,吾又何怨乎今之人"。这里已没有了满腔愤怒的呼号,而只有故作旷达式的沉痛,到了结尾说"怀信侘傺,忽乎吾将行"时,更冷静得出奇。尽管乱辞中全用四字句使节奏骤然急促,但却急而不躁、快而不乱,与《哀郢》开头的呼告简直不能相比。刘永济在《屈赋音注详解》中分析此句时说"此句意极深曲:怀信,一也,侘傺,二也,忽乎将行,三也。因自涉江以来,心情极其复杂,而又沉痛。将行者,将自杀的隐语也"[①],体会得深有道理。

庄子云:"夫哀莫大于心死。"[②]设想屈原自被谗见疏以来,见国家日益衰败,乃至岌岌可危,而自己却无可奈何。当初怀王在位时,尚怀有君

---

① 刘永济:《屈赋音注详解 屈赋释词》,中华书局 2007 年版,第 192 页。
② 陈鼓应注译:《庄子今注今译》,中华书局 2009 年版,第 572 页。

王能回心转意，重新重用自己施行美政、振兴国家的希望，故虽怨而不弃。如《离骚》中所言"仆夫悲余马怀兮，蜷局顾而不行"，仍心念故都而难以割舍报效国家的决心。但苦苦的等待，换来的却是被迁至更遥远偏僻的蛮荒之地。此时的屈原彻底地清醒了，以前不愿承认的事实在更严峻残酷的现实面前不得不承认了，即自己真的是于国于家无能为力了，以前的美好幻想也不得不因之而破灭了。在顷襄王朝，国君更加昏庸，小人得志并更加猖獗，国家危在旦夕。本该是重用忠臣之时，却听信谗言更加排斥忠臣。屈原既不能违心屈从世俗与小人同流合污（"吾不能变心而从俗兮"），又不能像古往今来的隐士如许由那样弃绝世事隐居起来。既深感无力回天，又不愿看到楚国就这么衰微下去乃至最终灭亡。他不断受着这种种情感的煎熬，于是，他再次想到了历史上的前贤们"接舆髡首兮，桑扈裸行。忠不必用兮，贤不必以。伍子逢殃兮，比干菹醢"，得出"与前世而皆然兮，吾又何怨乎今之人"。这一句以旷达之语抒写，真有清人沈德潜所说的"转作旷达，弥见沉痛"①的效果。

前文有言，屈原深受几种情感的折磨，他的痛苦没有人能够理解，因为他的思想既属于他的时代又是超越那个时代的，所以伟人注定是要孤独的。于是，他只好从历史中寻找安慰，即去效仿前贤做最后的抗争。他说："怀信侘傺，忽乎吾将行。"这正如他之前在《离骚》中所说的那样："既莫足与为美政兮，吾将从彭咸之所居。"彭咸是投水而死的，难怪刘永济说这是"将死的隐语"②了。

综合以上分析，可以看到《哀郢》和《涉江》的情感经历了很大的变化：如果说《哀郢》中还有热腔骂世的地方，是鲁迅所说的"哀其不幸，怒其不争"的话，那么《涉江》中已经变成了冷眼观世（当然这并不同于弃绝世事）——这是痛定思痛后的平静，是凛然寒风中的无声太息。这种情感的变化也从一方面印证了《涉江》的创作，当是在《哀郢》之后的。

二、两诗结构之区别

《哀郢》和《涉江》同为纪行式抒情作品，以出行线索为经，以情感抒

---

① 霍松林校注：《原诗 一瓢诗话 说诗晬语》，人民文学出版社2005年版，第210页。
② 文怀沙：《屈原九章今译》，百花文艺出版社2005年版，第30页。

写为纬,经纬交织展开,也即朱熹所谓的"随事感触,则形于声"①。但两篇在具体的结构方式上并不完全相同。

(一)发端不同

《哀郢》起笔不凡,以"皇天之不纯命兮,何百姓之震愆"开端,如晴天一声惊雷振聋发聩。这呼号式的呐喊,郁结了多少不平之气,有一种人类英雄向自然挑战的悲壮感。表面上指斥皇天不能"纯命",实际上是向君王发出了不满的信号。紧接着诗人对百姓"震愆"的场面进行了描绘:"民离散而相失兮,方仲春而东迁。"似乎是不忍再想这悲惨的景象,又像是触痛了自己内心的伤疤,诗人开始由人及己转向了对自己离郢的回忆"去故乡而就远兮",这种开门见山式的发端方式起到了触目惊心的效果。

相比于《哀郢》的突发呼告,《涉江》的起句,则少了这种巨大的情感激荡,而多了几分奇思。"余幼好此奇服兮……吾方高驰而不顾。"这几句表面上看似较平实,但这"奇服",是春秋时代楚国子西爱穿的,而子西是一位楚之贤相名臣;"长铗"、"高冠"、"明月"、"宝璐",则是高洁之士所爱之物。诗人以自己与前贤相同的爱好,显示了对前贤的仰慕之情,以及对自己高洁品质的自信,使起笔就平中见奇,气度不凡。紧接着插入了幻想的一段:"驾青虬兮骖白螭……与日月兮齐光。"然后才展开对行程的描述,呈现出一种内在因果式的承接方式。这种因果是由理想与现实的矛盾造成的,所谓"因",即开头所叙的自己品性高洁不容于世;"果"即被放逐到"莫吾知兮"的南夷。而插在中间的幻想即"驾青虬兮骖白螭……与日月兮齐光",诗人想象自己与大舜一起交游,站在高高的昆仑山上,傲骨临风,睥睨一切。一方面再次表明了自己的立场:与前贤交游而非与小人同流合污,另一方面以圣人为榜样从中获取慰藉和信念。从而既使下文对行程的叙述过渡自然妥帖并奠定了感情基调,又为全篇增添了奇异绚烂的色彩,使发端于平实中见奇崛。

(二)展开方式不同

《哀郢》采用的是倒叙式的展开方式。首章先言百姓疾苦,即由于"皇天之不纯命"导致"百姓之震愆"、"离散相失"而"东迁"。紧接着作者由人

①[宋] 朱熹:《楚辞集注》,上海古籍出版社 2001 年版,第 72 页。

及己转入回忆,"去故乡而就远兮……"千种景象、万种心情一时涌上心头,因此下段很自然地转入倒叙。作者仿佛再次回到了多年前的那天早晨:"去故乡而就远兮,遵江夏以流亡。出国门而轸怀兮,甲之鼂吾以行。"尘封多年的往事如同一汪寂静了许久的池水突然被撞开了一个口子,争先恐后地涌了出来。于是展开对自己当初"发郢都而去闾兮"的情景的描写。采用倒叙的方式回顾自己的所作所为、所见所闻、所感所想,一步一回头,一步一哀叹,步步沉重,声声哀戚,这些都是虚景。直到"忽若去而不信兮,至今九年而不复",才明白地开始了对此时此刻心情的反复沉吟,"惨郁郁而不通兮,蹇侘傺而含感",又转入实景描写。这样虚实相应,往事与现实相交织就形成了一种回环往复的咏叹方式。

《涉江》则选择的是顺序式展开方式。首段先写自己一生的理想追求,"余幼好此奇服兮……吾方高驰而不顾",可以说是实写;然后插入浪漫的想象,"驾青虬兮骖白螭,吾与重华游兮瑶之浦",可以说是虚写。这实与虚的描写勾勒出了诗人的性格特征即高傲自信、光明磊落。这正是导致诗人不幸遭遇的性格原因,因为当时的现实不容许他保有这样的性格。果然,诗人很快由幻想的高峰跌入了现实的低谷,即诗人再次被远放了。于是诗人转入了对前往溆浦的凄楚情景的描绘,这又是实写。如果说开端是一个重要的插曲的话,接下来的行程描绘才是主旋律。从"哀南夷之莫吾知兮"开始,采用顺序式的展开方式,即以时间先后顺序结构全篇,采用移步换景的手法,记叙自己在行程中的所见所感。从"济乎江湘"开始,直到"入溆浦"而"僔侗",其间脉络清晰可见,并且始终伴随着孤寂清冷而又凄楚的旋律。

因而,如果说《哀郢》是以虚开端、虚实交织展开的话,《涉江》则是以虚实相交引起,而以实展开的。当然前者的"虚"是过去之景,是与眼前之景相对的;后者之"虚"是想象之景,是与现实之景相对的。

(三)收笔之不同

《哀郢》与《涉江》和屈原的大多数诗歌一样都是以乱辞结尾的。乱辞一般都具有总结作用,既可以总结全文,还可以表明诗人最后的决心;既回应前文,又能产生回环往复之美。《哀郢》中的乱辞紧接着上文的反复哀叹:"曼余目以流观兮,冀壹反之何时。"再次表明了自己对故都的留恋不舍与日思夜想,以及对无罪遭弃的哀怨。这是对上文行程描绘中所蕴含情感的一次集中抒写,也是对自己怨而未弃之心的再次表白。《涉江》中的乱辞则重点总结了当前的形势,即"鸾鸟凤凰,日以远兮……阴阳易位,时不当兮",简言之便是当时黑白颠倒、是非不分,小人得志、贤者遭难的社会状况。紧接着诗人也表明了自己的决心,即"怀信侘傺,忽乎吾将行",如前文分析是抱定了必死的决心。当然这其中也有小小的差异,即《哀郢》是以情感总结为主,反复哀叹;《涉江》是以事实总结为主,再次点明自己的处境及决心。但是两篇乱辞也存在显著的差异,具体如下。

首先,从修辞角度讲,《哀郢》只简单使用了比喻的修辞手法,六句之中只有"鸟飞反故乡兮,狐死必首丘"两句使用了比喻。即以鸟返故乡、狐死首丘来喻指人永远怀念自己的故乡,虽语短而情深义重。《涉江》中的乱辞则大量使用了比喻象征的修辞手法。十二句之中除末两句外,均用了比兴、象征。"鸾鸟凤凰,日以远兮。燕雀乌鹊,巢堂坛兮"四句,以"鸾鸟凤凰"喻贤士,以"燕雀乌鹊"喻小人,整体上则寓意着贤者远去,群小得志;"露申辛夷,死林薄兮。腥臊并御,芳不得薄兮"四句,则以"露申辛夷"这两种香木喻贤俊之士,以"腥臊"这两种恶味喻奸佞之人,"芳"是芳洁之物也是贤士的象征,四句整体上寓意着贤俊之士困死山野,奸佞之人窃据高位,君子被拒之于门外而不能为国尽力;"阴阳易位,时不当兮"两句则以昼夜颠倒、时间错乱象征社会黑暗、污浊不分、是非颠倒的现实状况。这十句从整体上又构成了一个大的象征,即象征着楚国那种恶劣污浊令人窒息的生存环境,也即诗人危险的人生处境。比之《哀郢》,这显然要复杂得多。

其次,两篇乱辞在具体形式和语气节奏上又有不同。《哀郢》中的乱辞句式参差错落,有五言、六言、七言乃至八言,以长句为主,节奏舒缓而缠绵哀婉,如泣如诉,读之似一字一泪,感人至深。《涉江》则以四言为主,句式整饬、节奏紧促,并连用排比句增强了感情气势,如数箭齐发,支支作响。语气上却快而不乱、冷静果决,读之如寒风袭面,为之一惊。

三、两诗表现方式之差异

(一)"回忆"与"描述"之不同

在前文中,我们已经初步讨论了《哀郢》与《涉江》在展开方式上的差异:《哀郢》是以"回忆"展开,是倒叙;《涉江》是以"描述"展开,是顺叙。"回忆"与"描述"在叙事文学中是常见的,在抒情诗中却不多见,但对于这两篇具有叙事性质的纪行之作来说又不足为怪了。"回忆"指主人公对过去事情的回顾。《哀郢》中以"吾"这一第一人称视角,对过去离开郢都前往他乡的情景进行了回忆。这种回忆与直接描述不同:"在这种情况下(指以第一人称视角回忆,笔者注),往往会出现两个不同的自我,即叙述自我和经验自我。这两种自我所代表的不同视角都可以在叙事中起作用。"①所谓"叙述自我"指回忆中过去的那个"我"即故事中的"我",他的所作所为都是过去发生的事;"经验自我"指当前的我,也即讲故事的"我",他的所作所为是现在发生的事。这句话意思是说"叙述自我"即过去的"我"和"经验自我"也即现在的"我",都可以在回忆中参与叙述,甚至出现交叉叙述的情况。我们回过头来看《哀郢》,就能发现其中确实存在两个"我"。"经验自我"关注的是当前("忽若去不信兮,至今九年而不复"),"叙述自我"关注的是过去("去故乡而就远兮……江与夏之不可涉")。这两个"自我"所关注的事情不同,也即聚焦的重点不同,但又常常发生交叉。具体来说,就是"叙述自我"对往事的讲述,常常带有"经验自我"也即现在的"我"的理解与感受。

在《哀郢》中,当前的情感与过去的情感是始终交织在一起的。这也是我们看到诗人说"忽若去不信兮,至今九年而不复"时,才愕然发现作者是在回顾往事的原因。倘没有这两句,是很难发现前面叙述的行程均为回忆的。因为作者的忧愁哀怨之情如冬天山间之雾茫茫一片,贯穿了过去和现在,让人很难发现到底说的是过去还是现在。比如像"羌灵魂之欲归兮,何须臾而忘反",就可以说是两个"自我"所共有的情感。

这种情感贯穿始终而视角发生转变,即由"叙述自我"到"经验自我",并且"叙述自我"又常常和"经验自我"发生交叉,也即采用回忆的方式来抒发情感,能使情感更加真挚动人、曲折缠绵而又浓厚深沉,使人不禁想到,诗人离开郢都时的那种"时时回首,步步生哀",以及现在对故都日思夜想寝食难安的情景。而前后如一的情感,又突出表现了诗人从一而终的高洁品质,并使其坚定执著的形象也不言自显。

"描述"是指对所发生事情的特点、情状的描绘。它的突出特点是以

---

① 谭君强:《叙事理论与审美文化》,中国社会科学出版社 2009 年版,第 115 页。

时间为顺序,遵循事物自身发展的逻辑,交代事物的起因、发生、发展等过程,或就某一方面展开细致的摹写。《涉江》首章,便描述了一位品性高洁不同凡响的人物:"余幼好此奇服兮……吾方高驰而不顾"——穿着奇异之服,佩戴着明月宝珠,诗人那种卓然不群的性格气质便跃然纸上,然而这也注定了他要遭到小人嫉妒谗害、为世不容,同时也为他被放至更偏远的蛮荒之地埋下了伏笔。然而主人公并没有屈服,他依然"我行我素",不肯随波逐流。这就是他在想象中为我们描绘的他与重华交游的情景,并借此表明:自己要效法前贤而不是与小人同流合污,要以百倍的自信与铮铮的傲骨去睥睨群小,傲视世俗。这种"异行"的结果便是"哀南夷之莫吾知兮,且余济乎江湘"——他再次被放逐了。于是下文转入对行程的描述,从"乘鄂渚而反顾兮"到"哀吾生之无乐兮,幽独处乎山中",既有对行程的记录,也有对心境的描摹,更有对景物的描绘,并采用移步换景的手法将情、景、事有机地融合在一起,浑然天成。这无论是在时间上还是在逻辑上都是清楚明白的。"描述"的意义还在于能够更加客观真实地展现当时的情形,使人如临于其境,如体之于身心。

当然"回忆"与"描述"并不是一个完全不同的概念。它们还常常可以交叉使用,尤其是在回忆中使用描述更为普遍,如《哀郢》中对往事的回忆,就不时有对旅途的描述。只是在整体表现方式上,《哀郢》是对九年前离郢情景的回忆,《涉江》则是对近期旅途经历的描述。

(二)写景局面之异

两诗中都有景物描写,如《哀郢》中"凌阳侯之泛滥兮"是对大波浪的描写,"哀州土之平乐兮,悲江介之遗风"是对脚下这片州土的描写;《涉江》中"船容与而不进兮,淹回水而凝滞"是对船及水的描绘。这是它们在写景上的相同之处。但《哀郢》中的景物描写有物色少景色,重点不在体物状貌上,原因在于《哀郢》主要是以景衬情,重点在情上,故对景物描写较简略,不展开细致的描绘。较之《哀郢》,《涉江》中除有对物的描写外还有进一步发展,出现了一段较长的景物描写。原因在于《涉江》以表现自身处境为主,重点在境,以境传情,故对所处环境景物有细致描绘,并且已有所铺陈,开创了写景的新境界。这就是对溆浦景色的描写:"入溆浦余儃徊兮,迷不知吾所如。深林杳以冥冥兮,乃猿狖之所居。山峻高以蔽日兮,下幽晦以多雨。霰雪纷其无垠兮,云霏霏而承宇。"无论就规模还是层次上,它都是对单纯体物状貌的发展。从规模上看,这一段写景长达八句,有六句是集中对景色进行描写。这是《哀郢》中的写景所难以比拟的,至于《九歌·湘夫人》中的景色描写("嫋嫋兮秋风,洞庭波兮木叶下"),就更难以企及了。再从层次上看,本段写景包含了几次视角转变。有总览("入溆浦余儃徊兮……乃猿狖之所居"),有仰观("山峻高以蔽日兮"、"云霏霏而承宇"),有俯视("下幽晦以多雨")等,不仅层次分明且符合日常观赏逻辑。

这种视角的变化,不仅使写景富于层次性,而且扩大了写景范围,使内容更为丰富,对后来文学中的景物描写,产生了重要影响。恽敬《大云山房文稿》二集卷三《游罗浮山记》云:"《三百篇》言山水,古简无余词。至屈左徒肆力写之而后瑰怪之观、远淡之境、幽奥朗润之趣,如遇于心目之间。"[1]钱锺书则将其与《九歌·湘夫人》和《九章·悲回风》中的写景之处并列,称其"皆开后世诗文写景法门,先秦绝无仅有"[2]。这些褒奖无疑是中肯的,它是对屈原作品中景物描写的地位和贡献的肯定。

正如王国维所说:"一切景语皆情语。"从《诗经》开始,诗文中的写景状物已经是为了表情服务了,楚辞中的写景也继承了这一点。如《哀郢》中的"哀州土之平乐兮,悲江介之遗风",通过对眼前民风淳朴、州土平乐的景象的描写来反衬郢都的动荡,表现自己身居异乡心怀故都的忧伤。《涉江》中的"船容与而不进兮,淹回水而凝滞",通过对船行缓慢水阻船进的情状的描绘,表现了诗人的犹疑以及路途的险阻。这可以看做是两篇作品在写景功能上的相似之处。但较之于《哀郢》,《涉江》中的写景,则较早开了通过对景色的描绘来造境(不同于简单的景物描写)的先河。这一段景色描写,营造了一个幽邃冷清、凄寒逼骨的氛围,正与诗人此刻愁苦、黯淡的心境相烘托。林纾在读此段时曾感慨:"于是深林猿狖,雨雪凄迷,其中着一去国之孤臣,不特此身不可安顿,即此心宁有安顿之处?又知国家衰败,断无容己之人,即一己亦不愿变心而从俗。不待读《涉江》全文,只此小小结构,静中思之,在在全足悲梗。"[3]这一感叹无疑能够引起很多共鸣。读此文即觉斯人、斯情皆

---

① [清]恽敬:《续修四库全书》,上海古籍出版社 2001 年版,第 264 页。
② 钱锺书:《管锥编》,生活·读书·新知三联书店 2007 年版,第 936 页。
③ 林纾:《春觉斋论文》,人民文学出版社 1959 年版,第 49 页。

融于斯景中了,此情此心日月可鉴。这种效果是单纯摹物状貌所难以达到的,因而相对于《哀郢》中的写景来说,这无疑是《涉江》在写景艺术上的一大进步。

(三)表情方式和节奏之区别

1.情感发端的不同方式

《哀郢》开篇便出现了呼告式的情感表现方式——"皇天之不纯命兮,何百姓之震愆。"诗人的满腔悲怆之情如晴空惊雷般毫无预兆地突然倾泻出来,并且采用质问的形式使情感更加强烈。梁启超在《中国韵文里头所表现的情感》里曾说:"但是有一类的情感,是要忽然奔进,一泻无余的,我们可以给这类文学起一个名,叫做'奔进的表情法'。"①所谓"奔进的表情法",就是直抒胸臆即感情一经触发便如决堤的洪水一般奔流而出。《哀郢》开头两句,便是采用的这种表情法。这种突发式的情感表现方式,使情感表现得更有力度和强度,更能振聋发聩。

比较而言,《涉江》的开头则更像"回荡的表情法"。梁启超认为这是"一种极浓厚的情感盘结在胸中,像春蚕抽丝一般,把它抽出来"②。和"奔进的表情法"不同的是,"前一类是直线式的表现,这类是曲线式或多角式的表现。前一类所表的情感,是起在突变时候,性质极为单纯,容不得有别种情感掺杂在里头。这一类所表的情感,是有相当时间经过,数种情感交错纠结起来,成为网形的性质。"③《涉江》开头平淡朴实,只是交代了自己一生的追求,但末句却说,"世溷浊而莫余知兮,吾方高驰而不顾",看似平淡无奇,却将自己一生的辛酸苦辣及内心与外界的矛盾,曲折地表现了出来:品性高洁却遭小人谗害,遭国君放逐;一心用世却为世不容,为世所弃;是坚持理想还是屈从世俗?是远走他乡还是忠贞于祖国……这种种复杂的情感交织起来,堆堆磊磊,郁结成一个硕大的茧,坚不可破。于是,只好故作解脱地说我不在乎世人的评价,我只要做我自己。"吾方高驰而不顾",看似潇洒,实质是长歌当哭。

这种回荡的表情法使情感变得曲折含蓄了,使人们必须得像剥笋般去层层深入,如果不结合诗人的人生经历,是很难体会的。

① 梁启超:《梁著作文入门》,中国工人出版社 2007 年版,第 51 页。
② 梁启超:《梁著作文入门》,中国工人出版社 2007 年版,第 58 页。
③ 梁启超:《梁著作文入门》,中国工人出版社 2007 年版,第 58 页。

2.情感节奏的缓急变化

《哀郢》中的情感节奏如峡间江流,有时颠簸而行,哀叹呜咽;有时激峡冲石,高亢愤激,随峡形之曲折变化而回环往复。如首二句急促,结尾乱辞却稍缓,中间部分则波澜起伏,如同一条波状线,由许多问句加强情感构成波峰或波谷。这些问句多以质问或反问的形式出现,主要有两种形式:一是由"何……"构成,如"何百姓之震愆"、"何须臾而忘反"、"何日夜而忘之"等,首句为一般疑问句,后两句为反问句;二是由"焉"作前置宾语构成的特指问句,如"怊荒忽其焉极"、"焉洋洋而为客"、"忽翱翔之焉薄"等。这种质问或反问句,将诗人内心那难以言说的忧愁、愤慨、哀伤之情表达得异常充分。它们构成了情感的波动,每当它们出现时,情感便由缓到急。而大量的叠音词、叠韵词、双声词的出现,如"荒忽"、"淫淫"、"婵媛"、"洋洋"、"郁郁"、"佗傺"、"杳杳"等,又使情感走向了缓和。这样急与缓的交错融合,便构成了全诗时缓时急、往复回旋的情感节奏。

比较而言,《涉江》中的抒情叙述显得冷静而坚定。如首章叙述生平,紧接着叙述行程,皆波澜不惊:既没有哭天抢地似的呼喊,也没有反复的质问或反问。但这并不意味着它的情感节奏就是平和的。相反,在《涉江》冷静的叙述中,却隐藏了一种不断增强的内在节奏,缓中见急。我们试分析以下几句:

(1)苟余心其端直兮,虽僻远之何伤!

(2)吾不能变心而从俗兮,固将愁苦而终穷!

(3)余将董道而不豫兮,固将重昏而终身!

(1)句即"只要我此心正直,即使身处偏远又有何悲伤",是带有假设性的条件句。只有偏句即条件成立,主句也即结果才会出现。(2)句是因果句,原因部分是否定句,语气较委婉,但较之于(1)句已经是无条件的事实了,即"因为我不能改变心志以屈从世俗,因而只能愁苦终身"。(3)句也是因果句,不同的是原因部分,它用肯定句明确提出自己的行为标准:"我将恪守正道绝不改变。"在事实的基础上,又进一步坚定自己的信念,语气更加坚决。因而这几句看似简单的情感宣言,实际上经历了一个语气由弱渐强的过程,情感节奏也逐渐增强,以至于到了结尾乱辞("鸾鸟凤凰,日以远兮……怀信佗傺,忽乎吾将行"),已经变成了节奏紧促的四言句式了。

这样便形成了《涉江》缓中带急、由缓到急的情感节奏。

以上我们初步从文学层面上比较了《哀郢》与《涉江》几个方面的异同。作为《九章》中的两篇纪行作品，它们无疑是有一定的史料价值的——人们常常据此推断屈原晚年的行踪及情感经历，但更为重要的还是其文学价值，这是本篇讨论的基点。通过本文的初步探讨分析，可以看出，这两篇带有叙事性质的抒情诗，其情与景或情与事的融合达到了炉火纯青的地步，有了这样的相同点才使两篇作品有了比较的可能。本文正是在这一基础上，分析了它们的不同之处，也初步得出了一些结论。比如情感内容与背景之不同，结构上包括开端、展开、收尾等的方式的不同，表现方式上又有"回忆"与"描述"之差异，以及不同的情感表现方式和情感节奏等。这些不同正是两篇作品的独创性之所在，也是其文学价值之所在。

参考文献

[1] 郭沫若：《郭沫若古典文学论文集》，上海古籍出版社 1985 年版。

[2] 黄灵庚：《楚辞章句疏证》，中华书局 2007 年版。

[3] 姜亮夫等撰：《先秦诗鉴赏辞典》，上海辞书出版社 1998 年版。

[4] 李珉平：《中国古代抒情理论的文化阐释》，北京大学出版社 2005 年版。

[5] 梁启超：《梁著作文入门》，中国工人出版社 2007 年版。

[6] 林庚：《诗人屈原及其作品研究》，古典文学出版社 1957 年版。

[7] 刘永济：《屈赋音注详解　屈赋释词》，中华书局 2007 年版。

[8] 聂石樵：《屈原论稿》，人民文学出版社 1982 年版。

[9] 潘啸龙：《屈原与楚辞研究》，安徽大学出版社 1999 年版。

[10] 潘啸龙：《屈原与楚文化》，安徽文艺出版社 1991 年版。

[11] 钱锺书：《管锥编》，生活·读书·新知三联书店 2007 年版。

[12] [汉] 司马迁：《史记》，中华书局 1999 年版。

[13] 谭君强：《叙事理论与审美文化》，中国社会科学出版社 2009 年版。

[14] 汤章平译注：《楚辞》，中州古籍出版社 2005 年版。

[15] 文怀沙：《屈原九章今译》，百花文艺出版社 2005 年版。

[16] 游国恩：《屈原》，中华书局 1980 年版。

[17] 张叶芦：《屈赋辨惑稿》，学苑出版社 2005 年版。

[18] [宋] 朱熹：《楚辞集注》，上海古籍出版社 2001 年版。

指导教师评语

张凤芝同学的论文选题较好,超出了就一篇楚辞作品进行分析的局限,在两篇相似作品的比较中,论述其异同,视角颇有新意。文中比较楚辞研究家们对《哀郢》、《涉江》创作背景的考察意见,作出自己的选择,并从两诗表现的情感变化特点加以印证,选择恰当而言之有据。本文较有价值而令人耳目一新的,是对两诗结构和情感表现方式不同的分析:文中仔细探讨二者在"发端"、"展开"和"收结"方面的特点,思路活跃而不显得粗疏。从"'回忆'与'描述'之不同、写景局面之差异以及表情方式和节奏的不同"上,揭示二诗情感表现方式的同中之异,分析尤为得当,而且称引有关专家的论述加以阐发,带有了一定的理论层次。尽管研究的视野还可进一步拓展,行文措词还可更求准确,但研究的认真、阅览的相对丰富、见解的带有新意,使这篇论文具有了鹤立之势,而可进入优秀行列。(潘啸龙)

论《淮南子》结构的严谨性

卢 杨 *

关于《淮南子》的文本结构,冯友兰、范文澜、侯外庐等名家都认为其内容散乱、驳杂,结构也不够严密,显得芜杂①。但笔者通过仔细考察,发现《淮南子》的结构并不芜杂,其篇章安排以及全书结构有着严密的内在思想逻辑。

该书《要略》为作者自序,乃全书之总纲。作者明确指出,究"天地之理"②,接"人间之事",备"帝王之道",既是全书编撰的基本原则,也是全书结构的基本逻辑次序。按照这一次序,全书以"道"为核心,以《原道训》、《俶真训》,统领全文;以《天文训》、《地形训》、《时则训》,究"天地之理";以《览冥训》、《精神训》,接"人间之事";以《本经训》至《说林训》,备"帝王之道";以《人间训》、《修务训》,合论"人间之事"与"帝王之道",最后归以《泰族训》。可见,全书实以递进关系衔接各部分内容,层层深入,以形成严谨的"由天及人"的结构。本文拟从上述几方面加以论述。

一、《原道训》、《俶真训》——全书之枢纽

《淮南子》一书,内容看似驳杂,实则以老子之道为全书一以贯之的核心。高诱《淮南叙目》说:"其旨近老子,淡泊无为,蹈虚守静,出入经道……故夫学者不论《淮南》,则不知大道之深也。""号曰'鸿烈',鸿,

* 作者系安徽师范大学文学院汉语言文学专业 2009 届本科生。本文发表于《亳州师范高等专科学校学报》2012 年第 1 期。

① 冯友兰曰:"杂取各家之言,无中心思想。"《中国哲学史》,中华书局 1961 年版,第 477 页。范文澜曰:"《淮南子》虽以道为归,但杂采众家,不成为一家之言。"《中国通史》(第二卷),人民出版社 1978 版,第 167 页。侯外庐曰:"其书意多杂出,文甚沿复。"《中国思想通史》(第二卷),人民出版社 1980 年版,第 79 页。

② 本文引文,无特别说明,皆引自刘康德:《淮南子直解》,复旦大学出版社 2001 年版。

大也,烈,明也,以为大明道之言也。"①故胡适说:"道家集古代思想的大成,而淮南王书又集道家的大成。"②

《原道训》、《俶真训》,实为论道的姊妹篇,只是二者侧重点不同。《原道训》论道的本质,《俶真训》乃由道而推衍宇宙万物运化之规律。二篇所论之"道",是展开全书其他问题论述的本原,所以《原道训》、《俶真训》实乃全书之枢纽。《俶真训》紧接《原道训》的问题,对"道"很好地加以推衍,使之内容更加完善细密。两篇结合对全书最基本最重要的概念"道"进行了深入的分析,清晰的说明,从而使读者能够真正明白"大道之深",并且也将"道"作为一条红线贯穿起全书的所有内容,成为真正的全书枢纽。

《原道训》高诱注曰:"原,本也。本道根真,包裹天地,以历万物,故曰原道。"③本篇首先描述了《老子》所言之"道"的本质特点,开宗明义曰:"夫道者,覆天载地。廓四方,柝八极。高不可际,深不可测。包裹天地,禀授无形。源流泉浡,冲而徐盈。混混汩汩,浊而徐清。故植之而塞于天地,横之而弥于四海。施之无穷,而无所朝夕。舒之幎于六合,卷之不盈于一握。约而能张,幽而能明。弱而能强,柔而能刚。横四维而含阴阳,纮宇宙而章三光。"以赋的手法,着力描绘了"道"的本质属性:覆天载地,无所不在;包裹天地,化生万物;若源流,虚而徐盈,浊而徐清。其用也,取之无穷,无有盛衰;其形也,弥漫六合,又不盈一握;其性也,能小能大,能昧能明,能弱能强,能柔能刚。在时间上包容一切,空间上无穷无尽,是自然运化的规律,宇宙存在的本原。

然后论述"道"之用:"是故天下之事,不可为也,因其自然而推之;万物之变不可究也,秉其要归之趣。"对于"天下之事"与"万物之变",当依"道"而行,即"无为"。"人生而静,天之性也",人之本性决定人喜欢恬静,"静"对一切,便是真正的体"道"而行。"夫萍树根于水,木树根于土;鸟排虚而飞,兽蹠实而走;蛟龙水居,虎豹山处:天地之性也。两木相摩而然,金火相守而流;员者常转,窾者主浮:自然之势也。"这些自然规律我们不能人为地改变,当"无为"以对。要求我们要顺应自然,不能以意逆之,"所谓无为者,不先物为者;所谓无不为者,因物之所为"。"昔共工之力,触不周之山,使地东南倾,与高辛争为帝,遂潜于渊,宗族残灭,继嗣

① 刘文典:《刘文典全集》(第一卷),安徽大学出版社 1999 年版,第 2 页。
② 胡适:《淮南王书》,商务印书馆 1930 年版,第 13 页。
③ 各篇注语,皆引自《刘文典全集》(第一卷),安徽大学出版社 1999 年版。

绝祀。越王翳逃山穴,越人熏而出之,遂不得已。"共工"有为",越王翳"无为",但二者结果可谓是大相径庭!"昔舜耕于历山,期年,而田者争处硗埆,以封壤肥饶相让。钓于河滨,期年,而渔者争处湍濑,以曲隈深潭相予。"之所以会这样,就在于他"口不设言,手不指麾,执玄德于心,而化驰若神"。故在政事方面,"无为"主要体现为"无为而治"。"所谓无治者,不易自然也;所谓无不治者,因物之相然也。"否则依己而行就会"善游者溺,善骑者堕",正是因为由个人喜好而来,才会"反自为祸"。

《俶真训》高诱注曰:"俶,始也。真,实也。说道之实始于无,化育于有,故曰俶真。"道生于无,化育万物,故其本质仍是研究宇宙万物运化的规律。依据"本道根真"的理论,本篇研究宇宙万物运化,实是由道推衍而来。与此同时,作者还为读者树立了一个榜样——"真人"。他可谓"道"的化身,体"道"至深,"立于天地之本,中至优游,抱德炀和"。他通晓"万物之变",明白"天之所覆,地之所载,六合所包,阴阳所呴,雨露所濡,道德所扶,此皆生一父母而阅一和也"。所谓"父母"、"和",实乃"道"也。既然如此,则当顺应自然,依道而行,如"水向冬则凝而为冰,冰迎春则泮而为水",无为以对,"孰暇知其所苦乐乎"? 在政治上,"真人之道"乃"神无所依,心无所载,通洞条达,恬漠无事,无所凝滞,虚寂以待,势利不能诱也,辩者不能说也,声色不能淫也,美者不能滥也,智者不能动也,勇者不能恐也"。无为而治,方能达到"万民猖狂,不知东西;含哺而游,鼓腹而熙;交被天和,食于地德;不以曲故是非相尤,茫茫沉沉"的"大治"社会。

总之,前两篇内容在对"道"进行深入论述的同时,也对"无为"进行了详细的阐述。体"道"之人该如何应对自然社会之事呢? 就应以"无为"应对。故"无为"乃贯穿全书的内容。并且作者按"自然规律"与"人事关系"加以论述,与《要略》中"故著书二十篇,则天地之理究矣,人间之事接矣,帝王之道备矣",相互照应,全书的结构亦由此展开。

二、《天文训》、《地形训》、《时则训》 ——究"天地之理"

"天地之理"即"自然规律"。为究其理,则作《天文训》、《地形训》、《时则训》。依道上览于天,下察于地,佐以四时,三者皆根源于"道",则当"无为"以对。即顺应自然,依自然规律而行,不能违背自然,任意而动。

道为宇宙本原,始于虚无,虚无生宇宙,宇宙生元气,清扬者为天,重浊者为地,天地合气为阴阳,阴阳合气为四时,四时散精为万物,阳转而为日,阴转而为月,日月之精为星辰……故《天文训》论宇宙之演化与形成。《地形训》"纪东西南北,山川薮泽,地之所载,万物形兆,所化育也"。《时则训》论"四时寒暑、十二月之常法"。皆以道为本原,以自然无为为特质。且三篇所叙又与人事相应,具有鲜明的实践性和政治倾向。

《天文训》试图建立"天人体系","物类相动,本标相应",力求将人间社会的一事一物都与天象相联系,找到相应来源,为顺应自然找出合理性。所谓"人主之情,上通于天,故诛暴则多飘风,枉法令则多虫螟,杀不辜则国赤地,令不收则多淫雨",人间一举一动,天象皆有所应。要想真正探天究地,顺天而行,唯通"道"体"道"才行。

"条风至,则出轻系,去稽留。明庶风至,则正封疆,修田畴。清明风至,则出币帛,使诸侯。景风至,则爵有位,赏有功。凉风至,则报地德,祀四郊。阊阖风至,则收县垂,琴瑟不张。不周风至,则修宫室,缮边城。广莫风至,则闭关梁,决刑罚。"何风该做何事,这里一一列举。"甲子受制,则行柔惠,挺群禁,开阖扇,通障塞,毋伐木。丙子受制,则举贤良,赏有功,立封侯,出货财。戊子受制,则养老鳏寡,行稃鬻,施恩泽。庚子受制,则缮墙垣,修城郭,审群禁,饰兵甲,儆百官,诛不法。壬子受制,则闭门闾,大搜客,断刑罚,杀当罪,息关梁,禁外徙。"可见,"顺应自然"被作者在《天文训》中反复强调。天文既由道而生,自当因天象而采取措施,顺天而行,无为以对,才能取得比较好的效果。

《地形训》阐述地人相关学说,想要建立"地人体系"。道生四方"山川薮泽","人民禽兽万物贞虫",各有其理,"或奇或偶,或飞或走",人类无法加以改变,"唯知通道者能原本之",故当依其自身属性而从之。"蚕食而不饮,蝉饮而不食,蜉蝣不饮不食,介鳞者夏食而冬蛰,啮吞者八窍而卵生,嚼咽者九窍而胎生,四足者无羽翼,戴角者无上齿,无角者膏而无前,有角者指而无后,昼生者类父,夜生者似母,至阴生牝,至阳生牡。夫熊罴蛰藏,飞鸟时移",万物的生活习性本不相同,人类不必深究。

此外,地理环境、自然条件实质上也制约着物性、人性。"山气多男,泽气多女,障气多喑,风气多聋,林气多癃,木气多伛,岸下气多肿,石气多力,险阻气多瘿,暑气多夭,寒气多寿,谷气多痹,丘气多狂,衍气多仁,陵气多贪。轻土多利,重土多迟,清水音小,浊水音大,湍水人轻,迟水人重,中土多圣人"。人类的生理、心理特征与其生活的地形、气候,有着极为密切的关系。"东方川谷之所注,日月之所出,其人兑形小头,隆鼻大口,鸢肩企行,窍通于目,筋气属焉,苍色主肝,长大早知而不寿;其地宜麦,多虎豹"。南方、西方、北方及中央亦如东方,人民各有其特征,土地各有其特定作物及动物,借此构筑一个严密的地人相关体系。立身其中,当无为以顺应四方及中央。因为"土地各以其类生",不以人类意志而转变。天地成而有四时,故紧承《天文训》、《地形训》,而有《时则训》。此篇仿效前两篇,力求建立"时人体系"。将君王四时政令予以明文规定,实乃以"天"而给"人"的行为以约束,目的是让君王能够依"道"而循时则,行无为之治于民。

该篇以时间为序,介绍了天子四季十二个月的时则政令,以此说明依"道"而行"无为"之重要性。"孟春之月……朝于青阳左个,以出春令。布德施惠,行庆赏,省徭赋。立春之日,天子亲率三公、九卿、大夫以迎岁于东郊,修除祠位,币祷鬼神,牺牲用牡。禁伐木,毋覆巢杀胎夭,毋麛,毋卵,毋聚众置城郭,掩骼埋髊。"若逆孟春之政令而行,"行夏令,则风雨不时,草木旱落,国乃有恐;行秋令,则其民大疫,飘风暴雨总至,藜莠蓬蒿并兴;行冬令,则水潦为败,霜雪大雹,首稼不入"。其后各节再叙另十一个月之政令。可见,《时则训》不失为帝王之"政令表",依此而行,年复一年,国家自当正常运转。

通过以上分析,我们发现三篇皆以"顺应自然"、"顺天而行"为主旨,各篇建立的相应体系则更好地体现了这一点。"道"生天文、地形、时则,面对这些"自然之理",更应"无为",依自然规律而行。当然,由于当时的历史条件及作者自身思想的局限,文中难免有牵强附会之处,我们应辩证地看待。

三、《览冥训》、《精神训》——接"人间之事"

探究"天地之理"后,理应以事实加以印证,这样既可使论证更为严密,亦能增强说服力,故辟《览冥训》,用大量事例,"览观幽冥变化之端"。其中自然方面的事例,可视作对上文的照应,社会方面的史事、传闻则给下文以很好的启发。人类作为天地的主宰,其自身能否体"道"并依道而行至关重要。而"精者,人之气。神者,人之受也",精神亦主宰人类,故《精神训》推本溯源,详说其意,指导人们如何持守精神,全性保真。君主为人中真龙,亦当深悟此理,方能达"大治"之境界。

《览冥训》高诱注曰:"览观幽冥变化之端,至精感天,通达无极,故曰览冥。"本篇就是通过阐述自然界和人类社会中万事万物的相互关系和固有的运动变化规律,来论证人类必须让自己合"道",进而证明"无为"的正确性。

"今夫地黄主属骨,而甘草主生肉之药也,以其属骨,责其生肉,以其生肉,论其属骨,是犹王孙绰之欲倍偏枯之药,而欲以生殊死之人,亦可谓失论矣","若夫以火能焦木也,因使销金,则道行矣。若以慈石之能连铁也,而求其引瓦,则难矣,物固不可以轻重论也"。对于这些自然规律,凭耳目无法认识,靠内心难以确定,"虽有明智,弗能然也"。自然万物,本有定理,玄妙高深,"知不能论,辩不能解",我们无须深究,只要依道顺应自然,自能明之。不离"道"之根本,"何为而不成"?作者列举师旷奏乐、武王伐纣、雍门子哭于孟尝君等社会方面的事例,揭示出他们"全性保真,不亏其身,遭急迫难,精通于天",都能"宫天地,怀万物,而友造化,含至和",这才是"清净之道,太浩之和"。这些均非以智为之,只有以道为本,并掌握阴阳变化的自然规律,方能为之。

作者无非是以"览冥"为外衣,以自然界和社会中的万事万物为基础,其实质则为"览道"。"夫道者,无私就也,无私去也。能者有余,拙者不足;顺之者利,逆之者凶","夫道之与德,若韦之与革,远之则迩,近之则远。不得其道,若观鯈鱼"。虽然"道"难以捉摸,但只要"惛若纯醉"、"纯温以沦,钝闷以终",就能体"道"用"道",依"道"而行"无为"。钳且,大丙正是"假弗用而能以成其用","嗜欲形于胸中,而精神踰于六马",才掌握"以弗御御之"的御术。后面作者在历数各代帝王之治时,今昔对比均为强调有为不如无为,道之无为才是根本。

《精神训》开篇即论述人的生命来源。人与万物相同,皆源于阴阳相成的"气":"烦气为虫,精气为人。"而人的精神属于上天,形体则属于大地,故当"法天顺情","以天为父,以地为母,阴阳为纲,四时为纪",依循自然法则,保存宁静清和的精气才能生存。

精神之于人类,十分重要,非"夏后氏之璜"可比。精神旺盛,则精气顺畅,顺畅就调匀,调匀则是通达无阻,就可产生神奇的能力,故当持守精神。"性合于道"的真人则是最高的典范。其特点:"有而若无,实而若虚;处其一不知其二,治其内不识其外;明白太素,无为复朴,体本抱神,以游于天地之樊,芒然仿佯于尘垢之外,而消摇于无事之业。"与道合一,以道为准绳,依道而行,外物无法扰乱他的心神。胸中有道,持之而不放纵,清静安宁而无思无虑,故"居不知所为,行不知所之,浑然而往,逯然而来"。"视珍宝珠玉犹石砾也,视至尊穷宠犹行客也","以死生为一化,以万物为一方,同精于太清之本,而游于忽区之旁"。正因其体道至深,故将自身视为万物之一种,无贵贱、尊卑之别。不以物喜,不以己悲,则精神不致外泄。真人不执著于某物,亦不诱慕于某物,故能"志不慑"、"明补眩"、"神无累"、"心不惑"。可见,"真人"之所以能够很好地持守精神,就在于真人合于道性——保持虚静恬无,顺其自然的天性,故能养性存形。

《览冥训》、《精神训》上承《天文训》、《地形训》、《时则训》之"天地之理",下启《本经训》以下之"帝王之道",由自然而及万物与人。正印证徐复观先生"要贯通天地人,是要融澈形上形下"①之语。两篇作为全书"人间之事"部分的同时,亦可视作《淮南子》"由天及人"结构的过渡部分。

四、《本经训》至《说林训》——备"帝王之道"

《淮南子》一书虽然上至天文,下至地理,中通人间百态,但主要落脚点还是在君主治政上,即向统治者提供治国方案,这是刘安献书的真正用意,也是《淮南子》著书的根本宗旨,正如《氾论训》所言:"百家殊业而皆归于治。""帝王之道"部分就从治国原则与方略两方面,非常细致地论述了君主治政这一问题,其核心仍是要求君王依"道"而行"无为之治"。

(一)《本经训》、《主术训》、《缪称训》——总论治国原则与方略

高诱注《本经训》:"本经造化出于道,治乱之由,得失之常,故曰本经。"作者所倡导的治国原则即"无为而治"。天下要想长治久安,就应实行道治,就应无为。统治者当通达道体,体本抱神,以道修身,革除贪欲,方能达理想的太清之治。"是以不择时日,不占卦兆,不谋所始,不议所终;安则止,激则行。通体于天地,同精于阴阳,一和于四时,明照于日月,与造化者相雌雄。"作者用今昔对比的手法,将太古至人清静无为之治同三王五帝的仁义之治、末世暴君昏王的胡作非为作了鲜明对照,突出了

---

① 徐复观:《两汉思想史》(第二卷),华东师范大学出版社 2004 年版,第 116 页。

"太清之治"的美好,抨击了近世政治,指出"帝者体太一,王者法阴阳,霸者则四时,君者用六律",而"仁、义、礼、乐者,可以救败,而非通治之至也"。而治理天下的最好手段乃依道而"心与神处,形与性调;静而体德,动而理通;随自然之性而缘不得已之化;洞然无为而天下自和,憺然无为而民自朴,无祥而民不夭,不忿争而养足"。这样百姓就会归于质朴和乐,恬澹无欲,怨恨纷争也会消失,才能达到作者所神往的理想社会。

《主术训》紧承《本经训》之谈治国原则,全面阐述了君主治国的方略,且本篇所谈之方法策略,均以"无为而治"这一原则为指导。君主治国,须"通于天道","处无为之事,而行不言之教。清静而不动,一度而不摇;因循而任下,责成而不劳"。作者开头即提出本篇观点,君主唯与道合一,方能行"无为之治",此为治国之上策。这在神农氏与晚世之治的对比中,表现得更加明显。且"无为"并非"凝滞而不动","以其言莫从己出也"。

在"无为而治"这一原则指导下,一方面因"得失之道,权要在主",要求君主自身当清静无为,静以修身,俭以率下。且君王还需正直诚信,"则直士任事,而奸人伏匿矣",以期达到英明君主所必备之"六反",即"心欲小而志欲大;智欲员而行欲方;能欲多而事欲鲜"。另一方面作者又细致介绍了统御之术。首先,君主应利用众人才智治国,"乘众人之智,用众人之力",最大限度地发挥群臣百官的作用,以达到"无不任"和"无不胜"的目的。其次,君臣异道,"主道圆,臣道方"。君不应过多干预臣之行事,须"守职分明","各得其宜",以做到"任而弗诏,责而弗教;以不知为道,以奈何为宝","则百官之事各有所守矣"。第三,君主应善于选拔人才,使"小大修短,各得其所宜,规矩方圆,各有所施",并且合理利用,"有一形者处一位,有一能者服一事",以发挥其最大的潜能为帝王服务,才能"各得其宜,天下一齐"。但作者并不拘泥于"无为而治"这一原则。"法者,天下之度量,而人主之准绳也","国之所以存者,仁义是也"。可见,儒、法两家理论也是治国所必需的,只是应以道家为本,辅以儒、法。以"神化"为上,以法约束百姓,以"至精"、"至诚"感化人民,归真返璞,天下才会大治。故本篇实以道家为基础,兼融儒、法以完善其治国方略。

此外,《缪称训》对君主的自身修养也展开了全面具体的论述。全篇在坚持道家学说的前提下,广引与之相异的儒家学说,儒道糅合兼用。君主道德修养的最高境界是与道合一,清静无为。"体道者,不哀不乐,不喜不怒;其坐无虑,其寝无梦;物来而名,事来而应"。同时君主还须具有仁爱之心，"爱人以诚"，"诚出于己，则所动者远矣"。若想达到这种境界，需从身边点滴小事做起，"积小善成大德"。更应持之以恒，不可三心二意，"两心不可以得一人，一心可以得百人"。遇挫折时，不怨天尤人，当"求诸己"。持守独处则"慎独"。长此以往，"日滔滔以自新"，自然会有收获。君主以儒家倡导之"仁爱"修身后，仍应复归道体以德治国，因"地以德广，君以德尊，上也"。这样举国上下，方能"工无伪事，农无遗力，士无隐行，官无失法"。全篇首尾以道相呼应，再次表明作者旁引儒术的同时，仍以道为本，君主亦当按《本经训》、《主术训》所言之原则、方略治国。

以上三篇，前两篇总论治国原则与方略，后一篇则以缪称补证，使内容更加充实。《齐俗训》至《说林训》各篇，紧承总论部分，从更加细致的角度，深入剖析，详细论述了具体的治国原则与方略。

（二）《齐俗训》、《兵略训》——分论治国方略

《齐俗训》、《兵略训》承《主术训》而细谈治国方略之齐风俗、用兵略，力图使统治者文治武功兼备。且执行时，亦应以道为本，以无为应之，方能使国家大治。

《齐俗训》许慎注曰："齐，一也。四宇之风，世之众理，皆混其俗，令为一道也，故曰齐俗。"不同时代、不同国家、不同地域、不同民族乃至不同的个人，都有相应礼俗，且都是对一定生活环境、社会伦理、人际关系的反映。虽礼俗形式不同，但目的却是一致的，"四夷之礼不同，皆尊其主而爱其亲，敬其兄"，"三皇五帝，法籍殊方，其得民心均也"。故应承认各自的合理性，不能以某种礼法来齐一天下社会，更不能强迫人们接受一种繁琐而无实用的礼俗，要"入其国从其俗，入其家者避其讳，不犯禁而入，不忤逆而进"。礼俗"佐实喻意"则可，不应以"旷日烦民"为务。各种礼俗皆"一世之迹"也，并非一成不变。其制定乃圣人"应时耦变，见形而施宜者也"，都是顺应时代和客观情况而采取的措施。故当"世异则事变，时移则俗易"，倘若墨守成规，妄图以一礼而应万世之变，无异于胶柱调瑟矣。但若真要齐一"四宇之风，世之众理"，则还须归于道，以道作为衡量一切的标准。在得道者看来，各种礼俗无好坏之分，以道为本而兼容并蓄，方可总而齐之。礼俗与时变化，唯体道者能注意世间是非之分，"入于冥冥之眇，神调之极，游乎心手众虚之间"，熟练运用礼法以治。这样天下人"体道返性"，"士无遗行，农无废功，工无苦事，商无折货，各安其性，不得

相干"。纯朴风俗得以形成,天下便能大治。

《兵略训》集中论述了相关军事问题,对君主之武功予以强调。全篇首尾呼应,介绍了古代正义战争并非近世以"利土壤之广"和"贪金玉之略"为目的,实为"存亡继绝,平天下之乱,而除万民之害"。这样的战争百姓是支持的,故黄帝、尧、舜皆能有成,战后"民不疾疫,将不夭死,五谷丰昌,风雨时节"。但作者并非提倡战争,不战而屈人之兵才是其所向往的。达于此,其关键在于修明政治。推行仁义,广布恩惠,健全法制,亲贤远佞,对内修政以抚臣民,向外怀德以威四方,此乃"用兵之上也",亦为政治根本。消灭敌军是战争的目的,不战而胜乃最理想的结局,此唯清明之国才可做到。"故千乘之国行文德者王,万乘之国好用兵者亡。"名为《兵略》,但弃兵修政才是作者的真实意图。 近世却舍本而事末,大肆兴兵。即使用兵也宜先"教之以道,导之以德",继而"临之以威武",最后才"制之以兵革",兴兵乃不得已而为之。真正用兵,仍应以道为本,"兵失道则弱,得道则强"。道之于兵,不见形状,不知界限,化育万物没有形迹,生育万物无法计量,浑厚深沉,不知其蕴藏。故当静法天地,动顺日月,喜怒合于四时,进退不乱五行,则"车不发轫,骑不被鞍,鼓不振尘,旗不解卷,甲不离矢,刃不尝血;朝不易位,贾不去肆,农不离野;招义而责之,大国必朝,小城必下",借民力,顺民意,而惩恶除奸。

以道用兵,贵在无形,"唯无形者无可奈也"。作战时应团结军民,万众一心,掌握"以后制先"、"以静制动"、"以奇制胜"等原则,并能随机应变,方可"与鬼神通",而"天下莫之敢当"。"道"的思想渗透全篇,形成《淮南子》以"道"为中心的军事理论体系。

(三)《道应训》、《氾论训》、《诠言训》与《说山训》、《说林训》——分论治国原则

《道应训》、《氾论训》、《诠言训》、《说山训》、《说林训》承《本经训》而细致论述治国原则。前三篇考祸福之应道,得失之归道,万物之依道;后两篇认识自然、人世之理。"道"这条红线亦贯穿五篇之始终。

《道应训》承《原道训》、《俶真训》之说道衍道,而改用五十六则历史故事和寓言故事对"道"进行形象化的解说。这样既有趣味,又便于真正理解"道"。理论阐述后,"道"宜应以史实加以印证,方能证明其为宇宙自然之本原,社会历史发展之动力。曾国藩曰:"此篇杂征事实,而论之以老

子《道德》之言,意以已验之事,皆与昔之言道者相应也,故题曰道应。"五十六则故事末尾,引《老子》、《庄子》、《慎子》、《管子》语录以点明主旨①。该篇为读者阐释了许多哲理,其核心就是以道自能就福避祸,正印证许慎此篇注语:"道之所行,物动而应,考之祸福,以知验符也,故曰道应。"

《氾论训》论述古今得失。认为治国应"以道为化",考察时势变化,世无"常法"、"常规",应"与化推移",做到"大归于一"。"太刚则折,太柔则卷",道之根本,在刚柔之间,依道则"能阴能阳,能弱能强"。但是非荣辱,非一成不变,评判的标准是不断变化的,不应"结于一迹之途,凝滞而不化",要学会用发展的眼光去看待得失祸福,"利害之反,祸福之接,不可不审也"。作者强调的"变",非"无所应趋",更不是"非此即彼",其实质仍是以道主于内心,辨清浊,明是非,"不受于外而自为仪表"。与道相通,方能"不苟得,不让福;其有弗弃,非其有弗索;常满而不溢,恒虚而易足"。将此变通之理用于治国,则不当拘于礼法,须"因时变而制礼乐"。选拔人才,勿求全责备,即使是尧、舜、汤、武,也并非完人。不可因"小恶"而妨"大美",要从细节去考察一个人的品质,"视其更难,以知其勇;动以喜乐,以观其守;委以财货,以论其仁;振以恐惧,以知其节"。更应该依其表现来决定如何任用他们,以致出现百里奚、伊尹、姜尚、宁戚的丰功伟绩。依道以变,"当于世事,得于人理,顺于天地,祥于鬼神,则可以正治矣"。

《诠言训》为阐明事理的言论,"无为"是其反复论述的中心,故本篇实乃无为思想的"诠言"。"无为者,道之体也。"道的本质是无为,其精髓也是无为,故"无为而宁者,失其所以宁则危"。行"无为",要求君主修身养性,其关键在于"无欲"。"为政之本,务在于安民;安民之本,在于足用;足用之本,在于勿夺时;勿夺时之本,在于省事;省事之本,在于节欲;节欲之本,在于反性;反性之本,在于去载。"推本溯源,治国本于"去载",不因名利,耳目口舌之欲扰乱心志,内心世界便不会有精神负担,自能平和虚静。"原天命,治心术,理好憎,适情性",则"物莫不足滑其调",身可治矣,而后向上齐家,治国以致平天下。"无为而治",首先要因顺自然,因势利导,"三代之所受道者,因也"。禹、稷因势,汤、武因时,皆成其事,故"大下可得而不可取也,霸王可受而不可求也"。其次,不要太过张扬,应藏于无形。"无须臾忘为质者,必困于性;百步之中不忘其容者,必累其形。"过

---

① 实际只有五十三则末尾引《老子》,其余三则引《庄子》、《慎子》、《管子》。

分注重外表修饰,情感放纵会伤害内质,应像天地"无予"、"无夺",日月"无德"、"无怨","灭迹于无为"。第三,应当"执后"、"行简易"。"执后者,道之容也",顺循天道,不随意争先,将自身置于事外,这是道的功能。简约以成天地,欲成大事不应以繁文缛节束缚众人,故"非易不可以治大,非简不可以合众"。最后,世间祸福不因人的好憎而来去,面对"欲福者或为祸,欲利者或离害"的情况,虽"千变万轸",亦应有"不化而应万化者",即以无为应万变。

《说山训》、《说林训》为认识自然、人世之理之姐妹篇。两篇试图从认识论的角度分析问题,给世人尤其是君主提供认识世界的思想武器,找出解决各种问题的方法。文中多用寓言故事、格言警句的形式,"假譬取象,异类殊形",来"领理人之意,解堕结细,说捍抟囷",以"明事埒事"。《说山训》"委积若山",《说林训》"若林之聚",可见两篇内容之宏富,所涉包括现象与本质、主观与客观、主流与支流、整体与局部、个别与一般等问题。其主流是朴素的唯物论和辩证法。篇中保存了大量寓言故事,名言警句层出不穷。其中揭示的哲理,即使是在当下仍值得深思和借鉴。

综合以上分析,"帝王之道"部分实以"总—分"结构展开论述。《本经训》、《主术训》和《缪称训》总论治国原则与方略,然后另辟相应篇章分别予以具体详细的叙述。理论与实际相结合,力求为汉武帝提供一套完整的治国理念。

五、《人间训》、《修务训》——合论"人间之事"与"帝王之道"

《览冥训》至《说林训》,作者用十二篇内容论述了"人间之事"与"帝王之道"两部分。"人间之事"部分强调应依道而修身养性、全性保真,以便无为行事。"帝王之道"部分的核心为无为而治。丰富的内容,高深的道理,作者担心读者一时难以真正领悟,故以《人间训》、《修务训》再次论述,对上述核心内容予以强调,企图使读者深刻理解其用意。

《人间训》许慎注曰:"人间之事,吉凶之中,征得失之端,反存亡之几也,故曰人间。"人间祸患很大程度是由于人们主观上的贪欲,"祸之来也,人自生之;福之来也,人自成之"。晋厉公既想"地广而名尊",又"气充志骄,淫侈无度,暴虐万民",故罹祸身死;智伯一味贪多,欲取魏、韩、赵之地,反致三家联合而分晋。若能像孙叔敖使其子辞"肥饶之地",而"请有寝之丘",定当遗福于后人,故《老子》曰:"知足不辱,知止不殆,可以长久。"①贪多则就祸,知足则趋福。祸福产生的客观原因是由于人们不理解"天道"与"人事"。只知天道,不晓人事,无法与世俗交往;只晓人事,不知天道,则无法与道周游。单豹修养心性却为虎所食,张毅修饰外表却有疾而终,"此皆载务而戏乎其调者",均未能将外形与心性相协调,故当"知天之所为,知人之所行",则可"有以任于世矣"。

面对"祸福之所由来者,万端无方"的情况,作者开宗明义论述趋福避祸的方法,即心、术、道。所谓"心","发一端,散无竟,周八极,总一管"也。心为人之主宰,既可"使人高贤称誉己",又能"使人卑下诽谤己",故当注意心性修养,回归人的本性——"清净恬愉"。要去除贪欲,贪念为祸生之本,"就人之名者废,忉人之事者败,无功而大利者后将为害",若能使内心虚静,无利害之念,则"自养不勃"。这与《精神训》强调修身养性、全性保真有着内在的联系。所谓"术","见本而知末,观指而睹归,执一而应万,握要而治详"也。要具有预见性,祸患处于萌芽时应立即扑灭,等一切蔓延扩散,"虽起三军之众,弗能救也"。故当谨小慎微,从身边小事做起,自能"覆大"、"怀远"矣。对于复杂世事,应像孔子"仁且忍,辩且讷,勇且怯",合理运用自身长处与短处,自能"应卒而不乏,遭难而能免"。不可如秦牛缺,知己而不知彼,以致招来杀身之祸。所谓"道","居知所为,行智所之,事智所秉,动智所由"也。对祸福加以防备、阻止,不如从根本上杜绝。得道的圣人"常以事于无形之外,而不留思尽虑于成事之内",故"祸患弗能伤"。他"外化而内不化":外形变化,应时偶变以适应世俗;内心不变,不因名利荣辱扰乱"清净恬愉"之本性,以保全自身,则"内有一定之操而外能诎伸、赢缩、卷舒,与物化移,故万举而不陷"。具备心、术、道,则能避免祸患矣。

"心"是针对祸患产生的主观原因,"术"则对应客观因素,二者又皆本于"道"。依道修心以清净,执术以应变,则能避祸就福。人间祸福、利害、得失,若能通晓其理,掌握应对之术,就能接"人间之事"以备"帝王之道"。故《要略》曰:"《人间》者……诚喻至意,则有以倾侧偃仰世俗之间,而无伤乎谗贼螫毒者也。"

----

① 陈鼓应注译:《老子注译及评介》,中华书局2008年版,第239页。

应对世事，君主治国，皆应以道为本，以无为为要。但"无为"并非"寂然无声，漠然不动；引之不来，推之不往"，此非"得道之像"，《修务训》开篇即以说明。神农、尧、舜、禹为民忧劳，兴利除害，日夜不息，以致"神农憔悴，尧瘦癯，舜黧黑，禹胼胝"。若真是"四肢不动，思虑不用"，则圣人之名难立也。作者所谓"无为"，乃"私志不得入公道，嗜欲不得枉正术，循理而举事，因资而立，权自然之势，而曲故不得容者，事成而身弗伐，功立而名弗有；非谓其感而不应，攻而不动者"。既要求遵循规律，不因个人喜好欲望而妄为，当顺应自然，因势而为；又要发挥主观能动性，积极进取，以求"事成"、"功立"，但不应夸耀、占有。这就为"无为"输入了积极建功的新鲜血液。

"无为"以"清静为常，恬淡为本"，但并非寂然不动，仍应积极进取，故《要略》曰："《修务训》者……故为之浮称流说其所以能听，所以使学者孳孳以自几也。"真正理解了"无为"，也就深刻领悟了"人间之事"与"帝王之道"部分的精髓。

六、《泰族训》——全书之总结

许慎注《泰族训》曰："泰言古今之道，万物之指，族于一理，明其所谓也，故曰泰族。"曾国藩曰："族，聚也，群道众妙之所聚萃也。泰族者，聚而又聚者也。"作者欲用简略的语言，概括各篇大要，将全书精华汇集于此。实以总结的方法归纳全文，不致使各篇显得枝蔓、分歧，而能有分有合，使全书结构体系更为严谨。

总结"天地之理"部分，突出强调应遵循规律，自然无为。"天设日月，列星辰，调阴阳，张四时。日以暴之，夜以息之，风以干之，雨露以濡之。"化育时，不见形著，万物苗壮成长；杀灭时，不见痕迹，万物凋落死亡。一切都悄无声息，自然而然，如同高山深林非为虎豹，大木茂枝非为飞鸟，渊深百仞非为蛟龙，这就是"神明"。故当顺循自然之性，不可以"智巧"、"筋力"而有意为之。凡能以人力左右，皆是微不足道和有限的。"天致其高，地致其厚，月照其夜，日照其昼，阴阳化，列星朗"，此非人力所为，皆是"物自然"也，方可"各得其所宁"。

对于"人间之事"部分，重在强调《精神训》之修身养性、全性保真。做事应顺循人性，"不务性之所无以为"，"不忧命之所奈何"。不为人生中没有必要的事情分神、担忧，则心境平和，自身修养有所收获，以期与道相通，达到"藏精于内，栖神于心，静漠恬淡，讼缪胸中，邪气无所留滞"的境界。"人间之事"之论述，由自然及万物与人，《精神训》强调修身养性，则上承"天地之理"之顺应自然，下启"帝王之道"之无为。《泰族训》单将此点再度论述，正与此理相应。

《泰族训》大部分段落实乃"帝王之道"部分之总结，将全书的政治主张予以集中表现，"无为而治"是其总结的重中之重。如《主术训》之开宗明义，本篇亦鲜明提出"圣主在上，廓然无形，寂然无声"，"非易民性也，拊循其所有而涤荡之"。循人性而治，非以己意妄动。君臣异道，各司其职；选贤任能，各尽其用；全心为民，以安社稷。故能"官府若无事，朝廷若无人；无隐士，无轶民；无劳役，无冤刑；四海之内，莫不仰上之德，象主之旨；夷狄之国，重译而至"，达"大治"的社会。

"天地之道，极则反，盈则损"，说明事物有一个变化的过程，所以君王要顺应时势，依《氾论训》应时偶变。"圣人事穷而更为，法弊而改制"，才能"救败扶衰，黜淫济非"。同时，为政当简约以行，不可繁杂，"事碎难治"，"法烦难行"。《诠言训》略提之为政从简，在这里稍作展开，做成大事要简约，做好大事当俭省，故"功约易成"、"事省易治"。

天地自然形成，必有其合理性，我们不应厚此薄彼，要有"无故无新，无疏无亲"之"兼用"观念，看到事物的特性，兼而用之。对于不同的人，更当如此，才能立业成事。这里对《齐俗训》限于风俗之齐一的观点有所发展。用兵时，更应对"或轻或重，或贪或廉"之人，"兼用而财使之"，《兵略训》亦在此重现。

君主治政，应当审察事情的来龙去脉，弄清事物的本末关系，不可"以一事备一物"，当通晓《人间训》所论祸福转换之理。为政同时，更应不断学习以充实、完善自身。人如果不学习，则如"囚之冥室之中"，尽管"养之以刍豢，衣之以绮绣"，仍无法高兴，切不可因"嬉戏害人也"。这里依稀可见《修务训》身影。

国君应依道而行无为，作者已反复加以论述。但这并非唯一的方法，仁义也是必不可少的，作者甚至推崇其为"治之所以为本者"。抓住"仁义之本"，则社会大治；弃本逐末，则社会大乱。"仁义者，为厚基者也。"赵政不增其德被灭，智伯不行仁义而亡，五帝三王明于此理，乃成"天下之纲纪，治之仪表"。以道为本的同时，亦以儒家为辅，儒道结合，再见《缪称训》之意。

《淮南子》由"天地之理",经"人间之事"过渡,而落实到全书之出发点——备"帝王之道"。君主如何治政,才是刘安等人著书的真正意图,故《泰族训》总结侧重于此。《原道训》《俶真训》所论之道,贯穿全书,亦渗透于本篇之中。道为万物之源,依道行无为以应自然,行人事,而成帝王之业,篇中虽未明说,亦不难查知。所以,无论是从外在结构,还是从隐含思想,《泰族训》都是不可或缺的重要篇章。

七、《要略》——全书之纲领

如《文心雕龙》之《序志》,依古人著书习惯,《淮南子》末亦附全书序言——《要略》。对写作目的、写作方法、全书内容及结构、语言作详细说明,以利于读者由此而知论述之总纲,内容之大概,全书之特征,通晓二十篇之论,实乃全书之纲领,故许慎曰:"略数其要,明其所指,序其微妙,论其大体。"

开篇作者直言其写作目的,"纪纲道德,经纬人事",并"上考之天,下揆之地,中通诸理"。对应上文,《原道训》《俶真训》说道衍道,总讲道德,且贯之于"天地之理"、"人间之事"、"帝王之道"部分。经"天地之理"部分"上考之天,下揆之地",则通"人间之事"各种道理,自然使全书基点"帝王之道"完备。可见由全书严谨体系而展开的翔实论述很好地体现了作者们的创作意图。

全书论述,皆本原于道。对自然,应人事,行帝王之政,皆应依道而行无为。而道又高深玄妙,难以理解。故一味演说,恐世人难通其理;只用事实说明,又怕舍本就末。所以作者理论联系实际,将"言事"与"说理"结合,"繁然足以观终始"。若二者偏废其一,就会造成"无以与世浮沉"、"无以与化游息"的局面,使人"惛惛然弗知"。

人非圣贤,难知道之本末,为使世人不"终身颠顿乎混溟之中",故作者详加论述。全书语言,虽纤细、粗犷、精微、简略有别,但正是用"坛卷连漫,绞纷远缓"之语,作者揭示出道德精深旨意,"使之无凝竭底滞,捲握而不散也"。

最后,遍观历史,一时有一时之学,一世有一世之道,上至太公之谋,下至商鞅之法,皆应时而生。故《淮南子》也是一定时代的产物。当然作者仍不忘夸赞自己的著作,称"刘氏之书","非循一迹之路,守一隅之指",能"置之寻常而不塞,布之天下而不窕"。自夸其书,无非是想为当朝所用。考之全书,此语也并非浮夸之词。对于全书内容及结构,这里亦有概括与说明,因上文详加论述,此不赘述。

但《要略》可能是受全书"旨近老子"风格的影响,显得十分玄妙,并不像《文心雕龙·序志》篇的"序言"味来的浓厚。所以我们单凭《要略》是"不能把握全书的精神脉络"的[①],还需要认真研读各篇,才能有所收获。

综上所述,我们可以清楚地看到《淮南子》一书由上述各部分形成严谨的"由天及人"的结构体系。"天地之理究矣,人间之事接矣,帝王之道备矣"。梁启超在《中国近三百年学术史》中曾说:"《淮南鸿烈》为西汉道家言之渊府,其书博大而有条贯,汉人著述中第一流也。"[②]此外,日本学者仓石武四郎在《淮南子考》中评论本书结构:"次第井然,恐是当时破天荒之体裁矣!《吕览》之技能,何足以相提并论?同时惟司马迁之《史记》,有此组织而已。汉武帝珍之为枕中秘,岂偶然哉?"[③]《淮南子》结构之严谨,令人赞叹,由来久矣。

当然,《淮南子》在总体结构严谨的情况下也确实出现了一些局部不和谐的音调,想来也是可以理解的。全书创作者除道家外,也有"诸儒大山、小山之徒",儒道的相互冲突或许导致了局部的不协调。一人写书尚且难以做到完全的照应,更何况集体创作的偶有交叉重复呢?刘安纵然很有才华,而且全书想必也经他润色,但某些细部确实处理得不够完美。瑕不掩瑜,我们不能以偏概全而否定《淮南子》的总体结构,更不能以细部的不和谐而非议其"结构芜杂",这是不够客观的。

参考文献

[1] 陈鼓应注译:《老子注译及评介》,中华书局 2008 年版。

[2] 范文澜:《中国通史》(第二卷),人民出版社 1978 年版。

[3] 冯友兰:《中国哲学史》,中华书局 1961 年版。

---

① 徐复观:《两汉思想史》(第二卷),华东师范大学出版社 2004 年版,第 176 页。
② 梁启超:《中国近三百年学术史》,东方出版社 2004 年版,第 263 页。
③ 许匡一:《淮南子全译》,贵州人民出版社 1993 年版,第 17 页。

[4] 侯外庐:《中国思想通史》,人民出版社 1980 年版。

[5] 梁启超:《中国近三百年学术史》,东方出版社 2004 年版。

[6] 刘康德:《淮南子直解》,复旦大学出版社 2001 年版。

[7] 刘文典:《刘文典全集》,安徽大学出版社 1999 年版。

[8] 徐复观:《两汉思想史》,华东师范大学出版社 2004 年版。

[9] 许匡一:《淮南子全译》,贵州人民出版社 1993 年版。

指导教师评语

据后人研究,《淮南子》一书乃刘安幕僚文士之所作,因为出自众人之手,故结构散漫而芜杂。然而,论文作者通过悉心研究发现,全书既有统一的主题,也有完整的结构:《要略》乃全书之总纲,究"天地之理",接"人间之事",备"帝王之道",既是全书编撰的基本原则,也是全书结构的基本逻辑次序。全书以"道"为核心,以《原道训》、《俶真训》,统领全文;以《天文训》、《地形训》、《时则训》,究"天地之理";以《览冥训》、《精神训》,接"人间之事";以《本经训》至《说林训》,备"帝王之道";以《人间训》、《修务训》,合论"人间之事"与"帝王之道",最后归以《泰族训》。可见,全书实以递进关系衔接各部分内容,层层深入,以形成严谨的"由天及人"的结构。论文正是按照《淮南子》内容结构的逻辑次序,分别展开论述,论据充分,论证也比较严密,基本能够言之有理,持之有故,是一篇颇有创新性的本科毕业论文。(刘运好)

潘岳哀诔文初探

朱　玲*

　　哀诔文是一种十分古老的文体,至今已有几千年历史,然哀诔文创作的作家名望、作品数量、文学成就都无法与诗词歌赋相提并论,对于哀诔文的研究也乏善可陈,学术界一直没有引起足够重视。事实上,哀诔文因其独特的实用性和抒情性,越来越引起人们的关注。魏晋南北朝是哀诔文发展的一个高潮期,这其中尤以潘岳的哀诔文成就最高,王隐推其"哀诔之妙,古今莫比"①,刘勰更盛赞曰:"及潘岳继作,实钟其美。观其虑赡辞变,情洞悲苦,叙事如传,结言摹诗,促节四言,鲜有缓句;故能义直而文婉,体旧而趣新,《金鹿》《泽兰》,莫之或继也。"②然而,文学史上对于潘岳的人品及文风研究较多, 对于其哀诔文的专门性研究则少之又少。鉴于此,我希望通过自己平时的阅读和研究,能对于潘岳的哀诔文有一个初步的认识和新的发现。

一、潘岳哀诔文的研究现状

(一)哀诔文作为一种文体的研究状况

　　刘勰在论诔文的形成时说:"周世盛德,有铭诔之文。大夫之材,临丧能诔。诔者,累也,累其德行,旌之不朽也。夏商以前,其词靡闻。周虽有诔,未被于士。又贱不诔贵,幼不诔长,其在万乘,则称天以诔之。读诔定谥,其节文大矣。"③可见,西周时期即出现了类似于哀诔的文章,不仅如此, 对于哀诔的对象也有严格的规定,《礼记·曾子问》云:"贱不诔

---

* 作者系安徽师范大学文学院汉语言文学专业 2010 届本科生。
① [唐] 房玄龄等撰:《晋书》,中华书局 1974 年版,第 998 页。
② 周振甫:《文心雕龙注释》,人民文学出版社 2002 年版,第 118 页。
③ 周振甫:《文心雕龙注释》,人民文学出版社 2002 年版,第 109 页。

贵,幼不诔长,礼也。唯天子称天以诔之。诸侯相诔,非礼也。"①那时候,只有身份地位相对较高或年长者才可以为他人作诔。春秋时期,作诔身份发生了变化,刘向《列女传》中有记载:"柳下既死,门人将诔之。妻曰:'将诔夫子之德邪?则二三子不如妾之知也。'乃诔曰⋯⋯"②从柳下惠妻可以为柳下惠写诔看,诔文到春秋时已没有长幼、贵贱的严格要求了。这段记载很可能只是传闻,纪昀即云:"其文出《列女传》,未必果真出柳下妇也。"③不过这或也表明,春秋时出现了私诔,预示着哀诔文慢慢走向成熟。

现当代对哀诔文的研究主要有:从体式的变化来研究诔文的,如陈恩维的《先唐诔文的体式演变》认为,诔文的特点是四言有韵,及至魏晋南北朝时期,叙哀部分开始出现了骚体;从诔文职能的变迁来研究的,如徐国荣的《先唐诔文的职能变迁》,叙述了先唐诔文从叙德向叙哀发展的过程,分析其外部原因在于当时感伤思潮的弥漫,主要原因则在于谥议和墓碑文的发展,取代了诔文叙德的内容;从内容及文学的角度研究诔文的,如陈恩维的《先唐诔文写哀内容的变迁及其文学化进程》,主要对诔文内容的变迁进行了探讨,分析了原因;对于诔文抒情性的变迁也做了分析研究,认为有魏以来诔文抒情私人化的特点逐渐突出,个人色彩渐趋凸显。

(二)潘岳哀诔文的研究现状

潘岳在西晋文人中无论人品还是文品都是较有争议的一位,这些争议主要缘于其人格组成的复杂性。若以忠义标准来衡量,潘岳攀附贾谧,诬构愍怀,其人品自有缺失;若以孝友标准来衡量,潘岳则是一位孝亲、重友、爱妻、怜子的重情之士。正因为他文品与人品的不一致,文学史上对他此方面的研究甚多。自刘勰《文心雕龙·明诗》作出"晋世群才,稍入轻绮。张潘左陆,比肩诗衢,采缛于正始,力柔于建安"④的论断以来,情感纤弱,文采繁缛,情为辞掩,成了西晋文学风貌的定论,这也成为后人批评的重心。而现当代对魏晋南北朝,特别是西晋以后的文学,一般评价较

---

① 杨天宇:《礼记译注》,上海古籍出版社 2004 年版,第 238 页。
② [清] 严可均:《全上古三代秦汉三国六朝文》,商务印书馆 1999 年版,第 124 页。
③ 黄叔琳注,纪昀评:《文心雕龙》,中国书店 1988 年版,第 233 页。
④ 周振甫:《文心雕龙注释》,人民文学出版社 2002 年版,第 61 页。

低,"魏末的多数作品","已不如建安作家那样富有现实性","到了西晋,虽然建安的余音尚在,风力却大为削弱,多数作家已偏重形式或技巧",把晋代作为"创作方面处于形式主义逆流统治的时代"①。有的说:"钟嵘《诗品》将陆机潘岳的诗列为上品,并说'陆才如海,潘才如江',陆、潘虽都有才名,但其实他们的诗歌的内容空泛或多模拟,评为上品是不恰当的"②。有的说:"潘岳与陆机齐名,也是当时形式主义诗风的代表人物。他的诗与陆机一样缺乏深厚的内容,其艺术表现的特点之一是'词采华艳'。"③有的甚至说:"潘岳性躁品劣,以容貌骄人,与石崇、欧阳建等追随贾谧左右,为他讲《汉书》,并向他跪拜请安,下流已极,他们是士族地主文人的代表,当然是写不出好诗来的,如果有什么特色的话,那只是文辞藻丽而已。"④

毫无疑问,这些论调都给潘岳及其文学研究抹上了阴影。近年来,不少论者在对潘岳进行历史的、具体的考察与评价时,大多能突破传统成见,走出以人品论文、因人废言的误区。有的从历史资料出发,考证导致人们对潘岳作出人格卑劣的结论的根据是否可信,想要为潘岳洗冤翻案,辩说解脱。如胡旭《潘岳若干问题研究》便从"潘岳与贾家之关系","望尘而拜一事真相之探讨","构陷愍怀太子一事之分析"三方面为潘岳的"丑行"辩解,认为"魏晋之际,士风日下,特别是社会的大动荡和思想界的无出路大大困扰着知识分子,理想的破灭和信仰的丧失,使许多文人无所适从,文人无行遂成为当时极为普遍的现象,潘岳只不过是其中极普通的代表而已","贬潘现象是古代文学批评中'因人废言'所致,值得商榷⑤。有的则通过探讨潘岳的人生道路和人格精神,对与他有关的政治斗争、文化思潮、士人交游等方面进行立体性考察,从知人论世出发,论述潘岳的个体人格与时代现实处境的矛盾,展示其矛盾痛苦的一生,评价其人品与文品,如姜剑云《论潘岳的人生道路与人格精神》、苗健青《试论潘岳人格的悲剧性》等。有的则是从创作文本着眼,通过对其作品内容的分析与艺术特色的探讨,较全面地肯定其文学创作的价值与意

---

① 章培衡:《对魏晋南北朝文学的重新评价》,《复旦学报》1987年第1期,第23—29页。
② 华东十三院校中文系:《中国文学史》(上册),江苏教育出版社1979年版,第204页。
③ 游国恩:《中国文学史》,人民文学出版社1979年版,第231页。
④ 刘大杰:《中国文学发展史》,上海古籍出版社1975年版,第286页。
⑤ 胡旭:《潘岳若干问题研究》,《江苏教育学院学报》1997年第2期,第75页。

义,如王增文《潘岳和他的诗赋哀诔》、王琳《潘岳赋论》、萧立生《论潘岳抒情赋的艺术特色》等。上述作者在潘岳的人品与文品问题上着墨较多,且能突破偏见,推陈出新。而在对潘岳哀诔文的整体艺术特征与风格问题上却没有进一步地深入研究。

基于以上的论述,不难发现,诔文文体的研究主要集中在先唐部分,而且主要着眼于诔文的内容、职能、体式、文学性等特点方面的研究。在研究的过程中,注意到了这些文体特点的变迁,但涉及具体某个人的创作则为数不多。至于对潘岳的研究,则尚未进入诔文之域。因此本文尝试从潘岳诔文的内容和艺术特色方面来研究潘岳的文学成就,探讨他在诔文发展史上的文学地位。

二、以情写哀,倍增其哀

潘岳文今存 59 篇,诗存 19 首。78 篇作品中,属于"哀诔"性质的共有 37 篇①。几乎占了他全部作品的半数。这些描写哀情的文章,是他作品中最有特色的部分。刘勰十分推重潘岳在哀悼类作品创作上的成就,他在《文心雕龙》"祝盟"、"诔碑"、"哀吊"、"书记"、"才略" 等篇多处对其称赞有加。而其中"情洞悲苦"的艺术特色则是潘岳哀诔文超出于前人的地方。那么,他的这种哀情是在怎样的背景下产生的呢?

(一)拳拳哀情,因何而生

潘岳对妻子情深义重, 妻子的早逝对其是沉重的打击,"怅恍如或存,周遑忡惊惕"②,失魂落魄,感慨万千。还有叹失妹之痛的《阳城刘氏妹哀辞》,痛哭亡弟的《哭弟文》,哀悼挚友的《夏侯常侍诔》等,亲朋好友的相继去世,使潘岳内心背上了深深的哀情。

潘岳的这种哀情,可以说是西晋世风的折射,反映了他和他所处的那个时代无法抗拒的深刻悲剧。 那时,从"魏末到'八王之乱',先后有司马氏篡位自立,杨骏之乱等一系列的社会动荡。短短四十年间,统治集团内部的矛盾斗争、权力倾轧愈演愈烈。司马政权为了强化它的统治,更是极力剪除异己,肆行杀戮。名士们在纷杂的政治漩涡中,经常惨遭荼毒,

---

① 其中诗 5 首,赋 3 篇,诔文 13 篇,碑文 3 篇,哀文 8 篇。
② 董志广:《潘岳集校注》,天津古籍出版社 2005 年版,第 254 页。

朝夕不保。血腥、险恶、动乱成了这一时期的政治标记"①。西晋王朝是个短暂而动荡的政权,士人丧命于政治斗争中的比比皆是,对于士人而言,这是一个充满悲剧的时代。潘岳以文章之才称名于世,身在仕途和他所受的儒家思想教育和伦理观念,使他不会与之反抗。于是他便把对命运艰险与人生的苦闷哀伤的感受诉诸文字,让后人感受到他的无限哀情。正所谓,以情写哀,倍增其哀。如作于元康七年的《马汧督诔》即为这样的义愤之作,当时潘岳已任著作郎。马汧督,名叫马敦,乃汧县之都督。元康六年少数民族叛乱,进攻雍州诸县,马敦率领民众死守县城,不仅使百姓免遭生灵涂炭,而且保全了城中的积粮与文契。马敦守城御敌有功,不料竟遭到雍州从事的嫉妒,最后落得下狱致死的悲惨结局。马汧督与潘岳无任何亲友之情,亦无利益关系,但是这种统治集团内部的矛盾斗争导致的悲剧激起了潘岳的义愤,他深深感叹道:"然洁士之闻秽,其庸致思乎? 若乃下吏之肆其噆害,则皆妒之徒也。嗟乎! 妒之欺善,抑亦贸首之仇也。语曰:'或戒其子,慎无为善',言固可以若是,悲夫! "②这段话似也隐含着潘岳对自己早年"才名冠世,为众所嫉"的人生感慨。《马汧督诔并序》是潘岳作品中难得的一篇充满阳刚之气的作品,这种阳刚之气来自于潘岳的正义感以及对义烈气概的向往。

(二)痛彻心扉,哀诔之情

纵观潘岳的哀诔文,尤以悼念亲人故友的篇章更为情真意切,更能体现"情洞悲苦"的哀诔之情。《悼亡诗》、《杨氏七哀诗》、《悼亡赋》、《哀永逝文》等皆为悼念妻子所作,作者在其中倾注了真挚而浓烈的情感。如《哀永逝文》:

> 风泠泠兮入帷,云霏霏兮承盖。鸟俛翼兮忘林,鱼仰沫兮失濑。怅怅兮迟迟,遵吉路兮凶归。思其人兮已灭,览余迹兮未夷。昔同涂兮今异世,忆旧欢兮增新悲。谓原隰兮无畔,谓川流兮无岸。望山兮寥廓,临水兮浩汗。视天日兮苍茫,面邑里兮萧散。匪外物兮或改,固欢哀兮情换。③

① 张国星:《潘岳其人其文》,《文学遗产》1984 年第 4 期,第 40 页。
② 董志广:《潘岳集校注》,天津古籍出版社 2005 年版,第 194 页。
③ 董志广:《潘岳集校注》,天津古籍出版社 2005 年版,第 153 页。

此诗写作者为发妻杨氏送殡时的感受。文中的自然山水,在作者笔下笼罩着一层苍茫灰暗的色彩,原因是"匪外物兮或改,固欢哀兮情换",这种以主观感情的变化导致对外物感觉的变换,非当事人无法写出。妻子死后,自己是"凄切兮增敫,俯仰兮挥泪",怀念孤魂,徘徊旧宇,然而只有"风泠泠兮入帷,云霏霏兮承盖",自己如"鸟俯翼兮忘林,鱼仰沫兮失濑",字字句句充满血泪深情。其《悼亡赋》虽不及同题诗,然而由于作者能打破"制重轻哀"的传统礼教思想束缚,极叙其丧妻之痛,全赋弥漫着一种凄冷愁惨的浓重气氛,处处流露出对亡魂的伤叹和哀悼之情:

> 夕既昏兮朝既清,延尔族兮临后庭。人空室兮望灵座,帷飘飘兮灯荧荧。灯荧荧兮如故,帷飘飘兮若存。物未改兮人已化,馈生尘兮酒停樽。春风兮泮水,初阳兮戒温。逝遥遥兮浸远,嗟茕茕兮孤魂。①

运用叠字"荧荧"、"飘飘"、"遥遥"、"茕茕",使得作者所见之景皆披上了一层灰暗的面纱,显得凄恻婉转,哀怨动人。作者并未直抒惨怀,而是通过描写由他带有沉痛悼念情绪的眼睛所看到的凄惨景象,表现出深于情又善于抒情的特点。

作为一位父亲,幼子和女儿的相继去世,潘岳悲痛难忍,写下了感人至深的哀悼之文。元康二年夏五月,在潘岳赴任长安令的途中,他出生一个多月的幼子夭折,由于路途不便,只得草草埋葬在路边山脚,对此潘岳不胜悲痛,作《伤弱子辞》和《思子诗》恸哭爱子的夭折。辞曰:

> 奈何兮弱子,邈弃尔兮丘林。还眺兮坟瘗,草莽莽兮木森森。伊遂古之遐胄,逮祖考之永延。咎吾家之不嗣,羌一适之未甄。仰崇堂之遗构,若无津而涉川。叶落永离,覆水不收。赤子何辜?罪我之由。②

"草莽莽"、"木森森",弃子于丘林,对于出生一个月婴儿的死,伤心欲绝的一般多为母亲,而潘岳对幼子的夭折却同样不能释怀,充满了自责与哀痛。元康八年,在潘岳妻杨氏死后不久,女儿金鹿又不幸病亡,潘岳写

---

① 董志广:《潘岳集校注》,天津古籍出版社 2005 年版,第 93 页。
② 董志广:《潘岳集校注》,天津古籍出版社 2005 年版,第 162 页。

下《金鹿哀辞》哀悼自己的女儿：

> 嗟我金鹿，天资特挺。翼发凝肤，蛾眉蛴领。柔情和泰，朗心聪警。呜呼上天，胡忍我门，良嫔短世，令子夭昏。既披我干，又翦我根。槐如瘣木，枯荄独存。捐子中野，遵我归路。将反如疑，回首长顾。①

此文先叙写了女儿生前的可爱，然后转入呼天抢地的哭诉："呜呼上天，胡忍我门。良嫔短世，令子夭昏。既披我干，又翦我根。"在幼子爱妻相继辞世后，聪慧美丽的女儿也离自己而去，真可谓是"既披我干，又翦我根"。面对如此惨痛的现实，潘岳有如枯木，形骸虽存，而精神已追随逝者而去，即使是在埋葬爱女之后，他仍然是"将反如疑，回首长顾"，怀疑子女是否真的就这样永远离开了自己。真是悲到极点。

潘岳的作品之所以如此浓于深情，乃是因为作品表现对象是他的亲人或友人，作者对他们怀有真挚的感情，同时作者了解他们，熟悉他们的生活，这样便有利于人物的心理刻画与环境描写。对于才思敏捷、多情善感的潘岳而言，正好能发挥他善于心理与环境描写的长处，他的哀文之所以动人，正在于此。如其《阳城刘氏妹哀辞》写自己的失妹之痛，开头即写："鸟鸣于桓，乌号于荆，徘徊踯躅，立闻其声。相彼羽族，矧伊人情，叩心长叫，痛我同生！"②先从鸟雀失群之悲写起，继而回顾"令妹"生前如何"勤俭备加"，生活拮据，自然更增悲伤。末尾又念及"哀哀母氏，蒸蒸圣德"，更加凄惨难当。作者这样层层写来，可谓曲尽其哀。《寡妇赋》是潘岳为妻妹所写，其夫任护是潘岳好友。任护"不幸弱冠而终"，"孤女藐焉始孩"，此时，护妻不仅心境悲苦，生计也十分艰难，潘岳怀着极大的同情心写下此赋，赋中写任护死后其妻悲哀的一段尤为感人：

> 口呜咽以失声兮，泪横迸而沾衣。愁烦冤其谁告兮，提孤孩于坐侧。时暧暧而向昏兮，日杳杳而西匿。雀群飞而赴楹兮，鸡登栖而敛翼。归空馆而自怜兮，抚衾裯以叹息。思缠绵以瞀乱兮，心摧伤以

---

① 董志广：《潘岳集校注》，天津古籍出版社 2005 年版，第 161 页。
② 董志广：《潘岳集校注》，天津古籍出版社 2005 年版，第 159 页。

怆恻。①

写护妻痛哭失声，涕泗滂沱，手携弱子，愁苦无靠，以及因思念亡夫而精神恍惚的状态，并以秋日黄昏的景色加以衬托，读之令人黯然神伤。

潘岳以他文人的敏感与细腻去捕捉生活中那一幕幕生生死死的场景，然后颤抖着一颗多愁善感的心，凭着对亲人的无限深情，以饱满真挚的笔墨，唱出了缠绵浓厚的亲情。

三、历历往事，娓娓道来

潘岳哀作中还有"叙事如传"的一面，这主要体现在他运用四言骈体叙事，将往事一一道来，使读者从平淡的语言中感受深深的哀情。纵观潘岳的诔文，以骈偶之体概括诔主生平之事的比比皆是，且潘岳体验哀情深入细致，往往以形象取胜，通过对人物旧事与生活细节的记叙，起到不言悲情而悲情自现的作用。而这很大程度上是由潘岳个人遭遇的多艰形成的。

（一）凄凄叙述，缘何而起

少年时代的潘岳已经成为知名人士，他"总角辩惠，摛藻清艳，乡邑称为奇童"（《文选·籍田赋》注引臧荣绪《晋书》）②，才12岁便得到父友杨肇的赏识，且许之以婚姻。未成年的潘岳，真是春风得意，意气风发。约在泰始二年的下半年，潘岳被辟为司空掾。这一年，他20岁。从此，他踏上了仕途。才华横溢、踌躇满志的潘岳满以为自己可以大施拳脚，干一番事业了。但出乎他的意料，等待他的却是"为世所嫉，遂栖迟十年"，少年得志却要面临"栖迟十年"，这使自恃才高并希望大展宏图的潘岳十分绝望。随后，潘岳又历仕司空秀才郎、河阳令、怀县令，调补尚书度支郎，迁廷尉评，以公事免。又任太傅杨骏主簿，骏诛，免官。迁博士未召拜。转长安令，迁散骑侍郎，后被孙秀谗害，时年54岁。他的一生"八徙官而一进阶，再免，一除名，一不拜，迁者三"，"负其才而郁

---

① 董志广：《潘岳集校注》，天津古籍出版社2005年版，第95页。
② [唐] 李善：《文选》，上海古籍出版社1986年版，第337页。

郁不得志"(《闲居赋序》)①。冷酷的现实,摧毁了潘岳的功名之梦。利禄功名不得,而不求自来的,是乱世中司空见惯的死亡。甚有知遇之恩的岳父杨肇一家,灾难接踵而至,凋零败落,不胜凄凉。杨骏被诛时,潘岳被除名,一年之后举家西赴长安,途中幼子夭折,草葬路侧。回洛阳后,先丧贤妻,复失爱女,祸不单行。父亲、岳父、发妻、弟弟、妹妹、连襟、弱子、爱女、挚友一个个地亡故,而他自己也曾险遭杀身之祸,他对伤逝的体验可谓刻骨铭心。潘岳在他的诗文中大量叙述悲哀也正是抒发他自身的感受。

(二)往事如风,哀诔之叙

潘岳的哀诔文往往回忆旧时琐事,在叙事中体现哀情。但是,哀诔文有严格的体制要求,骈偶之体更是束缚了事件的叙述和情感的表达,那么,潘岳是如何运用这样的文体来记叙诔主的生平以及与他们之间的深厚感情的呢?下面我们举例说明。

《杨荆州诔》、《怀旧赋》、《荆州刺史东武戴侯杨使君碑》几篇,是悼念岳父杨肇的。从潘岳成长的经历来看,杨肇对他有知遇之恩。"十二而获见于父友东武戴侯杨君,始见知名,遂申之以婚姻。"②(《怀旧赋》)杨肇后因遭人嫉恨,被贬为庶人,郁郁而死。杨肇去世后,潘岳写了《杨荆州诔》、《荆州刺史东武戴侯杨使君碑》两篇哀文,为岳父生前的免官遭遇和不幸逝世而伤痛不已:

> 伊君临终,不忘忠敬。寝伏床蓐,念在朝廷。朝达厥辞,夕殒其命。圣王嗟悼,宠赠衾襚。诔德策勋,考终定谥。群辟恸怀,邦族挥泪。孤嗣在疚,寮属含悴。赴者同哀,路人增欷。呜呼哀哉!余以顽蔽,覆露重阴。仰追先考,执友之心。俯感知己,识达之深。承讳忉怛,涕泪霑襟。岂忘载奔,忧病是沈。在疾不省,于亡不临。举声增恸,哀有余音。呜呼哀哉!"(《杨荆州诔》)③

---

① 董志广:《潘岳集校注》,天津古籍出版社 2005 年版,第 70 页。
② 董志广:《潘岳集校注》,天津古籍出版社 2005 年版,第 90 页。
③ 董志广:《潘岳集校注》,天津古籍出版社 2005 年版,第 178 页。

潘岳在文中追怀杨肇对自己的知遇之恩并为他的英年早逝而痛惜不已，声泪俱下地讲述着杨肇的生平以及他们之间的深厚感情，哀伤之情溢于言表。这篇诔文对杨虽然也不乏溢美之词，但基本不妄言，与潘岳那些阿谀奉承之作相比，更可见出作者真情。时光飞逝，虽杨肇已故去多年，但潘岳对岳父的怀念却不曾忘怀。太康八年（284年）即杨肇死后的第十三年，潘岳由怀县入洛阳，途经杨肇、杨谭父子墓，又作《怀旧赋》：

> 既兴慕于戴侯，亦悼元而哀嗣。坟垒垒而接垄，柏森森以攒植。何逝没之相寻，曾旧草之未异。余总角而获见，承戴侯之清尘。名余以国士，眷余以嘉姻。自祖考而隆好，逮二子而世亲。欢携手以偕老，庶报德之有邻。①

在寒冷萧索的冬天，夕阳西下，积雪埋路。潘岳眺望嵩丘，只见杨氏墓地累累坟茔、行行列楸，松柏萧森，华表孤立。遥想多年前岳父的恩情、内兄的友情，不禁悲从中来：

> 今九载而一来，空馆阒其无人。陈荄被于堂除，旧圃化而为薪。步庭庑以徘徊，涕泫流而沾巾。宵展转而不寐，骤长叹以达晨。独郁结其谁语，聊缀思于斯文。②

接着潘岳又来到杨氏废宅，这里已是杂草丛生，杳无人迹。联想杨家对自己的恩情及其不幸遭遇，潘岳通宵辗转不寐。此赋最大的特点便是哀情与哀景的交融，作者真挚情感与其敏感的心灵使得这篇赋所营造的哀伤氛围极富感染力。

在《杨仲武诔》中，回忆到"丧服同次，绸缪累月"，"惟我与尔，双筵接枕"时，彼时情景历历如在目前。而"自时迄今，曾未盈稔，姑侄继陨，何痛斯甚。呜呼哀哉"，生与死本在一刹那间，想来真如一场梦幻！《悼亡赋》哀悼亡妻则先叙成婚时的景象：

> 问筮宾之何期，宵过分而参阑。诇几时而见之，目眷恋以相属。听

---

① 董志广：《潘岳集校注》，天津古籍出版社2005年版，第90页。
② 董志广：《潘岳集校注》，天津古籍出版社2005年版，第90页。

诔人之唱筹,来声叫以连续。闻冬夜之恒长,何此夕之一促。且伉俪之片合,垂明哲乎嘉礼。①

遥想当初,新婚前的激动心理与新婚时的欢愉情景历历在目。对照眼前"物未改兮人已化,馈生尘兮酒停樽"的凄凉景况,无穷的悲哀涌上心头。这种以极喜之笔写极哀之情的手法,不仅没有冲淡"哀",更使"哀妻"之情达到顶点。叙哀最重要的一面在于引发人们对亡者的思念,这种思念必托之以具体的事或物才能体现出来。在这方面,潘岳堪称高手。

不仅如此,潘岳还描绘萧瑟之景来渲染悲凉境界。《杨仲武诔》收笔处结以"朝济洛川,夕次山隈,归鸟颉颃,行云徘徊"之文,悠悠哀思自笔端缓缓流出;《夏侯常侍诔》文尾添以"日往月来,暑退寒袭,零露沾凝,劲风凄急,惨尔其伤,念我良执"之笔,真切地表达了对友人逝去的无限伤感。这种写法看似"闲笔",但对于哀情的抒发却意外地起到了出神入化的作用。可以说,在哀诔这种较为严谨的应用文体裁里潘岳大量地输入了文学成分,对改造这些文体有一定的成就,刘勰称他的哀文"体旧而趣新",当是指此而言。另一方面,潘岳哀文在一些抒情味较浓的体裁里则以浓墨重彩大肆造境,除了著名的《悼亡诗》三首外,《怀旧赋》、《寡妇赋》、《哀永逝文》等篇全文皆笼罩在这种情景相生的境界中。

历来所言的诔文之体应"叙事如传",主要是指作者概述诔主的一生行迹,符合叙体文的特点。而潘岳用骈体之文具体而详尽地叙述某件事情的发生始末,融传记文于诔文之中。最能体现潘岳诔文能骈能散的特点的,莫过于《马汧督诔》。潘岳于此篇诔序中用散体来传叙汧城保卫战的始末,而于诔文之中则用四言骈体来描写马敦是如何带领群众战胜寇敌,保卫汧城的。正文中如是写道:

惟此马生,才博知赡。侦以瓶壶,厕以长堑。锸未见锋,火以起焰。薰尸满窟,掊穴以蚁。木石匮竭,箕秆空虚。瞯然马生,傲若有余。②

此段诔文与诔序所叙之内容相差不大,然所用之体则大相径庭。诔序中

① 董志广:《潘岳集校注》,天津古籍出版社2005年版,第93页。
② 董志广:《潘岳集校注》,天津古籍出版社2005年版,第193页。

运用了传记常用的散体，而诔文之中则运用了骈偶之体来叙传记之文，使得整篇文章对偶工整，押韵和谐，换韵自然，语言华彩。

四、精短四言，义直文婉

潘岳的诔文体现了文采洋溢的特点。无论是其对词语的选择还是整句对偶形式的运用，都体现着整齐的形式美；对声律的追求，表现出音韵的和谐美；对典故的使用，增强文气，增加厚重感。这些都说明潘岳的诔文语言无处不佳，形式无处不妙。

两汉是诔体文的萌芽期，而魏晋是诔体文的形成发展时期，各自因时代文学特点的不同而体现于行文中的语言风格也不同。诔文的体制是前半叙述德业生平，后半叙述哀思。观潘岳诔文可知他基本遵循四言韵的创作规范，尤其是诔文的叙德部分：

> 学优则仕，乃从王政。散璞发辉，临轵作令。化行邑里，惠洽百姓。越登司官，肃我朝命。惟此大理，国之宪章。君莅其任，视民如伤。庶狱明慎，刑辟端详。听参皋吕，称侔于张。改授农政，于彼野王。仓盈庾亿，国富兵强。（潘岳《杨荆州诔》）①

潘岳于此段诔文叙述了杨肇从政后的政绩。四言有韵，协合声律，清绮浅净，用事隶典，且对仗工整。又如《金鹿哀辞》：

> 嗟我金鹿，天资特挺。鬋发凝肤，蛾眉蛴领。柔情和泰，朗心聪警。呜呼上天，胡忍我门。良嫔短世，令子夭昏。既披我干，又翦我根。块如瘣木，枯萎独存。捐子中野，遵我归路。将反如疑，回首长顾。②

潘岳诔文的叙哀部分多为四言有韵，悲情洋溢，触类而长，亦具有上述语言形式特点：

---

① 董志广：《潘岳集校注》，天津古籍出版社 2005 年版，第 178 页。
② 董志广：《潘岳集校注》，天津古籍出版社 2005 年版，第 161 页。

狷狷春兰,柔条含芳。落英飏矣,从风飘扬。妙好弱媛,窈窕淑良。孰是人斯,而离斯殃。灵殡既祖,次此暴庐。披览遗物,徘徊旧居。手泽未改,领腻如初。孤魂遐逝,存亡永殊。呜呼哀哉!"①(潘岳《皇女诔》)

对皇女容貌的描写细腻而多情,转韵自然,其语言瑰丽而多姿,倍增其哀情。

然而,潘岳诔文叙悲的最大特点却不在于此,而是运用浅淡的语言、平和疏朗的词汇来表达哀情。

余以顽蔽,覆露重阴。仰追先考,执友之心。俯感知己,识达之深。承讳忉怛,涕泪霑襟。岂忘载奔,忧病是沈。在疾不省,于亡不临。举声增恸,哀有余音。呜呼哀哉!(潘岳《杨荆州诔》)②

此文虽用语平淡无奇,然愈淡则愈悲,愈平则愈真挚。从个人行文特点而言,潘岳为文虽然也注重语言的选择与运用,但并不是完全追求华丽的辞藻,而是用平淡的语言表现深刻的哀思。如《为任子咸妻作孤女泽兰哀辞》:

茫茫造化,爰启英淑;狷狷泽兰,应灵诞育。鬒发蛾眉,巧笑美目;颜耀荣苕,华茂时菊;如金之精,如兰之馨。淑质弥畅,聪慧日新。朝夕顾复,夙夜尽勤。彼苍者天,哀此矜人;胡宁不惠,忍予眇身;俾尔婴孺,微命弗振。俯览衾裯,仰诉穹旻。弱子在怀,既生不遂。存靡托躬,没无遗类。耳存遗响,目想余颜;寝席伏枕,摧心割肝。相彼鸟矣,和鸣嘤嘤;引伊兰子,音影冥冥。彷徨丘陇,徙倚坟茔。③

潘岳的诔文,一方面大量地运用骈偶的形式行文,采用多种技巧,无论是从内容,还是从形式角度而言,潘岳诔文的对偶可谓娴熟自得,与其华彩之词相得益彰;另一方面,潘岳为文讲究文气,并非一味地用骈非散,其于文中,该散行之处绝不骈偶。因此潘岳的诔文文气疏荡,毫不

① 董志广:《潘岳集校注》,天津古籍出版社2005年版,第213页。
② 董志广:《潘岳集校注》,天津古籍出版社2005年版,第178页。
③ 董志广:《潘岳集校注》,天津古籍出版社2005年版,第164页。

凝重。

"促节四言,鲜有缓句"①,潘岳哀诔文的语言短小急促,饱含怀念及哀悼之情,读来犹如喉头哽咽,欲哭无声,欲吐无语,使人万千哀情郁结心中。如《夏侯常侍诔》云:

> 我闻积善,神降之吉,宜享遐纪,长保天秩。如何斯人,而有斯疾?曾未知命,中年陨卒。呜呼哀哉!……存亡永诀,逝者不追。望子旧车,览尔遗衣,恫抑失声。迸涕交挥。非子为恸,吾恸为谁?呜呼哀哉!日往月来,暑退寒袭,零露沾凝,劲风凄急。惨尔其伤,念我良执。适子素馆,抚孤相泣。前思未弭,后感乃集,积悲满怀,逝矣安及,呜呼哀哉!②

上述几篇哀作,多采用四言促句,特别是《金鹿哀辞》与《为任子咸妻作孤女泽兰哀辞》,通篇四言,与"促节四言,鲜有缓句"吻合。潘岳哀作既然绮丽如此,是否会发生如刘勰所说"奢体为辞,则虽丽不哀",为文造情的奢体之作,无法产生"情往会悲,文来引泣"的感人效果呢?刘勰以"虑赡辞变,情洞悲苦"八字进一步加以说明,即丰富的想象力与多变的辞彩,需要以深厚悲痛的感情为基础,才能避免无病呻吟、虚伪浮夸之作。试看《金鹿哀辞》:"捐子中野,遵我归路。将反如疑,回首长顾"③,那种频频回首、不忍离去的深情,诉尽了多少丧子者心中的不忍,触动了多少伤心人胸中那永远无法抹去的悲凄。

潘岳的哀诔文正是运用这种短小精悍的语言,使得情感的表达和哀情的叙述达到了"义直而文婉"的效果,震慑人心!

毫无疑问,潘岳的诔文继承了两汉以来诔文创作传统,既有内容上的又有形式上的。然潘岳诔文并非仅限于继承,他还善于创新,寻找适合自己的、适合时代发展的内容与形式。潘岳深谙文学创作继承和发展之道,积极利用改造前辈们的优良成果,创造出具有自己独特魅力的创作风格,将诔文的发展推向了高潮。其深情写悲,作品中洋溢着沉痛的悲伤之情,而又文采飞扬,实为后世作家创作的典范。潘岳以其独特的文学敏

① 周振甫:《文心雕龙注释》,人民文学出版社 2002 年版,第 116 页。
② 董志广:《潘岳集校注》,天津古籍出版社 2005 年版,第 186 页。
③ 董志广:《潘岳集校注》,天津古籍出版社 2005 年版,第 161 页。

感,丰富的情感神经,创造出一系列的优秀表哀作品。这些悲情洋溢、感情真挚、浸入心腑的作品对后代有很大的影响,也就是这些叙悲悼亡的作品奠定了潘岳在文学史上的独特地位。

参考文献

[1] 柏松:《潘岳:在超脱与沉沦之间》,《西南师范大学学报》1997 年第 5 期。

[2] 陈宏天、赵福海、陈复兴:《昭明文选译著》,吉林文史出版社 2007 年版。

[3] 董志广:《潘岳集校注》,天津古籍出版社 2005 年版。

[4] [唐] 房玄龄等撰:《晋书》,中华书局 1974 年版。

[5] 黄叔琳注,纪昀评:《文心雕龙》,中国书店 1988 年版。

[6] 胡旭、王海兵:《潘岳三考》,《江苏教育学院学报》2002 年第 5 期。

[7] 华东十三院校中文系:《中国文学史》,江苏教育出版社 1979 年版。

[8] 霍军:《躁动的心灵 扭曲的个性——从潘岳作品看潘岳》,《东疆学刊》2001 年第 3 期。

[9] 姜剑云:《论潘岳的人生道路与人格精神》,《漳州师范学院学报》2002 年第 3 期。

[10] 凌迅:《潘岳文学刍论》,《东岳论丛》1983 年第 2 期。

[11] 刘大杰:《中国文学发展史》,上海古籍出版社 1975 年版。

[12] 刘桂鑫:《潘岳的个性与文风》,《咸宁学院学报》2008 年第 5 期。

[13] 刘昆庸:《潘才如江,缘情绮靡——钟嵘论潘岳》,《中国韵文学刊》1998 年第 1 期。

[14] 刘福燕:《正确评价潘岳之人品及其文品》,《山西教育学院学报》2001 年第 2 期。

[15] 刘志毅:《潘岳的哀情作品及其产生的社会背景析论》,《理论界》2007 年第 3 期。

[16] 马云娟:《论潘岳作品的艺术特征》,《内蒙古民族大学学报》2005 年第 5 期。

[17] 苗健青:《试论潘岳人格的悲剧性》,《温州师范学院学报》1997 年第 5 期。

[18] 潘啸龙、朱瑛:《潘岳人品论》,《安徽师范大学学报》2006 年第 5 期。

[19] 钱锺书:《管锥篇》,生活·读书·新知三联书店 2007 年版。

[20] 萧立生:《论潘岳抒情赋的艺术特色》,《湖南大学学报》1996 年第 2 期。

[21] 徐中玉:《汉魏六朝诗文赋》,广东人民出版社 2002 年版。

[22] 杨天宇:《礼记译注》,上海古籍出版社 2004 年版。

[23] [清] 严可均:《全上古三代秦汉三国六朝文》,商务印书馆 1999 年版。

[24] 游国恩:《中国文学史》,人民文学出版社 1979 年版。

[25] 王德宜、刘其荣:《论潘岳作品的文学风格》,《内江师范学院学报》2008 年第 7 期。

[26] 王德宜、刘其荣:《试论潘岳的思想》,《内蒙古农业大学学报》2008 年第 6 期。

[27] 王华杰:《潘岳及其悼亡诗研究》,《中州学刊》2009 年第 5 期。

[28] 王立、王桁:《陆机潘岳悼挽伤逝文学比较》,《辽东学院学报》2005 年第 6 期。

[29] 王丽芹:《试析潘岳"清绮浅净"的文学风格》,《沧桑》2008 年第 2 期。

[30] 王增文:《论潘岳和他的诗赋哀诔》,《河南广播电视大学学报》2004 年第 1 期。

[31] 周振甫:《文心雕龙辞典》,中华书局 1996 年版。

[32] 周振甫:《文心雕龙注释》,人民文学出版社 2002 年版。

指导教师评语

以人们较少注意的潘岳哀诔文为研究重点,探讨其创作成就和艺术特色,选题颇有价值。文中清晰地介绍了研究现状,说明作者在资料搜寻上下了功夫。总结潘岳哀诔文体式创新和艺术特色,能发挥刘勰《文心雕龙》有关评述的见解,并结合作品进行深入论析,判断恰当,分析细致,表现出对作品有较真切的体会。全文思路明晰,结构完整,文字表达亦简练晓畅。这是一篇有一定学术价值的论文,体现了作者独立进行课题研究的能力。作者写作论文的过程认真踏实,能细心体会指导教师的意见,不断改进,使论文水平得到提高。这样的学习态度也值得赞扬。(潘啸龙)

邢邵的文学创作观研究

苏 阳 *

邢邵,字子才,河间鄚人,北齐诗人、散文家。生于北魏孝文太和二十一年丁丑(497年),卒于天统四年戊子(568年)①。曾历任骠骑大将军、西兖州刺史、中书令、国子祭酒、特进。据《洛阳伽蓝记》载,邵有诗赋诏策章表碑颂赞记500篇,合30卷,皆传于世。今存文甚少,据李建栋、朱小娟论文《邢邵散文二考》考证,今存邢邵文32篇;近有《邢邵集笺校全译》②。邵"十岁,便能属文,雅有才思,聪明强记,日诵万余言","自孝明之后,文雅大盛,邵雕虫之美,独步当时,每一文初出,京师为之纸贵,读诵俄遍远近。"③北魏末年东魏初年,温子昇、邢邵、魏收并称"三才"。邵"词致宏远,独步当时,与济阴温子昇为文士之冠,世论谓之温、邢。钜鹿魏收,虽天才艳发,而年事在二人之后,故子昇死后,方称邢、魏焉"④。

一、北朝时代文化发展

我国历史上的南北朝,自宋武帝代晋建宋(420年)开始,至隋朝杨坚灭陈(589年)结束。而北魏政权当以晋孝武帝太元十一年(386年)魏道武帝拓跋珪重建代国开始计算。

北方拓跋珪重建代国时期,中原汉族人势力南渡,在加速了南方的经济、文化、政治等各方面发展的同时,也使北方处于各少数民族军阀割据混战的局面。各少数民族你争我夺,在北魏统一北方前形成了各少数

* 作者系安徽师范大学文学院汉语言文学专业2012届本科生。

① 李建栋:《邢邵年谱》,《大同职业技术学院院报》2006年第3期。
② 康金声、唐海静:《邢邵集笺校全译》,山西古籍出版社2006年版。
③ 许嘉璐主编:《二十四史全译·北齐书》,汉语大词典出版社2004年版,第366页。
④ 许嘉璐主编:《二十四史全译·北齐书》,汉语大词典出版社2004年版,第367页。

民族政权的"五胡十六国"。"原来作为全国政治、文化中心的黄河中下游地区在长期的战乱中,文化衰落,已完全不能和江南并比。"①主要表现为少数民族的统治偏离汉文化的熏陶,文学创作人员的减少。《魏书·文苑传》写道:"永嘉之后,天下分崩,夷狄交驰,文章轸灭。""在此期间,除汉族外,在中原建立政权的主要有匈奴、氐、羌、羯、鲜卑等少数民族。这些少数民族政权多集中在北方地区,他们之间彼此混战、兼并,促使民族文化不断的交流,在与汉文化交流融合的同时,也不断地吸收多民族的文化因素,形成了这一时期独特的多民族的文化交融现象。"②

北朝文学的勃兴是以太武帝拓跋焘于公元 439 年灭北凉为起点的。从这年开始,北方的广大土地才真正的归属于统一的北魏,统一的政权给文学的复苏提供了前提。

统一并没有使文化复苏转入正轨,拓跋氏初期对汉族文化颇为敌视。"《北史·贺狄干传》载,贺狄干奉道武帝之命出使后秦被留,'因而习读书史,通《论语》、《尚书》诸经,举止风流,有似儒者',后来回到北魏,道武帝'见其言语衣服类中国,以为慕而习之,故忿焉,既而杀之。'"③随北魏政权的扩大和疆土的延伸,北魏势力所及的范围已不仅仅是少数民族生活区,也包括了河北、山西等中原汉族聚居的地区。为了维护其统治和继续巩固自己的政权,拓跋氏不得不采取一些汉人已经适应了的政治制度,一定程度上缓和了汉族和少数民族之间文化冲突的矛盾,促进了汉文化和少数民族文化的交流。孝文帝是北朝文学发展的一个奠基人和开路者,他倡导文学使北朝文学从一个类似荒漠的土地上萌发,其后北魏以散文为基础的文学迅速发展起来,开启了北朝文学发展的新纪元。《魏书·文苑传序》:"及太和在运,锐情文学,固以颉颃汉彻,跨蹑曹丕,气韵高远,艳藻独构。衣冠仰止,咸慕新风,律调颇殊,曲度遂改……及明皇御历,文雅大盛。"④

北魏政权经"六镇"起义和尔朱荣之乱之后,于公元 534 年分为东魏和西魏。东魏建都邺城,16 年之后被北齐所取代。西魏建都长安,二十多年后被北周取代。北朝分为两条线索并行发展。

---

① 曹道衡、沈玉成:《南北朝文学史》,人民文学出版社 2006 年版,第 331 页。
② 高人雄:《试论北朝文学研究的框架与视角》,《文学评论》2010 年第 6 期。
③ 曹道衡、沈玉成:《南北朝文学史》,人民文学出版社 2006 年版,第 316–317 页。
④ 李延寿:《北史》,中华书局 1974 年版,第 2779 页。

东魏、北齐拥有原北魏的一些崭露头角的文人,在温子昇之后有邢邵、魏收等。同时由于南朝当时发生侯景之乱,南方文人先后来到北齐。他们共同努力,继承和发展了孝文帝所提倡的效法南朝齐梁,注重声律、辞藻的文学,并结合了北朝特有的时代背景和地域背景,使北朝文学有了长足的发展。

邢邵就生活在这样的一个时代中,作文效法南朝沈约,特有的时代形成了他本人特有的创作观念,他的文学创作同受南北文人推崇,称为"北间第一才子"。

二、邢邵的文学创作观

作为北方本土的文士,邢邵代表了北方文学发展的一个时代的缩影,上承温子昇,下启魏收。虽然邢邵、魏收分别师法沈约、任昉,不仅心摹手追,而且党同伐异,但是北地三才之后的北朝文坛开始走向成熟,围绕着邢邵、魏收,在邺下形成了文人集团,邢邵、魏收成为北齐文坛领袖,影响了一大批后来隋初诗坛的青年才俊。"正是北地三才在模仿南朝诗歌创作方面的成功,带动了北朝诗歌的迅速发展,南北朝诗歌的差异越来越小,随着隋朝疆域上的统一中国,南北诗歌界限也最终瓦解,达到融合。"①故邢邵在北朝文学发展史上的作用是非常重要的,当其成为文坛领袖,其为文、为诗的创作技巧自然被人们拥趸为行文之典范。

从邢邵的各类文体中不难看出,"若非要把邢邵的诗文看作单纯的模仿沈约的结果,也欠斟酌,因为标榜是一回事,而创作往往是另一回事。实际上,邢邵存诗不多,但取法是多元的,一些作品中甚至可以听到寥落已久的汉魏风调……当然南朝的温婉清华也是他所喜爱的……史称邢邵文章'宏丽',但是从现在作品中看,则难以副此赞语。统而论之,以实用文字见长,文风质朴,间有华美倾向。"②邢邵的这些风格倾向是由其多重文学创作观念合力形成的,同时也出于他生活在南北朝相互融合的环境之下,故而形成了邢邵多重的文学创作观。

---

① 刘银艳:《北地三才诗歌创作及其对北朝文人诗发展的影响》,湖南师范大学硕士学位论文,2010年。
② 郑训佐:《中国文学史》(二),太白文艺出版社2004年版,第221–222页。

（一）军国文书当笔胜于文

汉代就已经出现"文笔"之称，文笔泛指文章。文章泛指富有文采的篇章，包括文学作品在内。时至魏晋，文章在日常的政治军事生活中产生的重要作用越来越被政治家们所重视。曹丕言"文章经国之大业，不朽之盛事"无疑是对"文章"作用的高度评价。在曹丕的年代，文章内涵已经在悄悄发生变化了，文章从原来泛指一切带有文采的文字篇章逐渐缩小到应用于日常政务的应用性文字。所以这里的文章"并不是指文学作品，只有军国文翰方能起到经国的作用……'文章'的内涵也不同于汉代，军国文翰的比重在'文章'中占有重要的位置……魏晋文章概念已经向军国文翰方向倾斜，并且在整个北朝时期有逐渐加大的表现。"①邢邵生活在拓跋魏政权向高齐政权过渡的年代，在北齐政治文章的写作中，邢邵树立了雅典正丽的应用文写作观念，并使这一观念在以后的书表诏等文体的应用中得到了延续。

《文心雕龙·总术》这样说明文笔和文学（狭义）的关系："以为无韵者笔也，有韵者文也。"②刘勰在《文心雕龙》中将各类文体按照文、笔分列：诗、赋、赞、祝、盟、铭、碑等用韵的文体列为"文"；史传、诸子、论、诏、策、表、封禅、议等无韵的文体归列为"笔"。这种归类在北朝的文学中，有所差异，有韵和无韵似乎已经不再成为划分文、笔的界限。在北朝的诏书、表启、封禅等文中，按照刘勰的划分原则，应该是不用韵的，但是北朝公文类文章受南朝文学的影响也渐押韵和骈偶化，从而使应用性文字更加具有文学性，扩大了南北朝时期"笔"的承载力。故章太炎有言："文即诗赋，笔即杂文，乃当时恒语……有韵为文，无韵为笔，是则骈散诸体，一切是笔非文。"③

北朝文学所发展的总体倾向是"笔"胜于"文"，不仅仅体现在北朝"笔"的数量大大超过了"文"的数量，而且北朝文人对于"笔"的重视程度也远远超过了当时的南朝文人，北方文人更倾向于表章奏议的写作，具有强烈的政治实用性。北朝在学习南朝时以儒学治天下，儒学要求经世致用，要求文学有强烈的政治功利性实用性，从而导致了北朝文人在为

---

① 周建江：《北朝文学史》，中国社会科学出版社1997年版，第18页。
② 范文澜：《文心雕龙注》，人民文学出版社1958年版，第655页。
③ 章太炎：《国故论衡》，上海古籍出版社2003年版，第51页。

政期间也非常看重政治功业,视文学为小道,甚至有些贵族对文学持鄙夷的态度。

邢邵应用性文体的散文逻辑性强,典雅庄重,又以文采见长、骈偶化明显,曹道衡先生指出其"文风华丽与温子昇相近"[1]。在应用文章的创作上,邢邵强调要精雕细琢,铺陈排序,宏大壮丽,逻辑鲜明,井然有序。

> 无德而称,代刑以礼;不言而信,先春后秋。故知恻隐之化,天人一揆;弘宥之道,今古同风。朕以虚薄,功业无纪。昔先献武王,值魏世不造,四海幅裂,九鼎行出,祭器无归,乃驱御侯伯,大号燕赵,拯厥颠坠,俾亡则存。文襄王外挺武功,内资明德;纂戎先业,辟土服远;年踰二纪,世历两都;狱讼有适,讴歌斯在。魏帝俯遵历数,念在褰裳;远取唐虞,终同脱屣。实幽忧未已,志在阳城。而群公卿士,诚守愈切,遂属代终,居于民上。如涉深水,有膆终朝。始发晋阳,九尾呈瑞;外坛告天,赤雀效社。惟尔文武不二之臣,股肱爪牙之将。左右先王,光隆大业,永言诚烈,共斯休庆。然三皇存教,非易可免;七名改咒,庸可庶几。思与亿兆,同始兹日,其大赦天下。[2]

此文是邢邵应用性文字的典范之作。为文首先说明了天子应有的治国之道,然后叙述东魏高欢、高澄的治国功业,最后言明齐受禅取代东魏是顺应天意的,是有上天预示的。全文既对东魏的功业称道,又论述了齐的受禅是合乎天命的,逻辑严密。全文基本由四字短语构成,对仗精工、语言典雅、具有皇家风范;引经据典翔实,文意明确清楚,体现了诏书应有的语义明确性。再如《广平王碑》、《文宣帝哀策文》、《甘露颂》等文都显示了邢邵的应用文写作特点。

北朝文人以建功立业作为自己的人生价值观和文学价值观,北朝文人对公牍实用文表现出了强烈的热情和情感。"按照南朝的文学观,军政文翰难以文学目之,但就少数民族的自身文学发展而论,它们是极度飞跃了,可以说,它填补了鲜卑书面文学的空白,提高了他们的文学水准,促使北朝文学走向繁荣。在多民族文化融合期,传统文学断层再造中有

---

① 曹道衡、沈玉成:《南北朝文学史》,人民文学出版社2006年版,第358页。
② 康金声、唐海静:《邢邵集笺校全译》,山西古籍出版社2006年版,第11页。

举足轻重的文学史意义。"①

(二)南北诗歌本意制相诡

南北文化的差异是历史的必然性和地域的必然性。北朝文学在几乎一片荒芜的基础上重新崛起是以向南方学习为基础的,北人学南是北方文学南化的一个重要因素。在辞藻和音律方面,北人似乎同南人同出一家,有很多相近的地方。但地域的特点使北朝在学习南朝文风的同时,并不能真正地成为"第二个南朝"。"北朝散文的风格最具个性的是本色,即切合表现对象寻求心性和语言的自然,从而走了一条介于质实与华美之间的中性道路。"②邢邵创作主张向南朝学习,并且师法沈约。"北齐时期文风的变化,体现为两个方面:一是由保守而日趋开放;二是艺术技巧日趋精致。这两种变化都与此期文人的'慕南'心态有很大关系。"③而邢邵之所以师法沈约也是自有原因的。颜之推说:"沈隐侯曰:'文章当从三易:易见事,一也;易识字,二也;易诵读,三也。'邢子才常曰:'沈侯文章,用事不使人觉,若胸臆也。'深以此服之。"④沈约所谓的"三易"是其为文的标准,一言易见事,即反对生僻的典故,鼓励运用常见的、经典的典故,这样才能使读者在阅读时不会有理解上的歧义。二言易识字,即不用生僻字。三言易诵读,即语言生动活泼,韵律和谐,适合阅读,朗朗上口。对于这三点,邢邵言"用事不使人觉,若胸臆也",意味作家在用典时还应尽力做到用典天然去雕饰,和文章的文义贴切,仿佛出自作者胸臆,感情充沛。沈约"三易"也即是邢邵在模仿南朝文风时的审美标准,只有达到这三个标准才能使邢邵"身以此服之"。

邢邵自小饱读诗书,一目十行,对于典籍有非常深刻的理解,对于汉魏风骨尤为崇拜,重视作品内在情感的充实。这是由北方地域原因决定的,"北方昂扬向上、积极进取的民族精神以及与此相伴的崇尚朴素节俭的生活风尚也是形成质朴刚健文风的一个重要因素。"⑤在《广平王碑》中,他就发出"方见建安之体,复闻正始之音"的感慨,可见同其他文人一

① 高人雄:《试论北朝文学研究的框架与视角》,《文学评论》2010 年第 6 期,第 194 页。
② 阮忠:《北朝风习与北朝散文的南化》,《海南师范大学学报》2003 年第 6 期,第 5 页。
③ 任荣:《东魏北齐文人心态研究》,苏州大学硕士学位论文,2005 年。
④ 颜之推:《颜氏家训集解》,上海古籍出版社 1993 年版,第 272 页。
⑤ 徐中原:《论北朝散文之特征》,《北京化工大学学报》2008 年第 3 期,第 68 页。

样,邢邵不仅对于汉魏文人极其尊重,同时他自己也身体力行着对于汉魏风骨的模仿。其《冬日伤志篇》:

> 昔时惰游士,任性少矜裁。朝驱玛瑙勒,夕衔熊耳杯。析花步淇水,抚瑟望丛台。繁华夙昔改,衰病一时来。重以三冬月,愁云聚复开。天高日色浅,林劲乌声哀。终风激檐宇,余雪满条枚。遨游昔宛洛,踟蹰今草莱。时事方去矣,抚己独伤怀。①

这是一首诗人晚年的伤怀诗,全诗格调低沉,在描摹景物的同时充满了诗人的情感,全诗从"昔时惰游士,任性少矜裁"始,至"时事方去矣,抚己独伤怀"终,目睹了洛阳的荒凉景色,不禁触景生情,遥想昔时,对比今日,愤慨不已。故章培恒、骆玉明评价道:"诗的旨意,有点与阮籍的《咏怀诗》相似;而辞藻方面,则接近齐梁文风,但又有一种朴拙之意,是南朝诗中所罕见的。"②

邢邵《萧仁祖集序》残篇有言曰:"萧仁祖之文,可谓雕章间出。昔潘陆齐轨,不袭建安之风;颜谢同声,遂革太原之气。自汉逮晋,情赏犹自不谐;江北江南,意制本应相诡。"③此段文字虽为残文,但却能从中见出邢邵看待南北文学的态度。

邵先言"昔潘陆齐轨,不袭建安之风;颜谢同声,遂革太原之气。自汉逮晋,情赏犹自不谐",主张对于南朝文章的模仿不能亦步亦趋,要有所创新,每个朝代都有自己的风气,"不袭建安之风"和"遂革太原之气"强调文学贵在于与众不同,贵在于创新,表达了他在模仿南朝过程中对北朝本土文学的期望。故邢邵在对南朝诗文进行模仿的同时并没有局限于单纯的模仿,对于当时南朝宫体诗人的艳情之作,邢邵没有机械的模仿,而是对其进行了相应的改造。遂出《七夕》一诗:"盈盈河水侧,朝朝长欢息。不悋渐衰苦,波流讵可测。秋期忽云至,停梭理空色。束衿未解带,回鸾已沾轼。不见眼中人,谁堪机上织。愿逐青鸟去,暂因希羽翼。"④在魏晋南北朝时期,以牛郎织女入诗是非常常见的,故邢邵一改常态以

---

① 康金声、唐海静:《邢邵集笺校全译》,山西古籍出版社2006年版,第112页。
② 章培恒、骆玉明:《中国文学史新著》,复旦大学出版社2007年版,第415页。
③ 康金声、唐海静:《邢邵集笺校全译》,山西古籍出版社2006年版,第65页。
④ 康金声、唐海静:《邢邵集笺校全译》,山西古籍出版社2006年版,第114页。

宫体诗的形式写牛郎织女的故事。这首诗从织女的角度出发,经由相见到分别的时间短暂突出织女的思夫。尤其"束衿未解带,回鸾已沾轼"一句暴露出了织女对于相聚时间短暂的抱怨,这句心理描写的句子显示出了邢邵对于宫体诗不再局限于南朝的铺成与描摹,而是有其自己的见解。

邢又言"江北江南,意制本应相诡",这句话概括了一代文风和地域之间的关系。所谓"意制"为作品的内容和形式,言明南朝和北朝,作品的形式和内容本来就有所不同,而导致内容和形式差异的原因就是:南北地域差异。由于此序仅为残篇,不能得知邢邵对于南北差异的具体论述。邢邵所处的南朝文坛已经陷入了宫体诗风的局限中不能自拔,轻艳流俗,而邢邵已经意识到了不能盲目学习南朝诗风,故邢邵的诗文基本抛弃了南朝清俗艳丽的文风,转而走向北方文人应有的质朴典正。观邵《思公子》一诗:"罗绮日减带,桃李无颜色。思君君未归,归来岂相识!"①这是邢邵闺怨诗的代表之作,全诗写的朴实无华,在质朴中透露出思妇的思念,一扫南朝绮靡的文风,平易近人,颇见深情。前两句通过对思妇的服装进行描写,形象地写出了思妇的憔悴和日渐消瘦。后两句直抒思妇胸臆,"思君君未归,归来岂相识!"这样的结尾具有传统的北朝民歌的特点,大胆奔放,表达了久居深闺的思妇对于丈夫的抱怨和思念。

当然,邢邵也不乏许多模拟南朝的应诏诗,写的华丽繁琐,典故深沉,似有歌功颂德、卖弄文采之嫌。如《三日华林园公宴》、《贺老人星诗》。

由于《萧仁祖集序》为残篇,不能得知邢邵对于南北文化差异的具体见解。《颜氏家训·音辞》:"南方水土和柔,其音清举而切诣,失在浮浅,其辞多鄙俗。北方山川深厚,其音沈浊而钝,得其质直,其辞多古语。"②"颜之推又在《文学》中举出对王籍与萧悫诗歌的比较,暗示南北审美标准的差异也是导致南北文风不同的因素。"③颜之推就将南北文学的差异归因于南北地理因素和南北审美标准差异,这在一定程度上也是对邢邵文学地域创作观念的补充。

---

① 康金声、唐海静:《邢邵集笺校全译》,山西古籍出版社 2006 年版,第 105 页。
② 颜之推:《颜氏家训集解》,上海古籍出版社 1993 版,第 473 页。
③ 徐中原:《论北朝散文之特征》,《北京化工大学学报》2008 年第 3 期。

（三）形神创作观

邢邵不仅是北朝杰出的文学家,更是北朝少有的神灭论思想家。"他虽撰有《景明寺碑》与《并州寺碑》两篇碑文弘扬佛法,但均为奉敕之作,实非己愿。"①而他的这一思想在《北齐书·杜弼传》②所记的他与杜弼争论人死后灵魂是否灭亡一段中得到了彰显,邢邵"尖锐地揭露了佛教的灵魂不灭说的虚伪与欺骗性,充分显示了他的卓越见识与唯物主义思想"③。

魏晋南北朝时佛教繁荣发展,佛教思想深入人心,而佛教"精神不灭"、"转世轮回,因果报应"的思想更是得到了广泛的传播,成为世人的一种共识。在当时佛教大盛的北齐社会,邢邵敢于独树一帜,力驳神不灭论,足以与范缜媲美④。邢邵"少在洛阳,会天下无事,与时名胜专以山水游宴为娱,不暇勤业"。后来,邢邵和袁翻发生矛盾,"邵恐为翻所害,乃辞以疾。属尚书令元罗出镇青州,启为府司马。遂在青土,终日酣赏,尽山泉之致。"⑤邢邵的徜徉山水、娱乐逍遥给他的无神论思想提供了前提,以致在和杜弼争论时,他针锋相对提出了许多鲜明的观点。这些观点概括为以下几点:

第一,不同意"人死还生"的观点,认为人死去了,精神也随之消失。"神之在人,犹光之在烛,烛尽则光穷,人死则神灭。"⑥邢邵认为人死了,人的精神就犹如蜡烛烧尽之后它所产生的光一样也消失了,这带有朴素的唯物主义思想。

第二,邢邵认为"因果循环"的道理只是圣人劝诫世人的说教。"圣人设教,本由劝奖,故惧以将来,理忘各遂其性。"⑦圣人之所以设计教化,是为了使世人在一定的方圆规矩中生活,人应该有所拘束,不应随性而行。

邢邵的这一思想运用到文学创作中集中地体现在他为文的"形神兼具",亦即上文所言"神之在人,犹光之在烛,烛尽则光穷,人死则神灭"。作为北方的文坛领袖,邢邵在创作上强调"雕虫之美",要求文章要华美,

---

① 杨化坤:《邢邵研究》,河北大学硕士学位论文,2011年。
② 许嘉璐主编:《二十四史全译·北齐书》,汉语大词典出版社2004年版,第273页。
③ 尚志迈:《北朝无神论思想家邢邵》,《冀东学刊》1997年第1期。
④ 尚志迈:《北朝无神论思想家邢邵》,《冀东学刊》1997年第1期。
⑤ 许嘉璐主编:《二十四史全译·北齐书》,汉语大词典出版社2004年版,第365、366页。
⑥ 许嘉璐主编:《二十四史全译·北齐书》,汉语大词典出版社2004年版,第279页。
⑦ 许嘉璐主编:《二十四史全译·北齐书》,汉语大词典出版社2004年版,第279页。

典丽,要具有形式美。另一方面,邢邵又要求创作尽可能地表达作者的思想,使文章有所寄托,提倡文学要有精神美。而这些要求在他自己的文学创作中也尽力达到这样形神兼备的标准。"邢邵的诗歌是其文学之主潮,是其心性的流露。这些诗歌虽然不免有雕饰之痕迹,但却是从心底涌出,是邢邵真正人格的表现。"①

邢邵诗《冬夜酬魏少傅直史馆诗》曰:

> 年病纵横至,动息不自安。兼豆未能饱,重裘讵解寒?况乃冬之夜,霜气有余酸。风音响北牖,月影度南端。灯光明且灭,华烛新复残。衰颜依候改,壮志与时阑。赢体不尽带,发落强扶冠。夜景将欲近,夕息故无宽。忽有清风赠,辞义婉如兰。先言叹三友,次言惭一官。丽藻高郑卫,专学美齐韩。审谕虽有属,笔削少能干。高足自无限,积风良可抟。空想青云易,宁见赤松难?寄语东山道,高驾且盘桓。②

此诗是作者的咏叹之作,全诗的基调是悲凉的,虽然这首诗没有像邢邵的《新宫赋》等应制文一样辞藻华丽,但是这首诗对仗工整,韵律和谐,也不妨碍它成为邢邵诗"形式美"的代表。同时,这首诗的诗风接近魏晋,古朴深沉,详细地说明了诗人晚年的颓唐,同时诗在结尾也表现了他对隐逸生活的希望。邵诗至晚年,可谓洗尽铅华,风骨犹存。

邢邵在很大程度上协调了南朝文学和北朝文学的差异,在他自己的创作中,邢邵以沈约为代表的南朝文学韵律和辞藻为肌肤,以汉魏风骨的真挚情感为内质,基本完成了南北朝文学的初步统一,为隋唐文学的南北融合创造了条件。从这个角度上说,邢邵"与温、魏共同代表了当时北朝文学发展的最高成就,并一定程度上改变了南北文学之间的巨大落差外,其独特之处还在于对北朝文学的巨大推动作用。这一点,温子昇与魏收则无法比拟"③。

---

① 周建江:《北朝文学史》,中国社会科学出版社 1997 年版,第 206 页。
② 康金声、唐海静:《邢邵集笺校全译》,山西古籍出版社 2006 年版,第 108 页。
③ 杨化坤:《邢邵研究》,河北大学硕士学位论文,2011 年。

参考文献

[1] 曹道衡、沈玉成:《南北朝文学史》,人民文学出版社 2006 年版。

[2] 范文澜:《文心雕龙注》,人民文学出版社 1958 年版。

[3] 高人雄:《试论北朝文学研究的框架与视角》,《文学评论》2010 年第 6 期。

[4] 康金声、唐海静:《邢邵集笺校全译》,山西古籍出版社 2006 年版。

[5] 李建栋:《邢邵年谱》,《大同职业技术学院院报》2006 年第 3 期。

[6] 李延寿:《北史》,中华书局 1974 年版。

[7] 刘银艳:《北地三才诗歌创作及其对北朝文人诗发展的影响》,湖南师范大学硕士学位论文,2010 年。

[8] 任荣:《东魏北齐文人心态研究》,苏州大学硕士学位论文,2005 年。

[9] 阮忠:《北朝风习与北朝散文的南化》,《海南师范大学学报》2003 年第 6 期。

[10] 尚志迈:《北朝无神论思想家邢邵》,《冀东学刊》1997 年第 1 期。

[11] 许嘉璐主编:《二十四史全译·北齐书》,汉语大词典出版社 2004 年版。

[12] 徐中原:《论北朝散文之特征》,《北京化工大学学报》2008 年第 3 期。

[13] 颜之推著,王利器集解:《颜氏家训集解》,上海古籍出版社 1993 年版。

[14] 杨化坤:《邢邵研究》,河北大学硕士学位论文,2011 年。

[15] 章培恒、骆玉明:《中国文学史新著》,复旦大学出版社 2007 年版。

[16] 章太炎:《国故论衡》,上海古籍出版社 2003 年版。

[17] 郑训佐:《中国文学史》,太白文艺出版社 2004 年版。

[18] 周建江:《北朝文学史》,中国社会科学出版社 1997 年版。

指导教师评语

当下尚无专门对邢邵的文学创作观进行研究的论文发表,本文在选题上无疑占了先机。在具体写作中,文章主要从邢邵的军国文书创作观、诗歌创作观两方面着手进行论述, 认为邢邵的军国文书的创作主张是"笔胜于文",即实用性是军国文书的生命;邢邵在诗歌创作上主张北朝诗歌应保持特有的个性,即"江北江南,意制本应相诡"。论文在论及邢邵不同于他所生活时代的多数人一味模习江左的文学创作观的同时,并没有否定邢邵对江左文风的学习,指出:"邢邵以沈约为代表的南朝文学韵律和辞藻为肌肤，以汉魏风骨的真挚情感为内质，基本完成了南北朝文学的初步统一，为隋唐文学的南北融合创造了条件。"这一评价是较为全面的、客观的。这是一篇指导教师给定命题的论文，作者在老师的指导下，有勇气、有决心去做，而且能够做得比较好，说明了本科生也可以写好一些接触到学术前沿的论文。（李建栋）

杨广诗风略论

孙玉玲 *

纵观史书,隋炀帝杨广留给世人的最深刻的印象莫过于一个荒淫误国的暴虐君王。殊不知,这样一个令人不堪的政治君王,在舞文弄墨的文学领域也占有着一席之地。隋代文学虽短暂却不容忽视,而杨广就曾在这片文学天空中自由地展现自己的光彩。他的诗歌纵然无法与李白、杜甫等千古名流相媲美,却也有着自己独特的风格特征,是文学流变过程中的重要一环,值得我们去细细研究。

一、杨广的诗风

公元 589 年,杨广率师直入建康,古老的中国在历尽 270 多年的南北分裂后,终于重新获得统一。相应地,隋朝也成为中国文学南北合流的过渡时期。南朝文学贵于清绮,重视声律辞藻;北朝文学重乎气质,重情感气势。在隋文帝时期,南、北两种诗风是同时并存的,但到了隋炀帝时代,诗风就明显向南朝方向发展了。隋炀帝本人的诗歌也不可避免地带有着南朝诗歌的风格特点。

(一)意境清幽,诗风明丽

翻开中国的文学史书就会发现,隋代炀帝时期的文人,绝大多数都是南朝的文士,多文臣武将。他们以炀帝为中心形成了一个文化圈,作诗为文。因此,隋朝义学在很大程度上体现出了南朝文学与贵族文学的双重特征。那些文人雅士作诗,多吟咏宫廷琐事和日常生活细节,十分着意于词采的华美和对仗的工整,雕琢堆砌而缺乏生气,鲜有可观之作。

相比于周边的文士,隋炀帝的部分诗歌成就较为突出。据《先秦汉魏

---

* 作者系安徽师范大学文学院汉语言文学专业 2010 届本科生。

晋南北朝诗》所录,杨广现今留存下来的诗作共有 40 多首,其中以写景记游诗数量最多、成就最高。

意境清幽、诗风清新明快是杨广优秀写景记游诗给人的一大感受。在创作诗歌时,杨广常选用一些幽雅闲静的事物来传情达意。他常用的意象主要有月、浮云、彩霞等自然风物以及亭台楼阁等贵族建筑,如"月影凝流水,春风含夜梅"(《正月十五日于通衢建灯夜升南楼诗》)、"分城碧雾晴,连洲彩云密"(《季秋观海诗》)、"碧空霜华净,朱庭皎日光"(《冬至乾阳殿受朝诗》)①。只是,杨广笔下的月,寄托的既不是豪情壮志,也不是忧愁感伤,而是一种宁静幽美的情思。他借助一系列自然风物,展示出了人与自然同在的闲适与旷远。亭台楼阁虽是宫廷常见之景,但对于现代人来说,无疑也是一种异样的美,让人仿佛置身于一片幽美的古典建筑中,心旷神怡。

所以,杨广虽身为一国之主,但在他的众多诗歌中却全然不见政治的决心与霸气,取而代之的是日常情景的轻松自在。如《谒方山灵岩寺诗》:

> 梵宫既隐隐,灵岫亦沈沈。平郊送晚日,高峰落远阴。回幡飞曙岭,疏钟响昼林。蝉鸣秋气近,泉吐石溪深。抗迹禅枝地,发念菩提心。②

诗人面对神圣肃穆的灵岩寺,心境与自然完全融为一体,从而创造出纯美的诗境。尤其是中间 6 句,颇有王维山水诗"诗中有画"的意味,生动呈现出方山灵岩寺夏末秋初之黄昏图景。同时全诗又更添了一层禅意,宁静祥和,充分展现出了政治君王人性中柔和的一面。

再如《春花月夜二首》其一:"暮江平不动,春花满正开。流波将月去,潮水带星来。"③这首诗的情调酷似南朝民歌,清新明快。它不以字词养眼,却以意境取胜。语言清丽整洁,诗风清秀。虽然境界不大,格调不高,却别有一番情趣。短短 20 字,便描绘出一片起始时江水柔和不动、春花勃然兴开,后来风起水动,潮水送走明月迎来繁星的有水有花、有星有月的宁静秀丽的夜晚之景,甚至能让人闻到花香、触到潮水。

同时,受南朝诗风的影响,杨广也喜欢用雅艳的文采来描绘贵族生

---

① 以上见逯钦立:《先秦汉魏晋南北朝诗》,中华书局 1983 年版,第 2671、2670、2666 页。
② 逯钦立:《先秦汉魏晋南北朝诗》,中华书局 1983 年版,第 2669 页。
③ 逯钦立:《先秦汉魏晋南北朝诗》,中华书局 1983 年版,第 2663 页。

活场景,使诗歌呈现出"绮"之特征,显得贵气十足,从而彰显出了王者的乐观、自信与大气。如《江都宫乐歌》:

> 扬州旧处可淹留,台榭高明复好游。风亭芳树迎早夏,长皋麦陇送余秋。渌潭桂楫浮青雀,果下金鞍跃紫骝。绿觞素蚁流霞饮,长袖清歌乐戏州。①

整篇诗里,辞藻的华美与色彩的鲜明首先给读者以强烈的视觉冲击。微风拂过亭阁,带来草木的芬芳,长皋麦陇尽现眼前,好不舒畅。再看,桂楫在清绿的潭水中划行,果木树下,佩戴着金黄色马鞍的紫骝欢快跳跃。举起绿色的酒觞对着流霞畅饮素蚁酒,看着宫女挥动长袖边歌边舞,五彩纷呈,自然是乐在其中。杨广用他独特的语言,记录下了在扬州游玩时的一片胜景与满心欢乐,没有政治的繁琐与民生的苦乐,显得轻松而又富贵。

(二)以点染之法抒情

抒情方式,主要有两种,即借景抒情与直抒胸臆。而杨广的抒情方式却是独特的,他常采用点染之法来抒情。所谓点染,是指先利用景物来渲染,情景交融,然后再用一句话或者一个词来点出所要抒发的情感,直抒胸臆。杨广在抒情时,就常将情景交融与直抒胸臆两种方式融为一体。如《诗》:"寒鸦飞数点,流水绕孤村。斜阳欲落处,一望黯消魂。"②开篇亮出"寒鸦"二字,让人迅速联想到肃杀的秋天,给人以清冷的感觉。但纵使是寒鸦,也只是数点,零落地飞散在寂寥的天空中。冰凉的溪水孤独地缠绕在清静的村子外,毫无人烟,好不凄惨。又怎奈此刻已是黄昏,光阴恍惚如流水,夕阳即将西下,等待作者的将是无尽的长夜,不禁让人徒增悲伤。字里行间,作者悲伤、无望、消极的情绪早已渗透其中,只待最后的爆发,于是他终于挥笔写下" ·望黯消魂",道尽心中的悲凉孤寂。又如《北乡古松树诗》:

> 古松惟一树,森竦讵成林。独留尘尾影,犹横偃盖阴。云来聚云

---

① 逯钦立:《先秦汉魏晋南北朝诗》,中华书局 1983 年版,第 2664 页。
② 逯钦立:《先秦汉魏晋南北朝诗》,中华书局 1983 年版,第 2673 页。

色，风度杂风音。孤生小庭里，尚表岁寒心。①

这首诗也运用了点染之法。前面7句对古松作了详细介绍。它拒绝成林，独自傲生，坦然面对一切，"云来聚云色，风度杂风音"，作者的赞扬之情溢于言表。"尚表岁寒心"直表作者坚贞之心，同时也隐约流露出作者对古松型人才的敬佩与渴望。

（三）修辞手法的应用

除了点染之法，杨广在创作诗歌时，还运用了一系列的表现手法，如对仗、比喻、借代、夸张与用典。

对仗是杨广最常用的表现手法，在他留下的所有诗作中，几乎每首诗中都运用了对仗这一手法。如前面所提的《谒方山灵岩寺诗》，形容词与形容词相对，动词与动词相对，名词与名词也相对，对仗可谓极为工整。

比喻主要用在写景的诗篇中，如："菱潭落日双凫舫，绿水红妆两摇渌。还似扶桑碧海上，谁肯空歌采莲唱。"（《江都夏》）将江都傍晚所见菱潭之景比作扶桑之于碧海，使画面更显壮观。又如："远水翻如岸，遥山倒似云。"（《望海诗》）③海上波浪滚滚，视线尽处的海水翻起，酷似岸堤；遥远处的群山倒映在海水中，活像天空中漂浮的云朵。将远景拉近，一幅海边图画油然而生。

借代在杨广的诗歌中，主要分为两类。一类用来代指歌女舞女，如"锦袖淮南舞，宝袜楚宫腰"（《喜春游歌二首》其二）；一类用来代指少数民族与隋王朝，如"鹿塞鸿旗驻，龙庭翠辇回"（《云中受突厥主朝宴席赋诗》）③，鹿塞代指突厥，龙庭指的是隋王朝。

夸张是杨广部分诗歌给人的整体感觉，如《白马篇》：

白马金贝装，横行辽水傍。问是谁家子，宿卫羽林郎。文犀六属铠，宝剑七星光。山虚弓响彻，地迥角声长。宛河推勇气，陇蜀擅威强。轮台受降虏，高阙翦名王。射熊入飞观，校猎下长杨。英名欺卫霍，智策蔑

---

① 逯钦立：《先秦汉魏晋南北朝诗》，中华书局1983年版，第2672页。

② 以上见逯钦立：《先秦汉魏晋南北朝诗》，中华书局1983年版，第2665、2670页。

③ 以上见逯钦立：《先秦汉魏晋南北朝诗》，中华书局1983年版，第2663、2667页。

平良。岛夷时失礼,卉服犯边疆。征兵集蓟北,轻骑出渔阳。进军随日晕,挑战逐星芒。阵移龙势动,营开虎翼张。冲冠入死地,攘臂越金汤。尘飞战鼓急,风交征旆扬。转斗平华地,追奔扫大方。本持身许国,况复武功彰。曾令千载后,流誉满旗常。①

这首诗是写人篇,对诗中的主人公予以了高度的赞扬。杨广运用典故,大赞羽林郎武超汉武帝时期抗击匈奴的功臣卫青与霍去病、文盖协助刘邦统一天下的陈平与张良,并借助于一系列的地名,凸显羽林郎在各个战场的光辉事迹,构成宏伟的画面,从而使一个光芒四射的战场英雄形象完全呈现在读者面前,也展露出王者的大手笔,霸气冲天。

二、杨广诗风的成因与影响——以杨广诗与卢思道、王胄诗之比较为例

从整个文坛的角度来看,诗歌创作绝对不可能是孤立的、与外界隔绝的。文坛内每个诗人的创作,都不可避免地受到前人甚至是同时代人的影响,同时,他本人的诗作也或多或少地影响着其他文人的创作。杨广的诗歌创作同样如此。

(一)卢思道诗歌对杨广诗歌的影响

卢思道是由北齐入隋的北朝文人,其前期诗作堪称北朝诗风的典型。以《从军行》为例,这首诗注重真情实感,多贞刚之气,充斥着刚劲骨力。但由北齐入隋以后,他便大力学习南朝文学的表现手法,诗歌风格也随之发生改变。他的这些诗作对杨广产生了很大的影响,这种影响主要表现在诗歌的题材内容、意象选择、表现手法以及某些词汇句式上。

1.题材、意象与表现手法

杨广在吸收卢思道诗歌风格时,既从大处着手,又注意到细枝末节,大小兼收。具体说来,即是杨广诗歌与卢思道诗歌在题材内容上极为相似,且他们的诗歌在意象选择与表现手法上也有相通之处。

① 逯钦立:《先秦汉魏晋南北朝诗》,中华书局 1983 年版,第 2662 页。

第一类是思妇诗,二人此类诗作虽然不多,却一脉相承。如卢思道《有所思》:

> 长门与长信,忧思并难任。洞房明月下,空庭绿草深。怨歌裁洁素,能赋受黄金。复闻隔湘水,犹言限桂林。凄凄日已暮,谁见此时心。①

在表现思妇独守空房、寂寞难耐的愁苦情思时,卢思道巧妙选取了一些清冷的意象,并采用对比手法,将曾经明月高照下热闹喜庆的洞房与如今仅一人相守、乱草横生的空庭相对照,物是人非,相思之苦跃然纸上。不仅如此,全诗更是一种全方位的对照。夫妻二人,一在长门,一在长信;一者能歌善女工,一者能文受重用;盼望团圆,既遇湘水,又逢桂林。最后一句"谁见此时心"直接点明主题,直抒思妇胸臆。

这对杨广诗歌影响很大,以《锦石捣流黄》二首为例:

> 汉使出燕然,愁闺夜不眠。易制残灯下,鸣砧秋月前。
> 今夜长城下,云昏月应暗。谁见倡楼前,心悲不成惨。②

很明显,在意象上,杨广也选取了楼阁与月亮。尽管在第一首诗中,作者没有直接写楼阁,但读者完全可以据"残灯"二字引出联想。一方面,丈夫远达燕然,身负使命;另一方面,妻子独守空房,相思令柔肠寸断。两个地址,两种场景,表达的却是同一种情感。第二首诗中,杨广更是直接应用了这两个意象,昏暗的月亮,凄惨的倡楼,不免让人触景生情。同样,杨广还仿效卢思道,采用对比手法,一边描绘了丈夫在外的不堪境况,一边展现了思妇在家的无限凄凉。最后,杨广还在末尾点题,"心悲不成惨",与卢思道遥相呼应。

第二类是赠诗或赐诗,这是由他们的身份所决定的,杨广身为君王,他所作之诗通常是赐予臣子的,故称为赐诗。在这一类诗作上,卢思道诗歌对杨广诗歌的影响也很明显。

如卢思道《赠李行之》:

---

① 逯钦立:《先秦汉魏晋南北朝诗》,中华书局 1983 年版,第 2628 页。
② 逯钦立:《先秦汉魏晋南北朝诗》,中华书局 1983 年版,第 2663 页。

　　水衡称逸人,潘杨有世亲。形骸预冠盖,心思出风云。①

杨广《赐牛弘诗》:

　　晋家山吏部,魏代卢尚书。莫言先哲异,奇才并佐予。学行敦时俗,道素乃冲虚。纳言云阁上,礼仪皇运初。彝伦欣有叙,垂拱事端居。②

不难发现,两首诗同为五言,句式结构类似,并且在诗歌开头两句都运用了典故,将所写之人与历代名人相比,甚为夸张。而在进一步颂扬诗歌主人公时,杨广与卢思道的立脚点也是相似的,他也从主人公的长相和学识着手,并加以发展,从而拓宽了诗歌的内容。由此,卢思道诗歌对杨广诗歌的影响可见一斑。

　　第三类是游仙诗,这是当时佛教盛行的产物。卢思道创作的此类诗,目前可见的是《升天行》与《神仙篇》,杨广相对应的是《步虚词二首》。当然,杨广也有观访寺庙道场所作之诗,如《舍舟登陆示慧日道场玉清玄坛德众诗》和前面已经提及的《谒方山灵岩寺诗》。

　　第四类是咏物诗。卢思道留下来的主要是《听蝉鸣篇》,杨广相对出名的是《咏鹰诗》和《北乡古松树诗》。同一般咏物诗一样,他们也借吟咏某个特定的事物,表达出自己的情感与志向。

　　最后一类是写景记游诗,这是两人诗歌中的重要部分。涉及场景描写时,卢思道对水有着别样的情怀,他在很多诗歌中都写到了水。如"西望渐台临太液,东瞻甲观距龙楼"(《听鸣蝉篇》)、"秋江见底清"(《棹歌行》)以及"楚山百重映,吴江万仞清"(《赠别司马幼之南聘诗》)③。杨广受其启发,以水为基点,动用浓墨重彩,写下了不少关于水的独立诗歌,如《早渡淮诗》、《临渭源诗》、《季秋观海诗》与《望海诗》等,将水写得细致入微、淋漓尽致。此外,稍作留心就会发现,杨广诗歌中常用的意象在卢思道的诗歌中都能找到相应的原型。只是,杨广将这些意象运用得更为广泛,更为灵活。这已不仅是卢思道对杨广的影响,更是杨广对卢思道的发展。

---

① 逯钦立:《先秦汉魏晋南北朝诗》,中华书局 1983 年版,第 2633 页。

② 逯钦立:《先秦汉魏晋南北朝诗》,中华书局 1983 年版,第 2668 页。

③ 以上见逯钦立:《先秦汉魏晋南北朝诗》,中华书局 1983 年版,第 2637、2628、2633 页。

2.词汇句式

除题材、意象与表现手法外,杨广诗歌受卢思道诗歌创作的影响还表现在部分词汇及句式的沿用上。

杨广目前留下来的特意描绘女性的诗作虽然不多,但可以说,他描写女性的角度与卢思道如出一辙。以卢思道的《城南隅宴》、《日出东南隅行》与杨广的《喜春游歌二首》为例,他们在描写女性时,都着眼于女性的外貌,写女性的腰和眉,而杨广的"锦袖淮南舞"简直就是直接化用了卢思道的"舞动淮南袖"。另外,杨广《宴东堂诗》中"清音出歌扇,浮香飘舞衣"也是对卢思道《后园宴诗》中"媚眼临歌扇,娇香出舞衣"[①]的化用,视觉、听觉与味觉并重,给人以充分想象的空间。

在其他诗歌中,杨广也有间接化用卢思道诗歌中句式的例子。如写景诗《江都宫乐歌》开头两句"扬州旧处可淹留,台榭高明复好游"与卢思道《河曲游》开头两句"邺下盛风流,河曲有名游"。尽管在两者当中,一为七言,一为五言,但它们的句式结构是一模一样的,且都运用于写景诗歌的开篇。而且,杨广《赐牛弘诗》中的"晋家山吏部,魏代卢尚书"与卢思道《游梁城诗》中的"东越严子陵,西蜀马相如"[②]的结构也是一致的。由此可见杨广受卢思道诗歌创作影响之深。

(二)杨广诗歌对王胄诗歌的影响

与一般文人不同的是,杨广还有着另外一重身份,那就是他同时也身为隋朝的国君。君王这一强大的政治身份,在很大程度上强化了他对于文学领域的影响。杨广诗歌创作对其他文人所产生的影响,最明显、最直接的表现是他底下的文臣们所创作的奉和诗和应诏诗。

当时,在兼具双重身份的杨广周边,聚集了许多文人雅士,如庾自直、许善心、王胄和虞世基、虞世南等。其中,受杨广诗歌创作影响最深的,当数王胄。

1. 同名诗篇

王胄诗歌接受杨广诗歌创作影响的表现很直接,在他留下的诗篇中,有一些诗歌甚至直接与杨广诗歌同名,内容也很相似。如《白马篇》:

---

① 以上见逯钦立:《先秦汉魏晋南北朝诗》,中华书局 1983 年版,第 2663、2630、2667、2637 页。
② 以上见逯钦立:《先秦汉魏晋南北朝诗》,中华书局 1983 年版,第 2664、2630、2668、2634 页。

　　白马黄金鞍，蹀躞柳城前。问此何乡客，长安恶少年。结发从戎事，驰名振朔边。良弓控繁弱，利剑挥龙泉。披林扼凋虎，仰手接飞鸢。前年破沙漠，昔岁取祁连。折冲摧右校，搴旗殪左贤。昆弥还谢力，庆忌本推偻。海外平遐险，来庭识负褰。三韩劳薄伐，六事指幽燕。良家选河右，猛将征西山。浮云屯羽骑，蔽日引长旒。自矜有余勇，应募忽争先。王师已得隽，夷首失求全。鼓行狗玉检，乘胜荡朝鲜。志勇期功立，宁惮微躯捐。不羡山河赏。谁希竹素传。①

这首诗与杨广《白马篇》惊人地相似，甚至可以说，王胄是刻意描摹杨广《白马篇》而作此诗的。首先，两人都采用借代手法，题为写白马，实则写的是骑白马的人。利用工整的对仗和精炼的辞藻，展现出威风凛凛的战场英雄形象。其次，两首诗同为五言，诗句的句式结构是完全相同、一一对应的。并且，两首诗的形式结构也是相同的，都共有34句。开头4句采用流水对，引出诗歌的主人公，首先呈现在读者眼前的便是牵着金鞍装扮的白马、徘徊在广阔地域的英雄少年。然后在中间的26句中，运用严格的工对，讲述主人公的赫赫战功。先用6句介绍才艺，他们能剑会弓，身手敏捷，英勇善战。紧接着进入正题，渲染他们的功绩。两位作者都大量借助地名，凸显出主人公作战之多与战果之丰富，使诗歌大气磅礴。且都于第15、16句处运用典故，将主人公同以往的英雄相比，轻古而重今。最后4句，总结全诗，流露出作者对主人公的高度赞颂与敬佩之情。

　　王胄诗歌中与杨广同名的还有《纪辽东二首》：

　　　　辽东坝水事龚行，俯拾信神兵。欲知振旅旋归乐，为听凯歌声。十乘元戎才渡辽，扶涔已冰消。讵似百万临江水，按辔空回镳。

　　　　天威电迈举朝鲜，信次即信旋。还笑魏家司马懿，迢迢用一年，鸣銮诏跸发涪潼，合爵有畴庸。何必丰沛多相识，比屋降尧封。②

杨广《纪辽东二首》：

---

① 逯钦立：《先秦汉魏晋南北朝诗》，中华书局1983年版，第2697页。
② 逯钦立：《先秦汉魏晋南北朝诗》，中华书局1983年版，第2698页。

　　辽东海北翦长鲸，风云万里清。方当销锋散马牛，旋师宴镐京。前歌后舞振军威，饮至解戎衣。判不徒行万里去，空道五原归。

　　秉旄杖节定辽东，停麾变夷风。清歌凯捷九都水，归宴雒阳宫。策功行赏不淹留，全军藉智谋。讵似南宫复道上，先封雍齿侯。①

从句式上看，两者是一模一样的，五七言相间，先七言，后五言。从内容上看，杨诗所描写的主要是战胜后凯旋归京，歌舞升平，饮酒作乐，封官加爵的欢庆场面。虽为边塞题材，但内容仍是宫廷生活琐事；王胄是典型的边塞诗，它所描绘的主要是隋朝军队势如破竹，快速拿下辽东之举。言辞甚为夸张傲慢，为隋王朝歌功颂德。相比之下，王胄的诗歌在内容上更具深度，突破了日常琐事的规范与束缚，是对杨广诗歌的进一步发展。

2. 奉和诗歌

　　同杨广身边的众多文人一样，王胄也创作了许多奉和诗，如为附和杨广《悲秋诗》而作的《奉和悲秋应令诗》：

　　秋天拟文学，秋水擅庄蒙。草湿兼葭露，波卷洞庭风。便坐翻桑叶，长坂歇兰。檐喧犹有燕，陂静未来鸿。蝉噪闻疑断，池清映似空。刘安悲落木，曹植叹征蓬。重明岂凝滞，无累在渊冲。随时四序合，应物五情同。发言形恻隐，睿作挺神功。下材均朽木，何以慕凋虫。②

相比于杨广《悲秋诗》：

　　故年秋始去，今年秋复来。露浓山气冷，风急蝉声哀。鸟击初移树，鱼寒欲隐苔。断雾时通日，残云尚作雷。③

王胄的《奉和悲秋应令诗》在意象的选择上巧妙地借用了杨广的原作。"草湿兼葭露，波卷洞庭风"借用的是"露"与"风"，"檐喧犹有燕，陂静未来鸿"中的"燕"与"鸿"同归于杨广诗中的"鸟"，"蝉噪闻疑断"对应的是"蝉声"，就连"池清映似空"与"鱼寒欲隐苔"也存在着意义上的关联。但

①逯钦立：《先秦汉魏晋南北朝诗》，中华书局 1983 年版，第 2666 页。
②逯钦立：《先秦汉魏晋南北朝诗》，中华书局 1983 年版，第 2669-2670 页。
③逯钦立：《先秦汉魏晋南北朝诗》，中华书局 1983 年版，第 2672 页。

我们也要注意,王胄在借用杨广诗歌意象的同时,也对其意象进行了拓展,因此,对意象的描绘更显具体细致。

内容上,杨广的诗歌虽题为《悲秋诗》,但全诗并没有直接抒情,而是止于景物描写。他采用"浓"、"冷"、"急"、"哀"等带有消极情绪的字眼来修饰眼前的景物,使原本无情的景,如今却饱含着"悲",不着一字但尽得风流。王胄的诗歌立意与杨广相同,也是抒发悲秋之情。但他在杨广的基础上,展开了更为细致的描写,情感抒发也更为直接。"刘安悲落木,曹植叹征蓬",王胄用典,直接点明了主题。并且,"下材均朽木,何以慕凋虫",也间接地表明了王胄的某种政治情感与志向。

所以说,王胄的《奉和悲秋应令诗》在接受杨广影响的同时,也作出了自己的发展,相比于刻意模仿杨广诗歌而作的《白马篇》,更具有文学价值。

其他文人受杨广诗歌创作影响的表现也是很明显的,如许善心《奉和还京师诗》、虞世基《四时白歌二首》(《江都夏》与《长安秋》)等,这里便不再赘述。

综上,杨广诗歌意境清幽,风格明丽,同时在部分诗歌中又杂有帝王及贵族气。受南朝诗风濡染,其诗对仗工整,辞藻华美。其诗善借点染之法来抒情,也常用比喻、借代、夸张等表现手法。杨诗最成功者乃当属部分记游诗,清丽明快的风格独出于同辈诗人。不过,总体而言,其诗作内容稍嫌狭窄,无多新意。

尽管如此,杨广在隋代文学史中地位亦举足轻重。作为承前启后的文学时代之诗人,他在政治上征服了南朝,在文学上却为南朝所征服。他既承载了南朝华艳软靡诗风之余脉,也开启了初唐刚健诗风之先声。由于帝王的特定身份及文学上独出的才情,其诗对同时代人影响很大,虽负面者居多,然不容否认其在隋唐文学交替之际的过渡性接力作用。

参考文献

[1] 逯钦立:《先秦汉魏晋南北朝诗》,中华书局 1983 年版。

指导教师评语

　　这是一篇指导教师给定命题的论文。对于本科生而言,对杨广的诗风进行研究是比较难的。首先,杨广的诗歌风格是比较复杂的,很难用一句话来概括,这就给研究者造成了较大的研究障碍;其次,杨广的诗品与人品又是不尽一致的,如何把握其诗品与人品的关系,这又是一个棘手的难题;再次,当下对杨广诗歌风格进行整体研究者尚不多见,没有多少可以参考的研究成果,因此这一选题要开展,需要付出较大的努力。本文写作中有两点值得本科毕业论文写作者借鉴:(1)从大处着眼。存世的杨广诗歌数量有 40 多首,风格多样,一篇本科生毕业论文很难对其研究的面面俱到。文章从大处着眼,总览其诗风,以为杨广诗歌的风格"既承载了南朝华艳软靡诗风之余脉,也开启了初唐刚健清新诗风之先声",总体表现为"意境清幽、诗风明丽"的风格特征。(2)从小处下手。如果要对杨广的诗风进行面面俱到的论述,似非几千字的本科生毕业论文所能承载。该论文运用比较的方法,通过具体深入地分析杨广诗风对卢思道诗风的继承、杨广诗风对王胄诗风的影响,在两个侧面的论述中,清晰勾勒出杨广诗歌的风格特征。鉴于篇幅及学力等原因,本论文很难对杨广诗风作非常深入的钩沉,但其研究的方法、观点都是值得肯定的。(李建栋)

鲍照与李白乐府诗之比较

周传燕 *

鲍照与李白,都是在古代乐府诗坛上享有盛名的能手,一个被誉为"乐府狮象",一个曾获得"怪伟奇绝"的美誉。杜甫《春日忆李白》说:"白也诗无敌,飘然思不群。清新庾开府,俊逸鲍参军。"在赞扬李白的同时,对鲍照给予了高度的评价。确实,在南朝脂粉丽声充溢文坛之时,能够传承两汉乐府,反映现实生活的作家只有鲍照。难怪李白虽对南朝诗坛评价不高,但特别推崇鲍照,常以鲍照自比。明人张溥《汉魏六朝百三家集·鲍参军集题辞》云:"诗篇创绝,乐府五言,李、杜之高曾也。"[①]可见同为擅长作乐府的大家,李白深受鲍照影响。本文拟就鲍照与李白在乐府诗创作方面的异同具体探讨。

一

鲍照与李白虽然处于不同的时代,却能在乐府诗传统的基础之上将之发扬光大,创作出在题材、主题、结构、语言、风格等方面有着许多相同之处的诗章。首先,鲍照与李白皆能继承汉乐府"感于哀乐,缘事而发"的现实主义精神而又有所创造,丰富并深化乐府古题所包含的主题内涵,使其具有深刻的思想内容,并使内容和形式互相融合而达到更加完美的统一。具体而言,在思想内容上的相同点主要涉及以下几个方面。

* 作者系安徽师范大学文学院汉语言文学专业 2009 届本科生。该文发表于《乐山师范学院学报》2011 年第 2 期。

① 张溥著,殷孟伦注:《汉魏六朝百三家集题辞注》,人民文学出版社1981 年版,第 176 页。

（一）描写关山行役之苦，讴歌抗敌戍边将士，憎恶战争给人民带来灾难

鲍照的诗歌，大量以边塞征战为题材，抒发报国之志，表现边塞风光，沙场激战，征人边愁，这些边塞诗都是南北朝战争的曲折表现，无不打上了深刻的时代烙印，因此在鲍照的诗中占据了重要的地位。钟嵘在《诗品序》中特别将鲍照的戍边诗列为五言之佼佼者。就内容而言，鲍照的乐府边塞诗可以分为两大类：第一，表现将士痛苦的军旅生活；第二，表现战士的英勇与为国牺牲的精神。《文选》收录的名篇《代东武吟》就表达了一位老战士的悲哀："少壮辞家去，穷老还入门。腰镰刈葵藿，倚杖牧鸡豚。昔如鞲上鹰，今似槛中猿。徒结千载恨，空负百年怨。"诗中的老军人征战一生，饱受关山行役之苦，功成后却没有得到任何赏赐。甚至因为没有谋生技能，他只有靠下田耕作来养活自己。当他回想起过去的日子，自己对统帅来说他至少是一名善战的士兵，如同站立在主人肩上的猛禽；而今却在田野中挥汗如雨，他不禁悲从中来，怨恨之情便也溢于言表。《代苦热行》是另一首采用士兵为叙述者的抗议诗。它用奇峭而夸张的语言，极度形容征战环境之险恶，以突出士兵们"生躯蹈死地"而荣薄赏微的悲哀，对当政者流露出极度的不满。边塞战争中征夫戍卒的生活苦不堪言，乡思之情便会油然而生。如《拟行路难》其十三中写道："但恐羁死为鬼客，客思寄灭生空精。每怀旧乡野，念我旧人多悲声。"有乡思就有闺怨，这是征夫和思妇不可挽回的悲惨命运。这些诗哀怨凄怆，共同控诉了残酷血腥的战争给人民带来的灾难。

除了表达士兵苦难不平之外，鲍照在一些边塞诗作中也会采取另一种态度，借以描绘军事生活来表达其爱国的精神。如《代出自蓟北门行》：

> 羽檄起边亭，烽火入咸阳。征骑屯广武，分兵救朔方。严秋筋竿劲，虏阵精且强。天子按剑怒，使者遥相望。雁行缘石径，鱼贯度飞梁。萧鼓流汉思，旌甲被胡霜。疾风冲塞起，沙砾自飘扬。马毛缩如猬，角弓不可张。时危见臣节，世乱识忠良。投躯报明主，身死为国殇。

这首诗首次将边塞战争引入乐府创作，虽写历史故事，但显然浸润着多事之秋的时代烙印，着重表现了将士们誓死报国的决心和诗人建功立业的强烈愿望。《代陈思王白马篇》同样是一首英雄诗:"丈夫设计误,怀恨逐边戎。弃别中国爱,邀冀胡马功。去来今何道?卑贱生所钟。但令塞上儿,知我独为雄。"诗人以塞上健儿自喻,希望扬名边疆。战争的艰辛痛苦不算什么,可贵的是诗中主人翁对祖国的忠心耿耿、视死如归,慷慨顿挫之中,自有一股昂扬之气。

描写边塞战争、反映征夫戍卒的生活,也是李白乐府诗内容的一个重要方面。李白热情支持保家卫国的正义战争,在诗歌中他借抗敌戍边将士之手抒发了自己的报国激情:"兵威冲绝幕,杀气凌穹苍……挥刃斩楼兰,弯弓射贤王。"(《代出自蓟北门行》)在《塞下曲六首》其一中更是豪迈激昂地写道:"晓战随金鼓,宵眠抱玉鞍。愿将腰下剑,直为斩楼兰。"这是一首献给沙场将士的英雄赞歌,同时也反映了诗人为国立功的雄心壮志。然而李白对穷兵黩武的残酷战争,也给予了无情地揭露和谴责。《战城南》就是一首描绘战争残酷的诗:

> 去年战,桑干源;今年战,葱河道。洗兵条支海上波,放马天山雪中草。万里长征战,三军尽衰老。匈奴以杀戮为耕作,古来惟见白骨黄沙田。秦家筑城备胡处,汉家还有烽火燃。烽火燃不息,征战无已时。野战格斗死,败马号鸣向天悲。乌鸢啄人肠,衔飞上挂枯树枝。士卒涂草莽,将军空尔为。乃知兵者是凶器,圣人不得已而用之。

这首诗将战争的残酷场景刻画地如此淋漓尽致,特别是"万里长征战,三军尽衰老"一句,长期的战争使士兵青春耗尽,个个衰老,更让人痛心。战争是残酷的,总免不了伤亡,给人们带来巨大的灾难:"由来征战地,不见有人还。"(《关山月》)天宝年间战争频发,安史之乱给人民带来的灾难更是深重:"惨戚冰雪里,悲号绝中肠。尺布不掩体,皮肤剧枯桑。"(《北上行》)其中的苦难,怎不令人悲伤,怎不令人断肠!这些诗形象地描绘了战争的残酷,也揭露和控诉了统治者发动黩武战争的罪恶行径。

(二)抒发怀才不遇之情,倾吐愤世嫉俗之感慨

出身寒微的鲍照,是一位极有抱负的才士。他不甘于自己低下的地位,迫切地想凭借自己的才智,在上层社会找到一席之地。但在豪门士族

的压抑下,他踯躅垂翼、有志难伸。自步入仕途后,就一直沉沦下僚,常常是在贫病交迫中艰难度日,正如钟嵘所说的"才秀人微,故取湮当代"①。不幸的身世遭际,让他有志有才却不得施展,感叹、激愤、不平之气由此而发。如《拟行路难》其六:

> 对案不能食,拔剑击柱长叹息。丈夫生世会几时,安能踯躅垂羽翼?弃置罢官去,还家自休息。朝出与亲辞,暮还在亲侧。弄儿床前戏,看妇机中织。自古圣贤尽贫贱,何况我辈孤且直!

诗一开头,愤激之言就喷薄而出。面对佳肴而"不能食",可见心情烦闷至极。"拔剑击柱",这一极其形象的细节,更突出了他满腹牢骚郁积于胸而又无可发泄的苦闷。"长叹息",既是无可奈何的表现,更是一腔悲愤的流露。作者为什么如此呢? 只因人生坎坷,壮志难酬,犹如雄鹰之羽翼摧挫不能奋飞。最后两句,貌似自我宽解,实则愤恶不平,象征了所有失路英雄面对不平待遇所发出的抗议。《拟行路难》其四同样写贫士失遇的苦闷,渴望建功立业,却怀才不遇,控诉了门阀制度对人才的压抑。"泻水置平地,各自东西南北流",不同人的命运被生动地比喻为泼在地上的水,水依地势之不同而流向四面八方,一如人之出身既有高下之分。正如左思《咏史诗》所说:"金张藉旧业,七叶珥汉貂。冯公岂不伟,白首不见招。""人生亦有命,安能行叹复坐愁",表面上是放宽心胸,承认现实,其实心里却蕴蓄着无限辛酸与愤慨。

与鲍照一样,李白一生,虽才华横溢,却壮志难酬。他空有一腔抱负,仕途却屡屡受挫,心中不免愤慨不平。这种愤懑之情,在他的笔端迸发出来,化为警世的闪电。在名篇《蜀道难》中,他借渲染蜀道的艰险抒发自己功业未成的悲愤和感慨。又如《长相思》:

> 长相思,在长安。络纬秋啼金井阑,微霜凄凄簟色寒。孤灯不明思欲绝,卷帷望月空长叹。美人如花隔云端。上有青冥之高天,下有渌水之波澜。天长路远魂飞苦,梦魂不到关山难,长相思,摧心肝。

---

① 陈延杰:《诗品注》,人民文学出版社 1980 年版,第 47 页。

诗人尽情地表现了他追求理想不能实现的痛苦心情。"美人如花",是自己的最好理想,可惜"隔云端",相距太远,追求艰难。美好的理想可遇而不可求,纵使诗人有一腔热忱,也只有站在一边"长相思,摧心肝"的份了。《行路难》其一表达了他彷徨苦闷却充满信心的复杂心情:"金樽清酒斗十千,玉盘珍馐直万钱。停杯投箸不能食,拔剑四顾心茫然……行路难,行路难,多歧路,今安在?长风破浪会有时,直挂云帆济沧海。"诗人情绪不好,对美酒、佳肴根本没有兴味,四方环顾,感到一切茫然。行路艰难,世事艰险,功业未就,心绪悲愤,但仍深信总有"长风破浪"之时,总能"济沧海",到达理想的境地。即便如此,眼前报国无门的现实却仍令他迷惘!

(三)揭露黑暗现实,关心人民疾苦

鲍照在《代陆平原君子有所思行》中先给我们呈现的是一个极为繁华、尘嚣四处的世界,从正面角度将所要讽刺的对象提到最高点,接着又掷下,提出相反的意象,使读者见出繁华之中暗藏的衰败景象,展现出统治阶级的奢侈腐败。结尾处作者提出警告性话语:"蚁壤漏山阿,丝泪毁金骨。器恶含满欹,物厚忌生没",表现了作者对于国家和人民前景的忧虑。《放歌行》则是另一首绝妙的政治讽刺诗。"蓼虫避葵堇,习苦不言非。小人自龌龊,安知旷士怀",以蓼虫生来不识甘味比人不知旷士的高尚,明褒暗贬,正意反说,幽默深刻,对当时社会的黑暗予以辛辣的讽刺。

李白忧念国事,写下许多诗篇,对黑暗现实进行揭露和鞭笞。如在《古朗月行》中以月议朝政,讥刺恃宠弄权的杨国忠、安禄山、杨玉环之流为"蟾蜍食圆影,大明夜已残"。在对统治阶级进行讽刺的同时,李白还同情劳动人民的遭遇,关心人民疾苦。《丁都护歌》即是李白漫游江苏镇江一带,眼见拖船工劳苦有感而作:

> 云阳上征去,两岸饶商贾。吴牛喘月时,拖船一何苦。水浊不可饮,壶浆半成土。一唱《都护歌》,心摧泪如雨。万人凿盘石,无由达江浒。君看石芒砀,掩泪悲千古。

诗中将生活条件有着天壤之别的搬运石头的船工与两岸的富商相比,描绘了拖船工的苦难生活。这种对比手法的运用恰恰反映出作者对下层劳动人民的关心和同情。

（四）描写男女爱情，抒写思妇、弃妇的痛苦，同情妇女遭遇

在鲍照的乐府诗中，一个引人注目之处就是他对女性情感特别细致的描写。如《拟行路难》其三，描写一个女子虽然享受到锦衣玉食，却耐不住闺中寂寞，得不到真正的爱情，最后只能慨叹"宁作野中之双凫，不愿云间之别鹤"。诗人对封建社会中女子的不幸遭遇寄予了深切的同情，在《拟行路难》其二中，通过一只香炉受宠爱终被冷落的遭遇，表达了一位弃妇的哀怨之情："如今君心一朝异，对此长叹终百年。"此外，《拟行路难》其八、九、十二等首诗，也表现出对封建社会不幸婚姻的同情，为备受压迫的广大妇女鸣不平。

描写男女爱情，关注妇女命运，也是李白乐府的主要内容之一。《妾薄命》一诗以汉武帝和陈皇后的故事，写妇女被遗弃的痛苦："君情与妾意，各自东西流。昔日芙蓉花，今成断肠草。"除了弃妇诗，李白还有不少诗篇是描写思妇的。《乌夜啼》写一个女子怀念远行的丈夫。"停梭怅然忆远人，独宿空房泪如雨"，这两句道出了多少征夫思妇的哀怨。关于这方面内容的作品，还有《长干行》、《白头吟》、《玉阶怨》、《子夜吴歌》、《独不见》、《荆州歌》，等等。

二

鲍照和李白的乐府诗，基于思想内容表达上的类似，在艺术表现手法上也必然有许多共同之处。

（一）豪迈深沉、雄浑奔放的气势

《艺概·诗概》评价鲍照曰："明远长诗，慷慨任气，磊落使才，在当时不可无一，不能有二。"①《昭昧詹言》也说："鲍诗全在字句讲求，而行之以逸气"，"诗体仗气，极似公干"②。这些都说明鲍照的诗充溢着一种豪迈深沉的气势。这种非凡的气势，在其《拟行路难》十八首中表现得最为突出。鲍照以寒士的身份抒发了贫寒之士的强烈呼声，昂扬激越之情、慷慨不

---

① 钱仲联：《鲍参军集注》，上海古籍出版社1980年版，第450页。
② 钱仲联：《鲍参军集注》，上海古籍出版社1980年版，第451页。

平之气和难以抑制的怨愤喷薄而出,气吞八荒,雄壮有力。如"功名竹帛非我事,存亡贵贱付皇天"(《拟行路难》其五),对功名富贵的鄙视是何等慷慨昂扬;"丈夫生世会几时,安能蹀躞垂羽翼"(《拟行路难》其六),怀才不遇的悲伤和理想得不到实现的愤激又是何等浓烈!在这十八首诗中,鲍照还以"君不见"开头的句式,造成一种先声夺人的艺术效果。这样的句法,音节错综变化,节奏缓急相间、顿挫昂扬,显示出豪放的风格,新奇有力,充满气势。

李白领悟鲍照诗歌豪迈深沉的气势,对这种风格的诗十分神往。在模仿学习鲍照诗歌的同时,首句也喜用"君不见",诗风飘逸潇洒,感情奔放强烈,气势更大。如"君不见黄河之水天上来,奔流到海不复回"(《将进酒》),大河奔腾的气势和力量惊心动魄。《蜀道难》中再三嗟叹"蜀道之难,难于上青天",有一种奔腾回旋的动感,以纵横恣肆的文笔形成磅礴的气势。他那"天生我才必有用"的非凡自信,那"安能摧眉折腰事权贵"的独立人格,那"戏万乘若僚友,视同列如草芥"的凛然风骨,那与自然冥一的潇洒风神,曾经吸引无数士人,读来也气势非凡。

(二)形式多样,语言奔放流畅

鲍照的乐府诗在形式上具有独创性。既有三言,也有五言、七言和杂言,这在乐府文学史上是前无古人的。特别是七言乐府,为以后七言诗的发展做出了很大贡献。在诗歌形式上,他是一个"上挽曹、刘之逸步,下开李、杜之先鞭"[①]的重要诗人。李白诗歌形式多样,但在诗体选择上,他多用乐府歌行和七言古诗而较少采用律诗形式。这些诗体更适宜表达他那强烈奔放的感情。李白的《白纻辞三首》其一,在形式上和鲍照的《代白纻曲二首》其一颇为相似,承继关系明显。

> 朱唇动,素腕举,洛阳少年邯郸女。古称绿水今白纻,催弦急管为君舞。穷秋九月荷叶黄,北风驱雁天雨霜,夜长酒多乐未央。
>
> 鲍照《代白纻曲二首》其一
> 扬清歌,发皓齿,北方佳人东邻子。且吟白纻停绿水,长袖拂面为君起。寒云夜卷霜海空,胡风吹天飘寒鸿,玉颜满堂乐未终。

---

①[明] 胡应麟:《诗薮》(外编卷二),上海古籍出版社 1979 年版,第 149 页。

诗中首句用"三、三"式,以下六句都用七言,造成较强的节奏感,形式结构如此相似。鲍照乐府具有俊逸遒丽、奔放流畅的语言风格。沈约《宋书》卷五十一《鲍照传》云:"明远,文辞赡逸,尝为古乐府,文甚遒丽。"[1]李白悉心学习鲍照,使其诗奔放之中有流丽,自然优美而不奢华,清新感人,有一种"清水出芙蓉,天然去雕饰"的美。他的诗歌语言也纯朴通达,同时又奔放、激烈,具有飘逸、雄奇、壮丽的特点。回头看上面两首诗,可以发现它们不仅结构相似,语言也颇为神似,都有奔放流畅、自然俊发的美感。

(三)想象奇特,意象奇异

鲍照乐府诗想象大胆,往往出人意料,创造一个精巧的意象,让整首诗的结构围绕这个核心意象而展开。《代东武吟》中"弃席思君幄,疲马恋军轩",以一匹疲惫而犹恋主人的老马来形容老兵,意象可谓生动贴切。在《代别鹤操》中,则使用象征性的手法,借暗喻来叙说离别的苦辛,是第一个以别鹤为夫妻离别意象的诗。鲍照还运用比兴手法营造诗歌意象,如《代放歌行》以蓼虫不知葵堇之美来比喻小人不知旷士怀,《代白头吟》用"直如朱丝绳,清如玉壶冰"来比喻人正直、高尚的品格。

与喷发式感情表达方式相结合,李白诗歌的想象变化莫测,往往发想无端,如"君不见高堂明镜悲白发,朝如青丝暮成雪"(《将进酒》),"欲渡黄河冰塞川,将登太行雪满山"(《行路难》)等,真是想落天外,匪夷所思。与作诗的气魄和想象力丰富相关联,李白诗中颇多吞吐山河、包孕日月的壮美意象。大江、大河、沧海、雪山等雄奇壮美的意象组合,给人以一种崇高感。但是,李白诗里亦不乏清新明丽的优美意象。如:"玉阶生白露,夜久侵罗袜。却下水晶帘,玲珑望秋月。"(《玉阶怨》)

(四)注意向民歌学习,从民歌中汲取营养

鲍照非常重视和学习南朝民歌,当其他诗人还在写作传统乐府时,他已经开始模仿当时的吴歌西曲,如《吴歌三首》:

---

① [南朝] 沈约:《宋书》(卷五十一),中华书局 1974 年版,第 1477 页。

夏口樊城岸,曹公却月戍。但观流水还,识是侬流下。
夏口樊城岸,曹公却月楼。观见流水还,识是侬泪下。
人言荆江狭,荆江定自阔。五两了无闻,风声那得达。

这一组歌曲共三首,使用"侬"字,充满了吴地方言的特色。此外,其《采莲歌七首》、《中兴歌十首》、《幽兰五首》等都吸取了乐府民歌质朴自然的特点,写得细腻优美。李白继承鲍照向民歌学习的传统,其《横江词》第一首就是模仿鲍照的吴歌:"人道横江好,侬道横江恶。一风三日吹倒山,白浪高于瓦官阁。"念李白的名作"床前明月光"(《静夜思》),我们仿佛从南朝《子夜秋歌》中找到它的血亲:"秋风入窗里,罗帐起飘扬。仰头看明月,寄情千里光。"此外,像《静夜思》、《玉阶怨》、《子夜吴歌四首》、《襄阳曲四首》等,出口成章,句式天然,用寻常的口语写景抒情,同样具有清新纯朴的民间气息和活泼生动的民歌情调。

鲍照有乐府诗86首,李白有乐府诗149首,其中诗题相同的就有17首。值得一提的是,他们不是完全模仿,而能创造性地自制新题,或是借旧题以寄托新意。据钱振伦注《鲍参军集》的篇目来考察,鲍照首创和首存的乐府诗共有17题,55首,占他全部乐府诗歌创作的十分之六以上,如《萧史曲》、《幽兰》、《中兴歌》等。李白的乐府诗大量地沿用乐府古题,或用其本意,或翻案另出新意,能曲尽拟古之妙。此外,他也有少数篇目的新乐府,如《静夜思》、《塞下曲》等。

鲍照的创作思想和艺术风格,深深地影响了李白。朱熹《朱子语类》说:"鲍明远才健,其诗乃《选》之变体,李太白专学之。"①准确地讲,李白受鲍照影响最大的是乐府诗。两人的诗歌,不光在内容上能反映社会现实,抒写个人的真情实感,在艺术形式和技巧方面也有着异曲同工之妙,共同为乐府诗的发展作出了卓越的贡献。

三

所谓有同就有异,有继承就有创新,这才符合辩证统一的规律。鲍照与李白二人各尽其能,各有侧重,创作出许多具有各自特色的诗篇。

---

① 钱仲联:《鲍参军集注》,上海古籍出版社1980年版,第445页。

（一）二者边塞诗中战争描写的来源略有差异

刘宋时期,北方沦于外族,北魏又屡次入侵,战火频发。鲍照曾陪伴刘宋诸王参加不同的战役,亲自到过刘宋和北魏的边境,感受格外深刻。虽然他通常假借汉代为其诗歌的历史背景,但他绝非一味死守文学传统,他乐府诗中的边塞诗是从他自己军旅生活的亲自体验中提炼出来的,反映了他自己真实的行伍生涯。

李白虽亦有积极入世、进取的人生态度,渴望"济苍生"、"安社稷",但他不愿走科举入仕之路,也不愿从军边塞,而是始终幻想着"平交王侯","一匡天下"而"立抵卿相",建立盖世功业之后功成自退,归隐江湖。因此,李白戍边诗中对战争的描写并不是自己军旅生活的亲身体验,我推测这很可能是其大胆想象的结果。李白没有亲历边塞的生活体验,然而有喜欢捕捉奇异事物入诗的审美倾向,使他在前人边塞风物和边塞战争的记载基础上凭空造境。虽没有亲身经历,但写得同样精彩,犹如身临其境一般。

《出自蓟北门行》在郭茂倩《乐府诗集》中属《杂曲歌辞》,本是一首歌唱燕赵佳人的艳歌。鲍照却用来写边塞题材,新奇壮阔,李白学习继承,同臻佳境。

鲍诗首四句写边塞传警,朝廷发兵。诗开门见山,入笔擒题,"起"、"入"、"屯"、"救"四动词层层紧扣,一上来就给全诗笼罩上一层严峻紧张的气氛。接着四句,又以敌寇强大和天子震怒,进一步渲染形势的危急。"雁行"八句,都是描述征途环境之艰辛:"石径"崎岖,"飞梁"险峻,"箫鼓"悲壮,"胡霜"奇寒;疾风狂沙之下,马儿冻得蜷缩颤抖,角弓都无法拉开。选材典型,描绘生动,朱熹曰:"分明说出了边塞之状。"[1]结尾四句表达了将士们誓死苦战的决心,同时寄寓着自己抑郁不平之气。李白这首诗无论在立意、语言,还是在用韵、章法、结构上,都学习鲍照,以纵横多变的笔调,从边地到朝廷,从天子到将士,从敌军到我军,从气候风物到人物心理,画面缤纷,气势雄壮,格调高昂。与鲍照相比,可谓春兰秋菊,难分高下。

（二）鲍照的生命意识和主体意识较之李白更强烈

在门阀制度盛行的刘宋时期,出自寒门的鲍照只有将满腔的悲愁苦

---

① 钱仲联:《鲍参军集注》,上海古籍出版社1980年版,第168页。

闷之情与怨愤不平之气发而为诗,在诗歌中深刻反映了门阀制度中下层知识分子曲折复杂的心态及动荡不安的社会现实,充满对门阀社会的不满情绪与抗争精神,代表着寒士的强烈呼声。不仅如此,他对当时社会的世态炎凉和人情冷暖也作了深刻揭露,抓住现实生活中的种种不合理现象,通过征人思乡之愁,怨女思夫之悲,孤门贫士之恨,传达了下层人士的思想情绪。感情沉郁悲愤,风格深沉浑厚,抒发了诗人对世道不平的无比愤慨和对人生多艰、命运多舛的深刻体验。以《拟行路难》十八首最具代表性,那一泻千里、娓娓而来的沉郁伤痛之情在笔端字间自然而然的迸发。感物伤怀、愤世惆怅也罢,离别仇恨、怀才不遇也罢,诗人将对生命的体悟坦率表露,不写他人只抒写个人情怀,可谓情真意切,情思动人。有时一泻而出,难以遏止;有时掩抑含蓄,一唱三叹。

鲍照对战争及个体生命脆弱易逝的感慨是深沉而悲凉的。在《拟行路难》其五中,他写道:

> 君不见河边草,冬时枯死春满道。君不见城上日,今暝没尽去,明朝复更出。今我何日当得然?一去永灭入黄泉。人生苦多欢乐少,意气敷腴在盛年。且愿得志数相就,床头恒有沽酒钱。功名竹帛非我事,存亡贵贱付皇天。

这首诗字里行间无不渗透着对生命的感悟。"一去永灭入黄泉",生命会轻易地消失在茫无垠际的时间与浩瀚的宇宙中。"人生苦多欢乐少"、"功多竹帛非我事",含蓄地道出了诗人对有限生命的关注,这也许是诗人郁郁不得志的又一种感叹和宣泄吧!

面对贫穷与死亡,鲍照的态度是消极悲观的。在他的《代挽歌》中,叙事者对他自己躯体的毁灭丝毫没有感到任何精神的解脱。结尾的两句诗"壮士皆死尽,余人安在哉",感叹人间豪杰皆沉埋黄土,使得整首诗染上了一层阴霾。凡是人,无论生前多么显赫一时,都将难逃一死——这个事实也许是叙事者惟一的安慰。与挽歌相比,鲍照的《松柏篇》更加允满了阴暗沮丧的色彩,"松柏受命独,历代长不衰。人生浮且脆,鸢若晨风悲",将人的脆弱短暂与松柏的长寿不衰对比,透露了诗人个人的生命体验。鲍照的自我哀悼采取了独白的形式,叙事者独自倾吐自己痛苦的死亡过程及死后情况,引领读者进入他所处的孤独死亡的世界。以痛苦哀伤的号哭结尾,也渗透了诗人对人生的愤愤不平。

与鲍照不同,李白虽亦有愤世嫉俗的感慨,但仍积极追求人生,乐观自信。"天生我才必有用"的非凡自信正是其人格力量的表现。在中国古代封建社会那种个体人格意识受到正统思想压抑的文化传统中,李白狂放不受约束的纯真的个性风采,无疑有着巨大的魅力。鲍照处在那样一个异族间战火频繁,社会动荡纷乱,政治恐怖血腥的时代背景下,而李白则处在盛唐大气恢宏的时代环境之中。时代的不同,使鲍照对生命有着更为深刻的体验,个体意识也更为强烈,但这同时也决定了李白的诗比鲍照的诗格调高昂。以李白《行路难》其一和鲍照《拟行路难》其六为例,两首诗在内容上颇为相似,承继关系也十分明显。下笔气势不凡,鲍照用两句,李白用四句,美酒佳肴不能饮用,拔剑叹息,直点主题,表达备受压抑的苦闷。接下去写出了怀才不遇的悲伤和理想得不到实现的愤慨,都用了比兴。写闲置无事时,鲍照用叙述,李白用典故,意旨相同。结尾从苦闷中解脱出来,把感情推向高潮。所不同的是,鲍照反思历史,以自古圣贤命运不幸自慰,力求解脱但实际上并未真正解脱,包含着对生命无常的感慨;而李白却是从苦闷、彷徨中挣脱出来,勇往直前,实现人生价值。

(三)鲍照以乐府作为向君主倾诉的工具,与李白有很大的不同

因为刘宋诸王喜爱当时的流行歌曲及音乐,身为宫廷诗人的鲍照,自然会以君主所喜欢的文学形式,即流行乐府,来表达他的心意。此类作品并不多,最明显的是他为始兴王刘濬所写的《代白纻舞歌辞》。在《代白纻舞歌辞》的第四首,即最后一首,鲍照直接向其君主殷殷致意:

> 池中赤鲤庖所捐,琴高乘去腾上天。命逢福世丁溢恩,簪金藉绮升曲筵,思君厚德委如山,洁诚洗志期暮年,乌白马角宁足言!

钱仲联指出诗的前两句:"此照以赤鲤自况,而寓其感恩之意,云将有以报之也。"[1]鲍照谦称自己是被抛出厨房的池中鲤鱼,但却将始兴王比喻为仙人琴高。始兴王有能力提拔鲍照,就如仙人琴高能将鲤鱼化为龙一样,这个比喻既有自谦之意,又十分典雅,可以想象始兴王读来可能会感

---

[1] 钱仲联:《鲍参军集注》,上海古籍出版社1980年版,第220页。

到飘飘欲仙。最后诗人明白地表达了对君主的感激与完全效忠之意。据《史记》索引所载,当年燕太子丹仰天长啸,使乌鸦白头,马生角,秦王才准他离开秦国①。鲍照在这里运用了这一典故,来表达对君主的一片赤诚,可以说已将自己的心意写到了极致。

同鲍照一样,李白也有着积极进取、建功立业的强烈愿望。他们都渴望得到君主的赏识,但都英雄失路、壮志难酬。李白为人独立不羁,不受任何约束,但也有向权贵屈服的时候。他的《清平调》三首不是向皇帝倾诉其志向,而是极尽其能势,借吹捧杨贵妃来讨好唐玄宗。鲍照用的是南朝当时流行的歌曲来表达情意,向君主倾诉自己的赤诚之心。李白则不同,他用花比美人,夸张地描写杨贵妃的美丽,以此来攀龙附凤,一展其建功立业、报效祖国的壮志,实现"寰区大定,海县清一"的政治理想,并且采用的还是古题乐府。

四

鲍照与李白的乐府诗都具有鲜明的个性和创造性,然而,仔细考察,李白乐府个性更为鲜明,创造的色彩更为浓厚,而且也表现出现实与浪漫的风格之别。

(一)李白较之鲍照更富有个性特色

李白性格磊落,自由通脱,敢爱敢恨,狂放不羁,反对传统对自我个性的束缚,故其诗感情表达直率、纯真、强烈,感人至深。而鲍照的诗歌擅长直抒胸臆,以情感的自由奔涌为诗的主线,如骏马奔腾,如江河贯注。二人的诗歌创作都带有强烈的主观色彩,但李白较之鲍照更为强烈。李白作诗,常以奔放的气势贯穿,讲究纵横驰骋,一气呵成,具有以气夺人的特点。在这不凡的浩大气势里,体现的是自信与进取的志向和傲视独立的人格力量。他用古题写己怀,虽说是拟古,却处处有"我"在,呈现出发兴无端、气势壮大、他人无法模拟的个性特色。李白诗之所以惊动千古者也正在此。如《行路难》其一(作品如上),从语调到气势,都是李白式的,以第一人称的抒怀和议论表达主观感受,完全打破了传统乐府用赋

---

① 参见钱仲联:《鲍参军集注》,上海古籍出版社 1980 年版,第 220 页。

体叙事的写法,运用大胆的夸张和巧妙的比喻突出主观感受,以纵横恣肆的文笔形成磅礴的气势。

在诗歌中,鲍照也运用丰富的想象和大胆的夸张,在现实主义中融以浪漫主义成分。但总观他的乐府诗,可以发现绝大多数篇章都是以下层人物的生活和感情为题材,反映社会现实生活的。因此他的诗偏向于现实主义。而李白则不同,先天的性格决定了他的诗歌偏向于浪漫主义。李白把自己浪漫的个性气质融入乐府诗的创作中,便形成了行云流水的抒情方式,有一种奔腾回旋的动感,这亦是他人无法模拟的。如《蜀道难》再三嗟叹"蜀道之难难于上青天",于一唱三叹中诗人那怀才不遇、功业未成的悲愤便一泻而出。

(二)李白与鲍照相比创造的色彩更浓

李白《行路难》组诗在题材、表现手法上都受鲍照《拟行路难》的影响,但青出于蓝而胜于蓝。两人的诗,都在一定程度上反映了封建统治者对人才的压抑,而由于时代和诗人精神气质方面的原因,李诗却揭示得更加深刻和强烈,同时还表现出一种积极的追求和顽强地坚持理想的品格。前面已叙,这里就不再重复了。从鲍照的诗中,可看出他对蜀地文化特别有兴趣。到了唐代,李白继承并发展了这一传统。不仅如此,在措辞造句与立意造境方面,李白还能巧妙地化用鲍照诗句,如鲍照云"人生亦有命,安能行叹复坐愁"(《拟行路难》其四),李白云"人生达命岂暇愁,且饮美酒登高楼"(《梁园吟》);鲍云"对案不能食,拔剑击柱长叹息"(《拟行路难》其六),李云"停杯投箸不能食,拔剑四顾心茫然"(《行路难》其一);鲍云"自古圣贤尽贫贱"(《拟行路难》其六),李云"自古圣贤皆寂寞"(《将进酒》),等等。从上面所举的例子中,可知李白在学习鲍诗的过程中,或仿其句,或袭其意,颇得其味,但又有所创新和发展,青出于蓝而胜于蓝。

李白善于推陈出新,进行创造性的生发和联想,因此与鲍照相比,李白的不少诗创造性的色彩更浓。

献岁发,吾将行。春山茂,春日明。园中鸟,多嘉声。梅始发,桃始荣。泛舟舻,齐棹惊。奏彩菱,歌鹿鸣。风微起,波微生。弦亦发,酒亦倾。入莲池,折桂枝。芳袖动,芳叶披。两相思,两不知。

鲍照《春日行》

　　深宫高楼从紫清,金作蛟龙盘绣楹。佳人当窗弄白日,弦将手语弹鸣筝。春风吹落君王耳,此曲乃是升天行。因出天池泛蓬瀛,楼船蹙踏波浪惊。三千双蛾献歌笑,挝钟考鼓宫殿倾。万姓聚舞歌太平,我无为,人自宁。三十六帝欲相迎,仙人飘翩下云軿。帝不去,留镐京。安能为轩辕,独往入窅冥。小臣拜献南山寿,陛下万古垂鸿名。

李白《春日行》

　　仔细寻绎,发现李诗有受鲍诗影响的痕迹,但主题、艺术均有变化。主题上,鲍咏春游,李白则写君王游乐。从语言看,一为三言,一为七言,但构思有借鉴,都写泛舟水中,听歌饮酒,观赏歌舞。所不同者,李白更多浪漫飘逸的色彩。

　　再看下面一组诗:

　　冬夜沉沉夜坐吟,含声未发已知心。霜入幕,风度林。朱灯灭,朱颜寻。休君歌,逐君音,不贵声,贵意深。

鲍照《代夜坐吟》

　　冬夜夜寒觉夜长,沉吟久坐侍北堂。冰合井泉月入闺,金缸青凝照悲啼。金缸灭,啼转移,掩妾泪,听君歌。歌有声,妾有意,情声合,两无违。一语不入意,从君万曲梁尘飞。

李白《夜坐吟》

　　从主题看,两首诗都是写一青年女子寒夜听歌,对歌中的深厚情谊感到欣慰。所不同者,李白扩大了篇幅,描写具体细致,想象丰富,比鲍照更近了一步。一开始先写气氛凝重,李白将鲍照的一句扩展为两句。接着又对女主人公孤独寂寞的境遇作了描写。最后,一连串的三言句式,构成急促的音节,使激越之情达到高潮。二人相较,鲍照简洁明快,李白则曲折动人。

(三)现实与浪漫

　　鲍照的诗歌,无论在意识上还是在体裁上,都与两汉"感于哀乐,缘事而发"相近,而与"荡悦淫志,喧丑之制"相去甚远。因此,"汉乐府大作家"这一头衔,他是当之无愧的。

文学是时代的反映,一个时代有一个时代的环境,一个时代有一个时代的文学。由于地理、政治、风尚、思想、制度等方面的原因,征歌逐舞,弄月吟风,成为南朝本色。在这种养尊处优、消沉颓废的社会中,摇荡心魄的情歌艳曲,更符合当时统治阶级的生活需求。而鲍照则不同,他的乐府犹如"黑夜孤星",源自汉魏,显示出与整个南朝乐府格格不入的风格。南朝社会尤其是贵族阶层,最轻视劳动及劳动人民,因而南朝乐府,无论民间与文人,都很少描写社会疾苦。鲍照则不然,他位卑人微,生于混乱之时,又奔走于生死之间,其自身经历,即为一个悲壮激烈可歌可泣的绝好乐府题材,加之他又深感于人间疾苦,熟知下层人民的生活,因而可以很好地反映社会现实生活。

萧涤非先生云:"盖乐府本含有普遍性与积极性二要素,以入世为宗,而不以高蹈为贵,以描写人情世故为本色,而不以咏叹自然为职志。"[1]南朝任人,不计人才优劣,只论门第高卑,因而形成"上品无寒门,下品无世族"的政治局面。鲍照出身寒门,自然就会有"富贵不由人"(《拟行路难》其十一)的慨叹。正是由于这种出身,这样的感慨,才促使他积极投身于社会,较多运用现实主义的手法,把一腔有志不能伸的郁郁不平之气倾注于笔端,于诗中直抒胸臆,抒写个人情怀。他的作品思想内容深刻,以抨击黑暗现实为己任,毫不掩饰地揭露现实社会存在的丑恶,尽情倾吐下层士人被压抑、受歧视的不平之气,表现出强烈的反抗精神。这方面的作品前已论述,不再赘论。

到了唐代,门第阶级观念逐渐衰落,越来越多的士大夫起自田野。李白也曾以一介布衣受到唐玄宗的征召,做了翰林供奉,但好景不长,终未能干预国家的政治。对此,他同鲍照一样,也有作品揭露现实,抒发怀才不遇之情。但由于时代环境和生活体验的差异,生活在盛唐气象之下的李白更多采用浪漫主义的创作方法来反映现实生活,通过抒情的笔法,展现给读者一幅颇为壮观的写意画。李白诗歌感情跳跃,意象飞跃,造境奇特,衔接突兀,以主观想象的丰富见长,因此诗中充满了主观性与虚幻性。他以烂漫天真的诗笔来反映现实生活,从而给现实生活赋予了诗化的色彩,使之成为"诗化了的现实"。

---

① 萧涤非:《汉魏六朝乐府文学史》,人民文学出版社 1984 年版,第 260 页。

作为中国乐府诗史上最有影响力的先锋诗人,鲍照影响过众多诗人,连盛唐文化孕育出来的天才诗人李白也受其影响。李白从鲍诗中汲取营养,并将自己的浪漫气质带进乐府,从而使古题乐府获得了新的生命,把乐府诗创作推向了无与伦比的高峰,使其具有经久不衰的艺术魅力。

参考文献

[1] [明] 胡应麟:《诗薮》(外编卷二),上海古籍出版社 1979 年版。

[2] 钱仲联:《鲍参军集注》,上海古籍出版社 1980 年版。

[3] [南朝] 沈约:《宋书》(卷五十一),中华书局 1974 年版。

[4] 萧涤非:《汉魏六朝乐府文学史》,人民文学出版社 1984 年版。

[5] [明] 张溥著,殷孟伦注:《汉魏六朝百三家集题辞注》,人民文学出版社 1981 年版。

[6] 陈延杰:《诗品注》,人民文学出版社 1980 年版。

指导教师评语

无论内容艺术,还是形式风格,李白乐府诗都烙有鲍照乐府诗影响的印记,因此,鲍照与李白乐府诗比较,一直为学术界所瞩目。论文从内容与艺术两个方面,细致而详细地比较了鲍照与李白乐府诗异同点。二人都继承了汉乐府"感于哀乐,缘事而发"的现实精神,丰富并深化乐府的主题内涵;并运用形式多样的语言,奇特瑰异的想象,形成雄浑奔放的气势。但是,鲍照与李白不仅在选题、立意上有所差异,而且在生命意识与主体意识上表现出更为鲜明的不同;从整体上说,李白诗歌个性更为鲜明,创造色彩更为浓厚,而且二人一现实,一浪漫,风格亦有差异。论文观点平实,论述集中,结构完整,材料丰富,分析细致,对文本的解读也时见作者的用心和灼见,是一篇比较优秀的本科毕业论文。(刘运好)

李白对屈原的接受
——以李白骚体诗为中心

陈婷婷 *

　　屈原,是中国文学史上第一个伟大诗人,他所创造的"楚辞",因其所包含的深广内容与楚辞特有的意象、句式完美结合,故和《诗经》一起,成为中华文学大地上的长江与黄河,繁衍和滋润了中国文学,形成了最初而又影响最大的"诗骚"传统。"屈辞"有着丰博悲愤的情感内涵和"奇艳"[①]的艺术表现,历代的仁人志士在"失志"或"不得意"时都会在其中寻找到心灵的契合,所以由"楚辞"发展而来的历代"骚体"文学便如同这"长江"的后浪,推波向前,延绵不断,"其衣被词人,非一代也"[②]。李白,中国浪漫主义诗歌史上继屈原之后的又一伟大诗人,而"古今诗人有《离骚》体者,惟李白一人,虽老杜亦无似《骚》者"[③],话虽有些夸张,却反映了李白的骚体诗成功地继承了屈辞的特色,同时又给骚体文学注入了新鲜活力。

一、李白骚体诗的两大类型

　　潘啸龙先生在《楚辞的特征和屈原的精神》[④]一文中概括了楚辞(骚体的源流)的四点特征:"书楚语,作楚声";瑰奇富艳的表现色彩;"凿空不经人道"的浪漫奇思;深切的"忧患"感以及强烈的不平和愤懑。对于后世骚体作品的界定,郭建勋先生认为凡是"模仿屈原作品,采用骚体的形式体制,即为骚体"[⑤]。这句话分两层意思:一是作品的内容或其中表现的

* 作者系安徽师范大学文学院汉语言文学专业 2010 届本科生。
① 潘啸龙:《屈原与楚辞研究》,安徽大学出版社 1999 年版,第 196–219 页。
② [南北朝] 刘勰:《文心雕龙》,齐鲁书社 1996 年版,第 134–135 页。
③ [宋] 曾季狸:《艇斋诗话》,《历代诗话续编》,中华书局 1983 年版,第 235 页。
④ 潘啸龙:《屈原与楚辞研究》,安徽大学出版社 1999 年版。
⑤ 郭建勋:《骚体的形成与称谓辨析》,《湖南师范大学学报》1995 年第 6 期,第 112 页。

情感要类似屈原,即充满着郁烈悲怨的情感倾向;二是形式上必须有骚体的体制特征,即句中要带有"兮"、"些"、"只"这些语助词。尤其是"兮",具有灵活的造句功能,而且它不仅是一个表音符号,还是表示某种情绪的语助词,具有强烈的咏叹的表情色彩①。依据这个标准,李白的骚体诗应该包括:《代寄情楚辞体》、《寄远·其十二》、《久别离》、《鸣皋歌送岑征君》、《梦游天姥吟留别》、《幽涧泉》、《远别离》、《万愤词投魏郎中》和《临路歌》等九篇。

按照诗歌的内容来看,又可分为两种类型:一类是拟《九歌》体,如《代寄情楚辞体》、《寄远·其十二》和《久别离》,其继承的是《九歌》中《湘君》、《湘夫人》、《山鬼》等篇的"待君不来"的主题;另一类是拟《离骚》体,如《鸣皋歌送岑征君》、《梦游天姥吟留别》、《幽涧泉》、《远别离》、《万愤词投魏郎中》和《临路歌》,其继承的是《离骚》、《九章》等篇因为"忠而被谤"、国势倾危而抒发悲愤情感的主题。那么,这两种类型的骚体诗具体继承在何处,又是怎样的创新将骚体诗创作带进了一个新的世界?下面就将这两种类型的骚体诗作为不同的出发点,从情感表现和艺术表现两个方面来试图解答这个问题。

二、拟《九歌》体作品在情感表现和艺术表现中的继承与创新

(一)情感表现上的继承与创新

《九歌》作于屈原放逐于沅、湘之间的时候,他看到那里的人"信鬼而好祠",然而"其词鄙陋",于是屈原"作《九歌》之曲",以"陈事神之敬"②。《九歌》的性质是祭歌,潘啸龙先生在《〈九歌〉二〈湘〉"恋爱"说评议》③一文中,通过充分的论证,得出《湘君》、《湘夫人》、《山鬼》(还有《河伯》)中待君不来的原因,是由于古代祭祀山水之神的方式(望祀)造成的。这是这三首诗的真相。然而,为了表示人神之间的亲昵,讨好众神,诗中运用

①郭建勋:《楚辞的文体学意义——兼论楚辞与几种主要的中国古代韵文》,《中国文学研究》2001年第4期。

②洪兴祖:《楚辞补注》,中华书局2006年版,第55页。

③潘啸龙:《屈原与楚辞研究》,安徽大学出版社1999年版。

着"无嫌于燕昵"之词，加之诗歌表现的又是"望祀"、待神不来的主题，所以常常令人联想到男女之间的相思离别之情（近世关于《九歌》的"恋爱说"，就是一场美丽的误会），这对后世诗人（当然包括李白）的创作也有重大的影响。从这个角度出发，我们可勉强为《九歌》分析一下其中的情感表现，并从情感实质、情感力度和情感倾向三个方面来探讨一下李白的骚体之作：《代寄情楚辞体》、《寄远·其十二》和《久别离》三首诗对于二《湘》、《山鬼》的继承与创新。

君不来兮，徒蓄怨积思而孤吟。云阳一去已远，隔巫山绿水之沉沉。留余香兮染绣被，夜欲寝兮愁人心。朝驰余马于青楼，恍若空而夷犹。浮云深兮不得语，却惆怅而怀忧。使青鸟兮衔书，恨独宿兮伤离居。何无情而两绝，梦虽往而交疏。横流涕而长嗟，折芳洲之瑶华。送飞鸟以极目，怨夕阳之西斜。愿为连根同死之秋草，不作飞空之落花。

《代寄情楚辞体》

爱君芙蓉婵娟之艳色，色可餐兮难再得。怜君冰玉清迥之明心，情不极兮意已深。朝共琅玕之绮食，夜同鸳鸯之锦衾。恩情婉娈忽为别，使人莫错乱愁心。乱愁心，涕如雪。寒灯厌梦魂欲绝，觉来相思生白发。盈盈汉水若可越，可惜凌波步罗袜。美人美人兮归去来，莫作朝云暮雨兮飞阳台。

《寄远·其十二》

别来几春未还家，玉窗五见樱桃花。况有锦字书，开缄使人嗟，至此肠断彼心绝，云鬟绿鬓罢梳结，愁如回飙乱白雪。去年寄书报阳台，今年寄书重相催。东风兮东风，为我吹行云使西来。待来竟不来，落花寂寂委青苔。

《久别离》

正如上文所分析，二《湘》、《山鬼》虽是祭歌，但其用语、主题表现都类似于男女间的相待相思之情。李白的这三首骚体诗所继承的一是"待君不来"的主题：前两首是从男子的角度出发，表达对于恋人的炽热相思，《久别离》是用妻子的口吻叙述独待闺中、相思难寄的幽怨；二是表达对于所待对象的爱慕和待来不来的忧愁感情。表达爱慕的如《寄远·其十二》中对于对方容貌(如"芙蓉婵娟之艳色")、心灵(如"冰玉清迥之明星")的直接描写,其效果与《湘夫人》中对于所待之神居室的精心描画(一间幽美的小屋伫立水中央,整个屋子饰以色彩斑斓的香花香草)以间接衬托出所居之神的美艳动人、品性高洁一样,都体现了诗中主人公对于对方衷心的爱慕之情。

最能体现这种继承的便是《代寄情楚辞体》,诗题标明就是用"楚辞体"来代拟相思之情。

第一,像二《湘》中的主人公一样,相思之人心情十分渴慕又极度紧张。"朝驰余马于青楼,恍若空而夷犹"化用《湘君》中的"朝骋骛兮江皋,昔弥节兮北渚",《湘夫人》中的"朝驰余马兮江皋,夕济兮西澨",都是远待不来引起的恐慌和手足无措,甚至痛哭流涕,如《代寄情楚辞体》中的"横流涕而长嗟",《湘君》中的"横流涕兮潺湲"。

第二,他们都希冀通过某种手段引"君"而来或与"君"相见。《代寄情楚辞体》中的"驰马四顾"、"青鸟传书"、"梦中相见"或是"折芳洲之瑶华"(化用《湘君》中的"采芳洲兮杜若",《湘夫人》中的"搴汀洲兮杜若"),二《湘》中的"令沅湘无波,使江水安流"、"吹洞箫"、率领九嶷的众神共同迎接、装饰美好的居室、赠送玦佩袂褋等,这种与"君"相见的意愿均如此强烈,化为种种行动引君前来。

第三,都表达着对于时光流逝的哀叹。李诗中"怨夕阳之西斜"就化用了《山鬼》中"岁既晏兮孰华予"的诗意,因为害怕"草木零落"而"美人迟暮"。

三首诗的发展之处,首先,从情感性质上来看,二《湘》、《山鬼》是一种虔诚的祭祀心理,是代祭之人(巫觋)对于神的"思慕和祈愿之情"[1]。李白的骚体之作,化用"待君不来"的主题和思慕、忧愁之情,来表达真正的男女离别相思。其次,从情感力度上来看,二《湘》、《山鬼》由于是用来"望祀"的祭歌,其中的情感是思慕与痛惜、忧愁相伴,埋怨的成分很少,只是偶然露之,如"怨公子兮怅忘归"。主要表达的还是待神不来的痛惜、忧愁之感,如"隐(痛)思君兮悱恻"、"目眇眇兮愁予"、"思公子兮未敢言"、"思公子兮徒离忧",这里主人公的渴慕与祈愿是怀着虔诚之意的。由于李白的三首骚体诗是纯粹的离别相思之作,就与前者的"虔

① 潘啸龙:《屈原与楚辞研究》,安徽大学出版社1999年版,第132-147页。

诚"、"祈愿"之心不同,表现的完全是对于恋人的情感态度,如《爱君芙蓉婵娟之艳色》中全无怨语,表现的尚属甜蜜的忧愁;《代寄情楚辞体》中是"渴慕"加"埋怨","埋怨"随着"思念"的增长而增长,诗中有"徒蓄怨积思而孤吟"、"何无情而两绝"、"怨夕阳之西斜",怨恨对方像高阳之台上的白云飘然离去,怨恨时光流速如飞,整首诗都弥漫在"相思"与"埋怨"交织的情感当中,从中又透出思念者的无比坚贞;而《久别离》表现的哀伤,是一种久别迷狂过后的冷静,是在痛苦中坚守的悲哀。三首诗的情感力度是不断变化而步步加深的,也构成了一个较为完整的离别相思的心路历程。再次,从情感倾向上来看,二《湘》、《山鬼》中的情感最后趋于内敛,如二《湘》的结局"时不可兮再(骤)得,聊逍遥兮容与",《山鬼》的结局"思公子兮徒离忧"。对于神明不来的结局,祭者早已知道,人们抱着一颗虔诚之心,虽然失望、忧愁,偶有怨语,实际上还是想通过"神灵喜欢的'悲音',求得其垂怜和关切"①。而李白这三首骚体诗中的感情最后都趋于开放:"愿为连根同死之秋草,不作飞空之落花"、"美人美人兮归去来,莫作朝云暮雨兮飞阳台"、"东风兮东风,为我吹行云使西来"。要么是发愿之语,表达自己的忠贞;要么直接呼喊恋人,表达自己的忧思;要么无理发愿,让东风伴君归来。这是各种相思之情从思念者心中的飞跃而出,是一种急不可耐的担忧、埋怨、失望的情感表达,是对全诗思念之情的加强和升华!

(二)艺术表现上的继承与创新

李白的骚体诗对于二《湘》、《山鬼》的继承主要体现在"代拟"上,或是对于女神的祭祀("捐余袂兮江中,遗余褋兮醴浦"),在李白诗中就表现为"男待女"的模式,或是对于男神的祭祀("捐余玦兮江中,遗余佩兮醴浦"),在李白诗中就表现为"妻待夫"的模式;还体现在诗意的化用上,这点上面已提到;另外对于屈辞句式的化用,待下文与拟《离骚》体的诗作一起论述。

对于李白三首骚体诗的创新之处,本文下面就从诗歌的整体气象和色彩来看看李诗与二《湘》、《山鬼》的不同,并通过对骚体诗中表现手法的探究来揭示这一不同的原因。

---

① 潘啸龙:《屈原与楚辞研究》,安徽大学出版社 1999 年版,第 132–147 页。

二《湘》、《山鬼》是祭祀山川之神的祭歌,描写的是沅、湘之间的山川风貌,那里水清凉,山葱郁。小洲中,山坡上,都长满了鲜嫩艳丽的香花香草。"江山之助"①和祭歌巫风的性质,带给诗歌以"奇艳"②的气象。可这份奇艳又有着一个冷色调的大背景,清凉江水的环流,群山的葱茏葱郁,又常有云雾缭绕,如诗中的"筑室兮水中"、"余处幽篁兮终不见天"、"云容容兮",使得山中即使白天也昏暗如夜,"杳冥冥兮羌昼晦"。在这样冷色调的大背景上,又加以鲜明的冷暖色调对比,如《湘夫人》中的祭室,装饰有"浅绿的荪草,葱翠的薜荔,'白质如玉、紫点为贝'的紫贝,红丽耀眼的荷花"③,又如《山鬼》中的女子骑着火红的豹子,后面跟着毛色黄黑相杂的狐狸……所以诗的整体气象与色彩在奇艳的基础上更显得冷艳。而李白这三首诗的气象与色彩则显得明丽,主要原因在于表现方式的创新使用。

第一,将抽象的情感化为具体的意象。如李白将思念者的忠贞精神与爱怨交织的情感意象化:"愿为连根同死之秋草,不作飞空之落花。""秋草"、"落花"意象,常使人觉得凄凉、萎绝,然而这首诗中的"秋草"却包孕着"连根同死"的坚贞精神,"落花"也置身于空阔天幕的背景之上,展现着飞扬的潇洒姿态,一变意象的衰败之感,显得更有气势、更灵动。又如,将处于痛苦等待中思妇的忧愁意象化:"愁如回飙乱白雪。"心中的忧愁如同旋风中狂舞的白雪,何其乱,何其多也。虽然思妇眼前是美好的春天之景("玉窗五见樱桃花"),运用的却是冬天的寒冷意象,这里的"愁",表现得寒冷,表现得疾乱、有力度,是能给人带来更多疼痛感的"愁"。将抽象的情感意象化,原本就能使情感的表达更具有感染力,李白还在意象的运用中灌注了飞动的气势,就更使阴郁的情感获得了积极、壮美的表现。

第二,意象的选用上,多选色彩明丽、生活中常见之物。如《寄远·其十二》中描写的意象:芙蓉、冰玉、琅玕、云雨、雪、白发,还有另两首中的瑶华、樱桃花、锦书、白雪等,都是偏于白色的(或是白里透红的荷花和红艳的樱桃花),甚至带着透明的光感,显得十分明丽。诗人还经常选用生活中的常见之物,如锦衾、绣被、寒灯、绮食、飞鸟、夕阳、白雪、秋草、落花

① [南北朝] 刘勰:《文心雕龙》,齐鲁书社 1996 年版,第 547–554 页。
② 潘啸龙:《屈原与楚辞研究》,安徽大学出版社 1999 年版,第 196–219 页。
③ 潘啸龙:《屈原与楚辞研究》,安徽大学出版社 1999 年版,第 196–219 页。

以至荷花、樱桃花。意象的简单使诗意更易于理解,意象的生活化也使情感的表达更加明朗。

第三,多种体裁的融合使用。如《久别离》(包括下面的《远别离》)之名始于江淹《拟古》的《古别离》,是乐府古题,中间却用骚体的句式;"东风兮东风,为我吹行云使西来。"又如《代寄情楚辞体》中,诗题即表明是"楚辞体",其中却运用乐府杂言体的句式①,如"愿为连根同死之秋草,不作飞空之落花"。还有一种杂言句式是骚体式的(句中带"兮"),如《寄远·其十二》中"美人美人兮归去来,莫作朝云暮雨兮飞阳台"。李白的骚体诗中常常运用这些杂言句式,因而显得活泼、流动,也更能充分表达诗人充沛的情感,这在下文还会说到。李白取各体之长,使情感表达的方式更加多样化,更加优化。

三、拟《离骚》体作品在情感表现
和艺术表现中的继承与创新

(一)情感表现上的继承与创新

潘啸龙先生在论及屈辞的审美特色时,从情感表现的角度分析(主要依据《离骚》、《天问》、《九章》等篇),得出"狂放"的结论,并且分析了屈辞狂放的三境界:从精神面貌来看,它是孤傲的;从情感力度来看,它是愤激的;而从屈辞的整体气象来看,它则是迷幻的。在论述李白的继承与创新之前,我们要弄明白屈辞为什么孤傲、愤激、迷幻,那是因为屈原精神包含着"抗争"和"忠贞"两个方面②。正因为屈原精神,屈辞中的孤傲、愤激才充满了崇高、悲壮的美感。从这个角度出发,那么李白对于屈原的接受首先就在于屈原精神上。屈原"忠而被谤",李白被"赐金放还",楚国倾危,盛唐王朝也逐渐走向衰亡。李白继承了屈原的爱国之情,如在《鸣皋歌送岑征君》中说"君不行兮何待?若反顾之黄鹤",意在责问岑征君怎么还不出发,实质是对诗人心中自我的发问,朝廷倾危却又黑暗,我为什么还不能决然离开?就好像屈原临行前,用马的回顾来表达自己的心情

---

① 汤华泉:《七言歌行的体式与李白歌行的特征》,《学术研究》2007年第5期。
② 潘啸龙:《屈原与楚辞研究》,安徽大学出版社1999年版,第196-219页。

一样:"仆夫悲余马怀兮,蜷局顾而不行"。同时,李白也继承了屈原的抗争精神,"安能摧眉折腰事权贵"就是最强的呼声。

了解了其中的情感内涵,再来看看其作品情感表现上的继承与创新。

首先,屈辞的孤傲在李白的骚体诗中体现为极度的自信。如《临路歌》中诗人以充满力量和拥有崇高理想的大鹏自比,《鸣皋歌》中认为自己可以"扫梁园之群英,振大雅于东洛",在因为参加永王李璘幕府事被囚于浔阳时,李白依然坚信自己坚白如玉,"倘辨美玉,君收白珪"(《万愤词投魏郎中》)。

其次,屈辞的愤激在李白的骚体诗中也有表现。屈辞中愤激的原因是由于群小已经危及到国家的安全,已经使屈原"忠而被谤",使诗人不得不对下"孤身抗恶",对上怨愤怀王。李白在《鸣皋歌》中用"洪河凌兢不可以径度,冰龙鳞兮难容舠"来形容小人当道、仕进的艰难。在表达与黑暗现实抗争的诗句中有"吾诚不能学二子沽名矫节以耀世兮,固将弃天地而遗身"(《鸣皋歌》),"安能摧眉折腰事权贵,使我不得开心颜"(《梦游天姥吟留别》)。也有类似于屈原对于君王昏聩,忠奸不辨的痛苦呐喊:"我纵言之将何补? 皇穹窃恐不照余之忠诚。"正如《离骚》中的"怨灵修(君王)之浩荡兮,终不察夫民(我)心"一样,是对于君王的怨。

再次,屈辞的迷幻对于李白骚体诗的影响。屈辞的"迷幻",是指诗人"把心神迷乱时获得的对生活的幻觉, 与有意识的、精心的安排结合起来,以表现这种幻觉"[1],其中所描写的有诗人处于迷狂状态下的幻化之"我",也有《离骚》中"求女"、"远游"等的幻化之境。体现在李白的骚体诗中,是对幻境的描写,有《梦游天姥吟留别》中的对于天姥山的幻想:"天姥连天向天横,势拔五岳掩赤城。天台四万八千丈,对此欲倒东南倾。"山势之高峻超出五岳,四万八千丈的天台山在天姥前也要倾倒。诗人用夸张的对比,描绘出自己脑海中幻想的天姥山。接着,诗人由幻想而入梦境:"我欲因之梦吴越,一夜飞度镜湖月。"进而看到一个神奇的神仙世界:"青冥浩荡不见底,日月照耀金银台。霓为衣兮风为马,云之君兮纷纷而来下。虎鼓瑟兮鸾回车,仙之人兮列如麻。"天空苍苍不见边际,日月居然同出,一起照耀着金光银辉闪耀的神仙居所;云为衣,风作马,神仙纷纷从云中而来;虎鼓瑟,鸾回车,众仙云集如此之多。大有屈原"远游"的

---

① [美] 韦勒克、沃伦:《文学理论》,三联书店1984年版,第128页。

"望舒先驱"、"飞廉奔属"、"鸾皇先戒"、"八龙婉婉"之境。然而,二者又有不同,这两首诗中的"我"都是清醒的,非幻化的。这也就体现着李白骚体诗的创新之处:以现实之我观幻化之境。

《梦游天姥吟留别》中的梦幻和仙境与屈辞中的"远游"、神仙境地不一样,屈原是幻境中的主体,众神万灵为他服务,如"百神翳其备降兮,九疑缤兮并迎。皇剡剡其扬灵兮,告余以吉故",也是众神沓来,显扬光灵。可是众神此行的目的是为了告诉屈原灵氛所占卜的确是好运。屈原在其中是关键的人物,是主体。他对于仙境非常熟悉,所以对它的态度也如平常生活一般自然,似乎跂起脚就可以驾车飞空翱翔("为余驾飞龙兮,杂瑶象以为车"),招招手就有众灵为其服务("吾令凤鸟飞腾兮,继之以日夜")。而李白在诗中仅仅为一个旁观者,是一个目睹神奇的平凡人。他没有行动于仙人之间,没有给自己带来非凡的神力。屈原是描写迷狂中的自己和国家;李白的梦游仙境,却并非真正寓托于虚幻之中,而是依然着眼于现实。对于仙境的不熟悉和惊诧,使他"忽魂悸以魄动,恍惊起而长嗟。惟觉时之枕席,失向来之烟霞"。李白的眼光是现实的,虽然仙境的闪幻令诗人有些晕眩,但惊起后的他更加清醒,"世间行乐亦如此,古来万事东流水",仙境之事与世间之事并无二异,不过匆匆如东流之水。

《远别离》中有着娥皇女英二妃徘徊于"洞庭之南、潇湘之浦"的幻境描写,其间"日惨惨兮云冥冥,猩猩啼烟兮鬼啸雨","雷冯冯兮欲吼怒","日"、"云"、"雷"似乎都有情感,争相以狰狞的面目出现,使得处于其中的"猩猩"、"鬼怪"都惊栗不已,幻境充满着恐怖之感。后面接着就是对于尧、舜、禹三帝的议论。然在这中间,忽然突兀出"我"(现实中的我)的声音:"我纵言之将何补?皇穹窃恐不照余之忠诚。"这与《离骚》中的描写不同,《离骚》中是重点突出"我"的幻化之象(还有幻境描写),所描写的是处于迷狂状态下的幻化之"我"(如等待迎娶而被嫉谗的娥眉、"求女"的"我"、"远游"的"我"等①)。而李白的《远别离》幻境中出现的都是君臣皇妃,并借幻境来影射当时险恶的政治环境,可"我"、"余"始终是现实的我,而且诗中诗人自我的"形象"并没有出现,只是发出了现实之我的"声音":"我纵言之将何补?皇穹窃恐不照余之忠诚。"我们在这声音之下,才可以想见一个类似于屈原"九嶷呈词"般苦苦追问、痛心疾首的诗人形

---

① 参见潘啸龙:《屈原与楚辞研究》,安徽大学出版社1999年版,第104–125页。

象,然这形象是隐性的,是现实清醒的。

所以,从情感表现上来看,屈原是迷幻的,李白继承了其对于幻境的描写,而在自我形象上却始终保持着清醒的态度。

(二)艺术表现上的继承与创新

1.从表现手法上来看,屈辞"依诗取兴,引类比喻",创造了"香草美人"的比兴传统

李白继承了这一点,如在《远别离》中幻境的描写上,萧士赟曰:"曰日,曰皇穹,比其君也。曰云,比其臣也。'日惨惨兮云冥冥'喻君昏于上,而权臣障蔽于下也。'猩猩啼烟鬼啸雨',极小人之形容,而政乱之甚也。"①这里就与《离骚》中草木云龙的比兴寓托手法——"善鸟香草,以配忠贞;恶禽臭物,以比谗佞……虬龙鸾凤,以托君子;飘风云霓,以为小人"②是一样的。 另外,又如《鸣皋歌》:"邈仙山之峻极兮,闻天籁之嘈嘈。霜崖缟皓以合沓兮,若长风扇海涌沧溟之波涛。玄猿绿罴,舔舕崟岌。危柯震石,骇胆栗魄,群呼而相号","'天籁嘈嘈',谓帝旁谀口也。沧海波涛,猿罴咆骇,状天籁也"。③

2.从句式上来看,屈辞中的"兮"字或在句中,或在句尾,创造了相对稳定的骚体句式,充分发挥了"兮"字的灵活造句功能(句式在稳定中又自由变化,长短不一)和强烈的咏叹表情功能

屈辞中"兮"的句式大概可分为三种类型:"○○○○,○○○兮";"○○○兮○○○",这种类型又演化成三种"○○○兮○○○"、"○○兮○○"、"○○○○兮○○○";最后是"○○○○兮,○○○○○"。这三种类型,除第一种外,李白的诗中都有。其中,"○○○兮○○○"最多,用了有三十次,如 "大鹏飞兮振八裔"(《临路歌》),"若有人兮思鸣皋"(《鸣皋歌》)等;"○○○兮○○"用了近十次,如"余风激兮万世"(《临路歌》)、"水澹澹兮生烟"(《梦游天姥吟留别》)等;其他都只用了几次,"○○兮○○"的如"东风兮东风"(《久别离》),"○○○○兮○○○"的如"美人美人兮归去来"(《寄远·其十二》),"○○○○○兮,○○○○○"的如"邈仙山之峻极兮,闻天籁之嘈嘈"(《鸣皋歌》)。然而,李白于继承之

---

① [唐]李白:《李太白全集》,中华书局 2003 年版,第 157 页。
② [宋]洪兴祖:《楚辞补注》,中华书局 2006 年版,第 2—3 页。
③ 高步瀛:《唐宋诗举要》,上海古籍出版社 1978 年版,第 206 页。

中又有创新,这主要体现在两个方面,一是创造了新的"骚体"句式,有"○○○兮,○○○○○○○○○",如"君不来兮,徒蓄怨积思而孤吟";还有更长更自由的句式"○○○○○○兮,○○○○○○○○○○",如"霜崖缟皓以合沓兮,若长风扇海涌沧溟之波涛","○○○○○○○○○兮,○○○○○○○",如"中见愁猿吊影而危处兮,叫秋木而长吟"。这些句式丰富了"兮"字句的表现内涵,甚至为"兮"的悲怨愤激之情注入了喷薄、飞动的气势,在悲怨之中又多了几分壮美之感。二是诗中散文化长言句式的运用,如"好我者恤我,不好我者何忍临危而相挤?"(《万愤词投魏郎中》),"我纵言之将何补,皇穹窃恐不照余之忠诚"(《远别离》),"吾但写声发情于妙指,殊不知此曲之古今"(《幽涧泉》),"安能摧眉折腰事权贵,使我不得开心颜"(《梦游天姥吟留别》);又如拟《九歌》体中的"愿为连根同死之秋草,不作飞空之落花"(《代寄情楚辞体》)。这种散化的句式和上面"兮"字长言句式一样,一是对于乐府杂言体以及其他体裁的吸收,但更主要的是李白自主的创造,这些句式是为表达情感服务的,在诗人的情感没有得到充分的发泄之前,诗句不会停止流转,待感情的抒发已至酣畅淋漓,一泻诗人心中之怨愤,那么活泼的、飞动的、充满气势的句式表达就完成了。充沛的情感加上活泼飞动的长言句式,使行文如"列子之御风",这也给骚体诗的创作带来了新的发展空间,使悲怨愤激由沉郁奔向飞动、飘逸。

3.《离骚》、《九章》等屈辞中常发议论

屈辞中常常举历史传说中的贤良君臣与奸邪群小作对比,来抒发自己悲愤的情感。这对李白的骚体诗创作也有很大影响。如《鸣皋歌》中的"鸡聚族以争食,凤孤飞而无邻。蝘蜓嘲龙,鱼目混珍",就化用《九章·抽思》[1]中的句子"变白以为黑兮,倒上以为下。凤皇在笯兮,鸡鹜翔舞。同糅玉石兮,一概而相量";而"嫫母衣锦,西施负薪",则化用《九章·思美人》中的"妒佳冶之芬芳兮,嫫母姣而自好。虽有西施之美容兮,谗妒人以自代",都是指君王昏聩,使得黑白颠倒,小人得志而贤者放逐。以鲜明的对比来抒发自己愤激的情感。而且李白还进一步指出了这种黑白颠倒的严重后果:"君失臣兮龙为鱼,权归臣兮鼠变虎。"第一个"臣"表示贤臣,是说君王失去贤臣,即使是神龙也会变成凡鱼;第二个"臣"表示奸臣,是说

---

[1] [宋] 洪兴祖:《楚辞补注》,中华书局 2006 年版,第 143 页。

如果让奸臣得志,老鼠也能变成老虎,祸患无穷。又如《万愤词投魏郎中》中的"子胥鸱夷,彭越醢醢"就化用《九章·涉江》中的"伍子逢殃兮,比干菹醢",自古英雄豪杰,怎么都会如此结局?反映了两位诗人诘问历史时的痛心疾首。

除了句式上的创新之外,李白骚体诗的创新之处还体现在以下方面。

第一,李白诗中的幻境描写。李白的拟《离骚》体诗作多是对他人的赠送之作,赠送的对象有岑征君、魏郎中和东鲁诸公(《梦游天姥吟留别》又名《别东鲁诸公》),这就拓展了骚体诗的表现范围,带给骚体诗一些人间的烟火味儿。而这类诗中的幻境描写,则是自然山水与仙境、幻境的结合,它们不像《离骚》中的"苍梧"、"县圃"、"咸池"、"扶桑",也不是"昆仑"、"天津"(天河)这种远离人间的纯虚幻境界。在《鸣皋歌》中,诗题下有原注:"时梁园三尺雪,在清泠池作",诗人此时面对着雪后的鸣皋山,联系友人岑征君的归隐和自己"赐金放还"的经历,才有了下面幻境的描写,这幻境是对现实山中之景的夸张描绘。在《梦游天姥吟留别》中,诗人还有意避开对于纯虚幻之境的描写,"海客谈瀛洲,烟涛微茫信难求"用"信难求"一语荡开神州仙境,"越人语天姥,云霓明灭或可睹",将镜头引至现实中存在的"天姥山"(虽然是诗人想象中的天姥山),然后再通过梦境而进入幻境,这幻境仍然是山中的:"千岩万转路不定,迷花倚石忽已暝。熊咆龙吟殷岩泉,栗深林兮惊层颠。云青青兮欲雨,水澹澹兮生烟。列缺霹雳,丘峦崩摧。洞天石扉,訇然中开"。除此之外,还有一种幻境描写更为独特,是通过琴声而瞧见的另一个世界,如《幽涧泉》中的"中见愁猿吊影而危处兮,叫秋木而长吟","松响猿吟,从琴中写出"①。李白的骚体诗扩大了幻境的表现范围。

第二,意象使用的创新。李白这类骚体诗中所用的意象都十分宏大,充满力度。如《鸣皋歌》中的"洪(大)河"、"冰龙"、峻极的仙山、合沓的"霜崖"、扇海的"长风"、沧溟;如《万愤词投魏郎中》中的"海水"、"鲸鲵"、"六龙";《梦游天姥吟留别》中的向天横的"天姥山"、四万八千丈的"天台山"、"海日"、"天鸡"、"熊"、"龙"、"虎"、"列缺(闪电)"、不见底的"青冥"等;或是用词极度夸张,如"千古"、"万寻"、"古来万事"、"万世"等,诗人为我们营造了一个无边无际的时空,山脉绵亘无垠,各种猛兽呼啸风云,

---

① [清] 沈德潜:《唐诗别裁集》,上海古籍出版社1983年版。

沧海涌起万丈波涛,其间峻极的山峰银装素裹,日月正照耀于万空之上的壮美世界。另外,龚自珍曾说"庄屈实二,不可以并,并之以为心,自白始"①,所以,《临路歌》("大鹏飞兮振八裔,中天摧兮力不济。余风激兮万世,游扶桑兮挂石袂。后人得之传此,仲尼亡兮谁为出涕")中的"大鹏"意象不仅是宏大、充满力量和拥有崇高理想的,还带着庄子的精神:"大鹏飞兮振八裔",有着"抟扶摇而上者九万里"的逍遥。然而大鹏在半空中折断了翅膀,即使仍有余风激荡,也再难起飞,中道遇挫,不能施展才智。这首诗,正是诗人带着庄子的意象闯进了楚辞的悲情世界。李白的意象创造,丰富了骚体诗的意象群,也给骚体诗注入了飞动的壮美气势。

屈原和李白作为中国最伟大的诗人,二者之间的诗承关系具有重要价值,因此,探讨李白骚体诗创作对于屈辞的继承与创新的问题,不仅对我们理解两位诗人的人格精神和诗歌成就有重大帮助,亦能说明骚体诗在文学史上延绵不绝的原因,就像李白一样,历代诗人们将骚体文学作为自己抒忧娱悲的重要方式,并且结合自己的创作特色,为骚体文学注入了新鲜活力。本文就是以李白的骚体诗创作作为例,从他的两种不同类型的骚体诗出发,在情感表现和艺术表现两个方面来试图解答这个问题。

参考文献

[1] 高步瀛:《唐宋诗举要》,上海古籍出版社 1978 年版。

[2] [清] 龚自珍:《最录李白集》,上海古籍出版社 1975 年版。

[3] 郭建勋:《楚辞的文体学意义——兼论楚辞与几种主要的中国古代韵文》,《中国文学研究》2001 年第 4 期。

[4] 郭建勋:《骚体的形成与称谓辨析》,《湖南师范大学学报》1995 年第 6 期。

[5] [宋] 洪兴祖:《楚辞补注》,中华书局 2006 年版。

[6] [唐] 李白:《李太白全集》,中华书局 2003 年版。

[7] [梁] 刘勰:《文心雕龙》,齐鲁书社 1996 年版。

[8] 潘啸龙:《屈原与楚辞研究》,安徽大学出版社 1999 年版。

[9] [清] 沈德潜:《唐诗别裁集》,上海古籍出版社 1983 年版。

---

① [清] 龚自珍:《最录李白集》,上海古籍出版社 1975 年版。

[10] 汤华泉:《七言歌行的体式与李白歌行的特征》,《学术研究》2007 年第 5 期。

[11] [美] 韦勒克、沃伦:《文学理论》,三联书店 1984 年版。

[12] [宋] 曾季狸:《艇斋诗话》,《历代诗话续编》,中华书局 1983 年版。

指导教师评语

屈原和李白是中国古代最伟大的两位浪漫主义诗人。屈辞对李诗的影响广泛而深刻,历代学者对此虽然早有论及,却未能予以充分的阐发和具体的论析。本文以李白的骚体诗为中心具体探讨李白对屈原的接受,选题颇具学术价值,也很有学术勇气。文章首先根据学术界的主流观点,对李白的骚体诗做出了界定,并将其分成"拟《九歌》体"和"拟《离骚》体"两大类,在此基础上,分别就这两类作品对屈辞的继承和创新进行了多方面的阐发,思路清楚,条分缕析。在论析中不乏中肯切实之见,如认为李白的《代寄情楚辞体》、《寄远·其十二》和《久别离》等三首骚体诗继承了屈原《九歌》"待君不来"的主题以及对于所待对象的爱慕和待来不来的忧愁感情。文中的论断能够建立在对作品深入分析和细致比较的基础上,具有较强的说服力。文章写得很扎实,体现了作者良好的专业基础和学术潜力。(鲁华峰)

"西楼"在唐诗宋词中内涵的演变

白　璐 *

中国文人一直都有"登高必赋"的传统,春秋时孔子就有"君子登高必赋,小子愿者何"①的说法。于是,承载着"高"这一使命的楼宇意象便应运而生了。汉朝《古诗十九首》中的"西北有高楼"可以看成是登楼抒怀的滥觞之作。刘宋诗人鲍照的《玩月城西门廊中》虽没有直接提出"西楼"一词,而诗云"始出西南楼,纤纤如玉钩"却开启了西楼这一意象的先河。稍后于鲍照的梁朝诗人庾肩吾最早使用"西楼",他在《奉和春夜应令》中有"天禽下北阁,织女入西楼"的诗句,借西楼写春天夜晚的时令特点。同时代的诗人何逊也借西楼吟出了自己颠沛流离、凄凉萧索的落寞之感,一句"洛汭何悠悠,起望登西楼"(《日夕望江山赠鱼司马》)引起了多少流寓游子的共鸣。从西楼的滥觞诗作可以看出,西楼的字面意义是指位于主体建筑西边的楼房,凭窗远眺,可以看到西边之景。而随着唐诗宋词中西楼意象的大量出现,该意象的内涵在不断演变,最终定型于宋词,从一个具体实在的房屋建筑演化为象征性的情感寄托物。此演变经历了怎样的过程? 本文就这一问题作一探讨。

一、唐诗中的"西楼"内涵

西楼一词在唐诗中出现 90 多处,多承六朝西楼之义,一般指具体的某一建筑,抒情意味不浓,到中唐以后才开始出现了具有抒情意义的西楼意象。故晚唐时西楼一词的内涵有两种分化,一方面是实指的建筑物,另一方面在表达相思离别之情时承载了一定的抒情意义。

---

* 作者系安徽师范大学文学院汉语言文学专业 2011 届本科生。该文发表于《安庆师范学院学报》2012 年第 3 期。

① 许维通:《韩诗外传集释》,中华书局 1980 年版,第 235 页。

（一）实指具体的房屋建筑，常用来登楼抒怀

唐诗中的西楼大多是实指某个具体的楼宇，以李白的《金陵城西楼月下吟》为例。从诗题就可以看出，此西楼为金陵城（即今南京）的孙楚楼，在城北的覆舟山上，因西晋诗人孙楚曾来此楼登高吟咏而得名。李白夜登西楼，望见吴越古地，进而睹物思人，追慕前贤谢玄晖，在敬仰古人孤直傲岸的性格时，表达了自己身处暗世的落寞与忧愁，吐露了诗人怀才不遇、愤世嫉俗的苦闷心情。由此可见，此处西楼与李白所抒发的感情并无直接联系，本身不具有任何象征意义，仅仅是登高抒怀的一个背景环境，一个触发作者发表感叹的建筑载体。另外，在唐朝诗歌中，李颀的"西楼对金谷，此地古人心"（《宴陈十六楼》）通过登楼抒怀，表达吊古伤今的哀叹；郎士元（一说张继）的"城上西楼倚暮天，楼中归望正凄然"（《冯翊西楼》）、"西楼迥起寒原上，霁日遥分万井间"（《咸阳西楼别窦审》）借西楼写他物、抒他怀，通过登楼远望，或怀人或相思，但这些情感与西楼本身都无联系，因而该意象在此时还不具有文学的抒情意味。再看韦应物《寄李儋元锡》中的最后两句"闻道欲来相问讯，西楼望月几回圆"，作者听说好友将要前来探望，就经常在夜深人静之时独自登上西楼，遥望远方，等候友人的来访，深切诚挚的盼望已经在月缺月圆中度过好些个春秋了。这里的西楼也是实指滁州西楼，乃具体建筑，通过西楼望月来盼望友人，饱含深情，情真意切。此处滁州西楼虽很具体，但因与月相连，就把对友人的思念和盼望写得婉约变化、曲折而有深意，给人带上了一层或多或少的相思之意，朦胧模糊而韵味无穷。晚唐的贾岛在《寄韩潮州愈》中也有"一夕瘴烟风卷尽，月明初上浪西楼"的诗句，皓月当空，月光朗照在潮州西楼之上，将之前的瘴气全部涤荡干净，在表达情感方面使得"西楼"的抒情意义有所增加。

（二）宴饮离别之地，抒发惜别哀愁之感

许浑是借西楼写送别最多的唐代诗人。他的《谢亭送别》、《岁暮自广江至新兴往复中题峡山寺》、《戏代李协律松江有赠》、《秋霁寄远》都将"西楼"定为与友人宴饮离别的处所，其涵义也基本固化为与朋友间的惜别之情。其中最有名的一句当属《谢亭送别》中的"日暮酒醒人已远，满天风雨下西楼"。在青山绿水间，红叶满林处，作者唱着"劳歌"为

友人饯行。分别前的把酒对饮使得别后的孤寂更显惆怅,当醉眼惺忪之时,已是日暮黄昏,友人也已乘舟远去,作者无法承受这萧瑟的景象,便独自一人从风雨笼罩的西楼上走了下来。此处的西楼即对应诗题,指送别的谢亭。谢亭又称谢公亭,在宣城北面,南齐诗人谢朓任宣城太守时所建,他曾在这里送别朋友范云,后来谢亭就成为著名的送别之地。许浑在这里不直接用谢亭,而是以西楼代指谢亭,虚化了西楼的实际意义,使其带有惜别伤感之义,抒情色彩大大增强。同时,在《岁暮自广江至新兴往复中题峡山寺》中,许浑又云"南浦惊春至,西楼送月沉",将南浦与西楼对仗使用,而"南浦"作为习见于离别诗词的意象,其涵义及作用已经固化为送别之地,最早见于屈原的《九歌·河伯》"送美人兮南浦",自不必赘述。此处对偶手法的运用使得西楼与南浦意义相当,都是指送别的地方,作者只是用了互文的手法将两句拆开,来加强惜别时的萧索落寞之感。由此可见,此时的"西楼"意象已经慢慢脱离了其本身的实指功能,开始代指宴饮离别的送客之地,其内涵也逐渐虚化为一种情感的象征物,传达出孤寂萧索的愁绪。

(三)遥想佳人之地,抒发相思恨别之情

中唐以后,"西楼"一词的抒情功能大大增强,并且由普通朋友间的送别转变为男女之间的爱恋相思,指向性和象征性更为明显。最早将西楼与两性恋情联系起来的作品是李益的《写情》,此诗主要抒发了恋人失约后作者的痛苦心情。"从此无心爱良夜,任他明月下西楼",既然恋人失约,良辰美景对于诗人只能是徒增烦恼和忧愁的虚设,没有佳人相伴的夜晚显得格外冷清,任他月上东楼,月下西楼。此处西楼是诗人与恋人相约的地方,但由于恋人失约未出现,于是本来应该是欢乐的相会之地变成了增加愁思、引起痛苦回忆的伤心地。此时,西楼涵义在承载男女恋情、表达相思苦闷方面有了进一步的突破。再加上与月相连,这向来被认为是寄托遥思的婵娟更使西楼晕染了淡淡的哀思。同时诗中提到月下西楼、月已西斜的深夜,更能体现作者在西楼等候的痴情,越是痴情越使人感到痛苦和惆怅。李益之后,向来崇尚通俗易懂的白居易也用西楼意象表达了自己对心上人的眷恋相思之情,缠绵悱恻,饱含深情。白居易早年与一位叫湘灵的姑娘情投意合,由于湘灵出身卑微,门第不高,他们的恋情遭到周围人的反对,白居易曾多次写诗怀念湘灵,其中《寄湘灵》最为

有名。"遥知别后西楼上,应凭栏杆独自愁",作者与恋人在西楼分别,每当独上西楼时都会凭栏遥思,黯然神伤。西楼成为诗人与心上人相联系的纽带,因为这是他们曾经"执手相看泪眼,竟无语凝噎"的分别之地,如今人去楼空,留下的只有悠悠的愁思和想念。另外,晚唐时鲍家四弦的"西楼今夜三更月,还照离人泣断弦"(《送鲍生酒》)、李商隐的"云屏不动掩孤嚬,西楼一夜风筝急"(《燕台》)、夷陵女郎的"西楼美人春梦长,绣帘斜卷千条入"(《空馆夜歌》)等都用西楼写出了女性的柔美孤独以及离别的缠绵悱恻。至此,"西楼"抒情意义大大增加,为其后该意象的虚指性和象征性内涵奠定了重要基础。

二、宋词中的"西楼"内涵

由唐入宋的过程中有一个重要的过渡时期便是五代十国。五代词以其轻柔婉媚的词风开启了词作的基本形态,南唐后主李煜则突破"花间"词浓丽绵密的风气,构成一种单纯明朗、自然率真的清丽风格。李煜可以说是"西楼词"的开山鼻祖,他在《相见欢》(无言独上西楼)中将自己的亡国之痛借西楼登高倾泻而出,充分表现了词人内心的苦闷和哀愁。"无言独上西楼,月如钩",昔日贵为天子的君主如今成为阶下之囚,在这样一个梧桐夜雨冷清秋的深夜,词人独自一人登上西楼,望着如钩的新月,思绪繁乱,国破家亡的凄楚只有西楼才能承载,愁绪郁结的感情只有借西楼才能抒发。黄升在《花庵词选》中评道:"此词最为凄婉,所谓亡国之音哀以思。"①

"西楼"意象经过唐诗的发展沉淀,五代词的过渡演变,及至宋词,已经完全虚化为表现作者情感的寄托物,尤其体现在男女两性之间的相思恨别,与唐代那些有具体名称和地点的西楼涵义全然不同。宋词中出现"西楼"意象的作品有150多首,比之宋代以前的诗歌,宋词西楼意象的感情色彩明显增强,西楼成为寄托情人相思的主要场所,同时男女间聚少离多的生活,使西楼具有浓重的叹离伤别的情调。

(一)女子闺房,表达闺阁女儿情

宋词中关于西楼最为脍炙人口的描写便是那句"雁字回时,月满西

---

① 黄升:《花庵词选》,上海古籍出版社 2007 年版,第 23 页。

楼"，李清照用她女性独有的情怀道出了对丈夫赵明诚的思念之情。女词人与丈夫婚后感情甚好，家庭生活和谐美满，这种伉俪情深、琴瑟和谐的状态一旦被打破，两地相思的别离便会显得更加刻骨铭心，一句"才下眉头，却上心头"就是这种愁绪无法排遣的最好证明。词的开头首先为我们描绘了一个百无聊赖的女子在深秋时节的活动："解罗裳"、"上兰舟"。但是泛舟游玩毕竟还是独自一人，于是词人想象着鸿雁传书，在西楼之上凭栏远望，希望等到丈夫寄回的"锦书"。而当清冷的月光洒满西楼之时，夜已入深，此时此地此景更使人柔肠百转，无法入眠。可以看出，这里的西楼应该是李清照休息的地方，即女子的闺房，但这个闺房已经不是一个简单的住所，而是带有浓重的相思之意。作者的起居之地在西楼，而当丈夫远去，她的全部精神活动都放在了对丈夫的思念上，于是这座小小的西楼装的不仅仅是女词人自己，更多的是对夫君的深切盼望以及那"载不动"的"许多愁"。

另外，宋词中有一个很重要的创作现象，即男子作闺音。作者揣度女性的思想、心态，模仿女性的口吻，将女性情感的抒发借其所塑造的抒情女主人公之口表达出来，情感流露真切动人、婉转缠绵。而西楼这一女性闺房便自然而然地成为词人们作闺音的重要意象。以李玉的《贺新郎·春情》为例，此词以曲折深婉的笔调抒写了一位善良温柔的女主人公在西楼上翘望情人归来的相思愁苦。上阕并无直接抒情，而是以写景摹形为主，在柳絮飘飞的暮春时节，闺中女子焚香斟酒，念想着"芳草王孙知何处"，盼望着心上人的早日归来。可能是饮酒过度，可能是思念至极，佳人在"镇无聊"中已"厌厌病"，酒醒春梦破，根本没有好心情去梳理凌乱的鬓发，"云鬟乱，未忺整"，不由地使人想起了《诗·卫风·伯兮》中的"岂无膏沐，谁适为容"。女为悦己者容，在没有恋人相伴的情况下，梳妆打扮又有何意？下阕则完全以女主人公的口吻抒写了思念的惆怅和独处的哀怨。到处打听恋人的消息，结果却只是"断鸿难倩"。"月满西楼凭阑久，依旧归期未定"，闺人在月光洒满的西楼上凭栏远望，等候着恋人的归来，想象着他大概快回来了，可能还是没有确定日期吧。这种自我安慰、自我劝解的冥想使人顿生怜悯之心，温柔多情的思妇形象跃然纸上。作者借"西楼"这一女子闺房，写出了女主人公在居所内的活动，更重要的是在西楼上驻足观望、凭栏痴想，这种等候归人的相思苦痛，使得西楼笼上了一层柔美缱绻的感情基调，进而泛化为闺阁女儿的相思之心。另外，周紫芝的"晓寒谁看伊梳掠,雪满西楼,人在阑干角"数句(《醉落魄》),借西楼写出了女子苦盼归人的孤寂和冷清;周密的"楚箫咽,谁倚西楼淡月"(《玉京秋》)之句,以疑问作结,想象着远方的佳人在幽淡的月光下独倚西楼吹箫的景象,令人回味无穷。

(二)男女相会相别之所,表达感伤怀人之情

北宋前期婉约词代表作家晏殊,在使用西楼意象表达相思时,更是给人一种痛彻心扉的情感体验。他在《清平乐》(红笺小字)中道出了"斜阳独倚西楼,遥山恰对帘钩"的惆怅,最终只能在"人面不知何处去"的念想中看着"绿波依旧东流"。这首词是晏殊怀人作的代表,作者一开始用"红笺小字"诉说了平生的相慕相爱之情,再借用"断鸿难倩"的典故抒发了书信无法传递的苦闷。于是,作者只能在夕阳西斜时分默默登上西楼,遥想着山那头的她此时在何处,是否正在帘幕内梳洗打扮?再多的想象也不能排遣自己的思念之情,词作结尾处化用"人面不知何处去,桃花依旧笑春风"之意,任悠悠思情随绿波东流。晏殊之子晏几道继承其父委婉细腻的笔调,成为宋词中使用西楼意象频率最高的作家。他的"醉别西楼醒不记"(《蝶恋花》)追忆了往昔与佳人在西楼饮酒分手的场景,这种离情别绪像"春梦秋云"一样虚幻缥缈,而"聚散真容易"则把来日重逢无期的沉郁悲凉表达得淋漓尽致;"西楼别后,风高露冷"(《少年游》),叹出了少年时与"金闺"人别离后的萧索落寞;"有人凝澹倚西楼,新样两眉愁"(《少年游》),想象着心上人在闺阁中的柔肠伤感;"西楼月下当时见,泪粉偷匀"(《采桑子》),怀念着与粉泪人相见的情景,抒发的仍是惜别后的凄凉心境。贺铸的《减字浣溪沙》(秋水斜阳)以虚实相生的笔法,抒发了当下词人登临昔日与伊人共饮共醉的西楼时引起的感慨。"记得西楼凝醉眼,昔年风物似如今",物尽逝,人已非,只有那见证相思之地的西楼仍然存在,只是"无人与共登临"。

至此,西楼的悲凉落寞之情在宋词中大大加强,其抒情意义已经固化为男女间离愁别绪的感伤基调,成为两性相互爱慕相互思念的情感象征。"西楼"这种泛化的虚指意象如古诗词中的"柳枝"代表依依惜别之情,"芦花"代表别恨遗憾之情一样,成为中国古代诗词中寄托作者相思哀怨情感的凄美意象。

三、"西楼"内涵演变的原因

纵观唐诗宋词中有关"西楼"意象的作品,可以清晰地看出其内涵的演变过程。首先由具体实在的某一客观建筑物转变为具有一定指代功能的朋友间的宴饮离别之地,然后再进一步将此离别相思转化为特定的男女之间的哀愁,最后虚化为一个代表孤寂、冷清、悲愁、相思的两性之情的寄托物,而其情感风貌所体现出来的美学特征也由初唐的沉郁悲凉转变为宋词的萧瑟冷落。这种内涵的演变及固化过程与中国古代"天人合一"的传统思想、感伤悲凉的怨情传统以及"诗庄词媚"的传统观念有很大联系。

(一)"天人合一"的传统思想

首先,"西"方位词的特定内涵。西楼意象沉淀着丰厚的"天人合一"的思想。中国古人常把东南西北中与五行、五声、五色以及季节相配,其关系如下:五方:东、南、中、西、北;五行:木、火、土、金、水;五声:角、徵、宫、商、羽;五色:青、赤、黄、白、黑;季节:春、夏、季夏、秋、冬。

从这种排列关系可以看出,"西"与"秋"、"金"、"商"、"白"相对应。在四季中,西为秋,《春秋繁露·阴阳义》曰:"秋,怒气也,故杀。"①所以"西"常给人萧条冷落的感觉;在五行中,西为金,《汉书·五行志》言:"金,西方,万物既成,杀气之始也。"②所以"西"有金戈杀伐之气,让人顿生凄寒悲凉之感;在五声中,西为商,欧阳修《秋声赋》云:"故其在乐也,商声主西方之音,夷则为七月之律。商,伤也,物既老而悲伤。"③古人认为秋天衰飒之气与商声重浊忧怆之音相符,因此,"西"让人产生哀伤凄凉之意;在五色中,西为白色,白色与红色相对,在中国传统中一向是禁忌色,多用于殡丧服役。"西"便有惨淡忧戚之意味。因此,在有关西楼的文学作品中,无论是唐诗还是宋词,其感情基调都是哀愁凄婉的,既没有热烈奔放的热情歌颂,也不存在积极乐观的昂扬奋斗,无一例外地表达着凄伤哀婉之情。

其次,"西楼"与《周易》文化。在《周易》文化中,西方为兑卦,从八

① 董仲舒:《春秋繁露》,上海古籍出版社1989年版,第71页。
② 班固:《汉书》,中州古籍出版社1991年版,第230页。
③ 吴楚材、吴调侯:《古文观止》,重庆出版社2007年版,第339页。

从口,象气之分散。按易经常意,兑为泽,为悦,为少女。所以古人根据风水的原理,将与"西"有关的房屋建筑都与女性相联系。王实甫的《西厢记》中的"西厢"便是崔莺莺的住所;李商隐的"何当共剪西窗烛,却话巴山夜雨时"中的"西窗"也指心上人住的地方。西楼也就自然而然地成为闺房的代名词,闺房又曾是与恋人携手欢聚之所,如今的别离便使西楼成为怀人相思的伤心地。另外,从方位上看,"西"与"东"相对,受《史记》中"月出于东,起明于西"的传统思想影响,东为大、为贵,一般指主人、长辈或者是拥有尊贵地位的人。例如,中国人请客吃饭便喜欢说自己做东,是东道主;租房子给别人住的人我们通常叫房东。这种以东为大为主的习惯,使得与东相对应的方位"西"便属阴、属次,指代的人物常是地位较低的少女、侍妾等,西楼也就很自然的成为女子的居所。总之,西楼给人的落寞萧条之感、阴柔缱绻之态便与女子的伤春思人联系起来了。

(二)感伤悲凉的怨情传统

中国古代文人大多细腻多情,而他们的遭遇和生活经历又有着惊人的相似。一般都是仕途不顺,胸怀大志却怀才不遇,一路颠沛流离,四方游荡,在长期远离家乡故土之时自然想念离别之人,尤其是曾经与自己情投意合的恋人。从人之常情来看,在阳光明媚、天高云淡的时节,这种感伤之情一般不易触发,而只有在落日黄昏或者月上柳梢头的夜晚,才能引动文人内心深处怨情的种子。纵观古诗词中写"西楼"的作品,与"西楼"意象相联系的大多是风雨、夕阳、明月等萧瑟凄凉的意象,如"日暮酒醒人已远,满天风雨下西楼"(许浑《谢亭送别》)、"强下西楼去,西楼倚暮霞"(李商隐《闲游》)、"楚萧咽,谁倚西楼淡月"(周密《玉京秋》)。这些笼罩着感伤哀愁的景物,是西楼特定的地理位置所决定的。登西楼倚西窗的所见之景,与东楼、南楼、北楼相联系的景象大为不同,这些暗淡萧索的景象与文人们忧凄悲苦的情感相契合,于是在日薄西天时分,当登上西楼眺望远方,遥想故人的时候,心中的凄凉悲怆、孤寂相思之感便油然而生。这也就是王国维所说的"一切景语皆情语"的内涵。

另外,从宋玉开始,中国文学就一直存在"悲秋"传统,他的"悲哉秋之为气也"开启了延续千年的"悲秋"主题,秋天的萧索冷落与日落西方的悲苦苍凉相联系,自然使得"西楼"意象为文人们所钟爱。前面也已经提到,在五方与季节的对应中,"西"正好与"秋"相匹配,于是西楼的感伤色彩就愈加浓厚了。

(三)"诗庄词媚"的传统观念"西楼"

意象最终在宋词中固化为恋人间相思离别的情感寄托物,表达的是一种绵绵不尽的相思之苦。"不间云朝雨暮,向西楼、南馆留连"(贺铸《断湘弦·万年欢》)、"记曾共西楼雅集,想垂杨还袅万丝金"(姜夔《一萼红·古城阴》)、"长记那里西楼,小寒窗静"(吕渭老《念奴娇》),一句句西楼,一声声叹息,道出了聚散的愁苦。但是西楼在唐诗中的审美特征却显得壮阔明朗,虽也有"独自上西楼,风襟寒帖帖"(韩偓《雨中》)和"云屏不动掩孤嚬,西楼一夜风筝急"(李商隐《燕台》)的凄冷萧瑟,但大多还是"天回北斗挂西楼"(李白《长门怨》)的大气和"皎洁西楼月未斜"(施肩吾《夜笛词》)的疏朗,给人一种愁苦但不颓败的气象,让人在感伤中看出一丝希望,品出一番淡雅,杂陈人间百味。

其实,这种差异与人们对诗词的传统认识有很大关系。唐朝国力强盛,文化繁荣,唐代士人对人生普遍持有一种积极进取的态度,尤其是安史之乱以前的盛唐,诗人们胸怀壮志,具有恢宏的气度和抱负,而这种精神反映到文学作品中便展现出昂扬的情调。唐朝诗歌在魏晋南北朝文学基础上,创造性地将"风骨"与"文辞"相结合,成为唐朝文学的代表样式和最高成就,淋漓尽致地展现了唐朝社会生活的方方面面,表达了诗人们的壮阔胸怀。而宋代兴起的"词"源于燕乐,是配乐歌唱的小曲,本身具有清雅柔美之态,从一开始就与诗歌表现的题材、抒发的感情大为不同。宋词普遍被人们认为是"小道"、"小径",不受"文以载道"思想的影响和束缚,主要抒写个人情愫,表达男女间的爱恨情仇,带有轻柔旖旎的风情。宋代国家积贫积弱,文人的审美心态多趋于轻柔细密,表达情感也多是细腻私密的个人情怀,这与唐人的大气磅礴存在很大差距,而此种心态恰好适应了词的特点,两者的完美结合便形成了宋词的审美特征。在"诗庄词媚"这种不同的文体特征和唐宋文人的不同情感心态的影响下,有关"西楼"意象的诗词自然呈现出不同的精神风貌。

小小西楼承载着太多文人的无限感情,悠悠西楼传达了无数恋人的相思恨别。"西楼"意象从一开始的具体建筑物转变为具有浓厚抒情意义的情感象征物,或指登高怀远的处所,或指朋友间的宴饮离别之地,或指孤独寂寞的深闺,其内涵在泛指中笼罩着忧伤、愁苦、凄凉、相思、幽怨的基调。于是,"西楼"一词已经远远脱离了其本身的楼宇实指之意,更多的与中国古代文人的心灵情感相契合,与中国古代的传统文化相照应,沉淀着怀人相思、言愁抒情的意蕴,被唐宋文人作为一个凄美的意象频频使用。

参考文献

[1] 金景芳、吕绍纲:《周易全解》,上海古籍出版社 2005 年版。

[2] 李世忠:《论宋词中的西楼意象》,《社会科学战线》2009 年第 3 期。

[3] 毛湛玉:《唐宋诗词中的"西楼"意象解读》,《新余高专学报》2010 年第 3 期。

[4] [清] 彭定求:《全唐诗》,中华书局 1960 年版。

[5] 唐圭璋:《全宋词》,中华书局 1965 年版。

[6] 杨海明:《男子而作闺音》,《苏州大学学报》1992 年第 3 期。

[7] 朱文成:《西楼:积淀丰厚文化内蕴的意象》,《中学语文》2008 年第 8 期。

指导教师评语

西楼本是普通的建筑,渐渐演变为具有特定含义的文学意象。研究其演变过程,对认识这一文学现象具有突出的意义。本文先研究唐诗中的西楼内涵,认为主要指具体建筑,用来登高抒怀、宴饮送别、寄托相思等,唐诗中已经出现虚化的倾向。然后探讨宋词中的西楼内涵,西楼进一步虚化成诗歌意象,成了抒发相思恨别之象征符号。文章最后分析这种变化的原因。全文思路清晰,论之有据,言之成理,是篇较好的本科毕业论文,当然还可以写得更充实更深入一些。(胡传志)

唐宋词对当代流行歌词的启示作用

鲁 娟 *

流行歌曲是当下最盛行的一种大众文化样式,而身为文学苑囿中的奇葩——唐宋词,早已是和诗比肩的雅文学,被一代又一代的读者奉为经典,二者似乎不可同日而语。但若追根溯源的去研究,就会发现"唐五代北宋的词,基本可以成为当时都市里的'流行歌曲'"①,二者之间的联系千丝万缕。流行歌曲虽比唐宋词绚烂多样,但这是时间延伸的必然结果,二者无论是外在功用还是内在本质上都有可比之处。将唐宋词放在流行歌曲的语境中进行研究,这不是在做无用的古籍探讨,而是要在过往中找到一点以史为镜的启示。当下流行歌词本身存在一些令人担忧的问题,唐宋词作为当时的流行歌曲,有一个从产生到兴盛再到衰亡的完整的发展过程。唐宋词中的优秀之作值得当下流行歌词借鉴,其经验值得今人去总结,其衰亡的教训也足以让流行歌词引以为戒。

一、启示作用发挥的前提:异代同质

(一)起源上,唐宋词本是当时合乐歌唱的流行歌词

唐宋词又称"曲子"或"曲子词",从这些名称就可以看出唐宋词本是用来歌唱的。"以文案形式流传至今的唐宋词是当时词曲一体的曲牌体声乐作品中的歌词。"②这种曲牌体声乐作品是在燕乐的基础上产生的,根据

---

* 作者系安徽师范大学文学院汉语言文学专业 2009 届本科生。

① 袁行霈:《长吉诗歌与词的内在特质》,《第一届词学国际研讨会论文集》,台湾中研院研究所 1994 年版,第 155 页。

② 胡遂、习毅:《论唐宋词与燕乐之关系》,《湖南大学学报》2004 年第 6 期,第 71 页。

·132·

曲牌的要求而填词,即元稹在《乐府古题序》中提到的:"由乐以定词。"胡云翼先生在《宋词研究》中有较详细的叙述:"词的起源,只能这样说:唐玄宗时代,外国乐传到中国来,与中国古代的残乐结合,成为一种新的音乐,最初只用音乐来配合歌词,因为乐词难协,后来即依声以制词,这种歌辞是长短句的,是协乐有韵律的——是词之起源。"①故唐宋词本是用于合乐歌唱的歌词早已是词学界公认无疑的事实了。早期的词集如《民谣集杂曲子》是当时民间歌曲的曲词集,《花间集》亦是供演唱的歌曲集。

燕乐,又称宴乐,是一种俗乐,主要用于歌筵酒席伴奏之用,不同于以往的雅乐,脱离了阳春白雪的高度,因而更受普通民众欢迎。配合这种乐所填的歌词,和诗相比其最大的特点就是它的通俗性。它所歌唱的不再是关乎家国天下的德行抱负,而是普通人的情感思绪、生活娱乐,故能为大众所喜爱。"当时上自宫廷贵族,下至市井细民,近至中州,远至域外,无不传唱,因而有人称之为唐宋时期的流行歌曲。"②

(二)功能上,唐宋词和流行歌曲的娱乐性

词是在繁荣的都市经济文化的滋养下产生的。中唐以后,社会心理逐渐走向了追求日常化的享乐生活。《旧唐书·穆宗记》记载:"国家自天宝已后,风俗奢靡,宴席以喧哗沉湎为乐。"③即使是内外交困的南宋,偏安一隅也能造就一方太平盛世。蔡挺《喜迁莺》云:"太平也,且欢娱,不惜金樽醉倒。"这种享乐生活离不开歌筵酒席,也就离不开词。它的传播和消费主要靠歌儿舞女在歌楼舞榭、筵前酒边、花间月下以歌唱表演的形式来实现的。二者相互作用,故"舞低杨柳楼心月,歌尽桃花扇底风"(晏几道《鹧鸪天》)的现象在当时十分普遍。

词产生之初被视为不登大雅之堂的"小道"文学,词人不敢光明正大地在诗中倾泻一己之思,而一旦到了这种娱乐的脱离现实的歌舞场中,填词或为游戏之作、应酬之词,或为娱宾遣兴、聊佐清欢,都能让身心得到暂时的放松娱乐,敢于将一己私情用词表达出来,也就能写出更加真实、优秀的词作来。故毛文锡《甘州遍》云:"寻芳逐胜欢宴,丝竹不曾休,美人唱,揭调是甘州,醉红楼,尧年舜日,乐圣永无忧。"

---

① 黄昭寅、张士献:《唐宋词史论稿》,山东大学出版社 2006 年版,第 38 页。
② 吕君丽:《从唐宋词到当代流行歌词》,《美与时代》2006 年第 2 期,第 91 页。
③ [后晋]刘昫:《旧唐书》,中华书局 1975 年版,第 485 页。

二、启示作用发挥的必要性

（一）当代流行歌词受众广，影响大

当下流行歌曲比任何一种大众文化样式的影响面都要广。它因质轻体小、朗朗上口而传唱于大街小巷。人们基本是曲不离口，在任何地方，任何场合都能看到它的身影。它深入并影响了社会生活的方方面面：日常语言、审美趣味、价值观念、生活方式等。而当下的青少年更是哼唱着流行歌曲长大的一代，流行歌曲对他们的影响是入骨入髓的。这种影响首先就体现在歌词长期的、潜移默化的教育之中。一首《老鼠爱大米》连学语小儿都能哼唱几句，可见流行的力量之惊人。流行歌曲中思想观念对他们的影响往往比其他的教育形式来得直接，更易模仿和接受。所谓"近朱者赤、近墨者黑"，积极思想可以产生积极作用，消极思想更易产生不良影响。尤其在今天信息传播渠道多、速度快，电影电视等传播媒介众多，对于流行歌曲来说，要想在问题产生时再去处理，似乎已经太晚了。所以一定要在源头上下工夫，尽量净化流行乐坛，提高流行歌曲的质量，清除乐坛的一些不良现象。而如何去提高流行歌词的水平，则需要我们从多方面去努力。从唐宋词中吸取有益经验就是一个不错的方法。

（二）当代流行歌词自身存在大量问题

一种文化形式存在优劣之分是很正常的，但当某种文化劣质发展到有目共睹甚至理所当然的时候，就应该引起我们的注意了。流行歌词中确有一些经典之作，至今都传唱不衰，如《光辉岁月》（beyond 词）、《棋子》（潘丽玉词）、《大海》（张雨生词）、《一路上有你》（谢明训词）、《真心英雄》（李宗盛词）、《情书》（姚若龙词）、《当爱已成往事》（李宗盛词）等。但随着社会的发展，其不足之处亦越来越明显。

中联榜曾做过名为"华语乐坛现状个性化调查"，调查面涉及 3000 多网民，结果显示，55.7%的网民认为当下流行歌曲和以前相比倒退了，只有百分之二十几的网民认为流行歌曲有所进步。从这一调查就可以看出大多数人对流行歌曲持不满意态度，有的甚至怨声载道，对流行歌词稍加注意,就可发现其在语言文字、题材内容、表达方式上都存在大量问题。

语言文字上,由于歌词创作者水平高低有别,写出的歌词也就优劣不等。而投放到市场以后,又以同等姿态进入大众视听之中,所以一些劣质歌词中的错误如错字别字、语意不通、胡乱搭配、词语堆砌等问题,就会一遍遍地唱给大众听,直至将其唱成一种理所当然。如"看见蟑螂,我不怕不怕啦,我神经比较大"(《不怕不怕》小尾词),"我爱你就像爱吃水煮鱼,我要永远把你放在我的油锅里"(《水煮鱼》老猫词),如此搭配,实在让人不知所云。

无论是唐宋词还是流行歌词,在题材内容上都是以爱情为主。钱锺书先生在《宋诗选注·序》中说:"爱情尤其是在封建礼教眼开眼闭的监视下公然走私的爱情,从古体诗里差不多全部撤退到近体诗里,又从近体诗里大部分迁移到词里。"①爱情是人类最乐于表现,也是最具表现力和感染力的主题,故无论是唐宋词还是流行歌词,以爱情为主题总能引起多数人的情感共鸣,这本是无可厚非的。但当这种爱情吟唱变成格调低下的媚俗搞怪,如"我爱你,爱着你,就像老鼠爱大米"(《老鼠爱大米》杨臣刚词),"亲爱的你慢慢飞,小心前面带刺的玫瑰"(《两只蝴蝶》庞龙词);或赤裸裸的欲望和满足,如"你用那火红的嘴唇,让我在午夜里无尽的销魂"(《情人》刀郎词),"你身上有她的香水味……擦掉一切陪你睡"(《香水有毒》陈超词);或胡拼乱凑的不知所云,如"请你拿了我的给我送回来,吃了我的给我吐出来"(《嘻唰唰》大张伟词)。流行歌词在题材内容和表达方式上就出现了一定的偏差。尤其是这种偏差被大量的跟风崇拜时,说明当下人的审美倾向也存在一定问题,因为有需要才会有市场。低下的审美需要催生了这类歌曲的产生,这类歌曲又使人们的审美素养更加低下。太过直白和赤裸会让人觉得厌烦,在那快餐式的歌曲的刺激下,人离自己的本位也越来越远。对于歌坛这些不良现象,要正视它的存在,同时找出原因,不是简单打压呼吁就可解决问题,而是要通过流行音乐自身创作水平的提高,才能从根本上解决这些问题。

(三)诗意回归的必要性

德国浪漫派诗人荷尔德林曾深情地写道:"充满劳绩,人诗意地栖居

---

① 钱锺书:《宋诗选注》,三联书店 2001 年版,第 9 页。

在大地上。"(《人,诗意的栖居》)"诗意"原是指诗的内容及该内容所产生的意境,确切地说,是使人产生美感的意境。美是对于人类生存方式的最高概括,不仅是指外在的美的环境,更是种内在的心情的愉悦,精神的放松。王国维在《红楼梦评论》中将美分为"优美"、"壮美":"苟一物焉,与吾人利害之关系,而吾人之观之也,不观其关系而观其物,或吾人心中无丝毫之欲存……此时,吾心宁静之状态名指曰优美之情。"①"优美"即是能使主体在审美时忘却利害关系,心情平和宁静。诗词都可让人拥有优美之情,达到平和宁静的状态。但如今诗已经走入少数人自以为高深的自产自销中,和大众越离越远。让人们生活充满诗意的重任就部分地落到音乐之中,落到与日常生活息息相关的流行歌曲之中。流行歌曲让人们在音乐中释放自己的同时,也带来一些诗意,而这些诗意更多的来自于歌词。可如今音乐人将生活中的繁忙、快节奏和身心的种种不适以及商业要求带入歌词中,以求一个发泄的渠道。于是这些歌词一次次的提醒放大现实的无奈,让骄躁的人们更加耐不住寂寞,匆匆过往的脚步从未留心陌上绽放的美丽。

和流行歌曲相比,唐宋词则达到这种优美的极致。在词境上,"以天象论,斜风细雨,淡月疏星,词境也;以地理论,幽壑清溪,平湖曲岸,词境也";在情感内容上,"锐感灵思,深怀幽怨,词境也"②。即使伤心愁绝如少游,仍能给人以美的享受。所以浮躁的流行歌词需要向唐宋词借几分闲适和宁静,在钢筋混凝土的世界里也不时会有美的享受,重新找回为人的那份诗意。

三、启示作用的表现

(一)创作心态上,唐宋词人填词多用于自娱娱人,而当下流行歌词功利目的太重

唐宋词本是词人在歌筵酒席为娱宾佐欢而创作的合乐词,既为娱人,也是娱己,几乎不见其功利色彩。发展为文人词以后,文人或代言或

---

① 王国维:《王国维文学论著三种》,商务印书馆 2001 年版,第 5 页。
② 缪钺:《缪钺说词》,上海古籍出版社 1999 年版,第 11 页。

自抒心曲,作词是他们逃避现实,进入内心的一种有效方式。宋词是典型的"优美"之作,故对宋词的关照无过多的利害关系。即使是被称为专业词人的柳永,其作词最大的功用,也不过是换得歌妓的几两纹银或受到为官朋友的赏识。到豪放词出现后,词的功能拓展到诗的领域,词人甚至可以在词中抒发怀抱,感慨现实的无奈。故词始终是以一种心绪性的文学形式出现的。

而流行歌词和唐宋词相比,最显著的不同就是其突出的商业性,功利目的太重。一首歌词的背后,是歌手的人气,歌曲的排行榜,唱片的发行量,唱片公司的盈亏,所以一首歌曲诞生的每个阶段都脱离不了商业的操纵,整个流行乐坛都弥漫着过重的商业气息。庸俗歌曲大行其道,也说明了主流官方音乐人的疲软,对利益过多地关注必然导致歌曲质量的下降。这是个商业社会,脱离商业是不可能的,但至少应该学学宋词,以个人真实感受介入,减少因为一味迎合商业利益,而跟风抄袭、粗制滥造一些无意义的歌词的现象。另外在如此偌大的一个词坛,至少应该有那么一些纯粹的作词人,为了音乐,为了当下人的内心,去创作一些经久耐听的歌词。有些音乐人已经做得很好,他们基本能做到为音乐而音乐,如陈绮贞、李健、许巍、王筝等。但这类音乐人实在太少了。在浩如烟海的流行乐中至少应该有几首经典。流行不仅仅是流行,不是一唱而过,而是经过时间的淘洗后,会有沙中金的闪光。

(二)审美层次上,吟咏性情,莫工于词,唐宋词重视心灵上的契合相应,而当下流行歌词越来越趋向于一种浅层娱乐

唐宋词人将其敏感多思的内心诉之于词,故唐宋词展示了一个个丰富感人的情感世界。即胡寅所谓"曲尽人情",黄庭坚之言"动摇人心"。而这种性情文学,最突出的特点就体现在一个"真"字上。况周颐论词强调"词真",其在《蕙风词话》卷一中言:"真字是词骨,情真,景真,所作为佳,且易脱稿。"[①]王国维在《人间词话》中也强调"真":"故能写真景物,真感情者,谓之有境界。"[②]写真景物、真感情的词才算一首好词,为文造情,虚意应酬,有语无心,那么辞藻再美,声律再动人,也算不得一首好词。由于

---

① [清] 况周颐著,王幼安校订:《蕙风词话》,人民文学出版社 2005 年版,第 6 页。
② 王国维著,徐调孚注:《人间词话》,人民文学出版社 2005 年版,第 193 页。

词是次于诗的小道之作,不用承担过多的社会责任,词人反而能在词中抒发真性情,不受道德文章的束缚。这种情的内涵极广,是"执手相看泪眼,竟无语凝噎"(柳永《雨霖铃》)中的依依惜别之情,是"独倚望江楼,过尽千帆皆不是"(温庭筠《梦江南》)中的断肠相思之情,是"无可奈何花落去,似曾相识燕归来"(晏殊《浣溪沙》)中的富贵闲愁之情。无一不是词人发自内心的真情之作,正是由于这些词所言的乃是真情,故能一直流传至今,被奉为经典,感动一代又一代的读者。

和唐宋词相比,流行歌曲越来越难耐现实的浮躁和诱惑,逐渐趋向于一种浅层娱乐,满足于日常琐事的喋喋不休,沉溺于身体感官的娱乐享受,却很少向人的内心开掘。过多地关注外在世界,却忽视了一个更为细腻的心理世界。同时由于商业利益的驱使,"真"对于流行歌词来说已经是一个较奢侈的要求。"为赋新词强说愁"的现象十分普遍,如《这支烟灭了以后》(张静波词)、《对不起,我爱你》(何文龙词)、《好眼泪坏眼泪》(严云农词)。而那些节奏明快的歌曲更像一场狂欢,狂欢过后剩下的只是满脸的茫然。如《穷开心》(大张伟词)、《桃花朵朵开》(阿牛词)、《眉飞色舞》(谬莹如词)。词非出于本心,便缺乏感染力,加上雷同的旋律和偶像歌手没有表现力的嗓音,若要达到感人效果实非易事。在歌词创作中并不是每次都要有切身体会,那样未免太强人所难。但至少应有真感情,以一个认真的态度融入自己的感情去创作,这样的歌词才有感染力。在这方面,也有些流行歌词写得很好,如"我的心像软的沙滩,留着步履凌乱,过往有些悲欢,总是去而复返"(《我想我是海》姚若龙词),"每个人都有一段悲伤,想隐藏,却欲盖弥彰"(《白月光》李焯雄词),他们对人生的理解或豁达如海,或悲伤似月,那些感情是出于内心的,也就更容易进入受众的内心。"爱着你,像心跳难触摸,画着你,画不出你的骨骼"(《画心》陈少琪词),"爱你是孤单的心事,不懂你微笑的意思,只能像一朵向日葵,在夜里默默的坚持"(《孤单心事》徐世珍词),这些孤单的恋爱单曲,娓娓道来的歌词旋律,是你,是我,也是他。

(三)作者变化上,唐宋词写作质量的不断提高,很大程度上得益于词人素质的提高

敦煌曲子词除五首文人词之外,其他的均为无名氏之作,多属下层。一部分作品语言质朴,富有生活气息,但更多的作品过于俚俗粗糙,令人

不忍卒读。继敦煌曲子词之后是以温庭筠为代表的花间词派,这一派是典型的文人词派,风格绵密秾艳,柔软甜腻,追求侧艳之美,和敦煌曲子词相比已上了一个层次。但若稍加倾心,便有类型化之感。词至李后主其风貌始得一变。李煜将国仇家恨、身世之感融入词中,使词突破"花间"、"尊前"的传统。故王国维在《人间词话》中说"词至后主而眼界始大,感慨遂深,遂变伶工之词而为士大夫之词"①。词至北宋,乃是其鼎盛时期,词人的填词素养已非前代可比,有如柳永的专业词人,有如晏殊、欧阳修的达官贵人,有如苏轼的诗词全才,有如秦观、周邦彦的失意文人。无论是哪类词人,其对词的感悟能力和填词才能都是非常高的。正是由于这些高素质的词人的介入,才使宋词拥有经久不衰的魅力。另一方面,词的创作水平的提高,并不意味着其可歌性的降低,即使如苏轼的"句读不葺之诗"②也能合乐歌唱,其在《与鲜于子骏书》中言:"作的一阕,令东州壮士抵掌顿足而歌之,吹笛击鼓以为节,颇壮观也。"③信中所提及的词,就是他豪放词的代表作《江城子·密州出猎》。

当代乐坛正如唐宋词刚产生时一样,鱼龙混杂,总体创作水平不高。很多都是业余写手的随意之作,加上一些追求低俗的听众的迎合,使其有一定的生存空间。但此类作品多是过把瘾就死的那种类型,虽会红极一时,但并不能让人留下什么印象,更别提经久流传了。尤其是网络歌曲,几乎充斥了各种传播渠道。但无论它怎样受欢迎,都改变不了其低俗的本质。"为了你,我变成狼人模样"(《求佛》陈超词)中不伦不类的感情表达,"真的想找个人来陪,不愿意一个人喝醉"(《别说我的眼泪你无所谓》东来东往词)中卖弄的忧伤,"只是这个世界把你我分两头,割断情思与占有"(《为什么相爱的人不能在一起》郑源词)中的故作深沉。这些庸俗歌曲的出现,其中很重要的一个原因就是它的创作队伍的水平有限。这些歌曲,无论是在主题内容、表现手法还是词体合乐上都存在大量问题。然而这些歌曲却比主流音乐还要受欢迎,大街小巷随处都可以听到。这种现象不得不让我们深思,我们的音乐,我们的听众到底出了什么问题?创作主体存在问题,但低俗歌曲的广泛传播与受众也脱不了干系,正是由于受众的追捧,才让这些歌曲拥有了市场,并大量的复制。受众不仅

---

① 王国维著,徐调孚注:《人间词话》,人民文学出版社2005年版,第197页。
② 杨合林:《李清照集》,岳麓书社1999年版,第82页。
③ 孔凡礼:《苏轼文集》,中华书局1986年版,第1559页。

是指普通的听众,也包括主流媒体、官方音乐人的宣传和追捧,低俗已经成了一种自上而下的娱乐追求。当然这些年也出现了一些优秀的作词家,如林夕、乔羽、方文山、李宗盛等,他们的创作不仅流行且有一定的耐听度,让我们在忧虑歌坛退步的同时,也惊喜于一些音乐人的努力。

(四)表达方式上,唐宋词能够运用多种表达方式,使词的内容丰富而形象,这些表达方式值得流行歌词借鉴

1. 情景交融

情景交融是唐宋词最常用的表达方式之一。词以抒情为本,但若通篇言情,则易使词雷同、乏味。若以写景入之,就会收到借景抒情、情景交融的效果,增加词的意境美。正如"今宵酒醒何处?杨柳岸、晓风残月"(柳永《雨霖铃》),是景亦是情,情景相生,才能摇曳生姿。

现代人崇尚个性的张扬,不喜欢弯弯曲曲的表达感情,而是更乐于直说。"我想你"、"我爱你"之类的表白张口就来,《爱你》、《很爱很爱你》、《给我你的爱》、《太想爱你》、《就是爱你》……从这些歌名就可看出直说的重要性。然而作词当曲则曲,当直则直,内容是"一件作品只能悄悄透露而不能公开炫耀的那种东西"[1],"同一个意思的反复申说,没有进行必要的艺术处理,使得这种情感表达变成口号式的宣泄,词作本身难免显得浅薄"[2],如"不要在我寂寞的时候说爱我,除非你真的能给予我快乐"(《不要在我寂寞的时候说爱我》龙军词),"我感动天感动地,怎么感动不了你"(《感动天感动地》宇桐非词),"我要我的爱情没发烧,我要你永远不准他逃跑"(《我要爱的好》王雅君词)。若能将写景、叙事、抒情相结合,以一定的文笔为基础,加上诗意的联想,必能增加歌词的耐听度,令人拥有无限回味的空间。有些歌词在这方面就做得很好,如"栀子花白花瓣,落在我蓝色百褶裙上"(《后来》施人诚词),淡淡的花香,淡淡的忧愁,初恋总是这样让人怀念;"屋顶灰色瓦片,安静的画面,灯火是你美丽那张脸"(《大城小爱》王力宏、陈镇川词),大城里小小的爱恋,小小的温馨却是唯一,如此美的爱情谁不渴望呢;"谁在用琵琶弹奏,一曲东风破,岁月在墙上剥落,看见小时候"(《东风破》方文山词),对宋词的完美化用,营造出

---

①[美]E·潘诺夫斯基:《视觉艺术的意义》,辽宁人民出版社1987年版,第302页。
②傅培凯:《中国当代情歌词作现状及批判》,《哈尔滨学院学报》2004年第3期。

复古与现代兼具的意境,大受欢迎也就理所当然。

2. 淡而有味

正如前面所写,当代流行歌词倾向于直接地表达内心感受。所以,简单通俗直白是流行歌词的显著特点。唐宋词中也不乏平淡之作,但即便是平白如话亦能写成经典之作。千百年后,读之仍余香满口。词风平淡莫如晏几道,清人冯煦评小山词为"淡语皆有味,浅语皆有致"①。如何能做到"有味"、"有致",关键要有真情,有格调。

有真情,即是淡语能表深情,透过表面文字的平淡,而看到内在情感的真挚深厚,这种感情不是隐晦难懂的,而是在触到词以后,便已能触到其感情,且越回味越隽永。如"一春犹有数行书,秋来书更疏"(晏几道《阮郎归》)以愁情的层深胜,"妾拟将身嫁与,一生休。纵被无情弃,不能羞"(韦庄《思帝乡》)以感情的热烈胜。流行歌词很多都是平白如水,只是文字上的直来直去,却不见感情上的任何波澜,使歌词显得过于单薄,也就很难"动摇人心"了。如"我超喜欢你,我慢慢不能清醒,终于不想清醒"(《超喜欢你》陈信延词),"在我心里你真的就是唯一,爱就是有我常赖着你"(《爱你》谈晓珍、陈思宇词)。

有格调,是指语言虽平白,内容却不宜过俗,更不可庸俗、媚俗。流行歌词虽是大众文化,但也可以有一些对人生、光阴、自然的思索,可学习宋词"多思"的特点。宋词中词人的思索时刻可见,"归去,也无风雨也无晴"、"此心安处是吾乡"(苏轼《定风波》),是哲思,亦是对困难处境的乐观豁达。如果能将当下年轻人的思想及一些闪光的哲思写入词中,无疑会丰富词的内容,提高词的格调。同时以它固有的普遍性而感染更多的听众。流行歌词中的《似水年华》(刘若英词)、《那些花儿》(朴树词)、《路一直都在》(吴向飞词)、《越长大越孤单》(富妍词)、《听说》(葛大为词)、《旅行》(许巍词)便是这类歌词中的佼佼者。这些歌词写得很好,和音乐的配合也很紧密,所以能广泛流传,且不落流俗。当你认真聆听时,心灵能在音乐中慢慢舒展,哪怕只有一刹那的悸动,对于流行歌曲来说都弥足珍贵。可惜这类歌词太少了,还需要词曲家更多的努力。

3. 妙用修辞

唐宋词中惯用比喻、拟人、通感、象征等修辞手法。这些修辞手法的

---

① 唐圭璋、上疆村民:《宋词三百首笺注》,人民文学出版社 2005 年版,第 56 页。

运用使词中感情具体可感,语言表达形象生动,同时能化平凡为神奇,起到新人耳目的作用。比喻如李煜《虞美人》"问君能有几多愁,恰似一江春水向东流"。拟人如欧阳修《蝶恋花》"泪眼问花花不语,乱红飞过秋千去"。通感如姜夔《扬州慢》"波心荡,冷月无声"。象征如苏轼《卜算子》"拣尽寒枝不肯栖,寂寞沙洲冷"。这些名句的流传与他们妙用修辞有很大关系。

流行歌曲中也有运用修辞十分成功的。如"你是我心内的一首歌,心间开启花一朵"(《你是我心内的一首歌》丁晓雯词),"我们之间的爱轻的像空气,而我依然承受不起"(《爱如空气》崔恕词),"你永远不懂我伤悲,像白天不懂夜的黑"(《白天不懂夜的黑》黄桂兰词)中的比喻;"听,海哭的声音"(《听海》林秋离词)中的拟人;"小小的天,有大大的梦想,重重的壳,裹着轻轻的仰望"(《蜗牛》周杰伦词)中的拟人、象征皆有等。这些歌词不仅旋律朗朗上口,歌词也很耐人寻味。所以流行歌词不是写不好,而是写词的、谱曲的,都偏离了重心,对生活少了那么点关注,对自然少了一份平等亲切的态度,于是在他们眼中,人即是人,物即是物,觉得修辞远没有直说更吸引人。

4. 锻造警句

对于一些经典的唐宋词,我们往往很难记住它的全篇,然而其中一些名言警句,一旦记住了,便很难忘记,这就是警句的力量。有些词作,正因为警句的存在,才得以被后代人一次次的提及。如"故人早晚上高台,寄我江南春色一枝梅"(舒亶《虞美人》),"嫣然摇动,冷香飞上诗句"(姜夔《念奴娇》),"心似双丝网,中有千千结"(张先《千秋岁》)。

对于流行歌曲而言,警句的提炼也十分重要。流行歌曲的时间印痕十分明显。流行的几乎就是当下的,一旦这波流行过了,就成了昨日的回忆。所以,流行歌词几乎记录了我们的成长轨迹。每当听到那些熟悉的歌词时,只消一句,过去的记忆画面会伴着歌词、旋律一起涌上心头。这种歌曲也就对我们意义非常,自然常常被记着,难以忘怀。《童年》、《同桌的你》、《白桦林》、《水手》、《约定》、《下沙》……平时唱的次数不多,偶然听到那些经典的歌词,旧日的感觉便涌上心头,就像于千万人中忽逢老友,惊喜自不待言。

有些学者将词中这些关键的词句称为"词本"。"词本明白如话,犹如口出,明了晓畅,易懂易记,仿佛不是曲调抓住了歌词,而是歌词抓住了曲调,让人永唱不衰。"①可见词本的重要性。

(五)词体合乐上,脱离音乐是词体衰落的根本原因,值得当下流行歌词反思

唐宋词创作是由乐以定词。南宋以前的词的创作始终是和乐相连的。词人根据自己内心要表达的感情而选择词调,根据词调的篇幅确定词体的长短,依照乐曲的曲拍而填词,同时运用平仄、押韵、衬字等手法进一步加强其音乐性。稍懂古代乐理后,当看到一首优美的唐宋词时,我们会发现它的字里行间都流动着音乐,和音乐的结合十分紧密。苏珊·朗格说:"衡量一首好歌词的尺度,就是它转化为音乐的能力。"②流行歌词不论在何时都不能忽视音乐的重要性,这就要求作词家至少要懂得一定的音乐知识,歌词应该"唱着写",而不是"读着写"。作词家和作曲家在歌词文本和感情上要有一个很好的沟通,曲词协畅,才是一首好歌。

流行歌词还要注意到脱离音乐是唐宋词衰落的根本原因。词至南宋,由于靖康之变,宋室南渡,北宋曲子词谱大多零落。爱国文人主张以"经济之怀"入词,使词变成"言志"的诗,同时词坛"复雅"之风日盛,使词渐流于案头而脱离音乐,仅限于文人之间流传,成为可读不可歌的"诗"了。北宋时"凡有井水处,即可歌柳词"③的盛况已不复见。词至南宋已见衰势。虽有南宋词人豪放词的努力,也无济于事,词最终走向了衰落。词的衰落值得当下流行歌词深思。词人在创作歌词时,要兼顾其音乐性,为作曲家留下发挥的空间,这样流行歌词才能健康持续地发展下去。"作曲家是作词家最亲密的伙伴,是同舟共济的知己,二人各划一桨,配合默契,才能达到成功的彼岸,完成一支优秀歌曲的创作。"④

(六)词人形象上,宋人柔弱的文化心态和审美趣尚值得今人反思

词有豪放、婉约之分,婉约从始至终都是词之正宗。宋诗在唐诗之后明显力不从心,学理气过浓,所以最能代表宋代文化精神的还是词,更确

---

① 赵保安:《歌词流变及其创作思考》,《渤海大学学报》2006 年第 5 期,第 23 页。
② [美] 苏珊·朗格:《情感与形式》,中国社会科学出版社 1986 年版,第 198 页。
③ 唐圭璋:《词话丛编》(第一册),中华书局 1986 年版,第 1162 页。
④ 许自强:《歌词的音乐性》,《词坛文丛》2008 年第 11 期。

切一点即婉约词。宋代城市经济的繁荣和文官文化的发达,使得广大文人沉溺于文墨笙箫、红巾翠袖,不断加重感伤的情调,多情的气质,柔弱的风采,并逐渐造成宋代词人嗜柔、趋柔的审美情趣。词人常用词如"小庭、深院、闺房、绣阁、彩袖、疏帘、落花、微雨、淡云",都是极柔媚婉约的词语。以女子喻词在古代十分常见。清人周济在其《介存斋论词杂著》中说:"毛嫱、西施,天下美妇人也,严妆佳,淡妆亦佳,粗头乱服,不掩国色。飞卿,严妆也;端己,淡妆也;后主,则粗头乱服矣。"①以毛嫱、西施两美人作比,以严妆、淡妆等为喻,生动形象。清人毛稚黄也说过:"长调如娇女步春,徙倚而前,一步一态,一态一变。"②词中男子作闺音的现象,十分普遍,就连秦观的诗都被称为"女郎诗"。走入词的世界,就像走入一个婉约柔媚的女性世界。这种柔媚的气息是词体本身的要求,更是词人自身所有而散发入词的。故理学家程颐指出"今人都柔了",南宋词人陈人杰《沁园春》词序亦云:"东南妩媚,雌了男儿。"词坛以及词人自身这种柔弱与宋室偏安一隅,遭人欺凌,最终灭亡之间不无关系。所谓"婉者必媚,而失之刚健"。所以宋代对阴阳相协,尤其是阳刚之气的渴求一直存在,一个民族若没有了基本的刚性,民族的脊梁又何以挺得直呢?

直到苏轼豪放词的出现,才使得词坛风气为之一变,"一洗绮罗香泽之态,摆脱绸缪宛转之度"③。苏轼对词风进行了大胆的革新与开拓。今人胡云翼《中国词史大纲》也如此论断说:"苏轼以前二百多年的词都是病态的、温柔的、女性的词;直到苏轼起来,始创健康的、壮美的、男性的词。"故以苏轼为开端的豪放词,平衡了婉约,男子的阳刚之气平衡了女子的阴柔之气。现在看来既是词之幸,也是国之幸。

纵观今天的乐坛,这种柔化现象也十分严重。爱情题材的歌词在乐坛占绝对主导地位,而其中的感伤情歌更是重中之重。近年流行的如《寂寞在唱歌》(施人诚词)、《灰色空间》(姚若龙词)、《受了点伤》(施人诚词)、《太委屈》(郑华娟词)、《开始懂了》(姚若龙词)……因其突出的感伤情调而备受推崇。歌手的性别更趋于中性化。偶像派男歌手和选秀节目上的男选手,越来越缺乏所谓的男子气概,只能用"漂亮"来形容。柔已经成了他们普遍的表情,这种柔化的趋势,既和当下的审美趣尚有关,又和

---

① [清] 周济:《介存斋论词杂著》,人民文学出版社 1998 年版,第 19 页。
② 唐圭璋:《词话丛编》(第一册),中华书局 1993 年版,第 609 页。
③ 张惠民:《宋代词学资料汇编》,汕头大学出版社 1993 年版,第 212 页。

歌词本身的婉约、柔媚有关,二者相互影响,使得这种现象愈演愈烈。所以今天的歌坛也需要阳刚之气来平衡一下, 当代歌坛是否也该多一点"风云气多"的歌词和歌手呢。

唐宋词用今天的话说早已是"过来人"了,而 20 世纪 80 年代中期才真正兴起的流行歌曲只能算个学步的孩童。正因为是孩童,所以才要广泛地向一些成熟的文化形态吸取经验,尤其已经历了一个完整的发展过程且具有大量优秀作品传世的唐宋词。

我们强调对唐宋词进行学习,并不是说流行歌词中插几句唐宋词就能提高歌词的水平和格调。古今语言毕竟有别,让今天的年轻人,用古代语言哼唱流行歌曲似乎也不太实际。我们要学习唐宋词忠实的写作态度、真挚的内容以及诗意的表达方式,同时总结出词体衰落的原因,以益于今天的歌词创作。这样才有可能从整体上提高流行歌词的创作水平。

参考文献

[1] [美] E·潘诺夫斯基:《视觉艺术的意义》,辽宁人民出版社 1987 年版。

[2] 傅培凯:《中国当代情歌词作现状及批判》,《哈尔滨学院学报》2004 年第 3 期。

[3] 胡遂、习毅:《论唐宋词与燕乐之关系》,《湖南大学学报》2004 年第 6 期。

[4] 黄昭寅、张士献:《唐宋词史论稿》,山东大学出版社 2006 年版。

[5] 孔凡礼:《苏轼文集》,中华书局 1986 年版。

[6] [清] 况周颐著,王幼安校订:《蕙风词话》,人民文学出版社 2005 年版。

[7] [后晋] 刘昫:《旧唐书·穆宗记》,中华书局 1975 年版。

[8] 吕君丽:《从唐宋词到当代流行歌词》,《美与时代》2006 年第 2 期。

[9] 缪钺:《缪钺说词》,上海古籍出版社 1999 年版。

[10] 钱锺书:《宋诗选注》,三联书店 2001 年版。

[11] [美] 苏珊·朗格:《情感与形式》,中国社会科学出版社 1986 年版。

[12] 唐圭璋:《词话丛编》(第一册),中华书局 1986 年版。

[13] 唐圭璋、上疆村民:《宋词三百首笺注》,人民文学出版社 2005 年版。

[14] 王国维:《王国维文学论著三种》,商务印书馆 2001 年版。

[15] 王国维著,徐调孚注:《人间词话》,人民文学出版社 2005 年版。

[16] 许自强:《歌词的音乐性》,《词坛文丛》2008 年第 11 期。

[17] 杨合林:《李清照集》,岳麓书社 1999 年版。

[18] 袁行霈:《长吉诗歌与词的内在特质》,《第一届词学国际研讨会论文集》,台湾中研院研究所 1994 年版。

[19] 赵保安:《歌词流变及其创作思考》,《渤海大学学报》2006 年第 5 期。

[20] [清] 周济:《介存斋论词杂著》,人民文学出版社 1998 年版。

指导教师评语

古代文学研究一方面要注意还原,另一方面也要关注其研究的当代性问题。鲁娟同学选择了唐宋词和当代流行歌词之间的关系这一个课题进行研究,视野较为开阔。论者认为唐宋词也是当时的"流行歌词",尽管和当下的流行歌词是存在于不同的时空,但是性质的类似使得唐宋词创作得失的经验与教训对当代流行歌词的创作具有了一定的借鉴价值。论者从创作心态、审美层次、作者变化、表达方式、词体合乐、词人形象等多个方面探究了其启示作用,尤其重在分析了唐宋词自身的特点及其由兴盛至衰亡的整个发展过程对当代流行歌词的借鉴意义,思辨性较强。全文论述辩证而严谨,言之有据,论之成理,层次明晰,行文也较规范,不失为一篇较为优秀的论文。(叶文举)

从《醉翁亭记》看"六一风神"

陈方方 *

　　欧阳修号"六一居士",其散文纡徐委曲、条达舒畅、明白易晓的美学风格被称为"六一风神"。它渗透于欧阳修的各体散文中,尤以抒情散文见长,《醉翁亭记》就是这样一篇佳作。

　　《醉翁亭记》在有限的篇幅中,尽显结构的曲折有致。题目本身就给读者提供了"错误"的接受预示,使读者根据以往的阅读经验形成准备欣赏咏亭的期待视野。但第一段用层层铺垫,唤出景物的中心——醉翁亭,迎合了读者的期待后却又笔锋妙转,自问自答地引出名亭者——太守,背离了读者的期待。当读者发现景不过是一个大的背景,景中处处有个太守,太守才是全文的中心时,作者又转入对山间朝暮、四时之景的描绘,中断了对太守形象的塑造。而当读者沉浸于美景不能自拔时,太守设宴的热闹场面又推入眼帘,而美景再次作为背景退居于后。直至结尾,众人散去,剩下一个太守独自写文记宴,读者才发现中心的中心——太守之乐。《醉翁亭记》是对读者审美耐性的一次挑战,读者在阅读中不停地被接受预示"误导",期待视野始终处于顺逆结合的状态,并且不停地形成、矫正、重建。读者在完成对全文的欣赏后,更容易产生情感的共鸣和快感,因为这是一番自我思考的成果,同时读者会期待第二次阅读以加深体验。

　　从文中"醒能述以闻"的字句以及文中简约精当的议论,可以看出作者平和真挚的情,是"起源于在平静中回忆起来的情感"。这种冷却后用理性重新审视、加工的情感,比起当时当地刹那间的情感爆发更加真实流畅、全面可信。欧阳修把它浓缩为一个"乐"字,使之成为全文内在的逻辑线索。具体来说,山水、宴会、太守构成全文,而"乐"把三者有机融合并渗透其中。在对三者的叙述、描写、议论中,"乐"也不断地被深化和丰富。这集中体现在太守形象的塑造上。太守的外在形象来自于文章中穿插的

---

* 作者系安徽师范大学文学院汉语言文学专业 2009 届本科生。该文发表于《学语文》2008 年第 2 期。

速写勾勒,如"饮少辄醉,而年又最高"、"苍颜白发、颓然乎其间",而其内在神韵却得益于"乐"的丰富性。"乐"既有政治失意寄忧于山水的勉而为乐,又有与民同乐陶然于山水宴会的真情之乐,又有酒醒后以文记宴的文雅之乐。因此,"乐"的主体——太守,也就不是一个简单的扁形人物。他娱游山水却不轻松,喜欢众乐却又固执地保持一个士大夫内心的自我境界。

在形式上,二十一个"也"是全文最大的创新,作为判断句句尾的语气词,它们减弱了判断句的硬性,增加了娓娓而谈的纡徐之气。"也"的音长较长,与句尾的句号组合,延长了句子间的停顿。这种停顿上的绵长,使全文呈现出一种从容淡定,与字里行间所传达的悠闲而又稍带忧愁的情调相吻合。此外,"也"字使读者在停顿时,无意中加深了对"也"字前面词语的印象。以第一段为例,简洁的语句中包含大量景物。"也"字的加入,使读者面对一呼即出的众多景物,有足够的时间对其地理位置在脑海中布局,找出中心,形成错落有致、层次分明的图画。

《醉翁亭记》虽是以第三人称叙述山水、宴会、太守,却没有和读者形成距离,得益于三方面。首先,文章结尾处点明了太守的身份是"庐陵欧阳修",从而使叙述者和主人公合二为一,淡化了客观叙述视角带来的隔膜感。其次,文本的召唤式结构,调动了读者与作者进行交流的积极性,通过对文本的欣赏,读者逐步加深对作者的了解,拉近与作者的距离。再次,欧阳修的这篇文章,用明白质朴的语言所传达出来的真挚情感和长者的宽厚之气,使读者感到亲切,从而自觉地走进它,感受山水之乐,体会醉翁之意。这种平易近人的文风使得士林文学也能够被大众所接受,并成为宋文的主导风格,促进了宋文的生活化、通俗化。

指导教师评语

欧阳修的散文向以风神著称,《醉翁亭记》就是这方面的代表作。虽然学界对欧阳修散文特别是《醉翁亭记》所体现的"六一风神"颇多论述,但本文仍不乏作者的心得。作者除了运用常用的分析方法,还借鉴了期待视野、召唤结构等理论,对《醉翁亭记》所体现的"六一风神"作了新的解读,虽然在使用这些理论术语时偶有生涩之处,但总的来说,所作分析符合作品的实际,体现了作者较好的艺术感受力和一定的理论素养。(叶帮义)

历史的神合
——《望海潮》和《醉翁亭记》

沙婷婷 *

柳永的《望海潮》与欧阳修的《醉翁亭记》,一者为词,一者为文,差异之大不言而喻,可二者在艺术手法和时代气象上颇有神合之处。

这两篇作品都采用了赋的手法,即用铺陈的手法来写景。《醉翁亭记》是一篇赋。作者用十多幅图画描绘了一幅山水游乐图:环游皆山、西南诸峰、峰回路转有亭翼然临于泉上、日出而林霏开、云归而岩穴暝、野芳发而幽香、佳木秀而繁阴、风霜高洁、水落石出,还有滁人游山、太守宴乐、禽鸟鸣乐等生活图景。《望海潮》是一首长调,体制上的新变,使得作者一改此前词人含蓄蕴藉的比兴方式,而改为以赋入词,铺陈其事。词中用八幅图画组成了壮丽的都市风情画卷:杭州鸟瞰图、都市全景图、钱塘江潮涌图、市场繁荣图、山光水色图、四时风光图、市民游乐图、太守宴游图。

如果进一步观察,会发现这些图景不仅是美丽的,还都笼罩着游乐的氛围。如《望海潮》写山光水色是"重湖叠巘清嘉",欧阳修笔下则是层峦耸翠的琅琊山,水声潺潺的酿泉。《醉翁亭记》写四时风光是"野芳发而幽香,佳木秀而繁阴,风霜高洁,水落而石出";《望海潮》则选取了最具有杭州特色、也最能体现季节变化的秋桂和夏荷两种典型的景物。《望海潮》写市民游乐是"羌管弄晴,菱歌泛夜,嬉嬉钓叟莲娃";《醉翁亭记》则是"负者歌于涂,行者休于树,前者呼,后者应,伛偻提携,往来而不绝"。《望海潮》写太守宴游是"千骑拥高牙,乘醉听箫鼓,吟赏烟霞"的盛大场面;《醉翁亭记》中亦写太守食山肴野蔌,品酿泉之酒,或射或弈,酣然而归。两者所写图景无论在内容还是情调上何其相似!这种在山川的描绘中体现出游乐的氛围,正是汉赋的流风余韵。由此可以见出,柳永的《望

*作者系安徽师范大学文学院汉语言文学专业 2009 届本科生。该文发表于《学语文》2008 年第 4 期。

海潮》与欧阳修的《醉翁亭记》，在赋的手法和精神上都有着高度的契合之处。考虑到这两首作品在文体上的巨大差异，我们很难说这些契合之间存在着借鉴，更多的则是两位文人因为身处相同时代，同样为时代的美景乐事所打动，从而在不经意间完成了历史的神合，并体现出一种共同的时代气象（太平气象）。古往今来文人墨客常感慨良辰美景虚设，仿佛美景和乐事真的是"二难并"。然而这两篇作品将美景和乐事统一了起来。这一片繁荣的景象和游乐的氛围，正从一个侧面折射出了社会的太平气象。

这种跨越文体而呈现出的神合，又能给我们什么启示呢？如果我们联系到这两首作品都是出现在北宋前期比较承平的仁宗时代（欧文作于宋仁宗庆历六年，柳词一说作于宋仁宗皇祐年间），或许会明白其中隐含的某种历史信息。宋仁宗在位 42 年，国家安定太平，城市经济空前繁荣，号称"太平盛世"。这也是柳永的《望海潮》与欧阳修的《醉翁亭记》虽然文体不同，但时代气象神合的根本原因所在。而这种气象出现在词中显得尤其引人注目。宋人对柳永词颇多非议，但对柳词中展现的"太平气象"不乏好评。柳词中的"太平气象"与欧文如此契合，说明那个时代确实是比较安定繁荣的时代，而这也正是宋词繁荣并逐渐显示出不同于五代词的时代风貌的原因所在。宋人李清照在《词论》中指出："五代干戈，四海瓜分豆剖，斯文道熄。独江南李氏君臣尚文雅，故有'小楼吹彻玉笙寒'、'吹皱一池春水'之词。语虽甚奇，所谓'亡国之音哀以思'也。逮至本朝，礼乐文武大备。又涵养百余年，始有柳屯田永者，变旧声作新声，出《乐章集》，大得声称于世。"①李清照对柳永词本有不满，但在这里还是对其在宋词中的崇高地位给予了足够的重视。她特别指出柳词"变旧声作新声"与"涵养百余年"有关。如果我们将"变旧声作新声"理解为"以赋入词"及其展现出新的时代气象，那么"涵养百余年"就可以理解成时代为这种新声提供的社会土壤。赋的手法在词中的运用，得益于柳永对慢词的发展。慢词和小令相比篇幅加长了，不再局限于裙裾脂粉、伤春离别，可以向更广阔的社会内容拓展。在篇幅允许的前提下，采用赋的手法，可以对都市生活进行铺张渲染，都市的繁华和太平的气象便跃然纸上。这样宋词既得到了时代土壤的恩赐，同时又把这种恩赐以艺术的方式表现出来，很

---

① 徐北文主编：《李清照全集评注》，济南出版社 1990 年版，第 245 页。

好地回报了时代。宋词正是在这种恩赐与回报中获得了繁荣。柳词作为时代的新声,正是宋词繁荣的最佳体现;而欧文以其与柳词的神合,充分说明宋词的繁荣离不开时代的繁荣,这也就为李清照的论断提供了一个生动的佐证。

指导教师评语

《望海潮》和《醉翁亭记》之间本来没有直接的联系,而且差别很明显:一者为词,一者为文。但作者善于异中求同,发现了二者很多的相似之处。难能可贵的是,作者在分析二者的相似时,并没有停留在表面上的相似,而是从它们共同使用的赋法入手,考察其背后所蕴含的游乐氛围与社会的太平气象,二者可谓神合。从词的繁荣角度来看,这种神合体现了词与时代之间、词与其他文体之间的密切关系,蕴含着丰富的文学史信息。选题虽小,挖掘较深,体现出作者敏锐的文学史眼光。(叶帮义)

论苏轼和陶诗、词、文之异同

段梦云 *

陶渊明留下的诗歌数量虽不多，但他所开创的古朴自然的田园诗风、轻落尘外的审美境界，以及他不为权贵折腰的卓然傲骨、超然旷达的人生态度、悠然自适的隐逸志趣和随性洒脱的诗酒风流，使之在中国文学史上不仅是一位杰出的诗人，更成为一个文化符号，从而对后世士人形成典范意义。

苏轼深受陶渊明的影响。他拨开历史尘埃，重新发现了陶渊明，并引以为旷古知音。他对陶渊明不独仰慕其为人，而且酷爱其诗，所创作的和陶诗达百余首之多。苏轼的词与文亦不乏追和陶诗的作品，虽然数量不多，却也独具特色。这些和陶作品记载着两位"萧条异代"的伟大诗人穿越时空的对话与交流。相近的创作缘由、类似的风格特征和相同的写作目的，使三种和陶之作呈现出某些共同特征。但由于文体不同，同样是和陶之作，内容与风格等方面有着显著的不同：和诗严守陶韵，内容丰博；和词隐括陶意，采陶精髓；和文承继陶性，所写随意，从而形成了诗庄整、词素丽、文随性的不同风格。这却恰恰是研究者所忽略的问题，故本文拟就苏轼和陶之诗、词、文之间的异同点进行比较和论述。

一

苏轼和陶之诗、词、文虽有诸多差别，但追慕对象的同一性，抒写情感的一致性以及作品风格的相似性，使三者又形成共同的风貌。

首先，苏轼的和陶之作都源于仰慕陶渊明的为人而喜爱其诗。苏轼曾说："吾于渊明，岂独好其诗也哉？如其为人，实有感焉。"（苏辙《和陶

---

*作者系安徽师范大学文学院汉语言文学专业 2010 届本科生。

渊明诗引》)①他对陶渊明为人之"真"推崇备至:"欲仕则仕,不以求之为嫌;欲隐则隐,不以去之为高。饥则扣门而乞食;饱则鸡黍以迎客。古今贤之,贵其真也。"故"欲以晚节师范其万一也"②。从其词《江城子》(梦中了了醉中醒)"只渊明、是前生"、其文《书渊明东方有一士诗》"我即渊明,渊明即我"的表述中,可以清楚看出苏轼对陶渊明有着强烈的人格认同感和前世今生的旷代知音之感。正是这种人格的仰慕,使苏轼拨开六百多年的历史尘雾,重新发现了陶渊明,并将陶诗提高到前所未有的高度,"质而实绮、癯而实腴,自曹、刘、鲍、谢、李、杜诸人皆莫及也"③。他自述在江州东林寺得到《陶渊明诗集》后,"每体中不佳,辄取读,不过一篇,惟恐读尽,后无以自遣耳"(《书渊明羲农去我久诗》)。体中不佳,以读陶自遣,惟恐读完陶诗而无以自遣,竟强制自己每次只读一篇,不仅使对陶诗的喜爱溢于纸背,而且足见苏轼晚年已经把陶诗作为自己的精神家园了。

其次,苏轼和陶之作皆借和陶而抒写贬谪生涯之抑郁。苏轼"晚喜陶渊明,追和之者几遍"(苏辙《亡兄子瞻端明墓志铭》)④,夺他人酒杯浇自己心中块垒,是古代文人常见的手法。借和陶而抒写抑郁,是苏轼和陶的根本动因。《与程全父十二首》其十曰:"仆焚毁笔砚已五年,尚寄味此学,随行有《陶渊明集》,陶写伊郁,正奈此耳。"历经了宦海沉浮,体验过生离死别,阅历遍世间万象,晚年又万里投荒,苏轼有满腔的骨鲠需要倾吐,于是借和陶以抒写忧愤,宣泄郁闷。如《和陶怨诗示庞主簿邓治中》:"当欢有余乐,在戚亦颇然。渊明得此理,安处故有年。嗟我与先生,所赋良奇偏。人间少宜适,惟有归耘田。我昔堕轩冕,毫厘真市廛。归来卧重裀,忧愧自不眠。如今破茅屋,一夕或三迁。风雨睡不知,黄叶满枕前。宁当出怨句,惨惨如孤烟。但恨不早悟,犹推渊明贤。"在借陶渊明的超然自适而自宽自慰中,分明透露出贬谪生活的落魄与困窘;在"我昔堕轩冕"的追悔中,又浸透"人间少宜适"的牢骚与愤激。上面所论及的《江城子》一词亦复如此,从表面看,是说自己躬耕东坡,而东坡景致与陶渊明诗中的斜川之境十分相似;深层则表达了自己同躬耕陇上的陶渊明在精神心性上

---

① 袁行霈:《陶渊明集笺注》,中华书局 2004 年版,第 662 页。

② 袁行霈:《陶渊明集笺注》,中华书局 2004 年版,第 662 页。

③ 袁行霈:《陶渊明集笺注》,中华书局 2004 年版,第 662 页。

④ 邹同庆、王宗堂:《苏轼词编年校注》,中华书局 2002 年版,第 993 页。

的契合,以及在人生抉择上的趋同。"走遍人间,依旧却躬耕",除了展现了与陶渊明的心有灵犀,也表现了同陶渊明一样的与世乖违,语中亦不乏抱怨之情和不平之气。苏轼和陶缘己情而起、承陶性而来,处处遵循陶情,又处处抒泄己郁。故王文诰说:"公之和陶,但以陶自托耳。"①苏轼"所追求的不止是诗歌艺术的完满,更重要的是精神境界的完成"②。这也正是苏轼和陶作品共同的特点。

再者,归于平淡是苏轼和陶之作的基本风格。苏轼"师范"陶渊明,陶诗质朴平淡的风格便也是他有意"师范"的对象之一,其和陶作品中虽也有"金刚怒目"一面,但更多地呈现出一种平淡朴实的风格。这平淡又绝非淡乎寡味,而有着十分丰富的内涵。苏轼称赞陶渊明的诗"质而实绮,癯而实腴",而他自己的和陶作品也正是力求师法陶诗的精神和风调,体现出与陶渊明共同的审美特质。如《和陶游斜川》一诗,其中"春江渌未波,人卧船自流"一句,纯用白描与叙述,但在看似质朴的描述中,却呈现出美妙的诗境,秀丽灵动,质而实绮,又寓有"自然之乐"。同样与陶《游斜川》诗相关的《江城子》一词中,"都是斜川当日境"一句亦是如此,出语简淡,却能将陶渊明笔下所描写的无限风景蕴于其中,给人无限的遐思。再如其文《书渊明述史章后》:"渊明作《述史九章》、《夷齐》、《箕子》,盖有感而云。去之五百余载,吾犹知其意也。"全篇仅寥寥数句,看似简单叙述,却表达出异常丰富的内涵。不仅解读了渊明之诗,表达了对陶诗的赞赏态度,而且寄予了自己的深思与感慨。不仅表现出一种令人感动的心有灵犀,还表达出一种虽去五百载,"吾犹知其意"的肯定与自信。可见,苏轼的和陶作品都同陶诗一样,皆是"质而实绮,癯而实腴"的典范。

二

然而,由于诗、词、文选取的题材内容不同,文章体制有别,表达手法各异,使苏轼和陶之作表现出了不同的文学风格。

苏轼曾致书其弟苏辙,说:"古之诗人,有拟古之作矣,未有追和古人者也,追和古人则始于东坡。"③可见,苏轼追和陶诗,实乃有意为之,是将

---

① 苏轼著,王文诰辑注,孔凡礼点校:《苏轼诗集》,中华书局 1986 年版,第 2107 页。
② 安熙珍:《苏轼"和陶诗"二题》,《学术研究》2004 年第 7 期,第 135 页。
③ 袁行霈:《陶渊明集笺注》,中华书局 2004 年版,第 662 页。

和陶诗作为一种文学发展史上的独创而致力求新。因此和陶诗的内容丰赡,题材亦有拓展。总括言之,有以下三点:第一,继承早期的社会批判内容。苏轼一生屡遭迫害,曾因"乌台诗案"而罹祸,友人也曾劝他"休问事"、"莫吟诗"①。然面对官场黑暗、民生疾苦,如骨鲠在喉,不吐不快。其和陶诗少数篇章仍然继承早年犀利诗风,如《和陶拟古九首》其六将矛头直指朱初平、刘谊两大贪官,揭露其生活奢靡,贪得无厌,对百姓的悲惨遭遇充满深切同情和深深忧虑。第二,优游于愤激与旷达之间。苏轼平生既心系庙堂,胸怀天下,然所追求的社会价值无法实现,使其诗多鼓荡着勃郁不平之气;但他又深受佛道思想的熏染,在现实碰壁之后,较一般入世士人多了一份超然与旷达,故其诗有愤激也有超脱。其和陶诗亦复如此。如《和陶饮酒》其一,诗人既能从酒中识得真趣,即便无酒,空杯自持,亦能自得其乐;然而,人生失意,又无酒盈樽,有谁能说诗人超脱的背后不是浸透着心情的悒郁呢?第三,拓展了诗歌题材。苏轼谪居岭南,但"此心安处即吾乡"(《定风波·常羡人间琢玉郎》)的旷达襟怀使他很快喜欢上了这片谪居之地,因此和陶诗中出现了不少表现岭南风土人情的诗篇。如《和陶归园田居》其四:"君来坐树下,饱食携其余。归舍遗儿子,怀抱不可虚。"岭南老父热情邀请诗人至其树下品尝荔枝,并嘱他饱食之后,将剩余的荔枝带回"遗儿子",并谆谆告诫诗人不许空手而归。最妙的是诗歌后两句,"有酒持饮我,不问钱有无",要求诗人有酒持来"饮我",没有任何客套和虚与委蛇,使老翁的率真可爱和场面的生动活泼跃然纸上,足见岭南民风的淳朴、乡情的淳厚,以及诗人与老翁之间的真挚情感。

苏轼和陶词与和陶文的内容,相对和陶诗而言则要简单得多。

和陶词内容集中在对陶渊明原诗的隐括和对自我襟怀的抒写两方面。如《哨遍·为米折腰》首先是对陶渊明《归去来辞》的隐括,字字皆为陶诗之境,句句皆写渊明之事,然又处处有一个"我"在。下阕写陶渊明的人生观、价值观,但又无一不是苏轼自己的思想观念。在括写陶渊明的背后,抒发的是自己的"归去"之愿。再如《江城子》开篇即点明"梦中了了醉中醒"——只有在梦中才能明了,醉时才更清醒,无奈而孤寂的心绪浸透

---

① 叶梦得《石林诗话》卷中载,苏轼遭贬,通判杭州。离京时,好友曾劝他道:"北客若来休问事,西湖虽好莫吟诗。"[宋] 叶梦得:《石林诗话》(卷中),中华书局 1991 年版,第 12 页。

字里行间。其语言之外,则又有"众人皆醉我独醒"、"举世皆浊我独清"的况味。"只渊明、是前生。走遍人间、依旧却躬耕",则表现出苏轼在思想感情、人生志趣等方面与陶渊明趋同的倾向。"都是斜川当日境,吾老矣,寄余龄",在表达对陶渊明人生抉择的赞赏之情中,也隐隐透露了自己对于归隐田园的意愿。苏轼的和陶文皆为短章,主要抒写由陶渊明其诗或其人而引发的思考与感想,也是作者对陶渊明其人及其诗具有情趣性的接受和阐释。这类作品在苏轼文集中大致归属于史评和题跋两类文体之下,但又绝不同于寻常之史评与题跋。在苏轼的笔端,虽是评论,但评中抒情,不仅表现了对文本、事件或陶渊明其人的欣赏,更突显了与陶心灵的沟通。虽是题跋,但所题之辞全是对读陶而引起的随想、趣想的记录,在对自己人生旨趣的表达中表现出对陶渊明人生境界的真情呼应。这些作品所写的内容相当随意,但细细咀嚼,那些随感而发的慨叹、随性而品的感想,却使读者见到一个更生活化、更真实而有情趣的东坡。如《题渊明诗》其一,由陶诗"平畴返远风,良苗亦怀新",引出"非古之偶耕执杖者,不能道此语,非余之世农,亦不能识此语之妙也"的感叹。一方面表现对陶渊明以归隐田园为志并躬耕实践的肯定与赞扬,另一方面又言"非余之世农"不能识得陶诗之妙,显现其异代知己的心灵相通。这种解读和点评,看似自由而随性,但作者的心中褒贬与价值取向已了然于外,平淡之中透出深刻的人生哲思。

诗、词、文三种截然不同的文体,使苏轼和陶作品所选取的写作形式和手法亦是大不相同。诗歌发展到宋代,其格律与句法皆已成熟之至。苏轼和陶诗是以和韵的形式来追和陶诗,故又不得不受到陶渊明原诗诗韵的限制,因而更有"戴着镣铐跳舞"的感觉。而和陶词与和陶文,则并未步韵追和,只是发挥陶意、抒写性灵而已,故写作更加自由灵活。其词重在隐括陶意,注重对陶诗真意和神韵的发掘,以抒一己之怀抱;其文则主要由陶诗生发开来,抒写人生感悟与哲思,带有随笔性质,因而更注重师承陶性。以不同的形式和手法表达不同的内容,使苏轼和陶之作各自形成不同的风格。概言之,诗庄整,词素丽,文随性。

和陶诗虽首首借陶自托,手法灵活多样,且常"出新意于法度之中"(苏轼《书吴道子画后》)[1],却篇篇谨遵陶诗声律,又有宋诗之严整,从而

---

① 苏轼著,王文诰辑注,孔凡礼点校:《苏轼文集》,中华书局 1986 年版,第 2210 页。

形成和陶诗庄整的特点。如"坐倚朱藤杖,行歌紫芝曲。不逢商山翁,见此野老足。愿同荔支社,长作鸡黍局"(《和陶归园田居六首并引》其五),"三杯洗战国,一斗消强秦"(《和陶饮酒二十首并叙》其二十),"丈夫贵出世,功名岂人杰"(《和陶郭主簿二首并引》其二)等,均是属对精严。然而,苏轼和陶诗却又能超越原韵与格律束缚,自由抒写性灵。如王文诰所说,"有作意效之,与陶一色者;有本不求合,适与陶相似者;有借韵为诗,置陶不问者;有毫不经意,信口改一韵者"①,虽依韵和之,或承陶意,或露本色,挥笔即就,游刃有余,且手法灵活多变,不拘一格,使诗歌端庄而高妙,严整亦自然——"带着镣铐跳舞",却跳得无比自如。此外,和陶诗也与苏轼诗歌一以贯之的风格有内在的一致性。苏诗常善于以超越视角的方式,在弘阔的时空范围内展开诗歌意象,从而创造阔大的境界。这在和陶诗中也有着鲜明的体现,如"环州多白水,际海皆苍山"(《和陶归园田居》其一)便是如此;而"三杯洗战国,一斗消强秦"(《和陶饮酒二十首并叙》其二十),杯盏间数百年的时光移行换影,无数惊天动地的旧事洗消殆尽。阔大的意境与跳跃的结构,使苏轼和陶诗在平淡自然中融入了一些与陶诗不同的结构元素。

和陶词与和陶文则是自由率性之作,不受陶作艺术形式的拘限,只期于达意,故风格也与和陶诗大不相同。和陶词,既受陶诗风格的影响,也必然受词体风格的影响。陶诗的"质而实绮"、东坡词闲旷之中的素丽,在和陶词中都有清晰的印记。如上文所举之《江城子》,不消说所描绘雪堂景色的淡雅素丽,仅"斜川当日境"一句,就不免勾人想起渊明游斜川时"临长流,望曾城,鲂鲤跃鳞于将夕,水鸥乘和以翻飞"②的美好景色,这景色美而不艳,素淡雅致,如一幅灵动的水墨画,不仅是陶诗之美,也是苏词之美。既而,东坡雪堂,雨后新晴,乌鹊唱,暗泉鸣,北山倾,小溪横,像一个不曾间断的镜头缓缓推移,循序展览。"都是斜川当日境",更是宕开一笔,转向悠远不尽的想象之中,始终以最大限度的平和与超脱展开行文,悠然而有余味。

苏轼和陶文则往往是茶余饭后、酒毕话间,灵感随性而起,挥笔即就的一些短章。随性为其一大特征。如《渊明非达》和《渊明无弦琴》二文,皆

---

① 苏轼著,王文诰辑注,孔凡礼点校:《苏轼诗集》,中华书局 1986 年版,第 2107 页。
② 袁行霈:《陶渊明集笺注》,中华书局 2004 年版,第 91 页。

是因渊明《无弦琴》诗中"但得琴中趣,何劳弦上声"句而发的感慨,所得却截然不同。前文认为"无琴也可,何独弦乎",而得出渊明非达之慨;后文则是说琴本非无弦,亦非渊明不知音,而是"弦弊坏,不复更张,但抚弄以寄意,如此为得其真"。针对同一事件,却有两种完全不同的感想和接受,可见东坡是此一时之感此记之,彼一时之物彼复记之,足见其写作内容的随性和写作方式的随意。这种随意与随性,使之如一个老人闲时的自我絮说,没有任何饰染和技巧,落尽繁华,唯见真淳。他的这些短文看似"枯淡",实则"外枯而中膏,似淡而实美"(苏轼《评韩柳诗》)①。如《书渊明归去来序》,是苏轼读《归去来辞》,尤其是其中"幼稚盈室,瓶无储粟"一句而引发的感想,看似"聊为好事者一乐",实际上,苏轼借"储粟"之"瓶"而自我发挥,不仅可以见到一个幽默率真而富有情趣的东坡,且在这自我发挥中深含着对陶渊明的褒赏。圆活流转间透露出丰富的信息,真可谓是"发纤秾于简古,寄至味于淡泊"(苏轼《书黄子思诗集后》)②。

三

同样为和陶之作,三种文体的风格为何又会有如此较大的差异呢?究其原因,主要有以下两个方面。

第一,体裁的限制。每一种文学体裁都有自己的特点,诗、词、文三种完全不同的体裁,也就使得同为苏轼的和陶之作,却必然呈现出不同的风格。在古代诗歌中,拟古诗可谓是源远流长。早在魏晋六朝时期,鲍照拟古已是登峰造极。和韵诗也同样有着久远的传统,历代士子文人之间的唱和,一方面是他们思想与情感交流的重要形式,另一方面也形成了中国诗歌史上别致的风流。如白居易《醉赠刘二十八使君》与刘禹锡《酬乐天扬州初逢席上见赠》便是流传千古的佳唱。苏轼和陶诗是在前人荫泽之下,融合了拟古与和韵诗的特点。所以其和诗虽旷放洒脱,却也不可避免地受到在前辈拟古与和韵诗创作中所形成的传统和规律的约束。他严格依从陶诗之韵,诗歌的内容也或多或少与陶原诗相关。又由于受"诗言志"以及诗歌既典且雅风格传统的影响,宋诗多表现相对严肃而庄重

---

① 苏轼著,王文诰辑注,孔凡礼点校:《苏轼文集》,中华书局 1986 年版,第 2110 页。
② 苏轼著,王文诰辑注,孔凡礼点校:《苏轼文集》,中华书局 1986 年版,第 2124 页。

的题材,故苏轼和陶诗多表现关乎政治和人生的内容,从而形成了端庄而严整的风格特点。但是词却完全不一样。在陶渊明生活的年代,词这一文学体裁远远没有形成,苏轼以词和陶也没有所要依照的传统和遵循的规律。因而其和陶词便有了更大的主动性和自由性,可以放开手脚,任意发挥。所以苏轼的和陶词,有或隐括陶诗、或感陶而作等新颖而自由的形式。另外,词的重要特点是它的音乐性与柔媚性,所以苏轼隐括陶诗既为"使就声律",适于扣节而唱,又带有鲜明的词的审美属性,这就使得苏轼和陶词在表达旷达的精神之时,融入秀丽的风景,运用和谐的声律,因而表现出素雅流丽之美。而散文,特点之一便在于其散。散,故皆随作者笔至而就,所写全由作者一人而定。以文和陶,自然也不必像和陶诗那样严整,而是抒写与陶渊明相关的人生感悟与哲思。虽缘诸于陶诗,但表达方式却自由而率性,表达内容则随性而随意。

第二,与苏轼的创作态度相关。和陶诗、词、文三种不同的文体表现出各不相同的文学风神。这三种文体中,创作时间最早的是和陶之词。它们或许只是苏轼不经意间灵感一现创作而成,只是零星几首并不成规模。但这几首词却为十来年后大规模地追和陶诗提供了思想的启发和艺术的准备。相比而言,和陶诗则是苏轼有意为之的结果。他曾不无自豪地说:"吾前后和其诗凡一百有九篇,至其得意,自谓不甚愧渊明。"①所以,较之词与文,和陶诗的内容广博而严肃,形式严整而端庄,规模较大而自成体系。至于其和陶文,则与苏轼笔记小品文的风格十分相似。辞能达而气通脱,圆活流转而自然率真,字数寥寥却韵味隽永。袁中道在《答蔡观蔡元履》中说:"东坡可爱者多其小文小说……使尽去之,而独存其高文大册,岂复有坡公哉!"②苏轼晚年尤喜写这一类的"小文小说",这类文章脱尽桎梏,而更表现出一个真性情的自我。其和陶文所体现出的风格,可以说与此不无关系。

概括地说,苏轼的和陶诗、词、文既有共同的审美属性,又具不同的审美风格。唯因如此,三种文体互相补充,相得益彰。它们是陶、苏精神相交的产物,但反过来,也正是以这些和陶之作为载体,才使两个缱绻的诗魂虽生异代而心灵相通,从而写就了中国文学史上这一页独具魅力的不朽篇章。

---

① 袁行霈:《陶渊明集笺注》,中华书局 2004 年版,第 662 页。
② [明] 袁中道:《袁小修文集》(上),中央书店 1936 年版,第 195 页。

参考文献

[1] 安熙珍:《苏轼"和陶诗"二题》,《学术研究》2004 年第 7 期。

[2] 苏轼著,王文诰辑注,孔凡礼点校:《苏轼文集》,中华书局 1986 年版。

[3] 袁行霈:《陶渊明集笺注》,中华书局 2004 年版。

[4] [明] 袁中道:《袁小修文集》,中央书店 1936 年版。

[5] 邹同庆、王宗堂:《苏轼词编年校注》,中华书局 2002 年版。

指导教师评语

苏轼和陶是引起后人广泛关注的文学现象,已经有了很多研究成果,研究得最多的是和陶诗。在和陶诗之外,苏轼还有些隐括、改写陶渊明作品的词和文,也可以宽泛地理解为和陶之作。本文正是将苏轼所有和陶、隐括陶作作为一个整体来研究,这是本文选题可取之一。其次,本文摆脱比较苏作与陶作的传统思路,不再纠缠苏作与陶作像与不像的问题,而是侧重于苏作,侧重于苏作不同文体之间的异同。其三,文章的结构较为合理。第一部分谈苏作不同文体之同,第二部分谈其异,第三部分谈其异同之缘由,层次明晰,逐层深入。其四,文中关于其不同文体之间差异及其原因的探讨,切合苏作实际,概括得当,富有新意。但第一部分有些内容较为宽泛。(胡传志)

论范成大使金纪行诗的
田园内涵

李　娟 *

　　范成大的七十二首使金纪行诗是他在乾道六年(1170)以"祈请国信使"的身份出使金国时所写下的一组七言纪行诗。诗人以近乎日记的形式记录下了北方广大沦陷地区山河破败的景象和金人铁骑对当地人民的蹂躏,"到一处、遇一事,就有一处一事的观察和反映,随时随地描写陷金地区的种种真实情景,而贯串在这些反映和描写之间的则是一条极鲜明有力的爱国思想的线索,使七十二篇绝句,构成了一个有机的整体。"① 陆游当年曾称赞范成大说:"其使虏而归也,尽能道其国礼仪、刑法、职官、宫室、城邑、制度,自幽蓟以出居庸、松亭关,并定襄、五元以抵灵武、朔方,古今战守离合,得失是非,一皆究见本末,口讲手画,委曲周悉,如言其国内事,虽虏耆老大人,知之不如是详也。"② 因此历来研究也多关注其主题思想方面,着重论述诗人面对故国旧土时的强烈而复杂的爱国情感。然而这七十二首使金纪行诗并不全都在抒发爱国情感,其中的《西瓜园》、《邯郸道》、《大宁河》等篇,极富田家隐逸风味,并无明显的爱国倾向,反而与范成大前后期的田园诗创作有着千丝万缕的联系。

一、使金纪行诗中的四类田园诗

　　不可否认,在范成大的七十二首使金纪行诗中,爱国主义占据主导地位,"忍泪失声询使者,几时真有六军来"更是脍炙人口的名句。组诗中或痛惜中原的山河破碎, 或揭露金人落后而野蛮的民族压迫, 或谴责懦

---

* 作者系安徽师范大学文学院汉语言文学专业2009届本科生。该文发表于《江淮论坛》2010年第1期。

① 周汝昌选注:《范成大诗选》,人民文学出版社1997年版,引言第21页。

② [宋]陆游:《筹边楼记》,曾枣庄等主编:《全宋文》(卷2202),上海辞书出版社2006年版,第95页。

弱无能的统治集团，或景仰古代抗敌报国的仁人志士，或反映北方遗民渴求恢复的愿望，或表达诗人爱国的深情以及尽节报国的决心，这与陆游、辛弃疾等人的爱国主义创作相比毫不逊色。然而，除了爱国热情，范成大的这组诗中还有一些别的内容，或描写北方特有的风物，或借古迹抒发自己的隐逸情绪，或反映北方农民的农家生活，语言清新活泼，大致可以分为以下四类。

第一，诗人借助北方特有的风物，如对酸枣棠梨等乡土之物的描绘，委婉地表达了故国沦丧的悲痛和失地人民渴望回归的愿望。虽然这些诗仍然围绕着爱国主义这一主题，但与《州桥》等篇忍痛直询和《双庙》等篇借古讽今相比则有了很大的区别。诗人不再高声呼喊，直抒胸臆，将自己的感情一览无余地展现出来。相反，诗人把自己的感情潜藏在清新的田园风光之下，乍一看轻松活泼，深深品味之后却又渗透出一层挥之不去的沉重，从而使感情更加深刻。诗人巧妙地借助题后自注，把自己含而未说的意思点破，达到不说而说的效果。如《西瓜园》："碧蔓凌霜卧软沙，年来处处食西瓜。形模濩落淡如水，未可蒲萄首蓿夸。"西瓜与蒲萄、首蓿一样，都是舶来品，此时在北方已是常见之物，诗人在诗中描绘了北方一个处处可见的西瓜园。"碧蔓"、"软沙"，绿黄二色对比鲜明却又和谐统一，充满了田家之美，然而"凌霜"一词却又猛然一寒，美丽的东西如何能经得起严霜呢？然而生长在北地的西瓜形状、味道却都不尽如人意，诗人已经隐隐地透露出了一丝遗憾。蒲萄首蓿在西汉时传入中原，李颀《古从军行》最后两句感慨道："年年战骨埋荒外，空见蒲桃入汉家。"盛唐的诗人是在感慨具有强大军事力量的唐王朝所进行的开边战争的残酷，而这在"祈请国信使"范成大听来却充满了丝丝苦涩。一方面，南宋军事力量薄弱，对金国俯首称臣，注定范成大的出使必然少不了受辱；另一方面范成大又渴望如苏武一样为国尽忠，所以他出使时对南宋皇帝说："无故遣泛使，近于求衅，不戮则执。臣已立后，仍区处家事，为不还计。心甚安之。"①可见他内心矛盾交织，在面对蒲萄首蓿时，他联想到唐人诗句，苦涩横亘心头，报国的赤诚忠心和对强大国力的渴慕逐渐鲜明起来。诗题旁还有一个自注："味淡而多液，本燕北种，今河南皆种之。"燕北为女真政权的居地，而河南则为北宋故都所在，燕北的西瓜如今遍布河南，国破

---

① [宋]岳珂：《桯史》，三秦出版社 2004 年版，第 141 页。

家亡之恨暗含其中。纵观全篇,诗人表面上似乎是在描写田家风光,清新恬淡,其中蕴含的深意却需要细细地品味。

又如《内丘梨园》:"汗后鹅梨爽似冰,花身耐久老犹荣。园翁指似还三笑,曾共翁身见太平。"鹅梨本为北方常见的水果,梨园在北方也是常见的田园风光,诗中透露出的浓浓乡土味,与后期《四时田园杂兴》中的"梅子金黄杏子肥,麦花雪白菜花稀"等句有相似之处,似乎昂扬的爱国主义情怀已经褪去。但是诗人在诗题后特意加上一个备注:"园户云:'梨至易种,一接便生,可支数十年。吾家园者,犹圣宋太平时所接。'""圣宋太平时"即靖康之难以前,距诗人出使已近五十年。梨树依然枝繁叶茂,硕果累累,但是山河却已破碎,物是人非之感不觉涌上心头。品尝着"太平时"栽种的梨树结出来的果实,面对的却是金人铁骑下的盼归之士,诗人情何以堪?

范成大在这类诗中表现出了高超的艺术技巧,小中见大,用意深婉,通过北地特有的田家风物描绘以及题后小注的巧妙运用,在田园风光背后寄托着自己的故国之思,把表层的轻快与深层的沉重进行对比,达到"以乐景写哀情,一倍增其哀乐"的效果。

第二,组诗中还有一部分诗并没有表现出明显的感情倾向,范成大通过对枣、梨、栗等北地常见风物的描绘,勾画出一幅中原风光图。诗人延续其一贯的田园诗创作风格,清新流丽,用通俗却又恰切的语言进行白描,丝毫不见范诗"喜欢用些冷僻的故事成语"的毛病[1],与《四时田园杂兴》有许多相似之处。如《大宁河》:"梨枣从来数内丘,大宁河畔果园稠。荆筐扰扰拦街卖,红皱黄团满店头。"诗人仅仅借助二十八个字就勾勒出了梨枣丰收、上市的热闹景象,简洁明快,通俗浅显。全篇没有一字生僻,也没有一处用典,如口语一般,从字里行间里读不出明显的爱国情怀,反倒是一股浓郁的乡土气息扑面而来。即使把这首诗从使金纪行组诗中抽出来放在范成大别的文卷里,也并无太多的不妥之处。

范成大在组诗中还有一首《良乡》也是描写枣、梨等北方特产的:"新寒冻指似排签,村酒虽酸未可嫌。紫烂山梨红皱枣,总输易栗十分甜。"与《大宁河》相同,这首诗走的也是平易轻快的路子,与使金纪行诗的总体格调是大不相同的。比起《大宁河》来,该诗似乎更加闲适。如果说《大宁

---

① 钱锺书:《宋诗选注》,人民文学出版社 2005 年版,第 194 页。

河》还要考虑到买卖问题,有人世的纷纷扰扰的话,那么这首诗更趋近于陶渊明"采菊东篱下,悠然见南山"的与世无争。一盏酸酒、几粒易栗就可以让诗人获得满足,忘记连日来所受到的侮辱,放下沉重的精神负担,沉浸在田园生活之中。

由此可见,范成大的使金纪行诗并不是一味的高歌,偶尔也会有几首乡间小调出现,轻快浅俗却又颇有生活乐趣,似乎是诗人见到北方风物时的随兴之作,并没有刻意融入沉重的思想感情。但是这样的诗作,却记录下了北方的物产民生,既具有史料价值,同时也反映了范成大对于田园生活的一贯关注,即使在出使金国时也不例外。

第三,诗人不仅写北方遗民的农家乐,更写了农家苦。这些生活的苦难,或由于金人的压迫,或由于生计的艰辛,让人读来不觉心酸。相对于南方来说,北方气候较为寒冷,不利于农作物的生长,再加上异族统治者的残酷剥削,生活颇为艰苦,终日操劳往往还无法果腹。如《赵故城》:"园翁但爱城泥煖,侵早锄霜种晚蔬。"诗中老农为了生计,不得不起早贪黑,锄草施肥,虽说有一些自食其力的田家之乐,但是也从侧面反映了农家生活的艰辛:如果不"侵早锄霜",又怎能填饱肚皮呢?又怎能缴纳各种苛捐杂税呢?

北方中原地区饱经战火洗礼,"颓垣破屋古城边,客传萧寒爨不烟",人民长期缺衣少食,到处都是断井颓垣,教育文化医疗卫生等设施都受到了极大地破坏,北方遗民们老不能有所养,病不能有所医,正如《望都》中所描绘的那样:"望都风土连唐县,翁媪排门带瘿看",题后还有一个小注:"县人多瘿,妇人尤甚。相传县东接唐县,病瘿者甚众,比县尽染其风土。"瘿是一种长在脖子上的肿瘤,有病治病本是天经地义的事,然而,望都、唐县的病瘿者却不得不忍受着病痛的折磨,与《赵故城》中描绘的艰辛生活相比,有过之而无不及。

可以说,诗人沿途之中一直都在关注着北方遗民们的生活境况,这既照应了爱国的主要思想线索,使得爱国的热情更富有层次,也增加了田园诗的表现内容,让诗人的眼界更加开阔,更加贴近农民日常生活。

第四,隐逸情绪在组诗中有所流露。诗人或借助典故,或咏怀古迹,或阐释佛理,表现了自己对功名的厌弃和对归隐石湖的向往。爱国之情仍在,但热情却已渐渐退却。诗人仿佛是一位迟暮的老人,已经洞穿了世事百态,只想回到田园,找寻心灵上的最后一丝静谧。如《邯郸道》:

"薄晚霜侵使者车,邯郸阪峻且徐驱。困来也作黄粱梦,不梦封侯梦石湖。"黄粱梦一典源于沈既济的传奇《枕中记》,讲的是卢生在邯郸旅店中遇见道士吕翁,自叹贫穷,道士借他一个枕头,要他枕着睡觉。此时店家正在煮小米饭,卢生在梦中享尽了一生的荣华富贵,醒来时却发现小米饭还没有煮熟。这个典故多用来形容富贵只是过眼云烟,转瞬即逝。此处范成大反用唐人旧典以吐露自己的心声,表明自己对于石湖的向往。石湖,位于诗人的祖籍——苏州城郊,也是他晚年隐居的地方。"不梦封侯梦石湖",既有不恋功名富贵的高尚节操,也蕴含着自己对于故乡的深深眷恋。

《范阳驿》则是借助佛典来表明自己的心扉:"邮亭逼仄但宜冬,恰似披裘坐土空。枕上惊回丹阙梦,屋头白塔满铃风。"题后还有一个小注:"涿州驿墙外有尼寺,二铁塔夹涂如雪,俯瞰驿中。"佛门本来就有"跳出三界外,不在五行中"的要求,范成大自己也是一个佛门信徒。此时范成大作为"祈请国信使"出使金国,身上背负着南宋皇帝交给他的不可能完成的任务,虽然此行他已经做了必死的准备,但是任人宰割的祖国怎不让人失意?失意的人最容易把佛经作为自己的精神寄托,产生人生如梦的感觉。

此时范成大只有 45 岁,正是仕途的黄金年龄,为何仕途大好的他会产生归隐的情绪呢?除了佛道思想的影响之外,对于当时南宋王朝的失望也是一个重要的原因。范成大本来是怀着一颗报国心来到金国的,在目睹了南宋君臣的昏庸无能、卖国求荣之后,在目睹了被异族奴役的沦陷区人民的悲惨遭遇之后,尤其是在目睹了"渔子不知兴废事,清晨吹笛棹船来"之后,他感到了前所未有的失望。恢复北方失地的理想被残酷的现实无情地打碎,诗人的报国热情渐渐淡去,遂萌生退意,有了"不梦封侯梦石湖"的想法。这类诗一方面间接切合本组诗的"主旋律",另一方面说明了隐逸思想已经在诗人的脑海里扎下根,暗示了诗人以后的人生道路和创作思想。

以上四类诗作虽然仍与历来公认的范成大使金纪行组诗爱国主义主题有着千丝万缕的联系,但是与《州桥》等主流作品已经存在着差异。范成大借助田园隐逸等题材,让诗作呈现出多元化倾向,既有前期创作的影子,也是后期创作的前奏,成为联系前后期创作的重要纽带。

二、使金纪行诗在范成大田园诗
创作中的特殊性

　　范成大的田园诗创作在中国诗歌史上历来享有盛誉,历代诗评家多认为他是一位田园诗人,钱锺书在《宋诗选注》中指出:"《四时田园杂兴》不但是他的最传诵、最有影响的诗篇,也算是中国古代田园诗的集大成。"①其实,范成大的田园诗创作不仅仅包括《四时田园杂兴》,他在早期就创作过《催租行》、《大暑舟行含山道中》等反映农民疾苦的优秀作品。七十二首使金纪行诗是其出使金国时所作,直面故国,"沿途的一草一木,都会激起他们的伤感,引导他们一种定向思维,让他们回想南宋及收复大业。"②因此使金纪行组诗中带有田园诗风味的创作多多少少会受到这一心态的影响,在继承前期田园诗创作风格的基础上呈现出不同的特点。

(一)范成大田园诗创作的继承性

　　成熟的作家有其较为稳定的创作个性,这是在多年的创作实践中逐渐沉淀下来的。因此作家无论换了多少副笔墨,具体作品风格怎样迥异,总有一些独属于该作家的东西表现出来,如我们在称赞李白的《将进酒》集中体现其豪放飘逸风格的同时,也不会否认《长干行》是他的作品,尽管二者的创作风格存在着天渊之别。同样对于范成大来说,无论是早期的田园诗创作、上述四类特殊作品,还是晚年的《四时田园杂兴》,都存在着一脉相承的东西。

　　内容上,范成大多写一些农家习见之物,不时流露出归隐田园之意。从早期的"烟火村边远,林菁野气香"到使金纪行诗中的"荆箱扰扰拦街卖,红皱黄团满店头",再到晚年《四时田园杂兴》中的"鸡飞过篱犬吠窦,知有行商来买茶",诗歌内容越来越贴近田家生活,越来越富有生活情趣。更可贵的是,范成大不仅像王维那样用诗家的眼光去发现田园的美,更用农家的视角去揭露农民生活的苦难,"使脱离现实的田园诗有了泥

---

　　① 钱锺书:《宋诗选注》,人民文学出版社2005年版,第192页。
　　② 胡传志:《论南宋使金宋人的创作》,《文学遗产》2005年第5期,第73页。

土和血汗的气息。"①早期的《催租行》、《后催租行》不留情面地揭露了地保公差对于农民的残酷剥削,创造了乐府诗创作的新高峰。而使金纪行诗中"侵早锄霜种晚蔬"写出了农事的繁重与辛苦,写出了丰收的来之不易,而"望都风土连唐县,翁媪排门带瘿看"则写出了艰苦的生活条件和无情的岁月风霜对于劳动人民的伤害。这些内容,我们在《四时田园杂兴》中也可以找到,如:"采菱辛苦废犁锄,血指流丹鬼质枯。无力买田聊种水,近来湖面亦收租!""垂成稿事苦艰难,忌雨嫌风更怯寒。笺诉天公休掠剩,半偿私债半输官。"比起他之前的创作,认识更加深刻,控诉也更加有力。无论在朝为官、出使敌国抑或退居乡里,他都关心民瘼,深切领会到他们的痛苦,愤慨于官吏们的残暴横蛮。这种认识与感情几乎贯穿其一生,折射到创作中,就形成了一脉相承的田园诗创作传统。伴随着这种传统,隐逸情绪也若隐若现地体现在其各个创作时期。"混俗休超俗,居家似出家",早在青年时期,佛道思想就已经在他的头脑中扎下了根。在二十九岁之前,范成大一直无意科举,还取唐人"只在此山中"句,自号"此山居士"。后来出仕为官,在宋室南迁,山河破碎,抗敌复国成为时代最强音的大背景下,他写下了"碧芦青柳不宜霜,染作沧州一带黄。莫把江山夸北客,冷云寒水更荒凉"的诗句,但仕途上的长期"沉滞",又让他萌生退意:"谁言万事转头空,未转头时亦梦中。若向梦中迅猛觉,觉来还入大槐宫。"乾道六年,范成大奉命出使金国,表现出崇高的民族气节和强烈的爱国主义精神。然而,南宋当权者的卖国苟安和军事上的薄弱,刺痛了他的爱国心,让他深感收复无望,因此在使金纪行诗中就留下了"不梦封侯梦石湖"等消极避世的诗句。晚年他归隐石湖,不禁感慨"当时手种斜桥柳,无限鸣蜩翠幕空"。

风格上,范成大的田园诗大多表现出轻快活泼的特点,多为绝句,与他的其他诗歌题材相比,较少使用生僻的典故,多用当时的口语浅笔勾勒,用小场景反映大事件,具有含蓄深远的效果。无论是早期"儿童眠落叶,鸟雀噪斜阳"、"老翁翻香笑且言,今年田家胜旧年",还是使金纪行组诗中"紫烂山梨红皱枣,总输易栗十分甜"、"园翁但爱城泥煖,侵早锄霜种晚蔬"都颇为朴实,字句通俗易懂,无论是内容还是语言,都给人一种浓郁的田家氛围。《四时田园杂兴》中,这种风格更被发挥到无以复加的

---

① 钱锺书:《宋诗选注》,人民文学出版社 2005 年版,第 193 页。

地步,"谷雨如丝复似尘,煮瓶浮蜡正当新。牡丹破萼樱桃熟,未许飞花减却春"、"土膏欲动雨频催,万草千花一饷开。舍后荒畦犹绿秀,邻家鞭笋过墙来",这样的诗句比比皆是,看似普通,细品之时却富有谐趣。

(二)使金纪行诗在范成大田园诗创作中的新变

艺术创造是一个不断创新的过程,一味地复制模仿只是技术,而不是艺术。一位成功作家的伟大之处就在于不断地超越自我,在自己已取得艺术成就上进一步"开疆辟土",突破自己已经形成的创作模式。范成大亦是如此。直面故国的刺激、沦陷区遗民的生活与心态、异族政权的压迫等因素使他的使金纪行诗相对他在南宋时期的创作来说,出现了一些新变。

第一,赋予北方常见的田园物产以新的意义,借外来物种暗喻异族的入侵,体现了诗人敏感的爱国心。北方常见的枣、棠梨、西瓜等均被诗人用来表达自己复杂心情。如《汴河》:"还京却要东南运,酸枣棠梨莫蓊然。"题后小注云:"汴自泗州以北皆涸,草木生之。土人云:'本朝恢复驾回,即河须复开。'"诗人把汴河的干涸神秘化,将它比作盼归的忠臣义士,而酸枣棠梨这些北方的特产则成为异族入侵者的代名词,诗人警告他们:你们现在别得意,总有一天汴河会重新波涛汹涌的!在直面故国的刺激之下,范成大笔下的田园意象一反"湖莲旧汤藕翻新,小小荷钱没涨痕"之类的恬淡清新的面貌,变得金刚怒目起来。又如《西瓜园》一诗中,西瓜"本燕北种","今河南皆种之",这表面上是在说西瓜,深层次上又何尝没有别的意义呢?在《内丘梨园》中,梨树也成了北宋繁华太平的历史见证。诗人将自己的爱国之情融入到当地的一草一木中,而不是仅仅为了状物而状物。这一方面使思想感情更加深沉含蓄、言近旨远,另一方面,也丰富了状物诗的写作技巧,所描写事物不仅有形,而且有神。

第二,运用对比手法,赋予田园事物更为深广的内涵。一方面诗人通过南北风物的对比来抒发国土沦丧的感慨,如《固城》:"柳椿凉罐汲泉遥,味苦仍咸似海潮。却忆径山龙井水,一杯洗眼洞层霄。"从地理学上说,诗人写的是盐碱地里的饮用水,但文学毕竟不是科学,诗人运用艺术想象,把北方盐碱地的井水和西湖的龙井泉水相比,一个苦涩难以入口,一个甘甜清冽,孰优孰劣一目了然。为了进一步揭示自己的用意,诗人特别在题后加了一个小注:"旧辽界也。"无论是辽还是金,都是异族入侵者。沦陷区的水"咸似海潮",如泪水;南宋临安的水"一杯洗眼洞层霄",如甘露。诗人以此做比,即显示出了在民族交往中的异常心态,又表现出了对于入侵者的憎恶。

另一方面,诗人以金人入侵后物是人非之比来表现敌人对于大好河山的蹂躏,如《橙纲》:"尧舜方堪橘柚包,穹庐亦复使民劳。华清荔子沾恩幸,一骑回时万骑骚。"从字面看来,此处范成大借用杜牧诗句,即表现了对唐玄宗的昏庸腐败无情地讽刺,又表现了自己对尧舜这样的有道明君的渴慕。题下有注云:"燕城外遇数车载新橙,云修贡,种之汴京撷芳园也。"撷芳园本为北宋皇家园林,而今却为金人种植贡橙,诗人在哀痛山河破碎的同时,也在追寻靖康之耻的原因:"一骑回时万骑骚。"《柳公亭》最后两句诗人也深深感慨:"曲水流觞非故物,马鞍山色旧青青。"曲水流觞本为兰亭雅事,是文人们一种理想的生活状态,但是此次饮酒却有伴使在座。所谓伴使,就是金国派来的陪伴和监视南宋使臣的人。伴使的存在,如针一般刺痛了诗人的心,国已不国,曲水流觞还有何意义呢?

第三,用北方的特色水土来衬托沦陷区遗民的悲惨境况。中原地区气候寒冷干燥,地势以一望无际的平原为主,自然景观多具有气势恢宏的特点,这与秀媚的江南风情是迥然不同的。范成大将北地风光写入诗中,化为背景,如《燕宾馆》:"苦寒不似东篱下,雪满西山把菊看。"鹅毛大雪是北方最具有代表性的天气,雪后的西山银装素裹,定然分外妖娆。可是大雪过后必然大寒,普通百姓平时都缺衣少食,面对"苦寒",又怎么挨过呢? 又如《栾城》:"颓垣破屋古城边,客传萧寒爨不烟。明府牙绯危受杖,乐城风物一凄然。"如果《燕宾馆》说的是天灾的话,那么《栾城》写的就是人祸。颓垣破屋说明此处已经饱经战乱之苦,这在北方宋金交战的旧战场上并不罕见。可能当地人民已经很久没有吃过一顿饱饭了,但是客(伴使)却挑三拣四,责备县令招待他们的饭局不够精致,足见北方遗民在天灾人祸双重压迫之下,日子过得是何等的艰难!

总之,范成大的使金纪行组诗受到地理环境、社会政治等因素的影响,其中的田园隐逸元素相对于范成大其他时期的田园诗创作来说,呈现出了新特点。这些元素在诗人爱国主义热情的浸染下,或一反轻快活泼的传统格调,蒙上了一层沉重的色彩,或在轻快活泼的外表下,潜藏着复杂深刻的思想感情。同时,诗人田园隐逸诗的表现技巧也不断丰富,为《四时田园杂兴》的诞生做了准备。

三、使金纪行诗在范成大田园诗创作中的地位和作用

《四时田园杂兴》是范成大暮年时的作品，"一向认为是范成大所以获得'田园诗人'称号、享盛名、定身价的代表作"①。其实，田园诗创作几乎贯穿了诗人一生，从早期的《放鱼行》、《催租行》、《后催租行》、《田舍》等篇起，他断断续续进行着田园题材创作。历来研究多关注《催租行》、《后催租行》等诗人青年时期作品与《四时田园杂兴》，然而从《催租行》到《四时田园杂兴》，创作时间相隔约三四十年，根据文学创作的一般规律，通常都会有一些起过渡作用的作品，把前后期创作联系起来，使金纪行组诗中的四类特殊作品就是其中重要的一环。它们在创作风格、表现内容、意象选择、艺术技巧等方面有着自己的特点，从而推动了诗人田园诗创作的进一步发展。

第一，在创作风格上，使金纪行组诗中的部分作品在继承范成大前期清新流丽、富于变化的基础上，又有了进一步发展，使诗歌语言更加浅白明快，诗歌情调更加恬淡，在通俗与诗意之间找到了很好的结合点。范成大的早期田园诗创作主要分为乐府诗和近体诗两类，尤其是以《催租行》、《后催租行》为代表的乐府诗成就最高。他效法张王乐府，用乐府诗的形式写出了农家的喜怒哀乐，毫不留情地揭露了封建统治阶级爪牙的丑恶嘴脸，但也正是因为这样，他的乐府诗直白有余而韵味不足，一定程度上具有粗率、滑快、浅露的缺陷。而他的近体诗，如《田舍》等篇，笔调非常清新，但又多是站在"负杖阅岩耕"（宋之问）和"即此羡闲适"（王维）的角度，多把田园意象作为一种符号，与真正的农家生活相隔甚远。使金纪行组诗中涉及农家的作品虽然不多，却在前期创作的基础上，将田园诗内容生活化，使田园诗洋溢着生活的乐趣。诗人逐渐摆脱了文人士大夫种种空洞的社会责任感，不再高高在上地悲天悯人；田园也不再是诗人心目中的世外桃源，而是逐渐融入了现实生活。虽然文人习气在诗中仍不时出现，但是总体风格已从文人士大夫的清新潇洒转为通俗明快。如《大宁河》、《良乡》等篇，诗人把农村集市的热闹景象描绘得淋漓尽致，极富生活气息，与王、孟等人的不食人间烟

---

① 周汝昌选注：《范成大诗选》，人民文学出版社1997年版，引言第27页。

火有了质的不同,恬淡中有一种平易近人的明快。它们让诗中的田园味浓了许多,冲淡了王、孟等人田园诗的文人情调,让农家农事真正在田园诗中唱起了主角。到了《四时田园杂兴》中,凡是农村的风俗物产几乎都可入诗,农村的生活有了全方位的展示,原来俗不可耐的祭祀、农事也进入了雅文化的表现范畴,同时注意学习吸取农民的口语,使得诗歌语言具有浓厚的乡土气息。诗人已经不仅仅是站在世外以一种欣赏的眼光打量田家生活,而是以一种参与者的身份去描绘农家农事,把农家的思想和内容写进田园组诗中,突破了从陶渊明以来的"田园牧歌"式的田园诗模式。正如周汝昌所说:"他这样作诗,实际上在一定程度上改造了传统田园诗(专门粉饰、美化、歪曲)的本质,因而相对地提高了田园诗的价值。"①

第二,在表现内容上,使金纪行组诗进一步开拓农家苦的题材,并将它写入近体诗中,融入到田园诗创作中。范成大的早期创作中,农家苦的题材主要集中在乐府诗中,而近体诗中却不多见。这反映了范成大当时思想上的局限:传统的诗歌创作讲求"温柔敦厚",即使有讽刺,也要"怨而不怒,哀而不伤";乐府诗本来就有"刺上"的传统,在中唐时经过元白等人的开拓后,讽刺世事更加自由一些。因此,农家苦的题材多出现在乐府诗中,如白居易《观刈麦》等。而作为当时诗歌主流的近体诗,却远师陶潜,近承王孟,常用三两笔勾勒出田园怡人风光,或抒发归隐情绪,或表现自然之趣,皆以清新谐趣为旨归。在使金纪行组诗中,范成大在爱国热情的驱动下,突破了传统农家苦的写法,逐渐把农家苦纳入到近体诗的触角下,这在田园诗创作史上是极大的进步。把本应长篇完成的"任务"压缩成了四句,这一方面对诗人结构布局、材料剪裁与语言组织等方面的能力提出了更高的要求,另一方面也推进了近体诗的发展。近体诗在吸收乐府诗直刺特点的基础上,结合自身篇幅短小、言浅意深的特点,将长篇内容用短制形式表现出来,形成了含蓄深婉、意味无穷的特点,使农家苦更加富有社会典型性,从而将田园诗的表现内容推向社会深层。"不惜两钟输一斛,尚赢糠覆饱儿郎"、"黄纸蠲租白纸催,皂衣旁午下乡来"之类的诗句在《四时田园杂兴》中已不是个案,农家苦的题材得到了"安身之所","田园诗又获得了生命,扩大了境地"②。

---

① 周汝昌:《中国历代著名文学家评传》,山东教育出版社 1989 年版,第 433 页。
② 钱锺书:《宋诗选注》,人民文学出版社 2005 年版,第 193 页。

第三，在意象选择上，使金纪行组诗进一步将北国田园风光纳入到田园诗的表现范畴，扩大了田园诗的表现意象。北国田园风光在《诗经》中已有体现，如"彼黍离离，彼稷之苗"等，但前代诗人笔下的北国田园风光更多地应该纳入山水诗中。他们多把田园风光当成北方代名词来用，很少赋予它们真正的田园内涵，多为表现一己感受的道具，在发掘农事农情方面用力甚少。范成大前期田园诗尤其是近体诗创作多延续王、孟等人的路子，用柳、桑、鹅等极富文人气息的江南意象，表现士大夫闲适的情怀，并无多少新意可言。西瓜、酸枣、棠梨、易栗等北国意象的加入，为田园诗创作输送了新鲜的血液。一方面北方田园意象的加入，为传统的田园诗创作增加了几分新鲜感，扩大了诗歌的表现范围；另一方面北国田园风光在范成大的笔下不再是一种符号，而具有鲜明的田园内涵。然而相对于《四时田园杂兴》来说，此处田园意象的运用还稍嫌生疏，一些地方仍有符号化的嫌疑。

第四，艺术技巧上，使金纪行组诗把深沉的思想感情潜藏到文字背后，使田园美景的背后有了更加深刻的内容，从而使田园诗的创作走出了一味抒写闲适情致和隐逸情怀的尴尬境地，为田园诗的继续发展拓宽了道路。在范成大的早期创作中，"柳菌粘枝住，桑花共叶开"之类的田家美景占据主要地位，但是美景背后往往并没有深刻的思想作支撑，往往只是看到美景时的审美愉悦，没有进行应有的情感沉淀，同时又受到传统田园诗创作的束缚，所以感情上略显单薄。范成大出使金国时，直面故国的复杂心情让他心中愁肠百结，一草一木无不牵动他的情思，一人一物无不触及他的心弦。这复杂的心情可以说在他渡过淮河时就在心中酝酿，在某个合适的机缘之下就喷薄而出。诗歌的魅力就在于用极少的文字表达极深的感情，但是这极深的情感却不是凭空而来的，需要在心中不断的孕育滋长，直到不得不发时才把它表现出来。使金纪行诗中，范成大将感情真挚化、深层化，让田园诗在清新恬淡的背后有了更丰富的内容，也更经得起咀嚼玩味。故在《四时田园杂兴》中，我们能读出他的悯农情怀，能读出他心灵的宁静。程千帆先生曾对此评价说："这样，他便与后来诗人之写农民，或寄托自己闲适的感情，或嗟叹农民的艰辛生活，却始终处在一个旁观者的地位有所不同，这也正是范成大对田园诗的独特贡献。"①

---

① 程千帆、吴新雷：《两宋文学史》，上海古籍出版社 1991 年版，第348 页。

范成大的使金纪行组诗不仅在爱国主义诗歌创作方面取得了巨大的成就,在其田园诗创作上也起到了过渡作用,推动了田园诗创作的进一步发展,在诗歌史上具有重要的意义。

参考文献

[1] 程千帆、吴新雷:《两宋文学史》,上海古籍出版社 1991 年版。

[2] [宋] 范成大:《范石湖集》,上海古籍出版社 1981 年版。

[3] 胡传志:《论南宋使金宋人的创作》,《文学遗产》2005 年第 5 期。

[4] 孔凡礼:《范成大年谱》,齐鲁书社 1985 年版。

[5] 钱锺书:《宋诗选注》,人民文学出版社 2005 年版。

[6] [宋] 岳珂:《桯史》,三秦出版社 2004 年版。

[7] 曾枣庄等主编:《全宋文》,上海辞书出版社 2006 年版。

[8] 湛之编:《杨万里范成大资料汇编》,中华书局 2004 年版。

[9] 周汝昌:《中国历代著名文学家评传》,山东教育出版社 1989 年版。

[10] 周汝昌选注:《范成大诗选》,人民文学出版社 1997 年版。

指导教师评语

范成大使金纪行组诗,以其独特的爱国内涵为历代文人所重视。其实出使金国,不过是范成大一次短暂的爱国之旅,他一贯擅长的田园诗写作习惯仍然渗透在这组爱国诗中。本文正是避开热门的爱国话题,转而从田园诗这一全新的角度研究这组爱国诗的田园内涵。通过分析,不仅见出这组诗四类不同的田园内涵,而且将之放在范成大田园诗创作历程中,深入分析其变化及其在范成大创作历程中的地位。本文选题大小适中,切入角度新颖,论述渐次深入,由小见大,是篇优秀的本科毕业论文。(胡传志)

《窦娥冤》:贞孝儿媳与"后嫁婆婆"的悲剧——从悲剧构成角度分析

潘 宏 *

　　《窦娥冤》是一部杰出的悲剧。新中国成立以来,大多论者只是从社会学角度来分析剧本,因而对《窦娥冤》所包含的伦理、家庭冲突没有给予充分的观照。研究中不注重考察版本而任意生发,导致鱼龙混杂、泥沙俱下,出现了一些没有根据的论点,如桃杌受了张驴儿的贿、第三桩誓愿是为惩罚贪官污吏的①,而且这些论调流传甚广,误人不浅。其实,《窦娥冤》真正打动人心之处,并不在于官吏贪墨,错断成冤,而是窦娥自身的坚贞和孝顺品质遇上了软弱自私的"后嫁婆婆",遂一步一步酿成祸事。虽然这些事件有偶然性,但从窦娥的品性来看,又包含着很大的必然性,正如王国维先生所说:"剧中虽有恶人交构其间,而其蹈汤赴火者,仍出于其主人翁之意志,即列之于世界大悲剧中,亦无愧色也。"②这种不避斧钺汤镬,而以心中的信念为抉择依据的崇高,正是《窦娥冤》成为伟大悲剧的深层原因。笔者不揣谫陋,打算从窦娥悲剧构成自身的复杂性和必然性等几个方面略陈愚见,望读者及方家指教!

一、窦娥的两大品质及悲剧发生的必然性

　　坚贞和孝顺是窦娥的两大品质,所以本文题目称窦娥为贞孝儿媳,而正是这两大品质使悲剧的发生成为必然。

　　"吃羊肚汤"一场中,窦娥的矛盾行为,集中表现了这两种品质对

---

　　* 作者系安徽师范大学文学院汉语言文学专业 2008 届本科生。该文发表于《江淮论坛》2008 年第 2 期。
　　① 人民教育出版社中学语文室编:试验修订本《高中语文教师用书》(第 4 册),人民教育出版社 2001 年版,第 112 页。
　　② 王国维:《宋元戏曲史》,华东师范大学出版社 1995 年版,第 121 页。

她的同时作用。窦娥端羊肚汤一上场,就表明了自己的立场(坚贞):
"婆婆也,我这寡妇人家,凡事也要避些嫌疑,怎好收留那张驴儿父子
两个?非亲非眷的,一家儿同住,岂不惹外人谈议?婆婆也,你莫要背地
里许了他亲事,连我也累做不清不洁的",又叹惋道"我想这妇人心好
难保也呵"。接着唱了[南吕一枝花]、[梁州第七]、[贺新郎]、[斗蝦蟆]
等四只长曲子,辛辣地讽刺了蔡婆的不贞。既有讽劝,又有讽劝无效后
的愤怒地辱骂。这都表明窦娥以她的理念——"贞心自守"行事,对婆
婆的做法表示反对和不齿。但窦娥又很孝顺,即便在对婆婆很不满的
时候,也还是满心欢喜地去做羊肚汤与婆婆吃,并衷心希望婆婆的病
早点好("但愿娘亲蚤痊济,饮羹汤一杯"、"得一个身子平安倒大来
喜")。窦娥既"辱骂婆婆"又"孝敬婆婆",两方面似乎是矛盾的,但这刚
好合乎窦娥的品质。坚持坚贞,让她对蔡婆的某些行为不齿,气愤之
急,加以辱骂;恪守孝道,让她对婆婆的生活、病情细心照料,并发自内
心地希望婆婆早痊愈。

　　黑格尔认为"一件仅仅作为厄运而出现的不幸事件",例如由偶然机
遇而遭到的不幸和死亡,不能算作悲剧,"真正悲剧的灾难,却完全作为
本人的行动后果,落在积极参与者的头上"。确实,悲剧性必须从主人公
的性格内部找到说明,表现在他的行动及其后果的必然联系之中①。窦娥
两个方面的品性(坚贞、孝顺),正可以作为她悲剧性的说明。窦娥以这两
个品性行事,使剧情一环套一环地向前发展,演绎出了这扣人心弦、感动
天地的悲剧,试析如下。

　　第一环,羊肚汤阴差阳错地毒死了孛老(本文以下皆称张驴儿父为
孛老),很自然,窦娥面前只有两条路可走:一条是顺从张驴儿,招了他做
接脚夫;一条是上公堂——官休。按照窦娥的坚贞品性,她不会屈从张驴
儿,只会选择上公堂。

　　第二环,窦娥上了公堂,面前有两条路:一是招供,那样可以少受皮
肉之苦;一是坚贞不屈,坚持事实。按窦娥的性格,她会选择后者。

　　第三环,由于窦娥坚贞不屈,问官减轻了对窦娥的怀疑,说:"既然不
是你,与我打那婆子","危险"转移到了蔡婆身上。此时窦娥又面临两条
路的选择:一条是帮着婆婆一起诉冤,当然,蔡婆会有受刑的风险;一条

---

① 转引自李汉秋:《关汉卿名剧赏析》,安徽文艺出版社1986年版,第6页。

是诬招,承认自己药死了孛老,则婆婆的嫌疑消失,受刑的危险也得到化解。窦娥孝顺的品质,使她自觉选择了后一条路——诬招。这样,窦娥就成了"杀人犯"。

客观地考察一下剧情,先不论官员昏智贤愚,按常理,事发现场的三个人中,窦娥确实嫌疑最大,理由是:窦娥与死者关系最疏,且被控为凶手;蔡婆因为未被指控,且与死者有名义上或事实上的夫妻关系,嫌疑居中;张驴儿既是原告,又与死者为父子关系,嫌疑自然最小。人之心智、能力千差万别,官员亦然,除了少数智慧而又公正的"青天"外,一般官员断案,肯定先拷问嫌疑最大的窦娥,接下来再拷问嫌疑第二的蔡婆。有论者说首先拷问窦娥"这明显是偏袒张驴儿"[1],我想这是缺乏根据的。第一,桃杌根本没有受张驴儿的贿赂,理由如下:(1)孛老被毒死是突发事件,张驴儿并不能预知,所以不会提前去行贿;(2)孛老死后,张驴儿拖窦娥去见官,接着桃杌升堂,并没有空余时间让张驴儿前去行贿;(3)窦天章给桃杌定的罪仅是"刑名违错",并没有说"贪赃枉法"。第二,蔡婆是广有家财的[2],桃杌为什么偏偏要通过偏袒一个混吃混喝的无赖来得到贿赂而不想敲诈更富有的蔡婆呢?第三,动刑审案在旧戏里很常见,《蝴蝶梦》中包拯审问王氏兄弟时就说"与我一步一棍打上厅来"、"不打不招,张千与我加力打者"[3]。如果说首先拷问被告是"偏袒",那么要首先拷打原告才不算"偏袒"吗?

所以,从孛老被毒死、窦娥惹上官司时,窦娥的悲剧就基本定型了(除非关汉卿抬出"包青天")。上文已分析,案发现场的三人中窦娥嫌疑最大,且窦娥非常孝顺,当蔡婆有受刑危险时,她会奋不顾身地承当起罪名,以保护婆婆,因而嫌疑没有机会落到案发现场的第三个人——张驴儿身上。也就是说,假如用3、2、1三个数字来粗略地从高到低地表示案发现场三个人的嫌疑指数的话,窦娥的嫌疑指数是3,蔡婆的嫌疑指数是2,张驴儿的嫌疑指数是1甚至是0(因为问官可能根本没有怀疑到他)。又因为窦娥非常孝顺,只要蔡婆被认作嫌疑对象时,窦娥就会为

① 严良孚:《从叙事学的行动元模式看窦娥之冤》文中说:"桃杌便命人拷打窦娥,这明显是偏袒张驴儿。"见《华东师范大学学报》,2006年第1期。王季思先生也有类似论点,见《谈关汉卿及其作品〈窦娥冤〉和〈救风尘〉》,收《关汉卿研究论文集》,上海古典文学出版社1958年版,第197页。这些说法其实都站不住脚。
② 《楔子》中蔡婆自己说"家中颇有些钱财",窦天章也说"他家广有钱物"。
③ 吴晓铃编:《关汉卿戏曲集》,中国戏剧出版社1958年版,第453—455页。

她承当起"罪名"，所以窦娥枉承罪名的可能性至少为 5/6，如果问官没有怀疑到张驴儿，则这种枉承罪名的可能性是 100% 了；蔡婆因为窦娥的保护，其枉承罪名的可能性变成 0；张驴儿被判罪的可能性只有 1/6 或 0。所以，我们可以清楚地看到，只要遇到一个平常的问官（即便清廉，如果没有相当的智慧的话），窦娥十有八九是要含冤的。这些都说明官吏的行为不是关汉卿要描述的重点，窦娥的坚贞孝顺才是本剧叙述的主题。

二、蔡婆的品质和戏剧的主要冲突发生在她与窦娥之间的必然性中

我们分析一下蔡婆的形象：一个守寡多年、老来丧子的孀妇，有很值得人同情的一面，但又软弱，自私。蔡婆软弱，前人多有论述，不需多说；她的自私，稍稍摘引一段原文就可以清楚地看出来："（卜儿云）……他爷儿两个都在门首等候，事已至此，不若连你也招了女婿罢。（正旦云）婆婆，你要招你自招，我并然不要女婿……（卜儿云）……既是他不肯招你儿子，叫我怎好招你老人家？"蔡婆想招张孛老，却又因为比她年纪轻的寡妇媳妇都没招，不好意思自己招，希望拉窦娥一起下水，说"待我慢慢的劝化俺媳妇儿；待他有个回心转意，再作区处"。这种自私使她"拼的好酒好饭养"张驴儿"爷俩在家"，遂致引狼入室。

蔡婆虽然没有窦娥那样的坚贞，也曾因此挨过窦娥的骂，但窦娥孝顺的对象恰是这个不怎么值得尊敬的蔡婆（窦娥母早亡，父失散）。对于窦娥来说，蔡婆在伦理上恰是一个悖论：缺少坚贞的品质，在这个角度上窦娥批判、谴责她，但她又是窦娥唯一的长亲（窦天章与窦娥失散多年，互不知对方存殁），窦娥必须孝顺她，甚至危险的时候要以身相代。所以二人之间不可避免地要发生冲突。

既然不可避免地要发生冲突，而这冲突在伦理上又充满悖论，则窦娥的悲剧内涵有了深层次的意义。这一折主要冲突就是发生在窦娥和蔡婆之间的。窦娥唱的"怪不的女大不中留"、"须不是笋条，笋条年幼。划地便巧画蛾眉成配偶"、"婆婆也，怕没的贞心儿自守"、"婆婆也，你岂不知羞"等唱词都明确地反对和讥讽婆婆。但蔡婆没有听劝告，而是说："孩儿也，事到今日，你也招了女婿罢，今日就都过了门者。"可见她对招

张孛老已经想清楚了,而且急于早点成就,无怪乎窦娥骂她"你比那扇坟的生受"①。二人在这个问题上是针锋相对的。

亚里士多德认为,悲剧必然发生在仇敌之间、非仇非亲属之间、亲属之间,但好的悲剧应发生在亲属之间,因为仇敌之间太必然,非仇敌非亲属之间又太偶然②。从上面论述看,蔡婆与窦娥之间的明显冲突,正暗合亚氏的理论。那么,张驴儿父子在其中起什么作用呢?有人会认为张驴儿与窦娥之间的冲突是主要冲突。读原文就知道,其实他们之间的冲突在剧中只有几句话,属于一笔带过,到了公堂折辩时才有了稍长一点的对话,相比窦娥讽刺蔡婆不贞的〔后庭花〕、〔青哥儿〕、〔寄生草〕、〔赚煞〕、〔南吕一枝花〕、〔梁州第七〕、〔贺新郎〕、〔斗蝦蟆〕等八只长曲子,分量轻得多,根本不是剧情所要突出的部分,只是催动情节发展的"道具"而已。亚里士多德说:"悲剧是对于一个严肃、完整、有一定长度的行动的模仿。"张驴儿插科打诨,其行动不"严肃",同样,桃杌升堂时离谱的科诨也提示了冲突的非严肃性。他们的冲突只是一种无悬念甚至引起人们满堂哄笑的非严肃的冲突,不是悲剧冲突的主体部分。他们的穿插打诨只可看作是作者为逗乐观众作的点缀。总之,他们是促进剧情发展的手段和陪衬。

很明显,窦娥和张驴儿、桃杌的冲突仅仅是"一正一邪,一善一恶"的冲突,无任何悬念,很难真正打动观众。而窦娥和蔡婆之间的冲突则充满伦理的悖论:窦娥代表的是一种伦理精神——即坚贞、孝顺,蔡婆是这种伦理的破坏者,又是它的"受益者"(受到孝敬),而且还有让人同情的遭遇。他们双方都具有正义性和合理性,不是简单的一正一邪,一善一恶,所以他们之间的冲突更复杂、寓意更丰富。黑格尔说:"冲突双方代表的'普遍力量'或者伦理理想,都必须具有一定的正义性和合理性,如果一正一邪,一善一恶,也不会成为理想的悲剧性冲突。"③本剧又一次暗合西方经典悲剧理论,难道是偶然?

"五四"以降,研究者有意忽视作品里对"坚贞"的颂扬,以致人们只注意到恶势力对窦娥的加害,而没有意识到关汉卿所要揭示的。关汉卿颂扬窦娥"坚贞"却是事实,剧中窦娥自己说"连我也累做不清不洁的",

---

① 吴晓铃编:《关汉卿戏曲集》(下册),中国戏剧出版社1958年版,第852页。

② 此系概括亚氏原文大意而来,见[古希腊]亚里士多德著,陈中梅译注:《诗学》,商务印书馆2005年版,第105页。

③ 转引自杨慧林:《西方文论概要》,中国人民大学出版社2003年版,第154页。

谴责婆婆"则待要百年同墓穴,那里肯千里送寒衣",说"我一马难将两鞍备,想男儿在日曾两年匹配,却教我改嫁别人,其实做不得";在公堂上说"小妇人元是有丈夫的,服孝未满,坚执不从";在对窦天章诉冤时也说"你孩儿便道:'好马不备双鞍,烈女不更二夫;我至死不与你做媳妇,我情愿和你见官去'"皆是明证。这个颂扬的另一面当然就是对蔡婆不贞的谴责(详下)。

三、臧懋循改本的倾向

后世选本多依沿的《元曲选》本,是明代臧懋循编的,万历四十三年(1615)、四十四年(1616)刊本。臧懋循在《元曲选》的编辑中,对原作做了较多的修改。臧懋循在《元曲选序》里说:"若曰妄加笔削,自附元人功臣,则吾岂敢。"意为没有对元本作修改,但这只是英雄欺人语耳!他在与朋友的通信中说:"还从麻城,于锦衣刘延伯家得抄本杂剧三百余种,世所称元人词尽是矣。其去取出汤义仍手,然止二十余种稍佳,余甚鄙俚不足观,反不如坊间诸刻皆其最工者也。比来衰懒日甚,戏取诸杂剧为删抹繁芜,其不合作者,即以己意改之,自谓颇得元人三昧。"[1]可见他不但"以己意改"原本,而且还颇得意于此。孙楷第先生说臧懋循《元曲选》"在明人所选元曲中自为一系,凡懋循所订与他一本不合者,校以其他诸本,皆不合。凡他一本所作与懋循本不合者,校以其他诸本,皆大致相合"[2],所见极是。关汉卿剧作的面貌到这里发生了很大的变化,思想内容也有很大差别[3]。《古名家杂剧》本是明陈与郊编的,万历十六年(1588)刊本,比臧的本子早,收关汉卿剧作九种,也是《窦娥冤》现存的最早版本。所以,要更接近真实地了解关汉卿的意思,参照《古名家杂剧》本文字是很有必要的。下面将两本(《古名家杂剧》)本文字依吴晓铃先生编《关汉卿戏曲集》[4]、《元曲选》本依《四部备要·集部·元曲选》[5])加以比较。

---

① 臧懋循:《负苞堂集》(文集卷四),古典文学出版社1958年版,第92页。

② 孙楷第:《也是园古今杂剧考》,上海杂志公司1953年版,第151—152页。

③ 所以吴晓铃先生说:"有人批评臧懋循是'孟浪汉子'的话还是有道理的,他的孟浪恐怕不只是表现在好乱改别人的文章上,而是在思想上与关汉卿有着相当大的距离。"转引自马欣来:《关汉卿剧作版本的比较和选择》,《河北学刊》1988年第3期。

④ 吴晓铃编:《关汉卿戏曲集》(下册),中国戏剧出版社1958年版,第847—869页。

⑤《四部备要·集部·元曲选》,上海中华书局据明刻本校刊。

《元曲选》本的修改回避孛老与蔡婆已是接脚夫妻关系事实,有意为蔡婆开脱。这一点在与《古名家杂剧》本文字对读后,看得很清楚:

《古名家杂剧》本	《元曲选》本
A 1 老汉自从来到蔡婆婆家做接脚,谁想婆婆一向染病。	B 1 老汉自到蔡婆婆家来,本望做个接脚,却被他媳妇坚执不从,那婆婆一向收留俺爷儿两个在家同住,只说好事不在忙,等慢慢里劝转他媳妇,谁想那婆婆又害起病来。

对读列表中文字,《元曲选》本里"本望做个接脚"在绕着弯子解释"接脚"未获成功。《古名家杂剧》本则直截了当,不回避孛老接脚的事实。回避孛老与蔡婆已是接脚夫妻关系,是臧懋循的修改意图之一。这种意图也体现在对蔡婆语言的修改上。如:

《古名家杂剧》本	《元曲选》本
A 2 亏了这张老并他儿子张驴爷儿两个救了我性命,我就招张老做丈夫。	B 2 亏了一个张老并他儿子张驴儿,救得我性命,那张老就要我招他做丈夫。

前者说"我就招张老做丈夫",后者改作"那张老就要我招他做丈夫",前者在主观上已认同,后者突出被逼迫。

《古名家杂剧》本	《元曲选》本
A 3(卜)孩儿也,事到今日,你也招了女婿罢,今日就都过了门者。(旦)婆婆,你要招,你自招,我并然不要女婿。	B 3(卜儿云)孩儿也,你说的岂不是?但是我的性命全亏他这爷儿两个救的,我也曾说道,我到家多将些钱物酬谢你救命之恩,不知他怎生知道我家里有个媳妇儿,道我婆媳妇又没老公,他爷儿两个又没老婆,正是天缘天对。若不随顺,他依旧要勒死我,那时节我就慌张了,莫说自己许了他,连你也许了他,儿也,这也是出于无奈……(卜儿云)孩儿也,再不要说我了,他爷儿两个都在门首等候,事已至此,不若连你也招了女婿罢。(正旦云)婆婆,你要招你自招,我并然不要女婿。

A3段表现出急于成就，主动劝说媳妇招后夫；B3段却改作了一大段文字，曲为周旋，突出蔡婆的出于无奈。原本多"今日就都过了门者"，表现出急于成就，改本删去。这种意图还体现在《元曲选》增补了蔡婆是否是张驴儿后母的争辩上。如：

《古名家杂剧》本	《元曲选》本
无对应文字，《元曲选》文字为臧懋循所添加。	B4〔正旦云〕我婆婆也不是他后母，他自姓张，我家姓蔡……冒认婆婆做了接脚，要逼勒小妇人做他媳妇……〔张驴儿云〕大人详情：他自姓蔡，我自姓张，他婆婆不招俺父亲接脚，他养我父子两个在家做甚么？

《元曲选》本中，有大段文字争论蔡婆是否是张驴儿的后母，《古名家杂剧》本并没有关于蔡婆是否是张驴儿后母的争论。因为蔡婆与孛老接脚已是事实，窦娥不会也不必否认这个事实。臧懋循为否认这个明确的事实费了许多篇幅，先有 A2 和 B2 段的"微调"，接着有窦娥和张驴儿在公堂上的辩白（见 B4 段）。窦天章问案时，增加了"〔窦天章云〕张驴儿，那蔡婆婆是你的后母么？〔张驴儿云〕母亲好冒认的？委实是"的问答；稍后又一次抹杀事实——当窦天章问蔡婆为何招接脚夫时，让蔡婆公然撒谎："那张驴儿常说要将他老子接脚进来，老妇人并不曾许他。"这些周折都是原本所没有的。

在吃羊肚汤时看得很清楚：

《古名家杂剧》本	《元曲选》本
A5〔孛老将汤云〕婆婆，你吃些汤儿。（卜）有累你。你先吃口儿我吃。〔孛老〕你吃。〔卜〕老儿，你先吃。〔孛老吃科〕	B5〔孛老将汤云〕婆婆，你吃些汤儿。〔卜儿云〕有累你。〔做呕科，云〕我如今打呕，不要这汤吃了，你老人家吃罢。〔孛老云〕这汤特做来与你吃的，便不要吃，也吃一口儿。〔卜儿云〕我不吃了，你老人家请吃。〔孛老吃科〕

A 5 里蔡婆因为两人感情好、恩爱,将羊肚汤让与孛老先吃,导致孛老丧命。"你先吃口儿我吃",可比今日的热恋男女,写尽了蔡婆娇嗔之态和二人的亲密缠绵。 B 5 里则改作"我如今打呕,不要这汤吃了,你老人家吃罢",把蔡婆出于夫妻间恩爱情感的让汤行为改成因为"打呕"而让汤,虽然切合了蔡婆生病的细节,却掩饰了他们之间的浓情蜜意。其实从两本皆有的唱词可以明确地了解到,蔡婆与孛老感情很好,正如窦娥所唱:"那一个似卓氏般当垆涤器,那一个似孟光般举案齐眉。"

找出《元曲选》本的改动倾向,并不是要否定臧懋循编辑、流布的功劳。但是,对于他"以己意改之"的部分,我们要力图探寻原貌,对于他"自谓颇得元人三昧"的部分也应该一分为二地看。实际上,原作的意图、细节在改本里留下了蛛丝马迹,能为我们探求原貌提供有力的内证,只不过这些迹象被无意或有意地忽略了。如细味《元曲选》本窦娥的唱词,仍能看出来蔡婆与张孛老有了更进一层的关系。如"他则待一生鸳帐眠,那里肯半夜空房睡"直指男女之事。"他本是张郎妇,又做了李郎妻",说蔡婆又做了李郎妻,何谓妻? 仅仅收留张孛老在家,能不能称他们为夫妻? 显然不能! 必然要加以发生男女关系这一重要条件,才可以称为夫妻。后面又接唱"说的来藏头盖脚多伶俐,道着难晓,做出才知",那到底做出了什么? 收留孛老在家是已然发生的事,也是大家都知道的事。只有更进一步发生男女关系,才能是"道着难晓,做出才知"。且"做出"一词,实大有深意。查《宋元语言词典》"做出来"条:"谓出问题,犯事。亦指发生意外。《水浒传》42 回:'我叫贤弟不须亲自下山,不听愚兄之言,险些儿又做出来'。"[1]《西厢记》第 2 折:"这几日窃见莺莺语言恍惚,神思加倍,腰肢体态,比向日不同。莫不做下来了么?"[2]张生与莺莺"做下来"什么? 无须详说。窦娥骂的"道着难晓,做出才知",也大约与此相类。后面又道:"可悲,可耻! 妇人家直恁的无仁义;多淫奔,少志气,亏杀前人在那里,更休说本性难移。"骂得如此露骨! 孛老死时,面对蔡婆的哭哭啼啼,窦娥唱道"相守三朝五夕","又无花红财礼","这不是你那从小儿年纪指脚的夫妻",意思是不要以为在一起过了一段时间就是一家人了,只能算是露水夫妻而已。句句话都有影射或直接批评蔡婆的

---

①龙潜庵:《宋元语言词典》,上海辞书出版社 1985 年版,第 842 页。
②[元] 王实甫:《西厢记》,人民文学出版社 1994 年版,第 178 页。

意思。则由是而知,推论不为无据。

综上,我们可以看出臧懋循改本的几个倾向:(1)为蔡婆的自私和软弱进行开脱;(2)否认蔡婆与孛老已经是接脚夫妻且感情融洽的事实。目的在于引起观者对蔡婆的同情,使戏剧做到了重点突出,主题集中,这也是《元曲选》本为后世大多版本沿用的原因。但是,关汉卿原剧的不朽之处,就在于他把悲剧的深层结构建立在坚贞、孝顺的媳妇和软弱、自私而又值得同情的婆婆之间复杂而难解的矛盾冲突之上,而这种矛盾又具永恒性,即不论社会如何变化发展,这种亲属间的矛盾总有发生的可能,并且总是一个难以解决的问题。从这个意义上说,臧懋循的修改是败笔。

四、关汉卿的创作意图及其对蔡婆的看法

剧情说明,窦娥的赴汤蹈火很大程度上出于严守自己的信念而作的选择,社会黑暗、婆婆自私软弱只是侧面衬托。关汉卿此剧的落脚点是对伦理精神的隐落表示哀悼,并对此表现出坚定的信念和理想——窦娥冤屈会得到申辩洗雪,坚贞、孝顺会胜利。另外,还寄寓有现代研究者所不愿承认的"劝化世人",提倡守节的意图。

很明显,窦娥之悲剧,关汉卿是归因于蔡婆的。窦娥在公堂受拷打时唱:"这无情棍棒教我挨不的。婆婆也,须是你自做下,怨他谁。""劝普天下前婚后嫁婆娘每,都看取我这般傍州例","兀的不是俺没丈夫的妇女下场头","本一点孝顺的心怀,倒做了惹祸的胚胎。"这分明是在告诉世人坚贞的可贵,告诫"前婚后嫁婆娘每"不可轻易变节,免致悲剧。蔡婆自己也承认,"窦娥孩儿,这都是我送了你性命"。从《窦娥冤》的关目发展来看,也能得出同样的结论:蔡婆由于软弱,引狼入室;为使婆婆免于受刑,毅然诬招药死孛老;婆婆因为软弱自私,没有为窦娥喊冤,没有以己身替代窦娥。也没有想办法去为窦娥"活动"、奔走("他家广有钱物"),确实应该受到谴责。《古名家杂剧》和《脉望馆钞校本》的题目正名,都作"后嫁婆婆忒心偏,守志烈女意自坚。汤风冒雪没头鬼,感天动地窦娥冤"[①],明确指出了《窦娥冤》的主要矛盾对象——"守志烈女"与"后嫁婆婆",揭示了

---

① 吴晓铃编:《关汉卿戏曲集》(下册),中国戏剧出版社1958年版,第869页。《古本戏曲丛刊四集》之三"脉望馆钞校本古今杂剧",1958年上海商务印书馆影印北京图书馆藏本。

窦娥悲剧的成因。人们经常引用"这都是官吏每无心正法,使百姓有口难言"、"衙门自古朝南开,就中无个不冤哉"等唱词来证明关汉卿是直指黑暗现实,然而原本里面并无这些话,这是后改的。不辨版本,而任意阐发,则关汉卿的原意不可避免地要被歪曲。

关汉卿生活的元初,政府对离婚改嫁规定宽松,理学尚未取得正统地位,也没有如后代那样深入人心,更谈不上规范人们的行为,尤其是在下层社会,这种限制更少。再加上蒙元婚俗(主要是收继婚)的影响,婚姻状况大异于前。元代妇女离婚改嫁现象很普遍,甚至超出了正常状态,出现了令人难以接受的情形。据《元典章》载:有的妇女丈夫刚死,便接受财钱,由小叔当主婚人自行成亲;有的在亡夫孝服期间,便在媒人家中与男人见面,自行主婚成亲;有的夫死未葬便拜堂成亲;还有的服内将故夫焚化扬灰于江中凭媒改嫁;甚至有的因丈夫出外经商,音信隔绝久不回还,便自行改嫁;新寡军妻更外逃改嫁他人,不愿再作军妇。社会上妇女贞洁观念淡薄,元名臣郑介夫在上成宗《太平策》中,曾痛心地指出了当时社会的种种秽风陋俗:"纵妻求淫,暗为娼妓,明收钞物……典买良妇,养为义女,三四群聚,扇诱客官,日饮夜宿,白异娼户……都城之下十室而九,各路郡邑争相仿效。"以致有人感叹:"近年以来妇人夫亡守节者甚少,改嫁者历历有之,乃至斋衰之泪未干,花烛之筵复盛,伤风败俗莫此为盛。"[①]受过儒家教育的关汉卿是试图拨"乱"反正的,他的这种观念在《蝴蝶梦》中通过包拯之口说了出来:"国家重义夫节妇,更爱那孝子顺孙,圣明主加官赐赏,一齐的望阙谢恩。"[②]《古名家杂剧》本里窦娥说:"近时有等妇女婆娘每,道着难晓,做出难知。旧恩忘却,新爱偏宜,坟头上土脉犹湿,架儿上又换新衣。那里有走边廷哭倒长城?那里有浣纱处甘投大水?那里有上青山便化顽石?可悲!可耻!妇人家只恁无人意,多淫奔,少志气,亏杀了前人在那里。"把"近时有等妇女婆娘每"、"旧恩忘却"、"新爱偏宜"的行为同古时的孟姜女、浣纱女等的贞烈行为相比,表现了对当时社会风气不守贞节的遣责和鄙视。这是关汉卿讥刺时俗,劝化世人,提倡守贞的明证。《元曲选》也有类似唱词,说的都是好马不配二鞍,烈女不更二

① 参见位雪艳:《元代妇女贞节问题再探》,《河北师范大学学报》2007 年第 3 期。葛仁考:《元代汉族妇女守节问题初探》,《内蒙古社会科学》2003 年第 5 期。张靖龙:《元代妇女再嫁问题初探》,《社会学研究》1993 年第 1 期。

② [明]赵琦美辑:《脉望馆钞校本古今杂剧·蝴蝶梦》,上海商务印书馆 1958 年影印本。

夫之类的话。这些都证明了关汉卿颂扬守节。

关汉卿归因于蔡婆，从当时的社会情况来看也是合理的。元时政府不反对妇女改嫁，政府还专为无子寡妇改嫁设计了"妇人夫亡无子告据改嫁状式"，但限于"即目户下别无事产可以养赡，委是贫难生受"的难以过活的寡妇①，蔡婆这种受"夫主遗留"大量财产的不在其内。元代因夫、子受封的命妇如果夫死后改嫁也是不被支持的，至大四年甚至颁布法令规定汉人命妇夫死不许改嫁②。她们都是因故夫而得到了财产或封号的好处，所以改嫁就为人们所不赞同。蔡婆的故夫遗留下了丰厚的财产，使她衣食无忧，而她却试图改嫁，这在当时看来是不够高尚的。所以窦娥一再强调"想当初你夫主遗留，替你图谋……满望你鳏寡孤独……母子每到白头"，"俺公公撞府冲州，阖阖的铜斗儿家缘百事有……怎忍教张驴儿情受"，觉得她的公公"则（只）落得干生受"，并为此愤愤不平。

余　论

《窦娥冤》真正震撼人心之处，在于一个女人以孝顺、坚贞为指向，一步步选择，却促成了她的毁灭；与此相对，家庭成员的不守伦理或性格缺陷（如软弱），可能促成这类悲剧的发生。"冲突双方代表的'普遍力量'或者伦理理想，都具有一定的正义性和合理性"（黑格尔语），正是《窦娥冤》成其为"好的悲剧"的关键。两三恶人或扩大的社会恶势力只是作剧情陪衬而已。作社会学的分析是一种解读方式，但不应也不足以成为分析这样一部伟大悲剧的全部，读此剧者于此不可不注意。

参考文献

[1] 葛仁考：《元代汉族妇女守节问题初探》，《内蒙古社会科学》2003 年第 5 期。

[2] 古典文学出版社编辑部编：《关汉卿研究论文集》，古典文学出版社 1958 年版。

[3] 黄时鉴辑点：《元代法律资料辑存》，浙江古籍出版社 1988 年版。

[4] 李汉秋：《关汉卿名剧赏析》，安徽文艺出版社 1986 年。

---

① 黄时鉴辑点：《元代法律资料辑存》，浙江古籍出版社 1988 年版，第 236 页。
②《元典章十八·户部四·官民婚》"命妇夫死不许改嫁"条。

[5] 龙潜庵:《宋元语言词典》,上海辞书出版社 1985 年版。

[6] 马欣来:《关汉卿剧作版本的比较和选择》,《河北学刊》1988 年第 3 期。

[7] 孙楷第:《也是园古今杂剧考》,上海杂志公司 1953 年版。

[8] 王国维:《宋元戏曲史》,华东师范大学出版社 1995 年版。

[9] [元] 王实甫:《西厢记》,人民文学出版社 1994 年版。

[10] 位雪艳:《元代妇女贞节问题再探》,《河北师范大学学报》2007 年第 3 期。

[11] 吴晓铃编:《关汉卿戏曲集》,中国戏剧出版社 1958 年版。

[12] [古希腊] 亚里士多德著,陈中梅译注:《诗学》,商务印书馆 2005 年版。

[13] 严良孚:《从叙事学的行动元模式看窦娥之冤》,《华东师范大学学报》2006 年第 1 期。

[14] 杨慧林:《西方文论概要》,中国人民大学出版社 2003 年版。

[15] [明] 臧懋循:《负苞堂集》,古典文学出版社 1958 年版。

[16] 张靖龙:《元代妇女再嫁问题初探》,《社会学研究》1993 年第 1 期。

[17] [明] 赵琦美辑:《脉望馆钞校本古今杂剧·蝴蝶梦》,上海商务印书馆 1958 年影印本。

指导教师评语

本文以《窦娥冤》的悲剧构成及成因为研究对象,将明时陈与郊编《古名家杂剧》和臧懋循编《元曲选》所刊《窦娥冤》脚本从版本角度做了比勘,在比较分析的基础上探讨关汉卿的创作意图,认为窦娥的两大品质"坚贞"和"孝顺"与蔡婆婆的软弱自私形成主要冲突,并导致了悲剧的生成。该文思路清晰,能抓住主要问题充分展开论证,条分缕析,观点的表达步步深入,表述较为老到,显示了作者勤于钻研的思考习惯和驾驭文字的专业功底。本文也有一些不足,如文化视野可以再开阔些,观点也可以提炼得再圆满些。(武道房 俞晓红 崔达送)

乔吉杂剧《两世姻缘》结构艺术研究

鲍丙琴 *

乔吉,元代南方戏剧圈中重要的杂剧作家,作剧 11 种,今存 3 种才子佳人爱情剧:《两世姻缘》、《扬州梦》、《金钱记》。其中《两世姻缘》是这三本剧中写得最成功、影响最大的一部。《两世姻缘》故事来源于唐代范摅的《云溪友议·玉箫化》,写书生韦皋与洛阳名妓韩玉箫相约白头之好,却被鸨母以博取功名的借口拆散,玉箫相思成疾,香消玉殒。韦皋一举状元及第,又被恩加为元帅出征吐蕃,归来已物是人非。玉箫死后转世为驸马张延赏义女,韦皋拜访张延赏时,两人在筵间相见,忆及前世之事,引起一番波折。后经君王赐婚,两人再次结为连理。

一部戏剧是否引人入胜,关键在于结构。清代李渔提出了"结构第一"的观点,"填词首重音律,而予独先结构者"①。乔吉是个十分注重结构的剧作家,《两世姻缘》采用了典型的两世结构,前世玉箫女与韦皋被迫分离,今世玉箫与韦皋因缘聚合,转世轮回的两世情节,歌颂了玉箫女与韦皋生死不渝的爱情,勾勒出了扑朔迷离的境界,打动了无数读者的心。针对两世结构的独特魅力,本文将从佛学原理、艺术功能、经济效益三个方面来探析。

一、佛学旨意豁然

佛教自从传入中国,与本土的文化磨合之后,深深地扎了根,渗透进中华文明的各个角落。它与文学结下了不解之缘,在唐诗、宋词、元曲、明清小说中,我们处处可见佛教文化的印痕。乔吉在《两世姻缘》中很好地

---

* 作者系安徽师范大学文学院汉语言文学专业 2010 届本科生。
① [清] 李渔著,沈勇译注:《闲情偶寄》,中国社会出版社 2005 年版,第 324 页。

将佛学原理与戏剧结构需要结合起来,做到了"总以脉络分明,事实离奇为要"①。

(一)因缘和合,引出聚散脉络

"诸法因缘生,诸法因缘灭。"佛教吸收了婆罗门教的业报思想,提出了业感缘起说,实际上就是佛教因果论。佛陀认为,每一个生命体的能量所发出的行为都具有某种能量,以此为因可以生成宇宙人生的种种现象。佛陀在讲述缘起时,经常提到的偈颂就是:"此生故彼生,此灭故彼灭,此有故彼有,此无故彼无。"这首偈颂形象地说明了事物与事物之间错综复杂的关系,主张一切事物都由因缘和合而成的,人的痛苦和人的命运,也都缘于因果业报。世上的一切所求,都不可能凭空从天而降,自有它产生的因和缘。宇宙间的万事万物,一切的存在,都是因缘而起的,"缘聚则生,缘散则灭"。《两世姻缘》的前两折写玉箫女与韦皋被迫分离,玉箫相思成疾,香消玉殒。后两折写韦皋宴会忘情,帝驾赐婚。玉箫和韦皋的聚散都是因缘和合的,散是由于鸨母的逼迫,聚是两人忠贞的坚持。前世的散,是苦果;来世的聚,是乐果,前后相续。缘聚缘散,这中间是有来由的。

世界无边无际,时间无始无终,众生不可计量,因缘无处不在。佛教有"十二因缘"说,名目分别是"无明"、"行"、"识"、"名色"、"六入"、"触"、"受"、"爱"、"取"、"有"、"生"、"老死",这十二个环节辗转感果,互为条件,有情众生就在这样的因缘际会下生存着。按照"十二因缘"说,玉箫女与韦皋因"爱"而想"取",由此期盼长相厮守,痛恨别离。也为了"爱",玉箫女怀着对情的"有"去受"生",进入来世,再续前缘……《两世姻缘》情节的发展脉络暗合了佛教的缘起论,以因缘来连缀故事,行文自然,浪漫有趣。

(二)三世业报,勾画两世结构

十二缘起的环环相扣,形成了我们生命绵绵不断的过去、现在和未来三世。业,意为"造作",是指有情从自身的身、语、意三方面所造作的善恶行为。报,即报应。有情造作各种行为所产生的影响力并不消灭,这些

---

① 吴梅:《顾曲麈谈·中国戏曲概论》,上海古籍出版社 2005 年版,第 53、54 页。

影响力可以招感一定的果报。善业招感可爱之果,恶业招感痛苦之果。慧远在《三报论》中开宗明义说报应有三种方式、三种类别:"经说业有三报:一曰先报,二曰生报,三曰后报。现报者,善恶始于此身,而此身受。生报者,来生便受。后报者,或经二生三生,百生千生,然后乃受。"

人有三业,业有三报,生有三世。乔吉运用了佛教的三世业报思想,勾画了两世结构,成就了《两世姻缘》。玉箫女怀着对爱情的执著进入生死流转门,换来了今世,完成了前世未了的心愿,得到了爱情最终的救赎。前世玉箫女与韦皋百般恩爱,迫于鸨母的威逼而分离,从此种下相思业,一个香消玉殒,一个始终不娶。正所谓"种什么因,得什么果",他们对爱的忠贞换来了今世的相聚。前世的善业招感了今世的圆满婚姻,前世的遗憾在今世得到了弥补。前世与今世,玉箫女与韦皋两人演绎了三世业报,合情合理,深入人心。

(三)生死轮回,描绘离奇结局

人们总会关注命运,期待会有个来世来完成今生未能达成的梦想。于是,佛教的轮回说以其与世事人生密切联系的特点来到文学之中,影响着文学的主题、形式、风格乃至境界。轮回,源于印度《奥义说》,指生命在诸道中的生死轮转,其前提是灵魂不死,神灵不灭,动因是业报。在三国时期,支谦翻译《法句经》时,在译本之末,增加了一个《生死品》,在此品前附的小序中说道:"《生死品》者,说诸人魂,灵亡神在,随行转生。"这是说人的灵魂在身死之后是不灭的,会随着人的业力(行)转生。

"生生与老死,轮回周无穷。"《两世姻缘》运用了佛教的轮回说,构造了一个"再生人",玉箫女为韦皋的离去相思成病,香消玉殒后灵魂不死,脱离肉体进入轮回,再续前缘,完成了"有情人终成眷属"的美梦,给故事描绘了一个离奇的结局。如果玉箫女没有再生,这出才子佳人剧如何收场才能保证深入人心?是韦皋最后随玉箫而去,还是再出现一个佳人替玉箫与韦皋携手?无论哪种结局都没有太多神秘感,也无法长久地打动世人。唯有玉箫转世轮回,一切尴尬才完满解决。同时,佛教中普遍认为轮回是痛苦的,是需要出离和解脱的。乔吉却让玉箫女留恋尘世,为情转世,受轮回之苦,点出情的至高无上,情可以跨越生死之间的鸿沟,可以生成今生来世的因缘。

总之,乔吉以佛入文,将人生的悲欢离合阐释得淋漓尽致,在保证了全剧完备的同时,突出了情的巨大力量,动人心魄,也提高了文本的思想深度。

二、艺术匠心独运

戏剧作为一种艺术门类,有着其独特的艺术魅力。它以其生动的故事、鲜明的形象再现生活、感发人心,让人们在剧中或寻找生活,或体验生活,或憧憬生活。一部好的戏剧可以集育民与娱民为一体,在给人以深刻的思考的同时,带来无尽的回味。《两世姻缘》的两世结构使整本剧作在故事内容、情感表达、人物塑造等方面取得了巨大成功。

(一)文本篇幅增加,故事内容丰润

《云溪友议》是唐代范摅所作的笔记小说集,主要记载的是中晚唐的轶文野史,韦皋与玉箫的爱情传奇是其中的一则轶闻。范摅在《云溪友议·玉箫化》中记录了男女主人公的两世情缘,但只是直叙而来,未在故事的情节和人物等多方面进行渲染,显得单薄无趣,全文仅一千字左右。乔吉的《两世姻缘》在本事的基础上注入了更为丰富深刻的内容:人物上,乡野间伴读少女玉箫转变成洛阳城风尘名妓韩玉箫,体现了作者深广的女性关怀意识;情节上,增加了鸨母从中作梗、张延赏宴会闹事、帝驾恩赐再世姻缘等。文本篇幅拉长为叙事完备缜密的剧本,故事内容更加丰富,情节曲折多变,摇曳多姿。同时,男女主人公两世的感情纠葛得到了尽情演绎,乔吉将两世波折的前前后后交代得清清楚楚,用语流丽,浓墨重彩,将题旨阐述得淋漓尽致。

元代著名的爱情剧,如《西厢记》、《倩女离魂》等描写的都是一世纠葛,情节上大多雷同,即有情人如何钟情、如何受阻,最后状元及第,百事消散。乔吉在汲取前人经验的同时,又突出了自己的独特构思,他将《两世姻缘》扩充为两世连理,让玉箫演绎着两份故事,历经两世波折,拓展了故事情节,在一本四折一楔子的元剧体制中熔铸了更为丰富的内容,达到"读之者虽觉山重水复,而冈峦起伏,自有回顾纡徐之致"①的境地。同时,《两世姻缘》删除了本事中方士、阴阳、巫术、肉玉环等浓烈的迷信

---

① 吴梅:《顾曲麈谈·中国戏曲概论》,上海古籍出版社 2005 年版,第 53、54 页。

情节,将再世之缘作"似曾相识"的钟情处理,充满着浓郁的生活气息,增加了现实之感,更容易走进世人的心里。

(二)悲喜风格交织,以"情"贯穿全剧

汤显祖曾言:"人生而有情。思欢怒愁,感于幽微,流呼啸歌,形诸动摇。一往而尽,或积日而不能自休。"①乔吉善于挖掘人之常情,并用浪漫主义的手法把这种情感表现得淋漓尽致、光彩四溢。《两世姻缘》以情入文,悲喜交织,篇幅相当,有匀称之美。前两折风格是悲,突出玉箫女和韦皋被鸨母以考取功名为由拆散,韦皋离去数年,杳无音信,玉箫相思成疾,容颜憔悴,留下写真后香消玉殒;后两折风格是喜,写韦皋镇西归京,赴张延赏之宴,与转世后的玉箫邂逅,一时忘情引起争执,帝驾出面恩赐再世姻缘,皆大欢喜。正如李真瑜所说:"《两世姻缘》采用悲喜剧连缀的结构方式,前二折是悲剧,后二折是一出奉旨成婚的喜剧,形成两幕色彩分明的人生图景。"②

《两世姻缘》全剧悲、喜连缀,以"情"贯之,创造了元代爱情剧的一种新体制。"曲贵传情",吕天成在《曲品》中强调作家要"以真切之调写真切之情,情文相生"③,古代曲论多认为:戏曲作品"贵乎情真",戏曲作家要尽量使剧本节节尽情,场场尽情,把感情痛快淋漓地抒发出来,以达到情浓意真的效果。汤显祖在《牡丹亭题词》中说:"情不知所起,一往而深,生者可以死,死可以生。生而不可与死,死而不可复生者,皆非情之至也。"④今生缘尽,来生再续,《两世姻缘》整本剧作始终以"情"贯穿全剧,悲欢离合尽浓缩在一纸文字之中。玉箫女为情忧思、为情转世,韦皋为情忠守、为情争斗,两人从合到分,再从分到合,分分合合的曲折之中尝尽情味,谱写了"有情人终成眷属"的美丽篇章,是真情,是奇情,也是至情。

(三)人物形象鲜明,戏剧情境集中

在生活中,作家遇到种种人和事,有着各种遭遇,产生了种种感受。他体验着、激动着、比较着、判断着、思考着,经过反复的认识、提高,产生了自己对社会生活新的认识,建立了新的理想。这些认识和理想,诉诸艺

---

① [明]汤显祖著,徐朔方笺校:《汤显祖诗文集》(卷三十四),上海古籍出版社1992年版,第1127页。
② 李真瑜:《重评乔吉杂剧》,《晋阳学刊》1985年第2期。
③ [明]吕天成著,吴书荫校注:《曲品校注》,中华书局2006年版,第167页。
④ [明]汤显祖:《牡丹亭》,人民文学出版社1982年版,第1页。

术形象,系统地传达出来。故事是人演绎的,一部剧作不能脱离人物存在,人物形象的展示在剧作中占有十分重要的位置。

《两世姻缘》是旦本戏,通过两世结构塑造了一位丰满的痴情女子形象。玉箫是洛阳名妓,"吹弹歌舞、书画琴棋,无不精妙。更是风流旖旎,机巧聪明"。她身处风尘之中却有坚贞之志,对生活怀抱深情,对感情怀着向往,与韦皋相恋之后,赤心相待,白首相期,无奈鸨母从中间隔,拆鸳鸯于两处。玉箫百般无奈,她念的是"得个夫妻美满,煞强如旦末双全";怕的是"受官诰的缘薄分浅";愿的是"早三年,人月团圆"。在她的眼里,功名利禄是旁生枝节,是扼杀美好姻缘的刽子手,她只想与韦皋平凡地直到白首。韦皋走后,她凄凄苦盼,花容消瘦,愁肠百结,怨韦皋薄情,恨鱼雁不传,最终恹恹而终,只留下真容画与相思词。终是情有不甘,玉箫灵魂不死,转世轮回,再度与韦皋相遇,一见钟情,在危难之时据理力争,处处为韦皋着想,不在意老夫少妻之别,与韦皋重续姻缘。元代爱情剧中描写了很多忠于爱情的女主人公,但像韩玉箫这样因情而死,死而灵魂犹在,转世了结前世情缘的形象,是少见的。乔吉怀着对女性的深切关怀,塑造了玉箫这一鲜明的人物形象,对其两世深情浓墨重彩,用流丽的语言展示了一位青春少女丰富的内心世界。同时,剧中其他人物虽只是陪衬,也是有形有声,虽单薄而不失鲜明。

戏剧情境是戏剧人物产生某种动作、表现某种性格的外在环境和客观条件,作为戏剧作品的基础,它由三种因素构成:剧中人物活动的具体环境;对人物发生影响的具体事件;剧本中特定的人物关系。《两世姻缘》有着高度集中的戏剧情境,前世故事发生在洛阳,有玉箫女、韦皋和鸨母三个人物,主要写鸨母从中作梗,玉箫与韦皋分离;今世故事发生在京城,在原来人物之外,增加了张延赏和帝驾者两个人物,主要写帝驾赐婚,玉箫与韦皋结成连理。可以看出,《两世姻缘》中所有的人和事都只为玉箫的两世情缘而设,一切人和一切事都与此发生紧密联系。两世情缘总揽全剧,情节曲折而不复杂,人物各异而不混乱,篇幅宏大而不纷繁。

三、经济效益明显

元代是戏剧的繁荣期,不论是在创作还是表演方面。在商品经济发展起来的元代,戏班应运而生,它们拿文人案头剧来改编,在市民中甚至是统治者上层中搬演,获得经济收入。《两世姻缘》不仅在创作上有所成就,在戏曲演出方面也具有独特的优势。

(一)人物比较单一,演出开支减少

戏剧的传播,与其他文学样式不同,它主要不是通过书面阅读的途径,而是通过演员搬上舞台,表演给大众欣赏。因而,演出是戏剧艺术中的一个重要环节。元代是一个特殊的时代,思想的进步、城市的繁荣、科举的废止、前人的经验等促成了戏剧进入繁荣期。文人案头剧的蓬勃发展,使戏曲演出有了温床。戏曲演出是需要巨大人力、物力和财力的工作,编剧者要挑选剧本,邀请相关人士对剧本进行变调,授曲、教白等;演出者要熟记剧本内容,领会剧本精神,学习表演技巧等。演出还对服饰、砌末、布景、装扮、演出时间等都有细致的要求。

因而,一个戏班的班主经常会从经济角度来进行统筹,以求以最低的投入获得最大的收益。元剧一本四折一楔子的结构体制,是最适合拿来演出的,乔吉的《两世姻缘》亦不例外。《两世姻缘》的人物很单一,玉箫女、韦皋是主要人物,鸨母、张延赏、帝驾是次要人物,人物上场简单明了。该剧是旦本戏,由玉箫主唱,一唱到底,而在整本剧中,玉箫女两世都是青春少女形象,都是歌女形象,都是深情痴情之人,性格没有多大转变,因而演出中她的形象无需做太大的修整。相对的,其他人都是陪衬,只要突出身份即可,无需在唱功、动作等方面作密集的训练。

旦本戏的特质,观众集中精力关注的是旦的表演,玉箫的唱功、表情、服饰、动作对整剧演出起着决定性的作用。戏班班主需迎合观众心理,在旦角上多作投入。同时,人物的单一,也使演出的准备工作简单有序,可以统筹安排,无需耗费巨大财力兼顾训练,演出开支大大减少。

(二)契合期待视野,扩大消费市场

有学者指出:"没有观众就没有戏剧。"[1]以观众与演员当场交流为特点的戏剧,从诞生之日起,就开始寻找尽可能多地吸附观众的方法和途径。《两世姻缘》以其"传奇"和"圆满"受到广大受众的喜爱。

从"传奇"方面来说,乔吉构造的两世演的是奇事,畅的是奇情。削仙

---

[1] 郑传寅:《传统文化与古典戏曲》,湖南人民出版社2004年版,第14页。

为陈与郊《鹦鹉洲》作序云："传奇，传奇也。不过演奇事，畅奇情。"世人皆有尚奇的心理，奇事奇情自然会引人入胜。李渔认为"古人呼剧本为'传奇'者，因其事甚奇特，未经人见而传之，是以得名，可见非奇不传。"①《两世姻缘》故事奇特，展示的是一个轮回转世的爱情故事，情使人历经生死也矢志不渝，死而再生。这种灵魂不死的情节在元剧中并不是独立的，郑光祖的《倩女离魂》便是一例，但是乔吉构思更新，将形魂两分发展为爱魂转世，充满了神秘感，令人耳目为之一新。"感人心者，莫先乎情。"②在封建时代，男女之间的爱情并不自由，冲破樊篱往往会受到阻隔，"有情人终成眷属"的美好愿望往往难以实现。乔吉的《两世姻缘》写尽悲欢离合，让有情人两世连理，玉箫的灵魂转世与韦皋的忠贞不贰都感人至深。而且，眷属的实现并不是简单的分分合合，是情到深处不计生死，不怕轮回，果为奇情，这些都契合世人内心的审美情感需求。

从"圆满"方面来说，戏曲创作和欣赏都以"圆满"为目标。李渔说："全本收场，名为'大收煞'。此折之难，在无包括之痕，而有团圆之趣。如一部之内，要紧角色共有五人，其先东、西、南、北，各自分开，到此必须会合。"③王国维在《红楼梦评论》中概括古典戏曲和小说的结构模式时说："吾国人精神，世间的也，乐天的也。故代表其精神之戏曲小说，无往而不著此乐天之色彩：始于悲者终于欢，始于离者终于合，始于困者终于亨。"为什么团圆是必需的呢？王国维说："非是而欲餍阅者之心，难矣！"④也就是说，团圆是读者、观众的审美崇尚，如果缺少它，人们就难以得到满足。《两世姻缘》悲喜连缀，男女主人公由聚到散再到聚，达到圆满，让受众在带泪的微笑中得到安慰，契合欣赏者对美的追求心理。

总之，《两世姻缘》的总体构思，迎合了大众的尚奇和求圆的期待心理，有着广大的消费市场。

(三)一末一旦始终，提升演出效率

戏剧艺术是一门综合艺术，它是文学(剧本)、音乐(伴奏、音响)、绘画(布景)、舞蹈(演员的动作、姿态)等的结合。它的艺术形象，主要

---

① [清] 李渔著，沈勇译注：《闲情偶寄》，中国社会出版社 2005 年版，第 334 页。
② [唐] 白居易：《白居易集》(卷四十五)，上海古籍出版社 1995 年版，第 650 页。
③ [清] 李渔著，沈勇译注：《闲情偶寄》，中国社会出版社 2005 年版，第 407 页。
④ 俞晓红：《王国维〈红楼梦评论〉笺说》，中华书局 2004 年版，第 86 页。

是通过演员在舞台上的表演来完成,也就是说,演员是表演的主体。因而,培养演员是戏剧的重要环节。培养一个演员并不是一件容易的事,要兼顾到体质、气质、艺术修养、演唱技巧等方面。元代胡祗遹在《黄氏诗卷序》中针对演员的表演艺术提出了"九美"主张:演员的体质外形要"光彩动人",气质要"无尘俗态",念要"字真句明",唱要"清和圆转"、"中节合度",表演要"洞达事物之情状"、"使人解悟",表现人物要"使观听者如在目前",内容要"时出新奇"。可见,培养演员过程十分繁琐。一部戏剧中需要很多演员,但是出于经济考虑,不可能对每个演员都付出同等程度的投入。因为一个优秀演员的出炉,需要耗费极大的物力、人力和财力,即使是从小便开始训练,也是要花费十多年之功夫才能技艺纯熟。

任何一部爱情剧,末和旦都是不可缺少的,他们的表演也最为世人所关注。想通过一场演出捧红一个戏角已是不易,如果主角较多,同时又各有特色,眼花缭乱,观众注意力势必分散,怕是很难决断出最佳主角。《两世姻缘》始终展现的是一末一旦之间的爱情纠葛,没有其他旁生的线索,主要人物突出,情节较集中,演员使用率高,有利于降低培养成本。整本剧中玉箫女和韦皋是大纲,戏班对男女主角进行全方位的训练,让他们在舞台上完美展现魅力,在观众的心中留下难以磨灭的印象,借此抬高其人气,从而为戏班带来更多的经济利益。

乔吉的《两世姻缘》在结构上取得了很大的成功,开头美丽,中间浩荡,结尾响亮。同时,《两世姻缘》还具有非凡的文学史意义,它勾连了《倩女离魂》和《牡丹亭》,是两者之间过渡的桥梁。 郑光祖的《倩女离魂》中女主人公张倩女和与王文举情投意合,因倩女母亲嫌功名未就而被迫分离,倩女忧思成疾,魂灵悠然离体,追随王文举而去,后来魂魄与病躯重合为一,欢宴成婚。乔吉的《两世姻缘》中玉箫女与韦皋情投意合,被鸨母以功名为由拆散,玉箫相思难断,留下写真后香消玉殒,然而灵魂不死,转世轮回后与韦皋在帝驾的旨意下结为再世夫妻。汤显祖的《牡丹亭》中杜丽娘游园惊梦,相思成病,自画真容后恹恹而亡,葬于牡丹亭边的梅树之下,柳梦梅偶游花园,拾得丽娘的真容匣子,日夜拜求,丽娘魂魄与之欢会,后来起死回生,皇帝恩赐全家团圆。可以看出,这三出剧作,在人物塑造上、关目上、曲情上都有着很多的相似之处,是一脉相承的。在人物塑造上,女主人公居主体地位,她们热情大胆,重情深情,为爱做出巨大牺牲;在关目上,都是世俗阻碍因缘,最后欢宴成婚,而且后两部剧作都有写真情节,为男女主人公相聚做了铺垫;在曲情上,都是提倡"有情人终成眷属",情可以超越生死。

从灵肉两分到灵魂转世再到起死回生,是文学创作不断推陈出新的结果。乔吉《两世姻缘》作为最中间的一环,功不可没。它继承了《倩女离魂》基本剧情模式,汲取其离魂构思,并发展成为灵魂转世,将情节写得更加曲折动人。同时,乔吉创造了"自画真容"这一情节。汤显祖的《牡丹亭》中有类似的写真情节,或许正是受乔吉启发而来。诚如吴梅先生所言:"即论旧剧,元明以来,从无死后还魂之事。《玉箫女两世姻缘》亦是投胎换身。自汤若士杜丽娘还魂后,顿使排场一新。"①但是不能否认《两世姻缘》两世结构的巨大影响,其浓郁的佛学情怀、深厚的艺术匠心以及明显的经济效益,都将使它在古代戏曲文学的世界中拥有历久弥新的魅力。

参考文献

[1] [唐] 白居易:《白居易集》,上海古籍出版社 1995 年版。

[2] [清] 李渔著,沈勇译注:《闲情偶寄》,中国社会出版社 2005 年版。

[3] 李真瑜:《重评乔吉杂剧》,《晋阳学刊》1985 年第 2 期。

[4] [明] 吕天成著,吴书荫校注:《曲品校注》,中华书局 2006 年版。

[5] [明] 汤显祖:《牡丹亭》,人民文学出版社 1982 年版。

[6] [明] 汤显祖著,徐朔方笺校:《汤显祖诗文集》,上海古籍出版社 1992 年版。

[7] 吴梅:《顾曲麈谈·中国戏曲概论》,上海古籍出版社 2005 年版。

[8] 俞晓红:《王国维〈红楼梦评论〉笺说》,中华书局 2004 年版。

[9] 郑传寅:《传统文化与古典戏曲》,湖南人民出版社 2004 年版。

指导教师评语

该论文以元代乔吉杂剧《两世姻缘》的结构艺术为探讨主体,从"佛

---

① 吴梅:《顾曲麈谈·中国戏曲概论》,上海古籍出版社 2005 年版,第 58 页。

学旨意"、"艺术匠心"、"经济效益"三个层面论述了作品的审美内涵和文化底蕴,认为以"因缘说"和"轮回说"展开情节,深化了主题,提升了作品的思想深度;由于采用两世结构,文本篇幅扩大,而使故事更丰富,感情更饱满,人物形象更鲜明;从演出实际看,它既迎合了消费需求,也降低了演出成本。文章还认为,《两世姻缘》勾连了《倩女离魂》和《牡丹亭》,是两者之间过渡的桥梁。本文选题角度比较新颖,行文结构严谨,观点明确,论述时有新见,对问题的思考有一定深度,语言表述也较为老到,是一篇较优秀的本科毕业论文。(俞晓红)

论《三国志演义》中"和"的
文化精神

朱思敏 *

　　"和"是中国传统文化的精髓,包罗万象,蕴涵丰富。《广雅》曰:"和,谐也。"它的基本含义是和谐,是多种性质不同的事物有机融合,从而互相补充、互相协调以达到和谐的状态,产生新的事物。在后代的政治、文化、社会等各方面,"和"思想无处不在。古典小说《三国志演义》中就蕴含"和"文化,本文主要是从"天人合一"、"和而不同"、"仁政统一"这三个角度展开论述,通过它们来把握小说中"和"的文化精神。

一、天人合一:多维的叙事层面

　　"和"文化在哲学上的表现是"天人合一",它是中国思想史上的核心命题之一, 是中国传统文化的重要思想和审美文化的基本精神。早在《易》当中就开始涉及"天人合一"思想,《系辞下传》曰:"有天道焉,有人道焉,有地道焉。兼三才而两之。"①这是认为,天道和人道是融为一体的。后来道家和儒家都热衷于探讨"天人合一"的思想。作为一个大众化的哲学问题,"天人合一"思想在《三国志演义》中有所体现就不足为奇。它成为作者创作的指导思想之一。

(一)预兆吉凶的天人感应

　　《三国志演义》在叙事过程中出现了很多天人互相关联、交通感应的故事内容,主要包括天文星象、吉凶预兆、卜卦谣谶、奇异梦幻等具体细节以及充满天命思想的诗词歌赋等,这些内容都是天人合一思想的表现。

　　* 作者系安徽师范大学文学院汉语言文学专业 2008 届本科生。该文发表于《齐齐哈尔高等师范专科学校学报》2009 年第 5 期。

　　① 黄寿祺、张善文:《周易译注》,上海古籍出版社 2004 年版,第 560 页。

"天人合一"这个术语虽是由宋代的张载提出，然它的思想却本自《易》。《系辞上传》云："河出图，洛出书，圣人则之。"①强调天道与人道是统一的，人道应当遵循天道的发展。汉代的董仲舒则把这种观点推向一个极致，建立了以天人感应为基础的天人合一的哲学体系。但是，他的理论中包含了很多神秘成分，它们影响了东汉的儒学，使得儒学向谶纬学说发展，谶纬学说在此时也甚嚣尘上。《三国志演义》描写的是东汉末期至晋朝初年的历史故事，不可避免地会涉及与谶纬相关的内容，因而在文本中会出现如此多预兆吉凶的天人感应。

在诸多的天人感应式小说细节中，异兆的表现特别突出，国家和个人出现灾难前往往都有奇异的预兆。小说第1回描写灵帝时期种种"不祥之兆"，青蛇蟠龙椅、宫廷黑气涌现、雌鸡化雄、洛阳地震、海水泛滥等，这些凶兆都昭示着一个乱世的到来。紧随其后，小说就写到了浩荡的黄巾起义，混乱的诸侯纷争，前者蔑视纲常，后者逐鹿中原，将清平世界变成了鏖战杀场。它们与前面的预兆遥遥相应，事态诡异，让读者观之自觉惊惶。小说第79回中还写道："是岁八月间，报称石邑县凤凰来仪，临淄城麒麟出现，黄龙现于邺郡。"因此大臣们要求献帝禅位于魏王曹丕，宣称"种种瑞征，乃魏当代汉之兆"②。毛宗岗在此评说："此凤、此麟、此龙不当来而来，非魏之祯祥，乃汉之妖孽耳。"③曹丕篡刘，意味着汉祚衰竭，故而毛宗岗说它们是妖孽，因为国家败亡时，妖孽就会出现。

同样个人灾难到来前也有预兆。董卓、孙綝、诸葛恪等位高权重者临死前发生很多奇怪的事情，如董卓听到的童谣，孙綝早起的无故蹶倒，诸葛恪看见的戴孝之人，它们似有似无地暗示，人物命运将要发生变化。由于天人相通，"天地之符，阴阳之副，常设于身，身犹天也，数与之相参，故命与之连也。"④所以一旦个人命运遇到危险或发生变化时，上天就会预先告诉人们，董卓、孙綝、诸葛恪等即将遭逢灾难的时候，上天都予以示警，惜乎当局者迷。

这种临难前的预兆与东汉时期流行的谶纬学说有关。所谓的"谶纬"，其实是"谶"与"纬"的合称。"谶"是秦汉间的巫师、方士编造的预言

① 黄寿祺、张善文：《周易译注》，上海古籍出版社2004年版，第520页。
② [明]罗贯中著，刘世德、郑铭点校：《三国演义》，中华书局2005年版，第444-445页。
③ 陈曦钟等辑校：《三国演义会评本》，北京大学出版社1986年版，第969页。
④ [汉]董仲舒著，周桂钿等译注：《春秋繁露　人副天数》，山东友谊出版社2001年版，第493页。

吉凶的隐语、预言。据他们宣称,其中暗寓未来的吉凶祸福、治乱兴衰。"纬"即纬书,是汉代儒生假托古代圣人制造的依附于"经"的著作。如前所言,董仲舒的"天人感应"观是这种学说的理论根据之一。董氏的"天人感应"论是他的天人合一观的核心部分,一方面强调天对人的主宰作用,尤其对君主具有约束力;另一方面又认为天通过祥瑞灾异来表达自己的意志。他曾提出"灾异说":"凡灾异之本,尽生于国家之失,国家之失,乃始萌芽,而天之灾异以谴告之,谴告之而不知变,乃见怪异以惊骇之,惊骇之尚不知恐惧,其殃咎乃至。以次见天意之仁,而不欲陷人也。"①《三国志演义》行文中出现的这些怪异现象与这个观点是不无关联的。汉祚衰败,因而天现怪异,警戒君主要行仁政、施德行。小说于开篇第1回就写出灵帝时期的不祥,是因为灵帝宠信宦官,导致宵小横行,朝政腐败,作者大肆渲染这种不祥的气氛,是要表达他对王朝末世奸邪当道的怨怒之情。这种文学创作也是继承了《春秋》的"灾异"思想,认为政事与灾异之间有必然的因果联系,灾异是上天的警告。

正因如此,诸葛亮会用星象告诫出征西川的刘备要注意将帅的安危;谯周会用星象阻谏诸葛亮出祁山。曹操梦见三马同槽,预示晋承魏祚;梦见三日争辉,昭示三国鼎立。关公梦见黑猪咬足,预示凶险;魏延梦见头上长角,被杀身亡;行军打仗中的风角(吹折旗杆或吹向军旗的风),预示战事的发展情况……可见,《三国志演义》中大量出现的天人感应细节与作者描写的那个时代有很大的关系。董仲舒"天人合一"思想在东汉时期产生的社会文化影响,不可避免地折射到反映汉末魏晋历史演变态的《三国志演义》这部文学作品中。它所描写的诸多细节,都为小说增添了神秘的成分。

(二)天人相通的奇人异士

儒道两家的思想往往有相通之处,董仲舒宣扬的"天人感应"与道家的天人之和很是相似。《庄子·山木》云:"有人,天也;有天,亦天也。"②这就是道家的"人与天一"。在道家看来,"天"更倾向于自然,人若要达到"天人合一"的境界就需崇尚自然,无为而为。汲汲于富贵名利之中的人

---

①[汉]董仲舒著,周桂钿等译注:《春秋繁露 必仁且智》,山东友谊出版社2001年版,第328页。
②陆永品:《庄子通释》,经济管理出版社2004年版,第309–310页。

是无法进入这种境界的。

《三国志演义》中描写了一些洒脱出尘的奇人异士,他们身上就折现了道家"天人合一"思想的微光。于吉、左慈、管辂、李意之辈,就是这类奇人异士。他们通彻天地,了解宇宙的奥妙,于吉能呼风唤雨,李意可以画图卜卦,而左慈、管辂更通达洒脱。左慈掷杯戏曹操,发生在曹操最得意之时:"当称魏王、立世子、江东请和、孙权纳贡之后,正志得意满之时也。威无不加,权无不遂,其势足以刑人、辱人、屠人、族人。"①而左慈丝毫不顾,尽情戏闹,点化曹操。管辂随后出场,也是曹操炙手可热之时,面对曹操的封赏,他平和拒绝,不图富贵。他们高蹈出尘,在三国乱世中自有一份清净心境,不受俗世的束缚。左慈可以预知曹操"土鼠随金虎,奸雄一旦休",管辂可以相人富贵,知人生死,他们心境超然便能洞彻天地玄机,达到"人与天一"的境界。这种超然的人生境界正是老庄所倡的天人合一的境界。《老子·二十五章》说:"人法地,地法天,天法道,道法自然。"②《庄子·达生》中也提到:"弃事则形不劳,遗生则精不亏,夫形全精复,与天为一。"③只有崇尚自然、远离俗世才能达到"天人合一"的境界。

当然,这些人物形象与其历史身份并不吻合,有人就指出,于吉是"太平道的理论传播者和实际开创者"④。"历史上的左慈不过是一个普通的方士,并非如《演义》描写那样神仙道化。"⑤但在作者的笔下,这些人物具备了超越其本身的能力。这显然是作者浓墨重彩有意为之,是在"天人合一"思想的影响下加工创作而成的。

这些奇人异士身上有着道家的超脱风骨,在战火纷飞的三国中,他们不像诸葛亮会为了人事而忽略天命。其实,诸葛亮的身上也体现"天人合一"思想,他知晓天命人事的变化,精通术数。隆中对策,把握天下大势;草船借箭,算定必有大雾;赤壁之战,于隆冬季节借得东南风;鱼腹浦上,布石头阵等候陆逊大军……这些耳熟能详的故事勾勒了一位儒雅睿智的超人形象,可这位超人有时会"知其不可而为之",为了报答刘备三顾茅庐的知遇之恩,他宁可鞠躬尽瘁、死而后已,也不愿离开蜀汉政权。

---

① 陈曦钟等辑校:《三国演义会评本》,北京大学出版社1986年版,第837页。

② 陈鼓应注译:《老子今注今译》,商务印书馆2003年版,第169页。

③ 陆永品:《庄子通释》,经济管理出版社2004年版,第276页。

④ 赵庆元主编:《皖江侧畔论三国》,黄山书社2001年版,第250页。

⑤ 赵庆元主编:《皖江侧畔论三国》,黄山书社2001年版,第260页。

六出祁山时，太史令谯周都能看出天示星象，不利伐魏，对手司马懿也说当时星象异变，诸葛亮却置之不理，他为了完成先主托孤的遗愿，执意要逆天而行，终于在五丈原的瑟瑟秋风中"出师未捷身先死"。他为蜀汉政权殚精竭虑，谋划半生还是惨淡收场。与诸葛亮相比，这些奇人异士更多的是追求天命与人事的相合，他们不会在不合的天命与人事之间，竭力去改变人事，因此他们看不见三国的战火，只在内心当中追求天人合一，只有这样才能达到与天合为一体的自然无为状态。

(三)模拟天道的循环结构

古典文学作品往往呈现圆形结构。唐传奇中有些优秀的记梦小说，在整体结构上展现出入梦、迷梦、醒梦的圆满回环，梦境中演绎的人生荣枯亦有运命难料的起复意味。明清小说中的循环结构也屡见不鲜，《西游记》中的八十一难，《醒世姻缘传》里的转世报应，等等。《三国志演义》在这方面没有标新立异，也呈现了循环结构。小说中有很多循环的故事模式，比较明显地表现在曹魏集团内部斗争上。首先是关于曹操个人的故事，曹操杀害吕伯奢一家为人诟病，没想到后来在徐州时，他的父亲曹嵩也全家被别人屠尽。作者借诗评说："曹操奸雄世所夸，曾将吕氏杀全家。如今阖户逢人杀，天理循环报不差。"曹操杀人全家，而后全家被人屠杀，故事前后循环彰显天理报应。其次是关于曹魏集团，曹操在"挟天子以令诸侯"后，不臣之心渐渐显露，许田打围僭越违礼，引起朝臣的不满，血带诏箭在弦上，不得不发，曹操为此诛杀国戚董承、董贵妃等人。献帝身为傀儡君王，不堪忍受被曹操任意摆布，与伏皇后、伏完密谋计划，不料又被曹操发现。曹操盛怒之下，诛皇后，灭伏完，鸩杀皇子，上演了一幕宫廷惨剧。这两次诛杀皇亲国戚的行为在小说第109回中得到重演，只是杀人者变成了司马师，"废曹芳魏家果报"，司马师杀张皇后、张缉等人的行为与曹操如出一辙，小说中有诗曰："当年伏后出宫门，跣足哀号别至尊。司马今朝依此例，天教还报在儿孙。"曹操对汉家王朝所做的僭越违礼之事后来都残酷地再现。这些情节的设置及书中的诗评无疑是作者的果报思想在作祟，在结构上却体现为一种循环的故事模式。与之类似的就是受禅一事，曹丕曾经威逼献帝让位，自称魏文帝，后封献帝为山阳公。第119回"再受禅依样画葫芦"，魏主曹奂亦筑受禅台禅位给司马炎，司马炎则封其为陈留王，作者感叹："晋国规模如魏王，陈留踪迹似山阳。重筑受禅台前事,回首当年止自伤。"曹操与司马师一前一后两次"屠后",曹丕与司马炎一前一后两次"受禅",这种故事内容的循环,再加上回目与诗句的点评,反映了作者"天道循环"的历史观。

《吕氏春秋·圆道》云:"天道圆,地道方,圣王法立,所以立天下。"①古人由于生产力局限,认为天圆地方,再加上四季寒暑交替、日出而作日落而息的自然规律和人事活动,因此形成天道循环的观念。《老子·十六章》"万物并作,吾以复观"②之言,说的也是天道循环之意。这种观念影响了文人的创作,在古典小说中,报应循环的故事处处可见,《三国志演义》中出现这样的故事也是受到天道循环观念的影响。正是这种历史观的影响,作者创作时"以人合天",把作品的结构布局圆整,描写许多循环的故事模式。

就小说的整体结构而言,由汉至三国至晋,它体现的就是合久必分、分久必合的循环规律,这种历史观是否消极落后我们姑且不论,它呈现出来的循环反复性才是需要关注的重点。小说创作模拟天道,形成圆整严谨的结构,局部链条环上是圆形的结构,整体框架也是如此。天人合一思想为小说蒙上一层神秘的外衣,甚至包含有某种消极的天命观,但从更深的程度而言,小说中的天人合一思想追求的是天人相合的境界,天人合一便能知晓天道的发展,洞彻人道的规律,促进事物更好的发展。天人合一不仅是哲学探求的境界,它在艺术上也备受推崇。能将个人有限的生命融入无限的宇宙中,让人物形象与天合一、故事结构圆融完整,是小说创作者的无上追求。

二、和而不同:曹操的用人之道

在传统的"和"文化中,"和而不同"是重要的命题,如果说天人合一是"和"文化在哲学上的表现,那么"和而不同"就是"和"文化的内核本质。《论语·子路》曰:"君子和而不同,小人同而不和。"杨伯峻先生注释这句话时说:"'和'与'同'是春秋时代的两个常用术语……'和'如五味的调和,八音的和谐,一定要有水、火、酱、醋各种不同的材料才能调和滋

---

① 张双棣:《吕氏春秋译注》,北京大学出版社 2000 年版,第 82 页。
② 陈鼓应注译:《老子今注今译》,商务印书馆 2003 年版,第 134 页。

味;一定要有高下、长短、疾徐各种不同的声调才能乐曲和谐。"这两句话可以解释为:"君子能用自己正确的意见来纠正别人的错误意见,使一切都能做到恰到好处,却不肯盲从附和。小人只是盲从附和,却不肯表示自己不同的意见。"①虽然此话论的是君子、小人之别,但推而广之,它则是一个放之四海的哲理。《三国志演义》中曹操的用人之道阐释了"和而不同"这个命题。人才是三国争霸中不可忽视的问题,关于这一点,曹操比任何人都认识得清楚。他重视人才,也会利用人才。"和而不同"所要达到的局面是求大同而存小异,曹操在对待人才方面就是如此,他招揽类型各异的人才,常常以虚怀若谷、礼贤下士的态度来对待各方贤才。他之所以能这样做,就是因为他要集聚这些人才为他的统一大业而奋斗。这也许只是一种政治手段,却为曹操带来了政治上的成功,可谓"和而不同"的一个很好诠释。

(一)招贤纳降,唯才是举

曹魏政权是北方势力最强大的政权,很多有志之士都投效曹操。在罗致人才的过程中,曹操以其海纳百川的气度留下了很多佳话。当然,曹操偶尔也会嫉妒贤才,比如杀杨修、孔融等人,但通过小说文本的阅读, 我们更能感受到的是他求贤若渴之心。他曾经横槊赋诗:"青青子衿,悠悠我心。但为君故,沉吟至今。呦呦鹿鸣,食野之萍。我有嘉宾,鼓瑟吹笙。"②夜色沉沉,东山月上,曹操立在船头,兴之所至,慷慨作歌,在浩瀚长江上吟诵他求贤的心曲,那绵长的余韵飘荡在历史的长空中,令人追念不已。

曹操在兖州招兵买马时,很多贤能之士投奔而来。文臣有荀彧、荀攸叔侄,武将有夏侯惇、典韦等人。文臣们互相推荐,又招致程昱、郭嘉、刘晔、满宠、吕虔等人,使得曹操的智囊团渐成气候。虽然有很多良臣猛将,但曹操依旧求贤若渴,在其南征北战的过程中,不断地求贤纳才,其中主要的方式是纳降。三国乱世,君臣互择,贤士从一而终的情况并不多见,而是"良禽相木而栖,贤臣择主而事"③,朝可在秦,暮可在楚。曹操很清楚这种局面。他对有才华的人抱着宽容的态度,惜才敬才,大力争取对方阵

---

① 杨伯峻:《论语译注》,中华书局 1980 年版,第 142 页。
② [明] 罗贯中著、刘世德、郑铭点校:《三国演义》,中华书局 2005 年版,第 267 页。
③ [明] 罗贯中著、刘世德、郑铭点校:《三国演义》,中华书局 2005 年版,第 365 页。

营中的良将贤才。

第12回中,曹军与许褚狭路相逢,此时的许褚只是一个草莽英雄,名不见经传,但他与典韦大战时能旗鼓相当,曹操对此深为赞叹,于是用计拿下许褚,并对他礼遇有加。许褚感激涕零,从此誓死效命;徐晃曾为杨奉、韩暹效力,曹操移驾幸许都时,他在半路上阻截曹操,曹操反而很欣赏他的威风凛凛,遂派满宠说服他。再有兵败吕布后,曹操得了赤胆忠心的张辽;官渡大战中得了有勇有谋的张郃、许攸、陈琳。为了得到许攸的帮助,曹操甚至容忍他放肆无礼,为降陈琳,对其曾经作檄辱骂也不计前嫌。正因如此,在宛城用妙计让曹操损兵折将的贾诩都敢投奔他,因为"曹公霸王之志,必释私怨,以明德于四海"①。曹操为成霸业大力招揽人才,只要有一技之长,他都会考虑。像蔡瑁这种小人,他投靠曹操,曹操也封爵留之。当时荀攸进谏,"操笑曰:'吾岂不识人?止因吾所领北地之众,不习水战,故且权用此二人,待成事之后,别有理会。'"②由于曹操求才心切,所以其麾下文臣如云,武将如雨,聚集了来自四面八方的英豪,曹操御人有道,让他们都诚心为他效力。

(二)折节敬礼,知人善任

曹操尊敬人才,赏识人才,他的爱才惜才青史留名。典韦、郭嘉是曹操麾下的股肱之臣,可惜都英年早逝,他们生前一直被曹操重用,典韦是虎卫军的将领,而虎卫军是曹操的亲信军,曹操对典韦的信任可想而知。郭嘉在众谋士中是比较年轻的,可曹操对他的意见往往言听计从。在他们死后,曹操经常哭奠他们,追怀之余,厚待他们的家属。这些行为让其他谋臣武将感叹不已。

曹操对死者尚且如此,对活着的人更是礼遇厚待。大宴铜雀台上,曹操麾下的武将校场射袍,红绿二队代表着曹氏宗族和异姓将士,他们百步穿杨,你争我夺,显示出英雄的力美。许褚徐晃二人为了夺袍竟大打出手,曹操在他们打得热火朝天时急忙制止,将锦袍赏给在场的诸位将领。主公不厚此薄彼,一视同仁,让众将心悦诚服。曹操不光对自己旗下的文臣武将礼遇有加,对投降而来的人才也同样器重赏识。官渡之战,曹操渐

① [明] 罗贯中著,刘世德、郑铭点校:《三国演义》,中华书局2005年版,第128页。
② [明] 罗贯中著,刘世德、郑铭点校:《三国演义》,中华书局2005年版,第230页。

入困境,忽闻袁绍手下谋士许攸来访,匆忙之中,他跣足相迎,毫不在意是否有损自己主帅的威名。这让失意的许攸很感动,故而他积极为曹操出谋划策,献出乌巢烧粮之计,使曹操在官渡之战中反败为胜。

爱才惜才的关键是用才,曹操的爱才不仅仅是礼遇,他还能够根据个人的才能安排不同的任务,以便发挥他们的才华。关于这一点,古人早有议论。洪迈在《容斋随笔》卷十二中谈到了"曹操用人",大力赞扬他善于用人,赞之不足,还举出十个例子予以佐证。在小说中我们也随处可见曹操的知人善任。泹水一战中,对抗孙权的是张辽、乐进、李典三位将军。其中张辽善于统率部属,乐进稳健,李典儒雅,而张辽李典又素来不和,曹操正是考虑这种情况特意下令张辽李典两位将军出城迎敌,乐进守城。李典因为看到主公的命令,所以放下私怨,与张辽对抗共同的敌人,奏响了大战逍遥津的凯歌。曹操运筹帷幄,千里寄书,遥控整个战役,这固然是利用他们刚猛无畏的战斗豪情、同仇敌忾的共同心理,但他如果不了解各将的脾性,就不可能妥善调和大家的关系,使他们齐心为自己效力。

(三)广纳忠言,择善而从

每临大事曹操都能听取多方面的意见,实行"挟天子以令诸侯"的计划是听从荀彧之议,移驾许都则是采纳董昭之谋。曹操雄才大略,在众多不同的意见中,他往往能择善而从,做出正确的判断,而不是盲目地听从别人的意见。在如何对待刘备这一问题上,荀彧和程昱都主张杀刘备,而郭嘉建议礼遇刘备:"今玄德素有英雄之名,以困穷来投,若杀之,是害贤也,天下智谋之士闻而自疑,将裹足不前,主公谁与定天下乎?"[1]曹操考虑到自己的政治计划,采取了郭嘉的意见。立世子时,他虽然喜欢曹植,有废长立幼的想法,但最终还是采纳贾诩的进谏,立曹丕为世子。此不唯避免了袁绍、刘表父子相残惨祸的发生,也保障了曹魏政权的顺利过渡。诚然,曹操不是每次都能做到这样,西击乌桓就是只偏听了郭嘉的意见而没有考虑其他人的看法,但是在跋涉归来之后,他认识到自己的错误,就重赏先前力谏出征的大臣,鼓励他们以后大胆献议献策。

在这一点上,枭雄刘备比不上曹操。蜀汉政权曾经有过辉煌的时候,在其如日中天之时,曹操尚要避其锋芒。可是就在蜀汉政权最鼎盛的时

---

① [明] 罗贯中著,刘世德、郑铭点校:《三国演义》,中华书局 2005 年版,第 93 页。

候,刘备却亲手毁掉自己建立的基业:内部高层的用人失误,拒忠言于万里的冲冠一怒,让蜀汉集团一蹶不振。

出于兄弟之义,刘备任命关羽留守荆州,刚而自矜的关羽却无视诸葛亮"北拒曹操,东和孙权"的叮嘱。一方面与曹操为敌,一方面与孙权结怨,结果败走麦城,父子身亡,使诸葛亮"命一上将将荆州之兵,以向宛洛"①的计划惨遭失败。在关羽死后,刘备不顾群臣劝阻,将诸葛亮、赵云等人的忠言置之脑后,倾全国之兵以伐东吴,结果因连营七百里,犯兵家大忌,被陆逊击败。他无颜回益州,最后驾崩白帝城,使诸葛亮设想的"将军身率益州之众,以出秦川"②的计划又遭挫折。一员大将的损亡虽对国事产生影响,但政策方针的错误造成的后果显然更严重。刘备忽视君臣大义,只重兄弟之谊,作为君主却一意孤行,不听忠言,使得蜀汉政权走向了下坡路。

曹操则不然,他给予文臣武将以最大的自由,让他们尽力发挥自己的才能,他再择优录之。因为他谋而能断,有自己统一天下的计划,凡是能帮助他实现计划的忠言策略,他都能接受,这与"和而不同"不谋而合。有人说:"和而不同,就是自己要有中心的思想,能够调和左右矛盾的意见,而自己的中心思想还是独立而不移。"③曹操既有雄才大略,又能容纳人才,更为可贵的是,他可以在不同的声音中做出比较正确的选择。"和而不同"简单地说就是要承认"不同",然后在此基础上"和"。它追求内在的和谐统一,而不是表象上的相同一致。曹魏集团内部存在不同类型的人才,不同意见的声音,此乃"不同"。曹操以其宽容的气度容纳他们,又知人善任,广开言路,勇纳忠言,通过这些方式来追求"和"。这种"和而不同"一方面激励曹营内部的人才进取建功,另一方面又形成凝聚力,使曹魏集团内部达到团结一致,成为三国之中势力最强大的政权。

刘备之所以在用人上比曹操略逊一筹,就是因为刘备用人没有做到"和而不同",而是走向它的反面"同而不和"。刘关张桃园结义,兄弟之情山高水深,关羽之死令刘备失去理智,使他不纳忠言,不顾国情,放弃联吴抗曹的基本国策,忽视隆中决策的长远目标,一定要为兄弟报仇。《左传》云:"若以水济水,谁能食之?若琴瑟专一,谁能听之?'同'之不可也如

①[明]罗贯中著,刘世德、郑铭点校:《三国演义》,中华书局 2005 年版,第 213 页。
②[明]罗贯中著,刘世德、郑铭点校:《三国演义》,中华书局 2005 年版,第 213 页。
③南怀瑾:《论语别裁》,复旦大学出版社 2002 年版,第 631 页。

是。"①义使刘备集团君臣达到"同"的状态,让刘备听不进反对的声音,不能像曹魏集团那样进入"和"的状态,"同则不继",所以蜀汉集团大厦将倾,诸葛亮纵有再大的神通也无法力挽狂澜。

通过对曹魏集团与蜀汉集团用人策略的对比,我们可以看到"和而不同"和"同而不和"的差别,同时也能够理解蜀汉集团为什么会为曹魏集团所败,一个政权只有达到内部的真正和谐,才能促使这个政权更好地发展。这种"和而不同"的用人策略对我们现代社会也是很有启发的。

三、仁政统一:儒家的社会理想

《三国志演义》中除了有对用人之道"和而不同"的阐释外,更在深层意义上蕴含着尚"和"的民族文化心理,那就是追求国家的统一,社会的和谐。小说写的是汉末动乱群雄争霸的故事,在格局上起于汉朝末年,终于晋朝初年。"话说天下大势,合久必分,分久必合"这句话点明在篇首,出现在结尾,贯穿了小说的始终。纵观封建社会的历史,分裂只是短暂的,统一才是社会的常态。"中国人的宇宙论和生活论中有某些动态圆型原型,它们融合着意识和无意识的悟性自觉,形成了与西方'原子论'相对立的具有这种动态圆型的'道论',形成了中国人的集体梦幻;中国人对'破裂'、'分裂'等甚为敏感,有一种'趋圆性'的集体意识和无意识。"②这种趋圆性使人们总是向往国家的统一与完整,早在《诗经》中,人们就开始吟唱"溥天之下,莫非王土;率土之滨,莫非王臣",《史记》里确定的"大一统"观念更是深入人心。《三国志演义》是世代累积型小说,小说里不仅有作者的思想,更沉淀着历代人民的心声,统一的渴望蕴藏在字里行间。

(一)群雄逐鹿,归于一统

对魏蜀吴政权来说,它们占据着三分江山为的就是统一天下。曹操、刘备和孙权在拥有自己的政权之后并没有就此满足,而是时刻准备逐鹿中原、一统天下,所以才互相征战。"就中国的几千年王朝封建社会的轮

---

① [清]阮元:《十三经注疏·春秋左传正义》,中华书局1980年版,第2094页。
② 张首映:《西方二十世纪文论史》,北京大学出版社1999年版,第197页。

番转递现象来说，'分'是一种斗争形式的手段，'合'才是目的。"①所谓"沧海横流，方显出英雄本色"，曹操"挟天子以令诸侯"后，以许昌为大后方，攻打吕布获得徐州，经官渡之战后统一北方，尔后又深入沙漠，西击乌桓，不辞辛苦，平定汉中，唯一剩下来的对手就是孙刘。除了征战以外，他还安抚民心，官渡之战后号令三军："如有下乡杀人鸡犬者，如杀人罪。"②并在许昌屯田，使百姓仓廪丰实，成为三国中势力最强的政权。晋朝后来能快速统一天下，与曹魏集团建立的雄厚基础有很大的关系。

与曹操相同，刘备孙权亦以统一为己任。刘备一开始东奔西跑，没有自己的政权，他自称中山靖王之后，以保卫汉季皇权为口号，在诸葛亮的帮助下夺取荆益二州，与孙曹形成鼎足之势，然后开始一图中原的大业。虽然说刘备的势力无法与曹操抗衡，尤其在刘备死后，蜀汉政权更是一落千丈，可是诸葛亮六出祁山之举，姜维九伐中原之行，无一不是在实践统一中原的计划。诸葛亮在《出师表》中说："今南方已定，甲兵已足，当奖帅三军，北定中原，庶竭驽钝，攘除奸凶，兴复汉室，还于旧都，此臣所以报先帝而忠陛下之职分也。"③诸葛亮、姜维的行动是在完成刘备的遗愿，是忠于蜀汉政权的表现。而孙权与刘备不一样，他没有直接统一中国的行动，只是固守江南一隅，窥视着北方，摇摆在蜀魏之间，乘机扩张自己的领土。在当时三国鼎立的情形下，孙权明白无法有所突破，这并不表示他会放弃统一。如果他想放弃的话，赤壁之战早已俯首称臣，然他只是坚守一方，等待着最好的时机。

(二)行仁修睦，民心所向

在魏蜀吴政权中，虽然曹魏政权对统一做出的贡献最大，可作者推崇的还是刘备集团。这一方面是因为刘备代表汉季皇权，打着讨伐国贼的旗号，三国分裂时期，人们自然怀念汉代治世的安定，人心向刘是可能存在的情况；但另一方面，则是刘备的仁政深入人心。小说中的刘备被塑造成仁君的代表。他任安喜县尉时，"与民秋毫无犯"；理任新野时，安抚百姓；转战江陵则携十万百姓，尽管后有追兵仍不离不弃；他讲究仁义，陶恭祖三让徐州，才谦而受之；依附刘表，孔明劝他乘机夺下荆

---

① 赵庆元主编：《皖江侧畔论三国》，黄山书社2001年版，第151页。
② [明] 罗贯中著，刘世德、郑铭点校：《三国演义》，中华书局2005年版，第176页。
③ [明] 罗贯中著，刘世德、郑铭点校：《三国演义》，中华书局2005年版，第515页。

州,结果被拒绝;庞统让他在帮助刘璋之时占领益州,他一开始也是拒绝。可见刘备是要通过仁政来争取天下,这反映的正是春秋战国时期的孔孟思想。

孔子生于礼崩乐坏的春秋时期,十分向往"天下有道",能够再回到西周时代,用礼治世以达到社会的和谐。而且,他也希望国家统一,他曾热烈赞扬管仲:"管仲相桓公,一匡天下,民到于今受其赐。微管仲,吾其被发左衽矣!"[1]要实现国家的统一,社会的和谐,就应当用"仁"与"礼"来实现。《论语》上说:"道之以德,齐之以礼。"[2]又说:"礼之用,和为贵。"[3]只有这样才能实现和谐。礼与仁相连,克己复礼就是仁,孟子把这种仁发展成"仁政"、"仁义之道",就是希望统治者能行仁政,结束战国的纷争局面。采取仁政来实现统一正是儒家所想看到的,孟子谒见各国诸侯,总是宣传他的王道思想。曹操通过武力来实现疆域的扩张,无疑是霸道的表现,作者推崇蜀汉政权就是赞赏儒家用仁政实现统一的"和"文化。

(三)七擒七纵,协和万邦

除了中原地区统一以外,真正统一还要做到少数民族和汉族的和谐统一。《尚书·尧典》中,先贤就说:"克明俊德,以亲九族。九族既睦,平章百姓,百姓昭明,协和万邦,黎民于变时雍。"[4]在自己的九族和谐以后,要"平章百姓"这些官员与其他部族官员搞好关系,这样才能"协和万邦",所以和谐才是固国之本。《三国志演义》中也涉及这个问题,蜀魏政权都面临过该如何与少数民族相处的问题。曹操侵略辽东,孔明七擒孟获,二者虽然都是用武力,但是又有所不同。曹操只用武功征服辽东,而孔明则是欲擒故纵,纵而复擒,攻心为上。《〈钟伯敬先生批评三国志评语〉辑录》于九十回总评曰:"孔明征孟获,七擒七纵,能服其心故,获肉袒谢罪曰:'公天威也,南人不复反矣!'向者经略辽东诸辈,试一扪心,视此何如?"[5]曹操不顾群臣劝阻,西击乌桓,为的是挟官渡之威欲平沙漠,统一北方,对于这次的胜利,他自己也觉得只是皇天所佑而已,胜之不武。和曹操相

---

① 杨伯峻:《论语译注》,中华书局 1980 年版,第 151 页。
② 杨伯峻:《论语译注》,中华书局 1980 年版,第 12 页。
③ 杨伯峻:《论语译注》,中华书局 1980 年版,第 8 页。
④ 顾颉刚、刘起釪:《尚书校释译论》,中华书局 2005 年版,第 2 页。
⑤ 陈曦钟等辑校:《三国演义会评本》,北京大学出版社 1986 年版,第 190 页。

反,孔明领兵深入南蛮之地的起因不一样,曹操是故意相犯,孔明是被动应战;在处理方式上,曹操一举击破便班师回朝,置员留守;而为了感化蛮方,孔明大费精力擒之纵之,直到最后感化孟获涕泪匍匐,真心服汉,李渔评点至此,也热情赞扬孔明,认为他的经略甚至在唐太宗之上。曹操与之相比,自然是望尘莫及。最重要的是,孔明这一举动收服了塞外蛮人之心,巩固了大后方,使他伐魏无后顾之忧。

众所周知,历史上并无七擒孟获的事实,陈寿的《三国志》也无记载,它只是一个民间的传说,小说作者在此有意作了渲染。对比曹操击乌桓定辽东的故事,一方面彰显蜀汉集团的仁政,修文德使远人服之,孔明七擒七纵,从内心征服孟获,赢得蛮夷的信任,实现了南方的安定。另一方面它也是"协和万邦"的行为,消弭战争发生的可能性。

《三国志演义》中包含了历代人民的感情积淀,大一统思想传承久远,魏蜀吴政权都以统一为己任,以刘备集团为代表通过实行仁政来达到国家统一,正是春秋战国时期儒家思想的表现,实现大一统格局也是和文化在政治上的表现,而且统一不仅是中原地区臣服于同一主权,少数民族也要与中原地区友睦相处,只有这样才能真正实现国家的统一,社会的安定。

晋人葛洪在《抱朴子·勖学篇》中提出了"非和弗美"的美学观念,小说《三国志演义》在创作上也追求这种"非和弗美"的"中和"之美。小说中描写的天人感应的细节、天人相通的人物形象以及循环的故事模式展现了天人合一的影响;曹操的用人之道体现了"和而不同"这一命题,与蜀汉集团用人策略出现的"同而不和"的失误形成鲜明对比。"和实生物,同则不继。"大一统思想体现在三国归晋的分合故事中,作者认为真正的社会和谐不仅做到国家的统一,还要做到民族的和谐。这些和文化精神的不同范畴串联小说的不同部分,使小说具有了"和"之美。我们把握小说中出现的这些和文化精神范畴,对进一步认识哲学与文学、传统文化与古代小说关系相信会有很大的帮助。

参考文献

[1] 陈鼓应注译:《老子今注今译》,商务印书馆 2003 年版。

[2] 陈曦钟等辑校:《三国演义会评本》,北京大学出版社 1986 年版。

[3] [汉] 董仲舒著,周桂钿等译注:《春秋繁露》,山东友谊出版社 2001 年版。

[4] 顾颉刚、刘起焊:《尚书校释译论》,中华书局 2005 年版。

[5] 黄寿祺、张善文:《周易译注》,上海古籍出版社 2004 年版。

[6] 陆永品:《庄子通释》,经济管理出版社 2004 年版。

[7] [明] 罗贯中著,刘世德、郑铭点校:《三国演义》,中华书局 2005 年版。

[8] 南怀瑾:《论语别裁》,复旦大学出版社 2002 年版。

[9] [清] 阮元:《十三经注疏·春秋左传正义》,中华书局 1980 年版。

[10] 杨伯峻:《论语译注》,中华书局 1980 年版。

[11] 张首映:《西方二十世纪文论史》,北京大学出版社 1999 年版。

[12] 张双棣:《吕氏春秋译注》,北京大学出版社 2000 年版。

[13] 赵庆元主编:《皖江侧畔论三国》,黄山书社 2001 年版。

指导教师评语

"和"是中国传统文化的重要组成部分。本文从"天人合一"、"和而不同"、"仁政统一"三方面挖掘章回小说《三国志演义》中"和"的文化内涵,认为"天人合一"观体现为小说中天人感应的内容、天人相通的人物、循环的故事结构,曹操的用人之道阐释了"和而不同"命题,与刘备用人的"同而不和"形成鲜明对比,而小说"分久必合"的理念体现了作者渴望大一统思想。本文观点有诸多独到之处,思路明晰,结构井然,论证能充分展开,语言表达顺畅有力,是一篇优秀的本科毕业论文。(俞晓红)

《李娃传》与《杜十娘怒沉百宝箱》结尾之比较

李 娟 *

白行简的《李娃传》与《杜十娘怒沉百宝箱》,一个是唐传奇,一个是明代拟话本。这两部小说都以娼女为主人公和正面形象,写的都是娼女与书生之间的悲欢离合,题材内容方面颇为相近,但二者也存在着差异,尤其体现在结尾。从故事情节方面来看,这两部小说均以书生与花魁的邂逅开端,但结局大相径庭:《李娃传》以大团圆的喜剧收场,《杜十娘怒沉百宝箱》结尾却是震撼人心的悲剧。

《李娃传》中的故事本该是一个悲剧,但作品的结尾却是大团圆。这一结局虽然满足了大多数读者的阅读期待,却不符合生活逻辑和人物的性格逻辑,严重削弱了作品的思想深度。试想,小说中郑生的父亲门第观念如此之深,以致在发现郑生作挽歌郎时,他觉得门风被辱没,最终对亲生儿子痛下毒手,使之濒临死地,他又怎么可能接纳一个青楼女子作自己的儿媳呢?郑父身为显宦表现的冷酷无情,与李娃作为娼女身上却体现出的高贵品格所形成的尖锐对比,被大团圆结局破坏得荡然无存。这种结局,既使人物性格前后不一致,也大大削弱了作品的主题。显然,作者为了能有一个父慈子孝、夫荣妻贵的结局,彰显封建社会的道德规范,不惜违背事情发展的规律,让现实生活中不可能发生的事情硬生生地出现在小说的结尾。

相比之下,《杜十娘怒沉百宝箱》的结局更符合人物的性格。作者将悲剧写得更像悲剧,使之充满悲剧的力量。杜十娘的死,与她对爱情的设计过于美好单纯有关,跟李甲的软弱与背信弃义有关,与孙富的见色起心、品德卑劣有关,但这些还不足以使她轻生。试想,即使没有孙富的出现,李甲带着杜十娘回到家乡,杜十娘就真的获得她渴望已久的爱情吗?

*作者系安徽师范大学文学院汉语言文学专业 2009 届本科生。该文发表于《学语文》2010 年第 3 期。

实则不然。首先,李甲的父亲或家族未必能接受她这个出身娼门的媳妇;其次,即使李甲的家庭勉强接受,社会上的议论也不能断绝,并进而影响到李甲及其家庭的决定,乃至最终影响杜十娘的命运。到那时,她要么委曲求全,要么死路一条。而以杜十娘的性格,她又怎么愿意委曲求全呢?她想以她个人的力量去对抗周围的环境、整个的社会,却不能赢,所以她的结局只能是死。作家正是按照人物性格的逻辑,也按照生活的本来面目,来安排杜十娘的死。在这场爱情悲剧中,杜十娘宁可用江水埋葬自己的清白之躯,也不愿苟活于人世,继续充当男子的玩物!这一结局悲壮有力,人物性格因此更为鲜明生动,作品主题也被推向一个更高的层次,让人在震撼之余,引发对封建礼教和门阀制度的反思。

将《李娃传》、《杜十娘怒沉百宝箱》这两部同类题材作品加以比较,不难见出后者的结局安排更为合理,由此也可见出中国小说艺术上的进步,而这种艺术的进步,往往伴随着作家思想上的进步。

《李娃传》中,作者高度赞扬李娃作为一个妓女具有高尚的节行,这本身体现了作者受到了市民思想的影响,其思想中有比较民主、进步的一面。但作者在结尾让郑父接受李娃作郑家的儿媳,这实际上是让女子屈从于封建礼教和门阀制度,成为门阀制度下的奴隶。在作者看来,无论李娃如何精明,都无法逃脱封建礼教和门阀制度的束缚,最终以夫荣子贵、荣荫诰命夫人等封建社会女子的"最高理想"度过自己的后半生,这实际上取消了李娃这一形象的独特意义,是将人物的性格发展逻辑让位于作者的封建道德。门阀制度在作品的前半部分是作为批判的对象,而在结尾却又成为作者赞成甚至歌颂的对象,这说明作者在内心里还是认可这一制度的。所以小说的结尾不合理,未必全是艺术上的不成熟所致,也跟作家的身份、立场有关。作者白行简身为士大夫,在唐代那样一个还很重视门阀制度的氛围中,他本人也是门阀制度的受益者,因而在创作时不免受其束缚。冯梦龙则不然,虽然他也在一定程度上受到封建思想的影响,甚至在某些作品中进行道德说教,但这并不妨碍他对晚明以来尚情、任性的文学思潮的接受。许自昌说冯梦龙"酷嗜李氏(即李贽)之学",且"奉为蓍蔡"(《樗斋漫录》卷六);冯的同乡俞君宜亦谓其"有童痴,更多情种"(《自娱集》卷八《打枣竿小引》)。冯本人有过"逍遥艳冶场,游戏烟花里"(王挺《挽冯梦龙》)的经历,这固然使他对妓女的生活与感情有深切了解;更为重要的是,他还曾对妓女侯慧卿有过热恋,这说明他对青楼女子并无偏见,却有真情。至于他编辑民歌《挂枝儿》和各种白话小说集,甚至创作了一些以妓女的爱情为题材的小说(如收进《情史类略》中的《张润传》、《丘长孺传》),更说明他受到了当时蓬勃兴起的市民思潮的影响,具有浓郁的重情思想。正是在时代思潮的影响下,正是在个人独特的经历和思想的基础上,他不遗余力地赞扬娼女杜十娘纯洁的爱情理想及其对爱情的执著追求;而他之所以将这样一位女子写成悲剧,也是看到了当时社会的严峻现实,体现了他对封建思想某些方面的反思和批判,这与其崇尚真情的文学思想正相辅相成。小说中的杜十娘既是一位叛逆者,也是一位牺牲者。她一反封建传统女子的"逆来顺受",宁可一死也不愿再成为男子的玩物,体现了女性自我意识的觉醒和对理想爱情的执著追求,说明当时作家的创作已突破了传统才子佳人的模式,高扬以尊重女性为基础的新婚恋观,摒弃了建立于门阀制度基础之上的爱情与婚姻,使人感受到晚明社会涌动的人文思潮及其对封建礼教、门阀制度的挑战与抗争。从《李娃传》到《杜十娘怒沉百宝箱》,我们看到了创作主体的观念随着时代的发展在不断地演变,进而推动了中国古代小说的发展与进步。

指导教师评语

文章视角好,见解深。作者不是对《李娃传》与《杜十娘怒沉百宝箱》进行全面的比较,也不是将二者作泛泛的比较,而是从比较这两部小说的结尾入手,在辨析小说结尾合理性的基础上,着力考察中国古代小说艺术的逐渐成熟及其与创作主体观念的演变之间的关联。这种比较,将作品分析与文学史的演进、文学思想的变化结合起来,颇收以小见大之效,因而摆脱了很多比较类文章常常出现的为比较而比较的不足。(叶帮义)

"无性"的回归
——孙悟空名号变迁的文化义蕴

王雅勤 *

作为中国古典"四大名著"之一,《西游记》之所以能够名垂青史,除了其高超的艺术特色外,还在于其深刻的文化内涵。从古至今,诸多学者对《西游记》意蕴进行了深入分析,见仁见智,众说纷纭。当然,经典的解读与接受,是多维的,也是无限的。温故而知新,在重读《西游记》之后,我们发现,可以从孙悟空诸多名号变迁的角度入手,解读《西游记》的深刻意蕴。

一、从"美猴王"到"斗战胜佛"

孙悟空原是花果山上受"天真地秀、日精月华"的仙石所产的石卵,因见风而幻化为石猴,这石猴因"有本事"进出水帘洞而被众猴尊拜为王,遂称"美猴王"(第一回),此其第一个名号。"美猴王"这个名号实则展现出孙悟空已具人的思维和意识——寻求美。这同时也与明代的心学理念相契合。孙悟空有着一颗上天入地、不服管辖,"省得受老天之气"的心。它喻示着对张扬个性、渴望自由的美好人生理想的向往。当"美猴王"想到"暗中有阎王老子管着",就"忽然忧恼,堕下泪来",他希望"久住天人之内"、"跳出轮回网"(第一回)。为了追求这一理想,"美猴王"漂洋过海,翻山越岭,矢志不渝,走上了学艺之路,这正是一条为了追求美好理想的求美之路,同时也是一条儒家"苦其心志,劳其筋骨,饿其体肤,困乏其身"的求美之路①。

因有感于天地轮回, 得一通背猿猴指点,"务必访佛与仙与神圣三

---

* 作者系安徽师范大学文学院汉语言文学专业 2009 级本科生。

① 李建栋、王丽珍:《从"天马行空"到"从心所欲不逾矩"——孙悟空名号的文化意蕴》,《安庆师范学院学报》2007 年第 3 期。

者,学一个不老长生,常躲过阎君之难。"(第一回)美猴王方"飘洋过海,登界游方"来到灵台方寸山、斜月三星洞,得拜菩提祖师为师,习得"长生之妙道"、七十二般变化和腾云驾雾之法,且幸得一名姓——孙悟空。"狲字去了兽傍,乃是个子系。子者,儿男也;系者,婴细也。正合婴儿之本论。教你姓'孙'罢。"(第一回)这一"孙"字却是符合《道德经》有关于人复归"婴儿"的论述。佛家历来主张"四大皆空",求领悟"空",而道家则主张"道",求领悟"无",故两家相通,"悟空"即是"悟道","悟道"即是"悟空","空"即是"道","道"即是"空"。"悟"有着感悟、领悟、觉悟的含义,它本身就代表着修炼、修心的意义。"悟"是一个过程,而"空"则指的是一种结果,一种境界。通过多年的修炼和历经九九八十一难的"悟",最终要达到一种"无我"即"上善若水""空"的境界。待其真正修成正果之时,此时的他便真正有了"道"。

"由美猴王到孙悟空名号的变化,可以称之为是一个'求心'的过程"①,是孙悟空为寻求"自由自在"美好理想的探索过程。然"心生种种魔生"(第十三回),孙悟空也从此踏上了"心魔"相斗之路。

孙悟空自寻得"长生之道"后便腾云驾雾"荣归故里"。他先是剿灭了强占水帘洞洞府的混世魔王,操练众猴,保卫家园;而后又水探龙宫,强取"如意金箍棒";下闹地府,勾销"猴类生死簿",致使其"超升三界之外,跳出五行之中"。自此"四海千山皆拱伏,九幽十类尽除名"(第三回),悟空也初步实现了他的"自由"的理想。正所谓"乐极生悲",悟空不久便因"弄武艺,显神通"而被龙王、阎君告上了天庭。玉帝"念生化之慈恩",接受了太白金星的主张,降旨招安,将其召来上界,以"拘束此间""整理阴阳"(第三回),且授予"弼马温"一职,这也正是孙悟空第三个名号的由来。据南北朝北魏高阳太守、著名农学家贾思勰著《齐民要术》记载:"掌系猕猴于马坊,令马不畏避恶,消百病也。"另明代著名大医药家李时珍在《本草纲目》中也载:"马厩畜母猴避马瘟疫。"说明民间有畜猴于马厩用来避马瘟疫的习惯。可见"弼马温"不过是避马瘟的谐音,实乃玉帝对孙悟空的欺骗与戏弄。

那"弼马温"原是个"未入流"的小官,"乃后生小辈,下贱之役"(第四回)。孙悟空如何受得这等气,便"打出天门去了",自封为"齐天大圣"。后

---

① 樊庆彦:《孙悟空的名号与〈西游记〉的主旨》,《淮海工学院学报》2010年第1期。

又败巨灵、伤哪吒、惊天王,将天兵天将打得落荒而逃。玉帝只得再次招安,封孙悟空为"齐天大圣",此乃其第四个名号。"齐天大圣"寓意与天地同寿,与日月同辉,与玉帝平起平坐,这一名号无疑是孙悟空"放心"到极致的一种外现,彰显了他"绝对自由"的理想。然"齐天大圣"却仅是个空衔,并不管事,也无俸禄,只是被养在天壤之间,玉帝意欲"收他的邪心,使不生狂妄,庶乾坤安靖,海宇得清宁也"(第五回)。待孙悟空看破了玉帝老儿的伎俩,便偷蟠桃、窃仙丹、败天兵,并发出了"皇帝轮流做,明年到我家"的呐喊(第七回)。孙悟空的大闹天宫(第五回),更是在行为上达到了"放心"的巅峰,"好似癫痫的白额虎,风狂的独角龙"(第六回)。

从孙悟空到弼马温再到齐天大圣名号的变化,乃至后来的大闹天宫,可以看成是一个"放心"的过程,是孙悟空为寻求"绝对自由"理想的探索过程。虽然其间也穿插了一些"收心"的过程,但均是失败的。

然而,孙悟空终翻不出如来的手掌心,被压于五行山下。五百年后,得观音点化,皈依我佛。这五百年是孙悟空定心的过程。"我已知悔了,情愿修行。"(第八回)于是,孙悟空在重获自由后便跟随唐三藏前往西天拜佛求经。为"好呼唤"(第十三回),唐僧又给悟空取一法名,唤作"孙行者",此其第五个名号。"行者"乃"为取经而奔劳行走"之意,又有遵守戒律刻苦修行之喻,更有三闾大夫所谓"路曼曼其修远兮,吾将上下而求索"的探求真理之旨①。

从齐天大圣到孙行者名号的变化,乃至后来的被紧箍咒所最终收服,可以看成是一个"收心"的过程。

"我愿保你,再无退悔之意了。"此后,孙悟空便"心猿归正",死心塌地地跟随唐僧。他一路降妖除魔,从"鹰愁涧意马收缰,收服白龙马"(十五回)到"高老庄行者降魔"(第十八回)、"云栈洞悟空收八戒"(第十九回)再到"流沙河同降沙悟净"(第二十二回),直至西天、"九九数完魔灭尽"(第九十九回)为止,共历经九九八十一难,百折不挠,兢兢业业,有始有终。哪怕再三被驱逐、被误会,他也不离不弃,奋不顾身,终功德圆满,修成正果,实现了他的"修心"之旅,成为了"斗战胜佛"。这是他的第六个名号。"斗"不仅是与物斗,同时也要与己斗,即与外在的众多妖魔

---

① 李建栋、王丽珍:《从"天马行空"到"从心所欲不逾矩"——孙悟空名号的文化意蕴》,《安庆师范学院学报》2007年第3期。

鬼怪斗的同时,也与内在的"心猿"斗,而只有在"战胜"的前提下才能成其为"佛"。"心灭种种魔灭"、"心猿归正",孙悟空最终实现了其"正心"的心灵历程,"猿熟马驯方脱壳,功成行满见真如"(第九十八回)时,那束缚已久的"紧箍儿"也因"今已成佛"而"自然去矣"(第一百回)。此时孙悟空也已从"无性"到"从心而欲不逾矩",成为至高无上的最高境界的"无性"。

二、从"无性"到"从心而欲不逾矩"

作为一部世代累积型的神魔小说,《西游记》拥有十分丰富的意蕴。

《西游记》中,孙悟空自出世以来共有六大名号,即美猴王、孙悟空、弼马温、齐天大圣、孙行者、斗战胜佛等,且也有若干诸如石猴、猢狲、妖猴、泼猴、行者孙等小名号。其中,这六大名号的变化,可视为孙悟空从魔到神的成长历程,亦即孙悟空摆脱"心猿意马"的心路历程,即求心—放心—定心—收心—修心—正心的心路过程,这一过程渗透着明朝"求放心,致良知"的心学思想,而这也正体现了小说的主旨。

"从表面看,《西游记》仍是一部宗教题材的作品。"[1]它讲述的是一个顽劣的石猴通过"皈依我佛",继而送唐三藏前往西天拜佛求经,终修成正果的故事,宣扬了"放下屠刀立地成佛"、"苦海无边回头是岸"的佛教思想;而且在取经途中每每当孙悟空欲"一金箍棒打死妖怪"时,唐僧也常以"我佛慈悲"为口号发出"放它去吧"的号令,这也体现了佛教"得饶人处且饶人"的慈悲为怀的思想,这与西方宗教的人道主义救赎思想相似。作者主观上本是想通过塑造孙悟空的艺术形象来宣扬"明心见性",宣扬"三教合一"化了的心学思想,但客观上张扬了人的自我价值和对于人性美的追求[2]。孙悟空本是无性之猴,通过一次次的磨炼,完成了从求心终至正心的完美历程。围绕孙猴子这一形象而展开的名号更变、取经等情节,体现了儒、道、佛三教统一的"心性复归无性"的心学思想。然而,作者在塑造孙悟空形象的过程中,尤其是"大闹天宫"一回,高度彰显了悟空为张扬自我价值以及追求自由"不服管"的人性境界。因此,应该承

---

① 刘勇强:《中国古代小说史叙论》,北京大学出版社 2007 年版,第 276 页。
② 袁行霈:《中国文学史》(第 4 卷),高等教育出版社 2003 年版,第 129 页。

认，"《西游记》的核心还是对人的斗争精神的肯定"①。鲁迅在其《中国小说史略》中曾明确指出说："讽刺揶揄则取当时世态，加以铺张描写，几乎改观。"② 又说："假欲勉求大旨，则谢肇淛《五杂俎》十五之'《西游记》曼衍虚诞，而其纵横变化，以猿为心之神，以猪为意之驰，其始之放纵，上天下地，莫能禁制，而归于紧箍一咒，能使心猿驯伏，至死靡他，盖亦求放心之喻，非浪作也'数语，已足尽之。"③ 可见，鲁迅先生也是同意"放心"说这一观点的。因此，《西游记》实是"游戏中暗藏密谛"（《李卓吾先生批评西游记》第九十回总批）。

"我无性。人若骂我，我也不恼；若打我，我也不嗔，只是陪个礼儿就罢了。一生无性。"（第一回）孙悟空本是个石猴，无甚心性可言。待其学成后，便搅龙宫，闯地府乃至后来的大闹天宫，孙悟空俨然成为一个恣意"放心"的"齐天大圣"，"心生种种魔生"，他也就有了"魔性"。等到他辅佐唐僧前往西天取经成功，成为"斗战胜佛"，修得正果后，便"心猿归正"。所谓"心灭种种魔灭"，他也便复归了"无性"。只是此处的"无性"乃是"从心而欲不逾矩"的无性，即可以随心所欲，却又不违反儒家的伦理道德。《西游记》中描述的取经史实则是孙悟空个人的成长史、精神的成熟史和心性的"修正"史。而《西游记》深受明代心学"求放心"张扬个性和"致良知"道德完善思想的影响，故孙悟空这颗受外物迷惑而放纵不羁的"心猿"之心，"只能通过'心'的净化来实现自我理想，听从观音之劝，皈依佛门，保唐僧去西天取经，最终修得正果，达到'良知'的自觉境界。究其根本，还是因为在华夏大地上儒家仁、义、礼、智、信哲学思维体系比道家讲究张扬个性的思维模式更有影响力"④。"《西游记》有限度而不自觉地赞颂了一种与明代文化思潮相合拍的追求个性和自由的精神"⑤，同时又肯定了明后期"求放心，致良知"的心学思潮。

为达到作品彰显"求放心，致良知"的目的，孙悟空被赋予七十二变的本领，然而其本性也是随着名号的变迁而逐渐变化的。自"开天辟地一石猴"到"惊天动地一尊佛"，孙悟空无时无刻不在变化着。它本自天然

---

① 刘勇强：《中国古代小说史叙论》，北京大学出版社 2007 年版，第 276 页。

② 鲁迅：《中国小说史略》，上海古籍出版社 1998 年版，第 111 页。

③ 鲁迅：《中国小说史略》，上海古籍出版社 1998 年版，第 115 页。

④ 李建栋、王丽珍：《从"天马行空"到"从心所欲不逾矩"——孙悟空名号的文化意蕴》，《安庆师范学院学报》2007 年第 3 期。

⑤ 袁行霈：《中国文学史》（第 4 卷），高等教育出版社 2003 年版，第 131 页。

出,"吸取日月之精华",拥有自然的本性、"心猿"的放纵,成佛后的悟空已俨然成为社会的"人",具有儒家"穷则独善其身,达则兼济天下"的势头,拥有"内圣"的"从心所欲不逾距"的高尚品性。我们可以把这一从最初真正的"无性"到最终"从心而欲不越矩"的"无性"看做是"无性"的终极式进化——"无性"的复归。

总之,我们从孙悟空名号的变迁中可以得出这样一个结论:它是一种"无性"的复归,并且它与老子的万物源于"无"而复归于"无"①的思想达到了完美的统一,带有道家思想的深刻印记;而这一自"放心"到"正心"的心灵历程,又与儒家的"内圣"之道契合;小说也无时无刻不在彰显着佛家"苦海无涯,回头是岸"、"放下屠刀立地成佛"等规劝世人从善的思想。一言以蔽之,《西游记》实是以"三教合一",体现明朝心学思潮的文学范本。

参考文献

[1] 樊庆彦:《孙悟空的名号与〈西游记〉的主旨》,《淮海工学院学报》2010 年第 1 期。

[2] 李建栋、王丽珍:《从"天马行空"到"从心所欲不逾矩"——孙悟空名号的文化意蕴》,《安庆师范学院学报》2007 年第 3 期。

[3] 刘勇强:《中国古代小说史叙论》,北京大学出版社 2007 年版。

[4] 鲁迅:《中国小说史略》,上海古籍出版社 1998 年版。

[5] 王齐洲:《四大奇书纵横谈》,济南出版社 2004 年版。

指导教师评语

此篇习作乃中文系本科课程《中国古代文学作品选 III》布置的课后论文"练习",要求按照学术论文的范式进行写作。总体观之,这篇论文基本达到了要求。文章对孙悟空六个名号的分析,深入恰当;由此而对《西游记》"游戏中暗藏密谛"的阐释也显得有理有据。文章以小见大,议论由细读文本而生发;思路清晰,语言流畅,文风踏实,反映了该生读书认真的学习态度和良好的文学基本功。(吴微)

---

① 源于老子"有无相生"的思想,见《道德经》第一章"无名,万物之始;有名,万物之母"和第四十章"天下万物生于有,有生于无"。

论《归莲梦》的笔法

姚戈丽 *

明清小说作为中国古代小说的重要组成部分，有着不可替代的地位。明代出现的"四大奇书"不仅是"中国人民的宝贵的文学遗产，而且是中国大众文化的百科全书"①。清代《儒林外史》和《红楼梦》的问世，更是把长篇小说的创作推向了最高峰。在众多名著的掩盖下，《归莲梦》难以为人们所注视，很少有学者对它进行研究。然而，如果静下心来细细体味，我们仍能发觉它的成功之处。《归莲梦》共十二回，题"苏庵主人编次"、"白香山居士校正"，作者的真实身份与姓名已不可考，产生的年代大约在明代后期。

《归莲梦》作为才子佳人小说，虽然其历史观、价值观有一些不合当下的评判标准，但它的文章笔法很值得我们玩味。具体说来，主要表现在三个方面。

一、历史笔法：双线结构对史传笔法的传承

双线叙事是中国古代小说较有特色的一种叙述方式，运用双线结构叙事可以拓展事件的时空跨度，使文章内容更充实多彩。旧小说常有"且说""花开两朵，各表一枝"等语，这就是"双线结构"的标志。像大家熟悉的《左传》在写战争双方时，就往往采用双线并行的结构叙事，如"城濮之战"中对晋、楚两家战前准备情况的描写。传统史传文学的这种双线结构在后来的许多文学作品中都得到了继承和发展。例如，作为康熙朝两大传奇之一的《长生殿》虽然长达 50 出，但其以唐明皇杨贵妃的故事为主线，以朝政军国大事为副线，两条线交叉发展，彼此关联，使得作品脉络

＊作者系安徽师范大学文学院汉语言文学专业 2009 届本科生。该文发表于《语文学刊》2010 年第 10 期。

① 王齐洲：《四大奇书纵横谈》，济南出版社 2004 年版，第 2 页。

极为清晰,情节结构紧凑而自然。总之,在中国传统史传文学等许多优秀的文学作品中,双线结构发挥了重要的作用。

《归莲梦》的作者就采用了历史笔法,充分继承了传统史传文学的这种明暗交织的双线结构。小说围绕"看破世事,皈依正教"这一主旨设置了两条线索,一条是白莲岸领导的白莲教起义的始末,这是主线、明线;一条是王昌年和香雪的情感历程,这是副线、暗线。下面就具体说说这两条线索。

(一)白莲教起义的始末

我们要注意的是《归莲梦》中作者所写的白莲教起义,并不是我们常说的白莲教起义。历史上的白莲教起义主要是指清嘉庆初年的农民起义,而《归莲梦》中的白莲教起义是在明朝末年,而且这两个起义的具体过程也有很大差别,所以二者是不同的。但我们要看到晚明时期出现了农民起义的高潮,所以《归莲梦》所写的故事其实也是一种世说,有很强的历史感和纪实性,它是明代末期社会的产物。文中先后写了白莲岸的诞生和成长、白莲岸创立白莲教、在宝镜和天书的帮助下白莲教迅速发展壮大、宝镜被偷和白猿仙索书使得白莲教逐渐衰退、白莲岸最终为了儿女私情接受朝廷的"招安"、起义失败等一系列事件。所以,整个白莲教起义的始末构成了这部小说的主框架。

(二)王昌年和香雪的情感历程

这部小说表面上是一部描写白莲教起义的小说,然而它又暗含了才子佳人的故事情节。关于才子佳人小说,我们一般认为它特指明末清初产生在《金瓶梅》和《红楼梦》之间的一大批以青年男女的婚姻恋爱为主题的作品。其特点可以用鲁迅在《中国小说史略》中说的话来概括:"至所叙述,则大率才子佳人之事,而以文雅风流缀其间,功名遇合为之主,始或乖违,终多如意,故当时或亦称为'佳话'。"①《归莲梦》中昌年与香雪的爱情就属于才子佳人的类别, 它作为一条副线也起到了穿针引线的作用。文中昌年和香雪青梅竹马、两情相悦,又得到了父母的同意,本该顺利结合,但由于焦氏母子和潘一百的恶行,二人遭遇了种种困难,不过误

---

① 鲁迅:《中国小说史略》,上海古籍出版社 1998 年版,第 132 页。

会最终解释清楚,两人奉旨成婚,终成眷属。

文中作者有时直接用"闲话休说,如今再表……"、"却说"、"再说"等语直接对这两条线索进行转换,有时根据两条线索之间的内在联系使事件、时空自然转换。总之,两条线索紧密联系,互为因果,相互映衬,推动着故事情节的发展。

二、戏剧笔法:矛盾冲突中舞台艺术的延伸

紧张激烈的戏剧冲突是戏剧文学最重要的特征之一。它有助于塑造出更为鲜明的人物形象,凸显作品的思想主题,从而产生强烈的戏剧效果。明末戏剧在表演上比较重视表现这种紧张激烈的矛盾冲突。如明代著名剧作家汤显祖的《牡丹亭》就向我们展示了戏剧矛盾冲突的魅力。它不仅写出了外在事件的矛盾,更细腻地描绘出了主要人物不断发展着的性格,使得作品内在而隐性的矛盾冲突逐步升级。可以说,《牡丹亭》能取得如此高的成就,紧张激烈的戏剧冲突是其中一个重要的原因。

《归莲梦》中的矛盾冲突紧张激烈,带有明显的明末戏剧表演的影子,这主要表现在三个方面。

(一)矛盾冲突尖锐激烈

作品中一些平淡的矛盾往往被组成有声有色的冲突,由于矛盾双方都有足够的冲击力,所以冲突的爆发是格外强烈的。如香雪和焦氏母子之间的矛盾冲突。起先崔世勋由于出外打仗,担心香雪无人照顾,因此娶了焦氏,以便照顾香雪。虽然焦氏过门之后,"把香雪待如亲生,解衣推食,十分怜爱",但矛盾从一开始就已经初露端倪。因为焦氏有个儿子焦顺,又有媳妇杨氏,夫妻二人生性又淫恶,焦氏日后骄纵儿子、排斥王昌年、虐待香雪,这些就都可以预见了。果然,焦氏自世勋走后,把钱银账目收起,纵容儿子媳妇穿好吃好,渐渐把昌年和香雪当外人看待了。这时矛盾已经明显,但接下来矛盾更加激烈。焦顺对香雪起了色心,两次妄图霸占香雪,但都未能得逞反而吃了大亏,两人的矛盾因此更加尖锐了。后来,当焦氏母子得知崔世勋战死沙场后,更是开始变本加厉地欺负香雪,甚至打算将其卖给无赖潘一百当妻子。总之,香雪与焦氏母子的矛盾冲突随着情节的发展越来越尖锐激化。

(二)矛盾冲突进展紧张

戏剧化的矛盾冲突必须是扣人心弦、波澜起伏的,使观众一直处于紧张和期待之中。在《归莲梦》中最典型的就表现在香雪和昌年之间,他们由于误会而导致矛盾不断冲突。昌年由于轻信了潘一百的谎言误以为香雪忘记前盟,私下改嫁,恼怒之下,竟说出了"妇人水性,一至于此"、"残花败柳,可是争得的"等语。看到这里,我们深为香雪抱不平,希望他们之间的误会能马上解释清楚。然而,接下来,误会不但没有解释清楚反而加深了。香雪由于受莲岸的拖累,被押解到京城问罪,这个案子恰巧发在了昌年手中,香雪本希望到京后能遇到昌年替她辩白,但不知此时昌年对她的误解仍没解开,于是昌年不等详察就态度凶狠地对她一阵发问,以致香雪伤心过度,昏了过去,而醒后的香雪又误认为昌年如此对她是因为其做了官便忘了旧情。真是一波未平,一波又起,我们不禁感叹:"为什么有情人总是要饱受折磨呢?"不过好在最后两个人完全解开了心结,奉旨成婚。这让我们又不禁感慨:"真是有情人终成眷属啊!"优秀的文学作品的矛盾冲突就应该这样,让读者的情绪始终随着作品中矛盾冲突的发展而起伏,将读者的激情不断推至高潮。

(三)矛盾冲突曲折多变

戏剧冲突往往是曲折复杂、变化多姿的,《归莲梦》体现了这一点。这部小说不仅写了多方面的矛盾冲突,而且每种矛盾冲突自身也是曲折复杂、变化多姿的。如前面所说的香雪与昌年之间的矛盾冲突,两人因为误会由相爱的人变成矛盾冲突对立的双方,再通过误会的消解,两人重新相亲相爱,奉旨成婚。又如小说中焦顺与潘一百之间的矛盾冲突。起先,焦、潘二人平日是极好的,当然没有什么大的矛盾冲突可言,可以说他们本应站在同一条"战线"上,然而后来焦顺却因贪恋钱财而私自取消了潘一百和香雪的婚事,这使得焦顺和潘一百由朋友变成了敌对者,矛盾由此产生。

总之,《归莲梦》中对矛盾冲突的设置和描写是很戏剧化的,它使整部小说的故事情节跌宕起伏,让小说中每一位人物的喜怒哀乐都牵动着读者的心。

三、小说笔法：神魔色彩对志怪笔法的借鉴

（一）神魔色彩的体现

魏晋南北朝时期，由于宗教迷信思想的盛行，产生了大量的志怪小说，这些志怪小说，对以后的一些小说创作产生了深远的影响，《归莲梦》就是其中之一。

在志怪小说中，"'怪'是一个核心，它指的是一切奇异之事，如鬼魂、精怪、神灵及其他超乎寻常的事"①，因此带有神怪色彩是魏晋志怪小说最重要的特征之一。《归莲梦》中很多描写都带有较强的神魔色彩，它其实是作者借鉴魏晋南北朝以来志怪小说的笔法而产生的。如主人公白莲岸的一生都展现了神魔色彩。首先，她的诞生就很特别。其母夜里梦见天降一金甲神人，送一枝莲花来，几个月后，果然梦寐有验，其母怀孕并生下了她，这让读者从一开始就感觉到莲岸的不同寻常。果然，莲岸以后的生活处处充满了神魔色彩。她先是被真如法师收为徒弟，然后在独自下山闯荡时又遇到了积年得道的白猿，并得到一卷天书。后来莲岸创立了白莲教，靠天书和神镜打仗，战无不胜。但莲岸最终因儿女私情被朝廷招安，起义失败。本该被处决的莲岸又在真如法师的法术帮助下成功脱险。最后，莲岸的结局也是带有神魔色彩的，有人说她立地成佛。

除了白莲岸以外，小说还写了其他一些带有神魔色彩的人、事、物。在人方面，有知晓过去未来之事的"真如"法师，有山中积年得道的白猿仙，还有香气芬芳的桃花仙子；在事方面，有昌年与香雪在花神的帮助下梦中相会，有王森创立了"闻香教"；在物方面，有治疗疟疾的灵符，有可以假尸遁避的仙府灵丹。这些人、事、物无不向我们展示了作品的神魔魅力。

（二）神魔色彩的作用

《归莲梦》中的这种神魔色彩其实就是魏晋以来志怪笔法的延伸，它的作用主要体现在以下两个方面。

首先，体现读者的愿望，增加小说的趣味性。神魔色彩的使用可以把

---

① 刘勇强：《中国古代小说史叙论》，北京大学出版社2007年版，第74页。

现实生活中不可能实现的事情,不可能有的人、物展现在我们面前,通过艺术的手法再现现实的人生,以迷离的色彩展示神鬼的世界,使人得到极大的乐趣。如具有巨大法力的天书和宝镜,使得莲岸战无不胜。在现实生活中,人们就常常幻想能得到这样的宝物,帮助自己实现理想。又如,美艳的桃花仙子促成了宋学纯与潘琼姿的姻缘,这是何等美事,正合读者的愿望。再如,狐妖为答谢王森的救命之情砍了一段尾巴送给他,只要王森拿它向人一招,当有一阵香,见招的人便死心塌地地归附他,王森由此还创立了"闻香教"。这些描写使小说的趣味大增。

其次,突出文章主旨。《归莲梦》的主旨在于看破世事,皈依正教。神魔色彩的运用更好地表现了这一主旨。例如,真如法师知晓过去未来之事,在莲岸经历了种种磨难仍不能悔悟时给了她一个梦,梦醒之后,莲岸幡然醒悟,从此洗净凡心,最终立地成佛。再如,莲岸的部下程景道战败后,本想归营,归途中遇到了白猿仙,经白猿仙的指点,他也开始醒悟,最终皈依正教。总之,这些带有神魔色彩之事的描写更好地说明了这篇小说的主旨,那就是看破世事,皈依正教。

总之,《归莲梦》虽然在语言等方面确实存在着一些不足之处,但其明暗交织的双线结构的运用、戏剧性的矛盾冲突的设置和奇特的神魔色彩的渲染都使得这部小说在文章笔法方面确有其闪光之处。对此我们应予以充分的重视,让《归莲梦》不再被掩盖,散发出自己的光彩。

参考文献

[1] 刘勇强:《中国古代小说史叙论》,北京大学出版社 2007 年版。
[2] 鲁迅:《中国小说史略》,上海古籍出版社 1998 年版。
[3] 王齐洲:《四大奇书纵横谈》,济南出版社 2004 年版。

指导教师评语

这篇论文有三个方面值得圈点。一、选题新颖。论文研究的目标是清代小说《归莲梦》,尽管其文学成就无足与中国四大古典小说比肩,但它同样散发着那个时代的小说的浓郁气息,更何况当下学界对《归莲梦》进行研究者寥寥无几。所以,这一选题无疑是有价值的。二、思路清晰。论文分别对小说的历史笔法、戏剧笔法、小说笔法进行探讨,认为双线结构的展开是对史传笔法的传承,人物间的矛盾冲突是戏剧舞台艺术的延伸,神魔色彩的构建是对志怪小说笔法的借鉴。尽管论述中偶有不尽完备之处,但这篇小论文明确的研究向度及清晰的论述思路值得肯定,它们能够准确传达出作者要表达的意味。三、观点中肯。论文并未犯初次学习论文写作者"为赋新词强说愁"之大忌,既提出"作为一部以才子佳人故事为情节、以双线索为结构铺设、以爱情的花好月圆及起义的失败为结局、以皈依白莲教为主旨的小说,它是成功的",又客观指出其"在语言等方面确实存在着一些不足之处",这种表述无疑是谨慎的、中肯的。(李建栋)

论纳兰性德爱情词与扈从词的
不同言情特质

段　超 *

"情"者,可以爱,可以友,可以兄父,可以神交,可以轻生死……

自古以来,文学作品大多缘"情"而生,而纯真的人情人性永远是人类情感中最可宝贵的,只有充满人情味的文学作品才最能打动人。刘永济在《词论》中说:"天下惟情痴少,故至文亦少。情痴者,不惜牺牲一切以赴之,《柏舟》之诗人,《楚骚》之屈子,其千古情痴乎。有此情痴已难矣,而又能出诸口,行诸文,其难乃更甚。"①本文所要谈的纳兰性德正是这样一位既能"出诸口",又能"行诸文"的合格"情痴"。

纳兰性德,字容若,号楞伽山人,是清初第一才子。他在文学上的才能是多方面的,古体诗、近体诗、散文、骈文以及书法可谓无一不精,然而,他一生在词的方面下的工夫最多,成就也最大,有词集《侧帽词》,后更名为《饮水词》,在当时风靡词坛,堪称一时之冠,形成了"家家争唱饮水词"的盛况,就连朝鲜人都有"谁料晓风残月后,而今重见柳屯田"之句。

纳兰词之所以盛行,笔者以为最大的原因就在于作者以血为书,以情动人。纳兰性德是个"情痴",他自己也说"自是天上痴情种",他将词作为自己感情宣泄的海洋,汪洋恣肆,真情涌动,从而使他的作品具有了丰富的意蕴。徐培均说:"纳兰性德是一位纯情词人。"平生至交严绳孙对他的词有这样的评论:"蕴藉流逸,根乎性情。"纳兰在词中充分发挥其抒情的天才,无论是悼亡伤逝之篇,还是赠朋酬友之作,抑或是边塞荒寒,月下花前,他都披肝沥胆,"激发至情"。

纳兰词的不朽魅力在于它的至情之美,而至情之美则源于他用情的

---

* 作者系安徽师范大学文学院汉语言文学专业 2010 届本科生。
① 刘永济:《词论》,上海古籍出版社 1987 年版,第 84 页。

痴迷,本文拟选择他的爱情词和扈从词这两类风格有异的作品观照其用情痴迷的外化特质,即这两类词作的不同言情特质。

一、"无物似情浓"——爱情词

如同两性情爱能孕育生命,作为文学艺术永恒母题的爱情,也催化着艺术样式的诞生和发展。对于词体来说,谱写爱情是一种本色心态,恋爱中的缠绵旖旎,离愁别恨熏染了词体的体性特征。爱情词是纳兰性德所有词作中的重要题材,无论从数量还是艺术质量上来讲,它都独占鳌头,也最能代表纳兰的创作风格和情感体验。

纳兰的情路是艰辛的,他虽与几个女子有过恋情,也有过美满幸福的婚姻,但无论是卢氏、官氏还是那个江南的沈宛,都不是跟他"执子之手,与子偕老"的那种。黄天骥先生曾用"玫瑰色与灰色的和谐"来概括他爱情词的特色,确实,他在追忆爱情欢乐的时候,往往是生离死别或是失恋的时候,可谓苦乐交织,你会在一抹嫣红的词采中,觉察到失恋者心情的阴冷。这是纳兰爱情词的特有格调,而这种格调的形成与其词作中所体现的独特的情感特质是分不开的。从作者的先天禀赋、个性特质、特殊的情爱经历以及他的身世背景和生活环境等方面,我们可以总结出其爱情词的三大言情特质,即真纯、怨苦和清雅。

(一)"诗乃心声,性情中事也"——真纯

《庄子·渔父》中说:"真者,精诚之至也。不精不诚,不能动人。故强哭者虽悲不哀,强怒者虽严不威,强亲者虽笑不和。真在内者,神动于外,是所以贵真也。"[1]纳兰的爱情词正是"真在内者,神动于外",正因如此,尽管他有时文心周折婉曲,立意新颖精巧,但人们依然能感受到他感情的真纯,依然能够通过绮丽的衣装,看到词人跳动着的赤子之心。

纳兰性德的爱情词大致可分为两类:一类是悼亡词,一类则是恋词。这两类词都是词人将自己的心脏抵在玫瑰花刺上的歌唱,于飞泪溅血中,唱出了对恋人的缠绵真情。例如:

---

① [清]郭庆藩撰,王孝鱼点校:《庄子集释》,中华书局 1985 年版,第1032 页。

　　青衫湿遍，凭伊慰我，忍便相忘。半月前头扶病，剪刀声、犹共银
　　釭。忆生来、小胆怯空房。到而今、独伴梨花影，冷冥冥、尽意凄凉。愿
　　指魂兮识路，教寻梦也回廊。

　　咫尺玉沟斜路，一般消受，蔓草斜阳。判把长眠滴醒，和清泪、搅
　　入椒浆。怕幽泉、还为我神伤。道书生薄命宜将息，再休耽、怨粉愁香。
　　料得重圆密誓，难尽寸裂柔肠。

《青衫湿遍·悼亡》

纳兰性德前妻卢氏卒于康熙十六年（1677）五月三十日，这首词，从"半月
前头扶病"句来看，作于卢氏亡故的半月后，当是他悼亡之作中的第一
首。此时遽然死别的悲痛尚未被时间冲淡，刻骨铭心的思念难以自制，悲
痛之剧烈，落在纸上便字字凄怆滴血，诚如顾贞观所言："令人不忍卒
读。"卢氏虽然去了，但容若却沉湎往事难以自拔，以前美满生活的点点
滴滴，都在他的记忆深处星光闪耀。想到她拿着剪刀作女红的样子，想到
她胆小怯弱，不敢独自待在空房之内，妻子的贤惠、温柔体谅如今都已成
奢望。他想用自己的热泪和着祭祀的酒浆将亡妻滴醒，却又怕她醒来后
继续为自己神伤。"料得重圆密誓，难尽寸裂柔肠。"词人的哀伤之情已经
到了柔肠寸断的地步。《青衫湿遍》谱律不载，当是纳兰自度曲，其实词牌
本身已是那段日子里，他天天泪湿青衫的真实写照。词情凄惋哀怨，更如
人世山光水影一样深长。唐诗里有"泪湿罗巾梦不成"的女子哀怨，落到
现实来容若却是泪湿青衫梦不成了。词人将真情付诸词章，可谓笔花四
照，催人泪下。

　　我们再来看他的一首恋词。

　　曲阑深处重相见，匀泪偎人颤。凄凉别后两应同，最是不胜清怨
　　月明中。　半生已分孤眠过，山枕檀痕涴。忆来何事最销魂，第一折技
　　花样画罗裙。

《虞美人》

唯其沉湎往事不能忘情的人才是至情之人，也只有这样的作品才能达到
王国维说的"真切"境界。这首《虞美人》我所爱的，正是最后一句："忆来
何事最销魂，第一折技花样画罗裙。"记忆中最快乐的事，就是同你一起

为罗裙画上图案,隔天见你穿上。看你容光潋滟,柳腰裙儿荡,便是旖旎挠人的春光。往事历历在目,淡淡一句清言,已将对恋人真挚的思念之情全然抛出。

纳兰词之所以真纯,与他的先天禀赋和个性气质密切相关。王国维说:"阅世愈浅,则性情愈真。"[①]这是个不变的真理,就像一个不通世故的童子,他所有的情感都是发之于心的。纳兰性德是宰相明珠之子,生于富贵安乐之中,"长于妇人之手",境遇平顺,所以阅世必然甚浅,加上他天生是个至情至性之人,所以在抒发心灵之痛时才会一任纯灵,让真情尽情流泻。性德爱情词令后世之"听者泪,读者颦",最大的原因便在于他所抒的情真挚而深纯,让人不得不为之心动肠裂。

(二)"断肠声里忆平生"——怨苦

细读纳兰的词作,我们可以发现像"愁"、"泪"、"恨"、"惆怅"、"伤心"、"断肠"之类的词语触目皆是。如果说官场尔虞我诈政治斗争的激烈、父亲纳兰明珠给家庭造成的危机和隐患、侍卫扈从生涯的无聊和壮志难酬的束缚等都是他词作中忧愁感伤的触发点的话,那么,我以为在他的爱情词中就不仅仅是"愁"之一字可以涵盖得了的。当一种更深沉的愁情被人为地或是时代的力量所阻压,"怨苦"二字就从字里行间弥漫的忧愁底部缓缓升起,一直浸透肺腑。

爱情的跌宕起伏以及封建社会对青年男女自由恋爱的阻挠给词人的生活蒙上了一层灰色,使他的心灵饱受折磨,这才使浓重的愁绪彰显出涩涩的怨苦之意。例如:

> 而今才道当时错,心绪凄迷。红泪偷垂,满眼春风百事非。情知此后来无计,强说欢期。一别如斯,落尽梨花月又西。
>
> 《采桑子》

这首词所怀之人是谁,我们不得而知,但当不是卢氏,或许是那个江南才女沈宛吧,他们因满汉不得通婚的朝廷禁令和明珠的反对而不得相守的遭遇似乎跟词意对上了。上阕"而今才道当时错"是词人的自悔自责,"心

---

① 王国维著,滕咸惠校注:《人间词话新注》,齐鲁书社1982年版,第98页。

绪凄迷"是词人的心境也是本篇的词旨。下阕"情知此后来无计,强说欢期。"明知道他们之间再也没有厮守的可能了,却在临别时,为了安慰对方而"强说"再次相见的"欢期"。词人借"落尽梨花"暗示与恋人永难相见,将对爱人的深切相思之苦和因父母或外界因素被迫分离的怨愤表达得淋漓尽致。"一别如斯",一次就错过了一生呵!

我们再来看一首:

> 昨夜个人曾有约,严城玉漏三更。一钩新月几疏星。夜阑犹未寝,人静鼠窥灯。 原是瞿唐风间阻,错教人恨无情。小阑干外寂无声。几回肠断处,风动护花铃。
>
> 《临江仙》

一对恋人约好夜间相见,但夜已三更,有一方却迟迟未到,等待的人自然难以入睡,在这寂无人声的夜里,老鼠开始出来窥视着灯火,而等待的人那原本热切的心也慢慢变得冰冷。接下来,"原是瞿唐风间阻,错教人恨无情",词人解释了恋人爽约的原因,并不是爱人"无情",而是因为"瞿唐风雨"的阻隔。在这里,词人怨毒的笔锋,已经指向拆散恋人的权势者和阻挠青年男女爱情自由的封建势力。

纳兰对痛苦恋情的呻吟唱叹还有很多,例如《如梦令》(正是辘轳金井)、《减字木兰花》(相逢不语)、《虞美人》(银床淅沥清梧老),等等,这些词章都于缠绵的情意里透着涩涩的苦意和对阻隔青年人恋爱的"瞿唐风雨"的怨恨。

容若的爱情词之所以有"怨苦"这一言情特质,究其根源,还是因为他心中的那一个"真"字。由于情感的真纯和经历的真切感人,"怨苦"之情才会如此淋漓尽致。"我是人间惆怅客,知君何事泪纵横,断肠声里忆平生。"也许在凄苦的人生旅途中纳兰只能以对爱情的苦叹来彰显对浑浑尘世的抵抗吧!

(三)"赌书消得泼茶香"——清雅

爱情词中涉及男女相约,耳鬓厮磨的亲热场景是很正常的事情,纳兰性德也不例外。他极其珍爱、怀念他与爱人在一起的温馨甜蜜的生活,在他的词作中有很多这样的场景或片段,但这样的描写绝不流于低

俗和淫邪,而是以一支清雅之笔描摹之,深美闳约,和平中正,意溢于词外。例如:

> 倦收绀帙,悄垂罗幕,盼煞一灯红小。便容生受博山香,消折得狂名多少! 是伊缘薄? 是侬情浅? 难道多磨更好? 不成寒漏也相催? 索性尽荒鸡唱了!
>
> 《鹊桥仙》

这首词的上阕写的是词人与恋人甜蜜相聚的情景,他们相对读书,读得倦了,放下书本,两人沉醉在甜蜜的爱情里,悄悄地垂下罗幕,环境静谧安详,世界似乎只为他们而存在。"盼煞一灯红小",多么希望灯火能暗下去,让他们在朦胧中感受爱的温馨。"便容生受博山香","博山"是过去妇女用来做香薰的炉子,这句等于说二人耳鬓厮磨,彼此亲近。一段与恋人亲热的经历被词人婉曲而又优雅地描绘出来,"悄"、"盼"、"生受博山香",这样的情态,不涉轻俗淫邪,却显得缠绵旖旎。

再比如:

> 谁念西风独自凉,萧萧黄叶闭疏窗,沉思往事立残阳。 被酒莫惊春睡重,赌书消得泼茶香,当时只道是寻常。
>
> 《浣溪沙》
>
> 散帙坐凝尘,吹气幽兰并。茶名龙凤团,香字鸳鸯饼。 玉局类弹棋,颠倒双栖影。花月不曾闲,莫放相思醒。
>
> 《生查子》

《浣溪沙》中"赌书消得泼茶香"一句是用典。李清照和赵明诚是一对令人称羡的才人夫妻,双方都才思卓绝,情趣高雅,"赌书泼茶"曾是李清照在《金石录后序》中描摹过的她与丈夫的闺中乐趣。而性德与妻子也是志趣相合,恩爱互重。兴致好的时候,他们会玩一些雅致的游戏,两人常比赛看谁的记性好,比记住某事载于某书某卷某页某行。经查原书,胜者可饮茶以示庆贺,有时太过高兴,不觉让茶水泼湿衣裳,留得一衣茶香。这样的场景不失温馨甜蜜,却又平添了一份高雅与情趣。

第二首《生查子》又更多地写出了他与妻子的闺中雅趣,读书、品茗、猜字、下棋。甚至对人类本能的人生快事的描写也只用"颠倒双栖影"这样的窗外之景来暗示,写得虽是香艳之事,却没半点市井俗气。这样的作品在纳兰词中该算是比较香艳的篇章了,其格调尚且如此雅致,其他词更是可想而知。

纳兰的雅是雅在骨子里的,他出生高贵,受过高等教育,从小过的是绮艳优裕的生活,他所接触的女子当然也不是一般平头百姓可比,琴、棋、书、画等闺中雅趣是他爱情和婚姻生活的重要内容,反映在词作当中自然就平添一份清雅之情。

二、"茫茫百感,凭高惟有清啸"——扈从词

纳兰是康熙近侍,扈从圣驾巡行天下是他的职责所在,他去过荒城废垒,大漠孤烟的塞外,也来过小桥流水,曲巷通幽的江南,这些都成为他词作的题材所在。

最早的边塞词可以追溯到唐朝,但艺术上并不成熟,它被当时盛行的散发着豪侠仗剑、匹马入敌的浪漫豪迈气息所掩盖,容易被人忽视。到了两宋词体盛行之时,又由于地域的限制,当时的词人没有远赴塞外的机会,整个宋词中,除了范仲淹的《渔家傲》(塞外秋来风景异)一词,就再也找不出描写边塞风光的佳作了。而纳兰性德的边塞词作无论是在数量还是质量上都大大超越了前代,这是他在词史上的一大贡献。不仅如此,他的边塞词还与以往的边塞题材的作品有所不同,这种不同就在于他远行塞外时的特殊身份上,处境不同,情怀各异,所以他的边塞词能有自己鲜明的个性而别具风神。严迪昌先生在《清词史》中说:"纳兰塞外行吟词既不同于遣戍关外的流人凄楚哀苦的呻吟,又不是边关士卒万里怀乡之浩叹,他是以御驾亲卫的贵介公子身份扈从边地而厌弃仕宦生涯。一次次的沐雨栉风,触目皆是荒寒苍莽的景色,思绪无端,凄清苍凉,于是笔卜除了收于眼底的黄沙白茅、寒水恶山外,还有发干心底的'羁栖良苦'的郁闷。"[①]至于他的江南词,也是他在扈从或出使中所作,虽与塞上之作在所见之景和所咏之物上有着明显差异,但表达出的心绪情感却无多大变化,其风格和情感特质可以与边塞词归于一类,这也是纳兰词作中带有雄

---

① 严迪昌:《清词史》,江苏古籍出版社1990年版,第283页。

浑郁勃之美的部分,因此,笔者将他的塞上和江南之作并称为"扈从词",将之放在一起来概括这类词作的言情特质,当不至于有太大的谬误。

诚然,在纳兰的扈从词作中,仍不失他那种似乎是与生俱来的忧愁与苦闷,但是他也寄托了自己高远的志向和建功立业的雄心壮志,还有一些深隐于词作之后的复杂情感。因此,笔者认为可以用豪壮、悲慨、深婉三个词语来概括这类词的情感特质。

(一)"立马江山千里目,射蛟风雨百灵趋"——豪壮

歌德说过:"一个作家的风格,是他内心生活的准确标志。"①然而,人的内心生活又与他的社会经历有着密不可分的联系。就纳兰性德而言,他有时偎红倚翠,痴情相思,所以就有了他爱情词缠绵旖旎的一面,而有时他又扈从保驾,铁马金戈,因此就具有了雄浑豪宕的一面。当然,豪放并不是他词作的主色调,但是,在细敲红牙檀板曼声低唱的时候,谁也不能忽视这仿佛东坡抡起铁板铜琶,唱"大江东去"般豪壮的变徵之音。例如:

> 蜃阙半模糊,踏浪惊呼。任将蠡测笑江湖。沐日光华还日月,我欲乘桴。　钓得六鳌无?竿拂珊瑚。桑田清浅问麻姑。水气浮天天接水,哪是蓬壶?

> 《浪淘沙·望海》

这首词是纳兰性德随康熙东巡,驻跸山海关时所作。词人站立在海边,遥望茫茫大海,那迷迷蒙蒙梦幻一般的境界,使词人的心灵受到了震撼,不禁发出"我欲乘桴"的豪言壮语。"任将蠡测笑江湖"连用两个典故,面对大海,词人想起了古人所说的道理,任那些无知浅薄的人去嘲笑吧,我定要乘着木筏去看看大海究竟有多波澜壮阔。词的下阕用神话传说和历史故事作铺陈渲染,感情豪迈激越。整首词意气风发,充满了豪情壮志,这样的畅快之作在以伤感为主的纳兰词中可以说是百里无一了。

再比如他的江南之作:

> 江南好,铁瓮古南徐。立马江山千里目,射蛟风雨百灵趋。北顾更

---

① [德]爱克曼辑录,吴象婴等译:《歌德谈话录》,上海社会科学院出版社 2001 年版,第 39 页。

踯躅。

——《梦江南》(其八)

康熙二十三年(1684)九月末至十一月末,纳兰扈从圣驾第一次巡行江南,共写了十首《梦江南》,这是其中第八首,作于京口(今江苏镇江)。其中"立马江山千里目,射蛟风雨百灵趋"一句,词人运用《汉书·武帝纪》中武帝射蛟的典故,来颂扬古代帝王的勇武,末句"北顾更踯躅"中的"北顾"即北顾山,南宋建炎年间,韩世忠曾在此大败金兀术。词人面对大江,遥想古代帝王将相的雄伟霸业,胸中豪情万丈,希望建功立业的雄心壮志虽隐却现。

都说纳兰厌倦侍卫生涯而苦闷抑郁,诚然如此,但其之所以产生厌倦之情,实是这样的职位和家国君父的阻挠,使他的才能难以尽情发挥,"自古高才难通显",他所指的那些命途多舛的"高才"也包括自己在内。其实,高远的志向和建功立业的雄心壮志纳兰性德并不缺少,这不仅在这里所谈到的扈从词中或隐或显地体现出来,在他的其他作品中甚至有更直白的透露:他有"竟须将、银河亲挽,普天一洗"(《金缕曲》)的远大抱负;他有"我亦忧时人,志欲吞鲸鲵"(《长安行赠叶讱庵庶子》)的广阔胸襟;当三藩之乱爆发时,他"慷慨欲请缨"(《拟古四十首》之三十七);当从军的志愿被君父们阻挠后,他高唱:"我今落拓何所止,一事无成已如此。平生纵有英雄血,无由一溅荆江水。"

"如果想要写出雄伟的风格,他也首先要有雄伟的人格。"①纳兰无疑是具有"雄伟的人格"的,他的始祖是蒙古人,原姓土默特,他骨子里流的是蒙古人彪悍的血液,驰骋疆场,弯弓射雕才是他该有的生活。王国维说他"未染汉人习气",从某种角度看,纳兰恰恰是受汉儒习气的熏陶太重,才会感慨倍多,心绪如丝。因此,我们不妨把这些不同于惨绿愁红、凄艳柔婉风格、寄寓着词人满腹豪情的豪放之作,看作是他在浑浑尘世里的本性回归吧!

(二)"不道兴亡命也,岂人为!"——悲慨

纳兰的悲愁似乎是他生命的一部分,走到哪里都挥之不去,当他扈

---

① [德]爱克曼辑录,吴象婴等译:《歌德谈话录》,上海社会科学院出版社2001年版,第39页。

·237·

从塞上、江南之时,那怀乡思亲的悲苦,吊古伤今的慨叹以及壮志难酬的哀怨,使他的作品在一声"悲慨"中绽放出凄艳幽美的艺术之花。

第一,怀乡思亲,悲苦凄凉。自古多情伤离别,纳兰的多情,使他在远离亲人时更多了份悲苦与凄凉。他很少像前代诗人或词人那样,假借征夫怨妇之口来间接抒发自己的情思,而是直接、大胆地宣泄自己思家恋室的情怀。例如:

> 别绪如丝睡不成,哪堪孤枕梦边城。因听紫塞三更雨,却忆红楼半夜灯。 书郑重,恨分明,天将愁味酿多情。起来呵手封题处,偏到鸳鸯两字冰。
>
> 《于中好》

> 六曲阑干三夜雨,倩谁护取娇慵,可怜寂寞粉墙东。已分裙钗绿,犹裹泪销魂。 曾记鬓边斜落下,半床凉月惺忪,旧欢如在梦魂中。自然肠欲断,何必更秋风。
>
> 《临江仙》(塞上得家报云秋海棠开矣,赋此)

前一首劈头一句就说离别后思绪如潮难以入睡的情景,词人为解相思之苦,就写信抒发离愁别怨,末句"鸳鸯两字冰",化虚为实,满含悠然不尽之意,将对妻子刻骨铭心的相思之苦抒发得淋漓尽致。后一首则是他人在塞上,得家书知秋海棠花开了,便借花抒慨,表达了相关客愁,相思难耐的凄苦之情。像这样的怀乡思亲之词还有很多,如:《台城路》(白狼河北秋偏早)、《清平乐》(烟轻雨小)、《长相思》(山一程)、《如梦令》(万帐穹庐人醉)、《临江仙》(独客单衾谁念我),等等。

第二,吊古伤今,慨叹兴亡。在纳兰的扈从词作中有为数不少的作品都是以追抚山河陈迹、俯仰古今兴废为内容的。扈从途中,眼前的荒城废垒、断碣残碑等都激起了他对历史盛衰兴废的喟叹,从而透露出对当今王朝强烈的忧患意识。例如:

> 野火拂云微绿,西风夜哭。苍茫雁翅列秋空,忆写向、屏山曲。山海几经翻覆,女墙斜蠹。看来费尽祖龙心,毕竟为、谁家筑?
>
> 《一络索》

秦始皇费尽心力修筑了长城,但他并不能使自己的皇权永驻,到如今,"山海几经翻覆",而当年的长城却依然"斜矗",词人不禁发出"毕竟为、谁家筑?"的疑问与慨叹,这里不仅是盛衰兴亡之叹,同时也包含了深厚的鉴今之意,强烈的忧患意识和苍凉之感溢出词外,不得不让人深思。再如:

> 江南好,城阙尚嵯峨。故物陵前惟石马,遗踪陌上有铜驼。玉树夜深歌。
>
> 《江南好》

面对嵯峨的宫阙、惨淡的皇陵、消歇的街市,这些前朝遗踪,使词人仿佛看见了当年的繁华盛景,兴亡之感油然而生。最后一句"玉树夜深歌","玉树"指的是李后主所制的《玉树后庭花》之曲,被视为亡国之音,词人用在这里可谓意味深长,引人深思。

第三,壮志难酬,哀怨厌世。纳兰的才能与抱负并不是区区一个一等侍卫就能展现得了的,他满胸的雄心壮志,却无法一展身手,因此产生了对功名利禄的厌倦和理想的幻灭之感,发之于词作,其哀怨悲凉,感人至深。例如:

> 已惯天涯莫浪愁,寒云衰草渐成秋,漫因睡起又登楼。伴我萧萧惟代马,笑人寂寂有牵牛,劳人只合一生休。
>
> 《浣溪沙》

词人长期在外奔走,有家难归,有妻难伴,这样的牢骚与怨恨充斥全词,结句"劳人只合一生休"将词人厌于扈从生涯的心情满溢全纸。又如:

> 山一程,水一程。身向榆关那畔行,夜深千帐灯。　　风一更,雪一更。聒碎乡心梦不成,故园无此声。
>
> 《长相思》

严迪昌先生评这首词时这样说:"'夜深千帐灯'是壮丽的,但千帐灯下照着无眠的万颗乡心,又是怎样情味? 一暖一寒,两相对照,写尽了一己厌于扈从的情怀。"①

我们看到的是词人对侍卫生涯的厌弃,但更应该看到,这只是他内心世界里壮志难酬的伤感和痛苦之情的反映。

(三)"泠泠彻夜,谁是知音者"——深婉

纳兰的扈从词跟他的爱情词一样,表面看来都是词人自我的悲叹感慨,但细读我们就可发现,在词作之外的无限空间里,似乎内蕴良多,意义深邃,包含着作者深深的隐憾。他将个人的愁绪与古今苍茫、宇宙无穷的感慨融为一体,包含着许多无法回避的、无法改变的人生缺憾所触发引起的无可奈何的悲怆凄凉。例如:

> 古戍饥乌集,荒城野雉飞。何年劫火剩残灰,试看英雄碧血,满龙堆。 玉帐空分垒,金笳已罢吹。东风回首尽成非,不道兴亡命也,岂人为!
>
> 《南歌子》(古戍)
>
> 何处淬吴钩?一片城荒枕碧流。曾是当年龙战地,飕飕。塞草霜风满地秋。 霸业等闲休,跃马横戈总白头。莫把韶华轻换了,封侯。多少英雄只废丘。
>
> 《南乡子》

纳兰于江山鼎盛世道繁华之际,看到了专制的穷途,生发出莫名的空虚,他的痛苦,是智慧的先觉者的痛苦。这类词正如张秉戌先生所说:"他的词在给人以苍凉混茫的艺术形象、朦胧悲凄的美感之外,总是含蕴着深层的感叹和解悟,总是深含了几多忧患与深邃悠长的宇宙意识,令人深长思之,令人回味。"②

还有一些词,似乎深藏着词人难以明说的隐痛。如:

> 桦屋鱼衣柳作城,蛟龙鳞动浪花腥,飞扬应逐海东青。 犹记当年军垒迹,不知何处梵钟声,莫将兴废话分明。

---

① 严迪昌:《清词史》,江苏古籍出版社 1990 年版,第 283-284 页。
② 张秉戌:《纳兰词笺注》,北京出版社 1996 年版,第 30 页。

《浣溪沙·小兀喇》

堆雪翻鸦，河冰跃马，惊风吹度龙堆。阴磷夜泣，此景总堪悲。待向中宵起舞，无人处、那有村鸡。只应是，金笳暗拍，一样泪沾衣。

须知今古事，棋枰胜负，翻覆如斯。叹纷纷蛮触，回首成非。剩得几行青史，斜阳下、断碣残碑。年华共，混同江水，流去几时回。

《满庭芳》

前一首所说的"小兀喇"一带曾是纳兰家族的领地，词人到此不能不想起当年自己的祖先叶赫那拉氏被爱新觉罗氏灭族的往事。后一首中词人以为"古今事"到头来，皆是虚无的、短暂的，在这种消极的意绪里亦可窥见作者长期积于心中的苦情，而这种苦情，有人也认为是纳兰对宗族之仇、灭门之恨的宣泄。然而，造化弄人，如今自己却成了灭族仇人的臣子，这样的仇恨情绪就只能在词作中深隐，现实中却是一字都不能提的。

纳兰能将词写得如此深沉厚重，又于表达中含吐不露，其情感的深婉特质也就毋庸多言了。

在上述两类风格相异的词作里，纳兰性德完美地展示了自己丰富的情感世界和天才般的抒情技能。他是清代乃至整个中国文学史上的一个传奇，他在凄美的辞藻中苦恋自己的爱人，在铁血干戈的扈从生涯里无奈地漂流。他温文尔雅的柔性外表之下隐匿着刚性的生命，我见犹怜，不掩英风。

他的词，是一种在不自由中渴望自由的血泪和鸣，是一种对浩渺宇宙、茫茫人世的沧桑感知，如午夜的杜鹃，声声啼血，凄美哀艳。他短暂的一生，恰似流星划过夜空，那陨落的轨迹，灿烂却也叫人心痛。

这个自称是"天上痴情种"的唯美词人，给我们留下的是一份发人深省的痴情，也是一种永世不灭的精神。在人情冷漠，物欲横流的当今社会，能手捧一本纳兰词，自是一种情感的荡涤，一种灵魂的洗礼！

参考文献

[1][德]爱克曼辑录，吴象婴等译：《歌德谈话录》，上海社会科学院出版社 2001 年版。

[2] [清] 郭庆藩撰,王孝鱼点校:《庄子集释》,中华书局 1985 年版。

[3] 刘永济:《词论》,上海古籍出版社 1987 年版。

[4] 王国维著,滕咸惠校注:《人间词话新注》,齐鲁书社 1982 年版。

[5] 严迪昌:《清词史》,江苏古籍出版社 1990 年版。

[6] 张秉成:《纳兰词笺注》,北京出版社 1996 年版。

指导教师评语

纳兰性德是清初著名词人,被王国维称为"北宋以来,一人而已"。其词作风貌以哀感顽艳为主, 但一个词人的作品风格往往既有主导风格,又有其他侧面。本文以爱情词和扈从词为例,通过细致的文本解读与比较,较为准确地展现了纳兰性德不同题材词作迥异的艺术风貌与抒情特质,对于全面认识纳兰词具有一定的价值。作者在借鉴前人研究成果的基础上,融入自己的理解,用诗句、词句概括纳兰词的不同抒情风貌,思路清晰,语言表述简洁、流畅。(王昊)

论古代小说中的苏轼形象

夏小菲 *

宋代以后,元明清的小说中有不少记叙了苏东坡的故事。在这些小说中,苏轼被赋予了新的生命,成为当时文人自我形象的载体。这一类小说多从苏轼的政治生涯、文学天赋、风流韵事、佛学修为方面来塑造苏轼的形象,这些作品中的苏轼多是在创作者的文化心理、接受者的审美品位以及所处时代的文化思潮的共同作用下产生的,与历史上苏轼的形象有相同点更有差异,关于苏轼的研究,很多人在进行,但是关于古代小说中的苏轼形象,一直没有人作全面的分析,大多数人只是对元明戏曲小说中的苏轼形象进行分析,比如钱俊的《宋代苏轼题材小说初探》①、李萌昀的《论通俗文学中苏轼形象的塑造——以＜五戒禅师私红莲记＞为例》②、张媛《元明戏曲小说中的苏轼形象》③。而苏轼在后世小说中的形象对于全面研究苏轼非常重要。这一类研究可以使他血肉丰满,让人们看见灵肉丰腴的苏轼。我从四个角度来分析古代小说中苏轼的形象。

一、官员苏东坡

自从嘉祐二年八月,苏轼和苏辙进士及第,苏轼开始了他至死方休的政治生活。他终其一生都在官场,或得意,或失落,这些都使得他成为当权者最在意的官员。苏轼的政治思想比较务实,不同于王安石的外儒内法、商鞅之策,也并非司马光之类的保守刻板。这种与众不

---

* 作者系安徽师范大学文学院汉语言文学专业 2011 届本科生。
① 钱俊:《宋代苏轼题材小说初探》,《语文学刊》2010 年第 4 期。
② 李萌昀:《论通俗文学中苏轼形象的塑造——以〈五戒禅师私红莲记〉为例》,《辽宁师范大学学报》2009 年第 5 期。
③ 张媛:《元明戏曲小说中的苏轼形象》,《安庆师范学院学报》2009 年第 2 期。

同、游离于新旧两派之外使苏东坡是进退维谷、左右为难。从最初的茫然站位到最后的为民请命,苏东坡始终受到排挤。古代小说中有不少关于苏东坡政治生涯和作为的描写,这类作品中的文臣形象和历史上的苏轼有一定的差距。它们主要侧重于苏轼与王安石的政治对立,塑造了一个不断遭受贬谪,在各处任所为民谋利的文臣苏轼。在小说中将苏轼的耿直不阿的性格弱化了,而是突出他在地方的政绩和他不断被贬的人生经历。

我们在开始分析古代小说中苏轼贬谪达人形象之前先细数一遍苏轼的贬谪历程,以此证明这一说法存在的合理性:我们的贬谪达人苏轼在熙宁二年由国子监左出开封府判官——熙宁三年再出河南省判官——熙宁五年派去杭州为通判——熙宁七年差知密州——熙宁十年左迁徐州,元丰二年因"乌台诗案"下诏贬为检校水部员外郎黄州团练副使——元丰七年量移汝州团练副使——元祐四年除龙团阁学士出杭州——绍圣二年贬居惠州——元符元年贬居海南——靖国元年卒于谪所常州。这些只是一些任期较长的贬谪去处,我们忽略掉未成行的地点,还是发现苏轼这一生就在不停地改变着为官之地。这些为古代小说的创造提供了素材,下面我们通过表格来看一下古代小说中的贬谪达人苏子:

题名	责任者	贬情快递
西湖佳话	古吴墨浪子	卷三、卷十比较全面介绍了苏轼的贬谪情况,所涉及地点有八处,是古代小说中对苏轼政治生涯描写最详细的作品之一,塑造了一个自得其乐,为民请命的乐天派贬谪达人形象。
春渚纪闻	何薳	卷六中所记东坡事实多为在贬谪黄州、惠州时期发生的,刻画了一个乐观积极的地方官形象。
曲洧旧闻	朱弁	塑造了一个自得其乐,自给自足的贬谪达人,主要是贬谪海南期间的事迹。
梁溪漫志	费衮	卷四所记录为东坡在各个贬所的趣闻轶事,时间跨度比较大。

另外有一些白话小说中也提到了苏轼的贬谪经历，但并不是主要内容，如冯梦龙《古今小说》第三十卷《明悟禅师赶五戒》,《醒世恒言》第十四卷《佛印师四调琴娘》,我们在此不列表分析了。《辞海》对"达人"的词条有两种解释:"1.通达事理、明德辨义的人。2.达观,乐观开朗的人。"①百度百科的解释是:"达人是指在某一领域非常专业,出类拔萃的人物。指在某方面很精通的人,即某方面的高手。"在这里提出"达人"的意思主要是为了验证苏东坡在古代小说中贬谪达人形象的合理性,我们注意到苏东坡在贬所能够积极为百姓做事,断案公正,生活中与当地的名士交游,饮酒赋诗,自给自足,这些作为符合《辞海》中对于达人的解释,而且与现代流行用法意思也比较切合。苏东坡没有和柳宗元一样英年早逝,主要原因在于他乐观的人生态度,而这样的人生态度使得苏东坡在贬官中算得上比较专业,甚至出类拔萃!

在古代小说中,苏东坡被刻画成了一名坚定自己立场、不畏惧强权的父母官形象,这主要体现在描写他与王安石之间政治斗争中。如宋代方勺的《泊宅编》中提到他被贬杭州期间写诗嘲讽王安石的变法;宋代李廌《师友谈记》中也提道:"东坡不惟文章可以盖世,而政事忠亮,风节凛凛,过人远甚。"②宋代朱弁《曲洧旧闻》写苏轼不能忍受不公不义之事,必当吐之而后快,甚至不惜牺牲性命也要指出不义之事。最典型的属于宋代百岁寓翁的《枫窗小牍》中写苏轼解诗直接骂王安石误国贼民。上述作品集中展现了一个敢于坚持己见、不畏当权者、直面政敌的苏轼。

苏轼在地方的政绩,在小说中得到了强化。小说为我们塑造了一个完美的地方官苏轼。历史上也有比较公正地记载,我们从苏轼的文学作品中寻找一些依据:《岁晚三首·馈岁》中有这样的诗句:"富人事华靡,彩绣光翻座;贫者愧不能,微挚出春磨。"③通过节日的赠礼来反映贫富差距,《和子由蚕市》对于蜀人的生活状态、贫富不均也有记录。苏轼的作品中有不少表达对百姓生活的同情。这些被后世的古代小说所吸收,塑造了一位与民同行的父母官形象。关于这一形象我们将从以下两个方面阐述。

---

① 夏征农、陈至立:《辞海》,上海辞书出版社2010年版,第356页。
② [宋]李廌:《师友谈记》,宋百川学海本,第14页。
③ 童一秋:《中国十大文豪·苏轼》,吉林文史出版社2004年版,第57页。

(一)心怀杭州的苏公

翻开苏轼年表,我们发现苏轼一生在杭州做过两次官:一次是熙宁四年往杭州任通判,这时苏轼 36 岁,正值壮年;一次是元祐四年任杭州知州,彼时苏轼已经 54 岁了。苏轼对杭州的喜欢在他的作品中有很多例证。在古代小说中主要表现为他的政绩和苏堤的由来。在这些作品中苏轼是一位心怀杭州美景、杭州百姓的父母官,他关心百姓的生活,比如饮水问题,在两次任期中他不仅留下千古传颂的佳篇,更是留下了造福后世的民生工程,成为杭州人民心中一等一的好官。我们从以下小说中可以看见苏轼在杭州的光辉事迹。宋代何薳的《春渚纪闻》卷六"东坡事实"中写到苏轼在杭州任期内,为无力还债的某商人在白团扇上题画,帮助他卖扇还债,而使得"尽偿所逋,一郡称嗟"[1],塑造了一个急百姓所急的知性苏东坡。卷中同类型的故事还有苏轼以赝品换真书救人危急。如果说这是对杭州个别百姓的小恩小惠,那么卷六中的"回江之利"所描述的苏轼向朝廷请求开凿运河,打通水利交通之事,则是反映苏东坡造福余杭的大利之事。宋人费衮的《梁溪漫志》卷四中多处写东坡在杭州断案风流,喜欢西湖美景,堪称"人乐其政而公乐其湖山"[2]。关于苏轼的杭州情结,清代古吴墨浪子的《西湖佳话》展现得最全面,从苏轼在杭州的断案风流姿态写到他与名妓朝云的爱情,以及两次任期中的民生工程,六桥名称由来等,成功塑造了一个对杭州及其百姓由衷喜爱的苏东坡形象!

(二)苏轼在其他任所

为什么要将这一方面单独拿出来分析呢? 一方面是为了突出苏轼与杭州关系的不一般,另一方面也能更系统地展现刚直不阿的父母官苏轼形象。所以在这里我们主要是关注苏轼在其他任所为百姓所做的贡献。在这些古代小说中,苏轼是一个尽职尽责的地方官。宋人方岳的《深雪偶谈》中记录了发生在苏轼卜居阳羡时的一则故事。这一年苏轼已经 66 岁了,他从海南被恩准北归,定居阳羡,友人为其置办了房屋,

---

① [宋]何薳:《春渚纪闻》,明津逮秘书本,第 42 页。
② [宋]费衮:《梁溪漫志》,清知不足斋丛书本,第 20 页。

他准备在那里安度晚年,一日偶遇一老妪哭泣,问得原因,才知,老妪儿子竟然卖掉她的旧居,而苏东坡所居恰是其旧屋。苏东坡听说之后,立马将房屋退还老妪,并且不收分文,最后他自己竟死于借住之所。这个故事中的苏东坡深明大义,以民为本,不惜牺牲自己的利益也要帮助老妪,这样的官员在历史上是很少见的。这一故事还记录在宋人费衮的《梁溪漫志》之中。小说还写了苏轼与海南土著之间的亲切交往,东坡经常戴农人斗笠与民同行。宋人何薳的《春渚纪闻》卷六记有苏轼在海南回归之后经常在穷困百姓之间赠药的故事。这些小说集中表现了一位与民众同呼吸的地方官苏轼,不再是不食人间烟火的大文豪,而是走进百姓心中的父母官苏东坡。

历史上的东坡刚直忠心,积极进谏,而在小说中不断强调苏轼与王安石的政治对立,突出苏轼在地方的政绩。为什么造成这样的差异呢?宋代后期商品经济的发展,导致市民阶层的增多,使得文学创作的受众得到了极大的扩展,市民的审美品位决定了他们喜欢俗文学,通俗易懂,充满生活气息的故事受到了众人的追捧,而那些枯涩难懂的政治大论则遭到了冷落,宋代文学在我国文学发展史上有着重要的特殊地位,它处在一个承前启后的阶段,即处在中国文学从"雅"到"俗"的转变时期。这些因素在一起造成了小说中仕途多艰的文臣苏轼。古代小说将历史上苏轼的性格核心保留了下来,并且强化了苏轼和王安石之间的政治对立,突出苏轼在贬谪地的惠民利民的政绩,为苏轼的形象注入了丰富的生活气息。

二、才子苏东坡

这一类型的文学作品中主要塑造了一个极具才华的文人形象。他出口成章,落笔如神,运用才能解决棘手的案件,在危难时刻逆转国家的败局,成为文坛盟主,文人士大夫仰望的对象。这样的苏东坡主要是集中在文人的笔记小说中,以文言小说为主,白话小说中也有所涉猎,这一类题材小说主要是从北宋的笔记小说开始,比如司马光、孔平仲等人作品。关于苏轼这一层面的才情,可以说是一种纪实与神话的叙事交融。在这些小说中,他是无所不能的名士,是天才的代名词,是前辈大儒心中的不二继承者。由于涉及这一类型的古代小说比较多,为了方便阅读,下面以表格形式来概述这类作品的内容。

题名	责任者	苏子才情展示
桯史	岳珂	以"四诗风雅颂"①智对辽使者，为大宋朝廷争光。
避暑录话	叶梦得	记东坡以诗交游王荆公，以诗使世人信服子高鬼仙事。
师友谈记	李廌	记苏轼好学才高，而受到世人追捧，子瞻帽由此而来，提及苏子为文坛盟主一事。
渑水燕谈录	王辟之	记三苏科考成功，尤其突出苏轼才学之高。
曲洧旧闻	朱弁	记苏轼途遇王安石与之对诗使之无言以对，对《三国志》的解读，佳作《水龙吟》名震当时文坛。
梁溪漫志	费衮	东坡教读《檀弓》；与名士任德翁交好；以特殊法教人写字作文；东陂对武臣所献文的赞赏，能窥其精妙处；作文对偶精妙；擅长唐宋体。
甲申杂记	王巩	通过李承之语展示苏轼为天下之"奇才"②。
枫窗小牍	百岁寓翁	写及读苏轼诗使人泪下，与王大父交游，以诗文会友。
春渚纪闻	何薳	卷六为东坡事实，其中关于东坡的文章才情，作画能力都有刻画。
泊宅编	方勺	在杭州任期与当地名士对吟，得佳篇。

比照《宋史·苏轼传》中所写到的"自宋初以来，制策入三等，惟吴育与轼而已"，当时宰相韩琦更是赞"轼之才，远大器也，他日自当为天下用"，当代学者莫砺锋在其《漫话东坡》中直接将苏轼视为一代文宗。上述古代小说中所塑造的才华横溢的苏子是有其形象来源的，并具有一定的典型性和代表性。

---

① [宋] 岳珂:《桯史》,四部丛刊续编景元本,第 8 页。
② [宋] 王巩:《甲申杂记》,中华书局 1991 年版。

三、情种苏东坡

(一)婚姻中的苏轼

林语堂先生在《苏东坡传》中提及,苏轼是一个"具有现代精神的古人"①。这种精神状态让东坡的内在情感追求具有现代气息,不再是正统士大夫的克己守礼,而具有了洋洋洒洒之态。苏轼在文学作品中不乏流露出他的风流多情,最让我们感动的是他对亡妻王弗的悼亡词《江城子·乙卯正月十二日夜记梦》:"十年生死两茫茫,不思量,自难忘。千里孤坟,无处话凄凉。纵使相逢应不识,尘满面,鬓如霜。夜里幽梦忽还乡,小轩窗,正梳妆。相顾无言,惟有泪千行。料得年年肠断处,明月夜,短松冈。"②整首词将天人永隔、午夜梦回无处可寻的失望之情、思念之意凝聚在小轩窗和短松冈的场景之中,将苏东坡多情的大丈夫形象刻画得深入人心,成为千百年来夫妻情深的典型。他与王闰之的情感浓缩在一首《蝶恋花·泛泛东风初破五》之中,而最能体现苏子风流的是他与王朝云之间的爱情,两人之间年龄相距颇大,但是却心意相通,王朝云一心倾慕苏东坡,对他的人生永远支持,一生相随,直到香消玉殒。苏东坡更是做了多首诗词来记录他与朝云之间的知己情。以上所述的只是和苏东坡正式在一起的红颜知己,而那些或留姓名或惊鸿一现的名妓事迹则更多。

(二)与名妓交游的苏轼

古代小说中的苏轼,才情退位给他的风流潇洒,苏东坡被塑造成一个游走花丛的风流才子。无论是前世五戒禅师与红莲之间的缠绵,还是失信于章台柳的遗憾,海棠题诗的韵事,都刻画出一个类似唐寅的风流才子的形象。这一层面的作品主要是集中在古代白话小说中,多是苏东坡在任所与当地名妓的诗酒吟唱交往,以诗词寄情,以此展现苏东坡的风流多情,市民色彩比较浓烈。这一类文学作品将苏轼塑造成一位风流倜傥的千古情种。这一系列的小说我们还是以表格的形

---

① 郭勤:《唐诗宋词元曲三百首》,四川大学出版社 1999 年版,第 716、717 页。
② 林语堂:《苏东坡传》,长江文艺出版社 2009 年版,第 3 页。

式来总结归纳：

题名	责任者	相关内容简要
西湖佳话	古吴墨浪子	卷三六桥才迹中描写了苏轼与名妓朝云相遇相知,最后将朝云迎回作为自己的侍妾;另有苏轼为营妓落籍,有"减字木兰花儿"①词流传后世。
苏长公章台柳传	熊龙峰	苏东坡在临安任期遇到一位名为章台柳的名妓,欣赏其才情,酒后戏言要娶她入门,结果一年之后才忆起此事,导致与佳人错过,留下诗篇纪念错失的缘分。
春渚纪闻	何薳	卷六《东坡事实》中记录营妓比海棠绝句,赋诗联咏四姬,都塑造了一个游走于花丛之中的风流才子苏轼。
清波杂志	周辉	记录苏轼以海棠喻李琦名妓,留下"却似城南杜工部,海棠虽好不吟诗"的佳句。
五戒禅师私红莲记	洪楩	塑造了苏轼的前世今生,前世苏子以出家人身份禁不住风流诱惑,犯下色戒,故事在多本白话小说中有所记录,这里只取一种②。

表格中所列举的小说是一些比较典型的作品,还有一些同一母体的故事,笔者就没有再罗列进去。从这些小说中,我们可以看出,它们主要是围绕苏轼与众多名妓诗文交往的轶事进行加工创造的。这一类型的小说多能满足市民的娱乐心理,是宋明以来的商品经济发展而带来的附属品。

四、达者苏东坡

历史上的苏轼是一个旷达的隐士,他能够做到精神归隐,还能心怀天下苍生。他的人生观是儒释道三教合一的,这样的苏东坡能够直面人生惨淡,在人生的最低谷还能够一如常人旷达无垠。苏居士的形象在古

---

① [清]古吴墨浪子:《西湖佳话》,凤凰出版社2009年版,第135、142页。
② 与《五戒禅师私红莲记》题材相似的还有北斋赤心子《绣谷春容》中的《东坡佛印二世相会》;余公仁人《燕居笔记》中的《东坡佛印二世相会传》;冯梦龙《古今小说》第三十卷《明悟禅师赶五戒》,《醒世恒言》第十四卷《佛印师四调琴娘》,《警世奇观》第八卷《两世逢佛印度东坡,相国寺二智成正果》。

代小说中也有一定的表现。其中苏轼是一代文宗,与当世名僧交游,还能和方士修炼内丹。苏轼成为一个旷达的居士,在古代小说中有一个变化过程,我们不妨称之为从矛盾挣扎的红尘人到旷达无垠的居士的蜕变。这么说是有其原因的,苏轼最初接受的是老苏的入世教育理论,从小和子由苦读诗书,22岁进士及第,如果没有新旧两派的争斗,也许苏轼这一生就在红尘名利场中浮沉了,这其中有一个人起到了关键作用,那就是佛印。

(一)佛印与苏轼题材小说中的苏轼

表现这一蜕变的作品主要是一些白话小说,比如明代洪楩《清平山堂话本·五戒禅师私红莲记》、北斋赤心子《绣谷春容》中的《东坡佛印二世相会》;余公仁本《燕居笔记》中的《东坡佛印二世相会传》;明代冯梦龙《古今小说》第三十卷《明悟禅师赶五戒》;《醒世恒言》第十四卷《佛印师四调琴娘》;《警世奇观》第八卷《两世逢佛印度东坡,相国寺二智成正果》。这一系列小说都是以佛印两世引导苏东坡潜心向佛为主要内容,在这些小说中都写到苏轼前生的风流业债,今生对佛家的憎恨,通过佛印的不离不弃,终于将苏轼变成潜心向佛的居士。其中关于苏轼心理变化有一定的把握,突出了苏轼思想中的佛老思想,淡化了苏轼的政治意识。为我们展示了一个诙谐幽默的苏轼,不再是正史中一板一眼、正襟危坐的苏学士,对丰富苏轼形象有很大的借鉴作用。

(二)超然旷达的苏轼

另外还有一些古代小说主要表现苏轼受到三教影响下的旷达人生观。其内容列表如下:

题名	责任者	有关苏居士的事迹
西湖佳话	古吴墨浪子	东坡三化琴操,以佛法点化名妓,使之皈依佛门。
春渚纪闻	何薳	与寿星寺老僧则廉交游,参悟佛法。
师友谈记	李廌	记录苏居士不畏鬼神,敢于与之论辩。
曲洧旧闻	朱弁	在海南期间随遇而安,以诗画为友,态度超然,并与方士炼内丹。
侯鲭录	赵德麟	春梦婆的故事,表现东坡参透人生,了然于世的人生态度。

这些小说所展现的就是苏东坡在佛老思想和道家思想的影响下所形成的处世态度。他不再是耿直的愤青,对朝廷和自己人生中的不公平往往能够做到处之泰然。这些故事都在他为官期间展开的,都是通过逆境体现他超然乐观的人生态度,给我们留下一个千古达者苏东坡。

五、后世文人对苏轼形象重塑的原因

在白话小说中还有一些比较特别的题材:苏小妹故事中的苏轼。这类小说中杜撰了一位奇女子来和苏轼斗智斗勇。明中叶,商业经济繁荣,市民阶层进一步壮大,统治阶级腐败,导致思想控制出现松动,王阳明心学盛行,使得文学创作更加市民化,更趋向现实,这些促成了古代小说中"龙凤斗"的诞生。小说中苏东坡作为万众敬仰的一代文宗,竟然遭遇巾帼才女苏小妹,于是围绕兄妹二人的斗智,有一些作品塑造了一位才华不及亲妹、尴尬、信服的苏大哥形象。林坤的《诚斋杂记》记录苏东坡与苏小妹以诗互相嘲讽对方的生理缺陷,算得上是苏家兄妹的第一次正式交锋。最典型的当属冯梦龙《醒世恒言》第五卷中的《苏小妹三难新郎》,这篇小说将有关于苏家兄妹斗智的桥段都编入其中,比较全面地刻画了苏大哥这一经典形象。另一类小说将苏东坡刻画成一个狂浪不羁,无知却自大的学士形象,一般都是在王安石的指点下才能看清自己的不足,有些作品甚至直接说苏东坡是王安石门下的学生。这些小说有些偏离史实,叙事者或者是苏轼的政敌或者出于娱乐大众的心理,最后将苏东坡变成一个恃才而狂的无知者。宋朝曾慥的《高斋漫录》中有记录苏轼故意嘲弄王安石的解字法,这一段后来也被写入冯梦龙《警世通言》第三卷《王安石三难苏学士》中。这一类小说背离历史上苏东坡的性格,将他塑造成一个年少轻狂、恃才傲物、放浪疏狂的狂士形象,他不断犯错、最后在长者王安石的不断鞭策下得到改正,这对当时青年人是一种勉励。

宋元明的文人对苏轼形象的塑造是丰富多样的,但是这些与历史上苏轼的形象是有一定差距的。我们在三大形象塑造的文本分析时已经提到一些具体原因。莫砺锋先生认为苏轼是一个万代敬仰的文宗,是平易近人的智者,历史上的东坡是一个忠臣,一个文章领袖,是天下奇才。后世文人在这些性格品质的基础上又加以丰富,使之血肉丰满。在特殊的时代背景下，文人在苏轼身上寻找自我精神寄托。元明时期统治者的一些文化政策使得文人的生存环境极其恶劣，汉族文人仕途无望；明朝的统治者则实行文化专制统治，文人在文化高压的统治下，内心充满了压抑。这样的遭遇能借助苏轼形象给出很好的写照，苏轼贬谪半生的遭遇切合他们心境，因此成为他们的化身在小说的世界里纵横驰骋。古代小说中增加的苏轼形象与当时的文学观念有一定的关系，俗文学逐渐超越雅文学的地位，成为主流文学，这也使得苏轼的轶事趣闻被翻出来加工改造，成为大众读物。

在古代小说中，苏轼的形象得到了丰富多样的塑造。这些形象和历史上的苏轼有一定的差距。翻开历史，我们知道苏轼出生在官宦世家，从小受到儒家传统思想的熏陶，立志于大济苍生。为国为民效命，在苏洵的教育培养下，苏轼和其弟苏辙从小醉心仕途。在幼年时期就以范滂为人生典范，苏轼不论是在京为官，还是执权柄于地方，他都是尽职尽责，一生践行自己的人生哲学。从《宋史传·苏轼传》中，我们可以看见一个敢于坚持自己政治立场的忠心耿直的臣子。千百年来流传的苏公堤，告诉我们苏轼是一个有政治才能的地方官，能够护佑一方水土。历史上的苏轼还是一个精神归隐、身系黎民的实践者，可以说这是他最突出的特点。这样的苏轼是一个完美的士大夫的代表，少了一些风流谐趣，多了一丝庄重肃穆。他不是一个固守传统儒家思想的清修者，也不是老庄空忘哲学的代言人。历史上苏轼的形象应该是一个实干家：处在权力中心时，他必定经常进谏；谪居他乡的岁月，他依然发挥自己的才能，为当地百姓倾尽所有；在无处容身、无以为生的时刻，他舍得脱下长袍、穿上短衫，自耕自足。苏轼更是一个具有开放文化观念的名士，真正将儒、释、道三种文化特质溶于一身。纵观历史，苏轼是一个刚直忠心的臣子，一个心系黎民苍生的儒士，一个旷达的隐士。

参考文献

[1] [宋] 百岁寓翁：《枫窗小牍》，商务印书馆 1939 年版。

[2] [宋] 方勺：《泊宅编》，中华书局 1997 年版。

[3] [宋] 费衮：《梁溪漫志》，上海古籍出版社 1985 年版。

[4][清]古吴墨浪子:《西湖佳话》,凤凰出版社 2009 年版。

[5][宋]何薳:《春渚纪闻》,中华书局 2006 年版。

[6][明]洪楩:《清平山堂话本》,上海古籍出版社 1992 年版。

[7][宋]李廌:《师友谈记》,中华书局 2002 年版。

[8]石昌渝:《中国古代小说总目》,山西教育出版社 2004 年版。

[9][宋]王巩:《甲申杂记》,中华书局 1991 年版。

[10][宋]王辟之:《渑水燕谈录》,中华书局 1981 年版。

[11][明]熊龙峰:《熊龙峰四种小说》,上海古籍出版社 1987 年版。

[12][宋]叶梦得:《避暑录话》,商务印书馆 1939 年版。

[13][宋]岳珂:《桯史》,中华书局 2005 年版。

[14][宋]朱弁:《曲洧旧闻》,中华书局 2006 年版。

指导教师评语

苏轼是文学巨匠,也是政坛良才,其屡遭贬谪的人生经历、乐观放达的生活态度,使之成为富有情趣的话题人物,这在中国古代叙事文学中有明确的反映。对古代叙事文学中的苏轼形象,前贤时俊有少量探讨,然而,据我所知,此前系统全面地探讨古代小说中的苏轼形象的论文几乎没有。因此,本文选题较为新颖,具有一定的理论价值。作者通过对相关小说的细致梳理、分析,从官员、才子、情种、达者等四个层面较为清晰地揭示出古代小说中苏轼形象的丰富侧面,并对后人重塑苏轼形象的原因进行了阐发,言之成理,持之有故,具有较强的说服力。(王昊)

中国古代作家并称排序现象研究

周　超 *

　　古代文史中有一种常见的现象,即在提到多个有联系的人物时常常并列而出,尽力避免一一列举,如"二十四友"、"初唐四杰"、"李杜"、"尤杨范陆",这种现象被称为并称。并称一般有两种形式:一是由数目词引领表示人物共同点的词语;二是并列姓氏名号等的某一项。第一种情况不限人数多少,第二种则一般适用于二到四个人。与"并称"意义相关的词很多,如"齐称"、"合称"、"连称"、"并名"等,目前的辞书在解释相关条目时往往将这些词混用,因此有学者主张合称、并称分家,具体做法是将并称的第一种形式称为"合称",第二种形式称为"并称"①。这种倡议对改善当下存在的用词混乱状况确实有一定好处,但尚未得到学术界普遍认同,目前语言学界将这两种形式的并称都视作汉语的缩略语,并没有做出严格的区分。本文主要讨论的是古代作家并称排序现象,因此研究的主要对象是并称的第二种形式。

一、"并称"现象概述

(一)"并称"溯源

　　并称的实质是两个或多个人物的联合简称,因此它的源头有二:其一是简省,其二是并列。

　　简省可以追溯到单人姓名的简称。由于书写材料的限制,古人尽可能使用更少的文字表达尽量多的意思。他们很早就开始尝试使用简称,今人在甲骨文中发现人物的简称现象("武丁"有时简称"武",有时简称

* 作者系安徽师范大学文学院汉语言文学专业 2012 届本科生。
① 袁世全:《合称、并称"分家"论》,《辞书研究》2003 年第 3 期。

"丁"),这实际上是一种在生产力极度低下、物质条件严重匮乏下的经济做法。人物名姓的简省作为一个习惯被很好地保留下来,在史书中表现得尤为明显。史书中一般只有在初次提及某人时才会使用全名,下文全部略去姓氏单称其名,甚至只称双名中的一个字,体现出文言的文约义丰之美。

将多个人物并列,最早出现在政治领域。《论语》中说"殷有三仁"、"周有八士",是从人物身上概括出一个共同点,再在前面加上相应的数词。这属于并称的第一种情形。并称的第二种情形同样也最早出现在政治领域,如《孟子》中出现的"桓文"、"尧舜"、"汤武"、"桀纣"等。这些缩略语产生于人物称谓十分繁杂且在不断分化发展的先秦时代,因此从人物身上提取的字可以是姓、氏、名、字、谥号、官职甚至封地,并且多人之间标准还常常并不统一,如《淮南子》中的"殖华"(杞殖与华还)即一个取名一个取姓。

(二)"并称"流变

首先出现于政治领域的并称现象由评选标准不统一、使用范围狭窄,渐渐发展完备并扩大到社会生活的各个领域,这个转折发生在魏晋时期。魏晋是一个崇尚清谈、热衷月旦的时代,对人物的品评是名士们的必修功课。记载名士言行的《世说新语》一书中的"赏誉"、"品藻"二门记录了很多人物品评的例子,其中有相当一部分是二人的并列与对比,如《世说新语》刘孝标注引《玠别传》曰:"永和中,刘真长、谢仁祖共商略中朝人。或问:杜弘治可方卫洗马不?谢曰:安得比?其间可容数人。"[1]又引《晋阳秋》曰:"鲲随王敦下,入朝,见太子于东宫,语及夕。太子从容问鲲曰:论者以君方庾亮,自谓孰愈?对曰:宗庙之美,百官之富,臣不如亮。纵意丘壑,自谓过之。"[2]这两例中的"方"字隐含了一个重要信息,那就是在人物品评中,人们已经开始有意识地将两个人物并列,去比较二人的异同与优劣。反映到文学领域,人物的并称和比较更是异彩纷呈、蔚为大观。

① 余嘉锡:《世说新语笺疏》,中华书局 1983 年版,第 621 页。
② 余嘉锡:《世说新语笺疏》,中华书局 1983 年版,第 602 页。

二、文人并称现象及其标准

较早的文人并称有"游夏"、"屈宋",从魏晋南北朝开始,文人并称大量出现,于唐代达到顶峰。被并称的文人之间必定有其相似或相通之处,但并不意味着他们的地位完全对等,于是,辨析他们之间的联系与区别便成为研究古人并称的基本任务。田雯《古欢堂杂著》卷一云:"自苏、李来,古之诗人各有匹偶。然李、杜并称,其境大异。王、孟则同矣,皮、陆又同矣,韦、柳又同矣,刘、许又同矣。此外颜不及鲍,阴不及何,沈不及宋,元不及白,岛不及郊。而匹偶之最奇者,卢仝、马异也。"①他认为被并称的文人之间有同有异,有"不及"有"最奇",笔者通过对《中国文学大辞典》等收录了相当数量人物并称的工具书的分析,将文人并称归纳为以下四种情形。

(一)文学内容风格主张相近

代表:"屈宋"、"苏辛"、"前后七子"。

这是文人并称最常见的情况,大多数并称都属于这一类型。宋玉师承屈原,也是经常使用楚辞体的最重要作家之一,故后人将二人并称为"屈宋"。"苏辛"则稍稍有异于是。苏轼是个诗词文俱佳的"三栖作家",就是单论词,也是豪放与婉约并重,辛弃疾却只擅长填豪放词。后人在提到苏辛时自然不是将苏轼的全部作品与辛弃疾相提并论,而是抽取出他的豪放词。可见作家并不需要完全对等,只要一部分作品具有可比性,就有被并称的可能。明朝是个各种文学团体和文学流派大量涌现的时代,以李梦阳、何景明为代表的"前七子"和以李攀龙、王世贞为代表的"后七子"因为"复古"的共同主张聚集到一起,被后人称为"前后七子"。

(二)文学成就齐平地位相当

代表:"李杜"、"燕许"。

李白和杜甫是群星璀璨的唐诗星空中最耀眼的双子星座。元稹在《唐故工部员外郎杜君墓系铭》中说:"时山东人李白,亦以文奇取胜,时

---

① 转引自李福标:《古代文人合称现象及其相关问题》,《西北大学学报》2002 年第 1 期。

人谓之李杜。"①但事实上李白和杜甫有诸多不同:诗歌的表现内容上李白承古,杜甫革新;诗歌体裁上李白惯用歌行、绝句,杜甫则精于律诗;诗歌风格上李白雄奇飘逸,杜甫则沉郁顿挫。二人的艺术个性迥然不同却能够并称,实在是因为他们在各自擅长的领域里都达到了登峰造极的高度,一同成为后人无法企及的典范。燕国公张说和许国公苏颋是唐玄宗时的重臣,朝廷重大典章诏令常出于此二人之手,时人号为"燕许大手笔"。以爵位并称,这本身就体现了人们对其尊崇地位的肯定与企羡。

(三)互相唱和或常交游往来

代表:"王裴"、"苏李"、"元白"。

盛唐诗人王维和裴迪并称"王裴"。论成就,裴迪远不如王维,他之所以能够与王维并称是因为二人在辋川的唱和。王裴辋川唱和在历史上确信可考,早在西汉,还有一次子虚乌有的唱和。相传苏武归汉,李陵送别,留下十多首五言古诗。这些五言诗被记录在《文选》中,后人多疑其是伪作,但"苏李诗"的名字还是在几千年中广为流传,成了不朽的经典。苏武和李陵也因为这次莫须有的唱和活动而被并称为"苏李"。另外中唐诗人元稹和白居易最初也是因为唱和交游而并称的,《新唐书·白居易传》中说:"初,(白居易)与元稹酬咏,故号'元白'。"②

(四)姓氏、名字或排行相同

代表:"三李"、"三罗"、"三十六"。

盛唐诗人李白、中唐诗人李贺与晚唐诗人李商隐并称诗家"三李"。五代王定保《唐摭言·海叙不遇》:"罗虬辞藻富赡,与宗人隐、邺齐名。咸通乾符中,时号三罗。"③晚唐李商隐、段成式、温庭筠均擅长写骈文,排行正好又都是十六,因此并称"三十六"。《旧唐书·李商隐传》记载道:"商隐能为古文,不喜偶对。从事令狐楚幕。楚能章奏,遂以其道授商隐,自是始为今体章奏。博学强记,下笔不能自休,尤善为诔奠之辞。与太原温庭筠、南郡段成式齐名,时号'三十六'。"④

---

① [唐] 元稹:《元稹集》,中华书局1982年版,第601页。
② [宋] 欧阳修:《新唐书》,中华书局1975年版,第4302页。
③ [五代] 王定保:《唐摭言》,中华书局1959年版,第106页。
④ [后晋] 刘昫:《旧唐书》,中华书局1975年版,第5078页。

三、并称的排序规则

（一）以尊卑为序

中国人素来讲究尊卑秩序，排座次是一门十分微妙的学问，有人据此认为并称先后顺序等同于尊卑顺序。《世说新语·排调》中记载着这样一个有趣的故事："诸葛令（恢）、王丞相（导）共争姓族先后，王曰：何不言葛、王，而云王、葛？令曰：譬言驴马，不言马驴，驴宁胜马邪？"①可见人们对并称排位的先后顺序是很看重的，并以之为理由扬此抑彼。因为"李杜"、"元白"的并称排序为杜甫、白居易鸣不平的亦大有人在，对此，王安石有一段颇有见地的议论：

> 名姓先后之呼，岂足以优劣人哉？盖汉之时有李固、杜乔者，世号"李杜"；又有李膺、杜密，亦谓之"李杜"，当时甫白复以能诗齐名，因亦谓"李杜"，取其称呼之便耳。退之诗有曰"李杜文章在"；又曰"昔年尝读李白杜甫诗"，则李在杜先。若曰"远追甫白感至诚"；又曰"少陵无人谪仙死"，则李居杜后。如此则孰能优劣？

> 如今人呼其姓则谓之"班（固）马（司马迁）"，呼其名则谓之"迁固"。先时白居易与元稹同时唱和，人号"元白"；后与刘禹锡唱和，则谓之曰"刘白"。居易之才岂真下二子哉？若曰"王杨卢骆"，杨炯固尝自言"余愧在卢前，耻居王后"，益知。（《说郛》第一百二十卷）②

王安石认为"称呼前后不足以优劣人也"，这实在是难能可贵的真知灼见。但是在某些场合下称呼前后也是可以优劣人的。以孔子为例，他与老子并称"孔老"，与颜回并称"孔颜"，与孟子并称"孔孟"，不论对方年龄大小，排名几乎从不落于人后。出现这种情况的原因很明显：提出并使用这些并称的大多是深受儒家思想影响的士人，他们在心理上决不允许他人凌驾于孔圣人之上——只有一个人例外，这便是孔子心目中的圣人周

---

① 余嘉锡：《世说新语笺疏》，中华书局 1983 年版，第 926 页。
② 转引自吴承学：《谈谈古代文人并称的先后次序》，《古典文学知识》1995 年第 2 期。

公,他们并称"周孔"。同样的道理,庄子在与老子并称时绝不会是"庄老"而只能是"老庄"。

但是尊卑原则一般适用于政治领域或学术领域,真正到了文学领域,用得上这条规则的机会很少。自古文人多相轻,后人的喜好也千差万别,有时甚至连感情的亲疏都会影响并称排名的先后。历史上临川派与吴江派的戏曲争论有人称为"汤沈之争",有人称为"沈汤之争",这就可能与最早提出该名词的人立场有关,有待进一步考证。总而言之,人物尊卑优劣在并称排序中发挥了一定的作用,但作用范围极其有限。

(二)以年代为序

前人认为生活的年代也是并称排名先后的一个重要依据。

《北齐书·邢邵传》中说:"(邢邵)词致宏远,独步当时。与济阴温子升为文士之冠,世论谓之温、邢。巨鹿魏收,虽天才艳发,而年事在二人之后,故子升死后,方称邢、魏焉。"①魏收的文学成就高于邢邵是不争的事实,但考虑到年龄因素,人们还是将邢邵排在了魏收之前,以体现对他的尊重。这一点非常好理解,假如有人将当代著名作家王朔和韩寒相提并论,就绝对不忍心说"韩王"而要说"王韩",因为王朔实在比韩寒年长许多。

但也有一种奇怪的现象,两人并称时年龄大的反而被排在后头。例如元稹和白居易并称"元白",白居易生于公元 772 年,比元稹大了 7 岁,却被排在了元稹的后头。更有甚者,年长几百岁的竟然也会"屈居人下",试看下面的例子。

史学家司马迁和班固,有人并称为"马班",如清章学诚《文史通义·书教下》说:"史氏继《春秋》而有作,莫如马班,马则近于圆而神,班则近于方以智也。"②但是也有人称作"班马",如《晋书·陈寿徐广等传论》说:"丘明既没,班马迭兴。"③宋代娄机撰有《班马字类》,四库馆臣在介绍这本书时说:"宋娄机撰。前有楼钥《序》,称为《史汉字类》。案司马在前,班固在后,倒称'班马'起于杜牧之诗,于义未合,似宜从钥《序》之名。然机

① [唐]李百药:《北齐书》,中华书局 1972 年版,第 478 页。
② [清]章学诚:《文史通义》,上海书店 1988 年版,第 13 页。
③ [唐]房玄龄:《晋书》,中华书局 1974 年版,第 2159 页。

《跋》实自称'班马',今姑仍之。"①可见他们对违背历史先后顺序的"班马"叫法深感不满,只是出于对作者的尊重才沿袭了这个名字。

这样的例子还远不止这一个,"袁许"是汉代许负和唐代袁天纲的并称,二人都精通相术。蒲松龄《聊斋志异·柳生》:"周生,顺天天宦裔也,与柳生善。柳得异人之传,精袁许之术。"②许负生活的年代较袁天罡早了好几个世纪,名称却被排在了后面,这又怎么解释呢?

笔者认为,年龄成为并称排序的依据一般要满足以下几个条件:二人生活在同一个时代且年龄差距较大,并称在二人生前就已经广为流传。"班马"和"袁许"都是后人的品评,距离其人已经非常渺远;而"元白"的名号虽然在他们生前就已经叫响,但是因为年龄悬殊并不大,这条规律没能发挥作用。

(三)以音律为序

通过对大量人物并称的分析归纳,我们可以发现它们几乎都符合一个音韵学上的规则:平声字在前,仄声字在后,如"枚马"、"张蔡"、"嵇阮"、"潘陆"、"颜谢"、"徐庾"、"王孟"、"韦柳"、"元白"、"郊岛"、"姚贾"、"皮陆"、"柳范"、"姜史"等。以上海辞书出版社1997年出版的《中国文学大辞典》为例,该书收录的中国古代作家二人并称共计65个,当中33个并称里有平声字也有仄声字。在这33个并称中有32个符合"平前仄后"的音韵规律,这个比例高达97%。

对于这个问题余嘉锡先生很早就有所发现。他在《世说新语笺疏》"诸葛令、王丞相共争姓族先后"条后的按语中说:"凡以二名同言者,如其字平仄不同,而非有一定之先后,如夏商、孔颜之类,则必以平声居先,仄声居后,此乃顺乎声音自然,在未有四声之前,固已如此,故言'王葛'、'驴马',不言'葛王'、'马驴',本不以先后为胜负也。"③事实上,古人在行文中将多人连称具有很大的随意性和偶然性,这些称谓经过了多个时代的"人工选择"和"优胜劣汰"才有一部分流传到现在,成为固定用语。人们之所以较容易接受那些平前仄后的二人并称,是因为平声较为平缓,仄声较为急促,以平声开头仄声收尾既显得抑扬顿挫又有收束完结之

---

① [宋]娄机:《班马字类》,中华书局1975年版,第3页。
② [清]蒲松龄:《铸雪斋抄本聊斋志异》,上海古籍出版社1979年版,第415页。
③ 余嘉锡:《世说新语笺疏》,中华书局1983年版,第926页。

意,如果以平声收尾则令人有意犹未尽之憾。

还有一种较为特殊的"四人并称"模式,如初唐四杰"王杨卢骆",文章四友"李崔苏杜",南宋四大家"尤杨范陆",元四家"虞杨范揭"等,他们之间又是怎样排序的呢?这些并称除了大体上遵照前平后仄并以仄字结尾的基本原则外,还考虑到了双声叠韵的音韵效果。"王杨"叠韵,"卢骆"双声,"苏杜"叠韵,"尤杨"和"虞杨"双声。双声叠韵的运用使人物并称更富有音韵美,更容易广泛流传。

要论述音律之所以能在并称排序中发挥如此大的作用,就不得不提到并称在社会上的流传方式。从西汉开始,人们就经常将多个氏族并称在一起,如汉武帝时期的重臣家族"金张"以及东汉时期的外戚家族"梁窦",这些词作为某一类人的代表被广泛使用。这虽然不是个人的并称,但毫无疑问,它跟个人并称有着很大的关系。后来人们开始将姓氏连起来表示几个相关的人物,如"萧朱结绶,王贡弹冠",往往用一种歌谣、谚语的形式来评论当时的风云人物和时事政治。《晋书》中有记录了当时民谣里"何邓丁,乱京城"的句子,像这样的句子是明显押韵的,为了称呼起来顺口,也为了流传的方便好记,自然要符合音韵规律,这就是音律规则能在文人并称中起作用的根本原因。

事实上并称排序还有一个"干扰性因素",即仿古。

追慕古人是各个时期都很常见的一种现象。诗圣杜甫早年仰慕南北朝诗人阴铿、何逊,曾写过"颇学阴何苦用心"。书圣王羲之也曾仰慕过西晋文学家石崇。《世说新语·企羡》云:"王右军得人以《兰亭集序》方《金谷诗序》,又以己敌石崇,甚有欣色。"①从今人的眼光来审视,阴铿、何逊的诗歌艺术成就远不能与杜甫相提并论,石崇无论是其人其文或是其书都难以跟王羲之匹敌,但是当年王羲之、杜甫却分别崇拜石崇、阴铿、何逊,这就是慕古情怀在起作用。

人物并称上也有慕古的痕迹。"苏李"最早是汉代苏武、李陵的并称,初唐文章四友中的苏味道和李峤也并称"苏李",到了玄宗朝,苏颋与李乂又是一对"苏李"。《旧唐书·苏颋传》记载了这样一段话:"上谓颋曰:'前朝有李峤、苏味道,谓之苏李;今有卿及李乂,亦不让之。'"②可见"苏

① 余嘉锡:《世说新语笺疏》,中华书局1983年版,第744页。
② [后晋]刘昫:《旧唐书》,中华书局1975年版,第2880页。

李"是一个从汉代就固定下来的并称,后人因为慕古,有意识地加以仿效比附,此时的排序业已固定,不能再随意更改。前人争论不休的"李杜"排序也从这个角度来考量。最早的"李杜"并称产生于东汉顺帝时期,李固与杜乔是忠直之臣,坚决与梁冀作斗争,并称李杜。到了东汉灵帝时,李膺与杜密作为贤士被征召到朝廷参与政事,"天下士大夫皆高尚其道,共相标榜",世称"小李杜",以别于李固、杜乔。唐代诗人李白、杜甫自中唐起,就并称"李杜"。晚唐诗人李商隐、杜牧并称"小李杜",以别于李白、杜甫。所以说"李杜"和"苏李"一样,也是个古已有之的成词,后人使用时必定不再轻易改变原有次序。

文人的并称具有相当重要的文学史意义。首先,将具有某些相同点的作家归纳到一起,虽然这个标准不一定准确,但也有助于我们揭开纷繁复杂的文学现象,发现其背后源流以及内在发展规律。就唐代诗歌史而论,"王孟"和"高岑"就分别是山水田园和边塞诗派的代名词。其次,人们常常比较被并称作家的异同,例如针对文学史上著名的"潘陆"并称,孙绰就曾经评论道:"潘文烂若披锦,无处不善。陆文若排沙简金,往往见宝。"①钟嵘也说:"陆才如海,潘才如江。"②这实际上使用了比较研究的方法,有助于我们认清作家的艺术特质。最后,我们可以从并称的排序中探寻出某些文化心理。

本文从尊卑、时代、音律等角度阐释了中国古代作家在并称时的排序规则,并对它们各自作用的范围作出了界定。但是中国古代作家的并称浩如烟海,笔者所知的,仅仅是沧海一粟,据此作出的分析更不一定符合事实规律,还请方家指正。

参考文献

[1] [唐] 房玄龄:《晋书》,中华书局 1974 年版。

[2] [唐] 李百药:《北齐书》,中华书局 1972 年版。

[3] 李福标:《古代文人合称现象及其相关问题》,《西北大学学报》2002 年第 1 期。

---

① [梁] 钟嵘:《诗品》,中华书局 1983 年版,第 34 页。
② [梁] 钟嵘:《诗品》,中华书局 1983 年版,第 35 页。

[4] [后晋] 刘昫:《旧唐书》,中华书局 1975 年版。

[5] [宋] 娄机:《班马字类》,中华书局 1975 年版。

[6] [宋] 欧阳修:《新唐书》,中华书局 1975 年版。

[7] 吴承学:《谈谈古代文人并称的先后次序》,《古典文学知识》1995 年第 2 期。

[8] 余嘉锡:《世说新语笺疏》,中华书局 1983 年版。

[9] [清] 章学诚:《文史通义》,上海书店 1988 年版。

[10] [梁] 钟嵘:《诗品》,中华书局 1983 年版。

指导教师评语

该论文以古代作家并称现象为研究主体,选题很有意义。传统学者多从成就与时代两个方面解读古代文人并称排序,但多有争议;也有研究者指出并称以平仄为序,但未作详细分析和实例证明。论文对古人并称现象的源流作了梳理,通过对古代作家并称情况的举证分析,来说明并称标准,试图从多种角度对其排序规则作出较合理的解释。文章在阅读诸多相关著述的基础上多有新得,言之有理,言之有据。全文脉络清晰,结构严谨,拟题整齐,论据充分,写作较为规范,论述充分而又细致,较好地体现了作者研究态度的认真和专业基础的扎实。(俞晓红)